ro
ro
ro

ULRICH HOFFMANN ist Bestsellerautor, Journalist, Ressortleiter und Übersetzer aus dem Englischen. Er war unter anderem als Textchef für die Verlage Condé Nast, Springer und Gruner + Jahr tätig. Außerdem ist er Philosoph sowie zertifizierter Meditations- und Yogalehrer. Der Autor lebt mit seiner fünfköpfigen Familie in Hamburg und den USA.

ULRICH HOFFMANN

Mord in Venedig

Die Tatortfotografin ermittelt

ROWOHLT
TASCHENBUCH VERLAG

Originalausgabe
Veröffentlicht im Rowohlt Taschenbuch Verlag,
Hamburg, April 2021

Redaktion Nadia Al Kureischi
Covergestaltung FAVORITBUERO, München
Coverabbildung Eduardo Ramos Castaneda/Getty Images; Shutterstock
Satz aus der Questa
bei Dörlemann Satz, Lemförde
Druck und Bindung CPI books GmbH, Leck, Germany
ISBN 978-3-499-27597-5

Die Rowohlt Verlage haben sich zu einer nachhaltigen Buchproduktion verpflichtet. Gemeinsam mit unseren Partnern und Lieferanten setzen wir uns für eine klimaneutrale Buchproduktion ein, die den Erwerb von Klimazertifikaten zur Kompensation des CO_2-Ausstoßes einschließt.
www.klimaneutralerverlag.de

FSC
www.fsc.org
MIX
Papier aus verantwortungsvollen Quellen
FSC® C083411

IL GHETTO

Sechs Tage zuvor

Es war früh am Morgen, und Dayo hielt seine Augen geschlossen, um das Elend um sich herum nicht zu sehen. Er stellte sich vor, seine Eltern wären noch am Leben, er könnte in gut einer Woche mit seinen Geschwistern und der Familie seinen achtzehnten Geburtstag feiern. Zu Hause. Dort, wo einmal sein Zuhause gewesen war. Immer, wenn er daran dachte, drängten sich die anderen Bilder in seinen Kopf. Blut. Asche. Gräber.

Als die Männer das Dorf angriffen, flüchtete die Mutter mit drei seiner Geschwister in die eine Richtung. Er mit dem Vater in die andere. Die Männer schossen auf seinen Vater. Er fiel zu Boden. Dayo blieb einfach stehen. Das war dumm.

Die Männer stürmten auf sie zu, packten den Vater, schnitten ihm die Kehle durch. Direkt neben Dayo.

Manchmal, im Traum, schaut sein Vater ihn ein letztes Mal an, bevor einer der Männer die Finger in sein Haar gräbt, den Kopf festhält und ein anderer das Messer ansetzt. Manchmal pisst der Vater sich bloß in die Hose, als das Blut spritzt. Vielleicht sind diese Träume aber auch Erinnerungen.

Dayo weinte.

Die Männer hatten Macheten gezogen, ihm auf den Kopf geschlagen. Er war ohnmächtig geworden.

Larama, seine jüngere Schwester, rettete ihm zwei Tage später das Leben. Sie war mit der Mutter zurück ins Dorf gekommen, um nach dem Vater und ihm zu suchen. Später, im Krankenhaus, sagte sie ihm immer wieder, wie froh sie sei, zurückgekehrt zu sein. Sie erzählte, wie sie sich unter einen Baum gesetzt hatte, müde und traurig. Wie sie etwas entdeckt hatte, worauf viele Fliegen saßen. Einen Menschen. Sie hatte all ihren Mut zusammengenommen und das blutige Ding angestupst.

«Dayo?», hatte sie leise gefragt, «Dayo?»

Er hatte nur ein wenig nicken können. Seine Wunde am Kopf war tief gewesen, sein Gesicht voller Blut, aber er hatte überlebt.

Seine Schwester nahm ihn auf den Rücken und trug ihn fort. Nur einmal noch gelang es ihm, die Augen zu öffnen und zurückzuschauen auf ihr Dorf. Von dem nichts mehr übrig war. Nur Blut und Rauch und Asche. Sie hatten das Vieh gestohlen und die Häuser in Brand gesteckt.

Vier Monate lag Dayo in Kamerun im Krankenhaus. Jeden Tag kam Larama ihn besuchen.

«Ich warte auf dich!», versprach sie.

Als er entlassen wurde, humpelte er zwar, konnte aber mit der Mutter und Larama nach Norden fliehen. Durch Niger und Libyen. Die jüngeren Geschwister ließen sie bei der Großmutter in Abuja. Es ging nicht anders, sie waren zu klein und schwach. Wenn sie erst mal in Europa waren, wenn Dayo dort einen Job hatte und Geld verdiente, sollten die Kleineren nachkommen. Die Familie hätte ein Haus, ein Auto, und er würde sie morgens zur Schule fahren.

Die Mutter begleitete Dayo und Larama bis Tripolis. Dort waren sie mit vielen anderen in ein Lager gesteckt worden. Eines Morgens war die Mutter nicht mehr aufgewacht. Larama und er hatten zwei Tage neben ihr gesessen, dann hatten sie die Leiche an den Rand des Lagers zu den anderen gezerrt. Jeder hatte an einem Bein gezogen.

Dayo weinte wieder.

Spät in jener Nacht schlichen sie an den Strand. Die Mutter hatte für den Weg nach Italien bereits bezahlt. Die Überfahrt hatte fünfhundert Euro kosten sollen – pro Person. Wenn Dayo die wenigen Frauen in *Il Ghetto* sah, die für zehn Euro jedem zu Diensten waren, fragte er sich, was seine Mutter für Larama und ihn auf sich genommen hatte.

Sie hatten Glück. Ihr Boot kenterte nicht. Erst ein paar hundert Meter vor dem Strand warfen die Schiffsführer sie von Bord. Panisch strampelte Dayo im kalten Nachtwasser. Gerade war Larama noch neben ihm gewesen, im nächsten Augenblick war sie weg. Schließlich Boden unter den Füßen, Sand, Kies. Salzwasser brannte in Mund und Nase. Dayo schleppte sich an den Strand. Polizei, Ärzte, ein Lager, noch eines. Es regnete, es gab keine Arbeit, kein Geld.

Die Narbe, die sich vom Kopf über das Gesicht zog, juckte. Manchmal hielt er es nicht mehr aus und kratzte die Haut blutig. Obwohl er mittlerweile ein Handy besaß, rief er nicht bei seiner Großmutter an, so sehr schämte er sich. Seine Eltern, seine Schwester, sie hatten ihr Leben gelassen für ihn. Nun war er es, der die jüngeren Geschwister retten sollte. Aber dafür brauchte er Geld. Deshalb war er aus dem Auffanglager abgehauen. Seitdem arbeitete er als Erntehelfer.

Er schlief unter einer Plastikplane, die er am Straßenrand gefunden hatte. Sie hatte nur wenige Löcher, das war gut. Im Sommer war es zu heiß darunter, im Winter zu kalt. Er hatte eine alte Matratze gefunden, das war besser als die Pappen, auf denen manche schliefen.

Dayo presste die Augen zusammen und versuchte, nicht an seine Familie zu denken, die Toten, die Asche, das Blut und den Rauch. Nicht an seinen Vater, die Mutter, Larama. Nicht an seine Geschwister, die er vermutlich nie wiedersehen würde.

Langsam erwachte das Lager zum Leben. Um fünf Uhr morgens holten sie in fensterlosen Kleinbussen die Arbeiter ab.

Die nach Urin und Schimmel stinkende Matratze hatte an der Seite mehrere Löcher. In einem davon bewahrte Dayo sein Geld auf. Fast hundertzwanzig Euro hatte er gespart. Bald konnte er seine Großmutter anrufen, um ihr zu sagen, dass er Geld schicken würde. Endlich. An ihre Stimme konnte er sich schon nicht mehr erinnern. Und auch nicht an die seiner Eltern, seiner Schwester. Ihre Stimmen würde er nie mehr vernehmen. Er war ein schlechter Sohn, ein schlechter Bruder. Aber vielleicht hatte er noch die Chance, sich als guter Enkelsohn zu erweisen.

Dayo kroch unter der Plane hervor. Um ihn herum standen einfache Hütten, die aus Ästen und alten Folien aus dem Obst- und Gemüseanbau errichtet waren. Das illegale Dorf, in dem er zusammen mit Tausenden Menschen lebte. Es gab keine Toiletten, kein Wasser. Es stank nach Schweiß und Kloake, und im Staub zwischen den Hütten streunten wilde Hunde umher. Und immer flatterten die Plastikplanen im Wind.

Ein Mann kam aus einer der Hütten. Er kratzte sich an der Brust, steckte sich eine Zigarette an und pinkelte zwischen die Hütten. Zwei Hunde trotteten heran und leckten die Urinpfütze auf.

Dayo war aus der Hölle geflohen. Aber hier war es noch viel schlimmer.

EINS

Km 15.
Die Hälfte hatte sie schon geschafft. Es war Cats längster Lauf seit dem Unfall. Der Arzt hatte gesagt, sie solle nichts überstürzen, den Knöchel schonen und sich langsam steigern. Aber ihr blieben nur noch sechs Wochen bis zum Berlin-Marathon. Sie hatte keine Zeit für *langsam*. Queens «Don't Stop Me Now» aus ihrer Playlist half ihr auch jetzt wieder, um durchzuhalten.

Vom Kottbusser Tor aus war sie am Landwehrkanal entlanggelaufen, hatte eine Runde durch den Görlitzer Park gedreht, dann ging es Richtung Treptow, über die Spree, vor dem Ostkreuz nach rechts durch Rummelsburg, an der Boulderhalle vorbei, und nun erreichte sie das Bolleufer. Ein Blick auf die Uhr sagte ihr, dass sie längst noch nicht ihre alte Form wie vor einigen Wochen erreicht hatte. Sie musste also doch aufpassen, sich jetzt nicht zu sehr anzutreiben. Druck erzeugt Gegendruck.

Die Spree metallgrau unter diesigem Himmel.

Immerhin hatte Cat schon über die Hälfte der Trainingsstrecke in Halbmarathonlänge geschafft, ohne dass die Schmerzen im Knöchel zunahmen.

Der Song wurde leiser, das Handy vibrierte. Während des Laufens ließ sie nur fünf Nummern durch: ihre Schwester Emmea, ihren Vater, die Zwillinge, die Einsatzzentrale. Mist!

Sie tippte auf den Annahmesensor des Bluetooth-Kopfhörers und lief dabei in unverändertem Tempo weiter. Die Kinder.

«Ja?», keuchte sie.

«Mama! Leos Auge blutet.» Leonie klang aufgeregt.

Cat blieb stehen, stützte die Hände auf die Knie und schloss die Augen. Sie rang nach Luft. «Was? Wieso?»

«Es hat einfach so angefangen.»

Cat rieb sich die Stirn. «Kann sich das nicht Emmi ansehen?» Sie wollte so gern wenigstens über die zwanzig Kilometer kommen. Aber dann wurde ihr klar, dass dies kein Fall für ihre kleine Schwester war, sondern sie sich selbst kümmern musste. «Pass auf. In der Schublade im Flur liegt ein Notfall-Fünfziger. Nehmt ein Taxi, lasst euch in die Augenklinik der Charité bringen.» Cat musste einmal tief Atem holen. «Fragt nach Ferdinand. Dr. Menzel. Campus Mitte. Wir treffen uns dort. Ich bin in zehn Minuten mit der Bahn am Ostkreuz.»

«Okay. Machen wir.» Leonie legte auf.

Cat war alleinerziehende Mutter und Polizistin. Im Grunde bestand ihr Leben nur daraus, ständig in Bereitschaft zu sein. Diesmal also wegen Leo.

Die Musik blendete auf, und Cat rannte los. Schneller als zuvor. Sie trainierte nicht mehr, sie war im Einsatz. Ihr Knöchel konnte später heilen.

Was hatte Leo bloß wieder angestellt? Ein blutendes Auge, ausgerechnet einen Tag, bevor sie in die Ferien fahren wollten. Sie drückte sich an einem Pärchen vorbei, das vor ihr in inniger Umarmung schlenderte. Trat dabei fast in einen Hundehaufen. Berlin.

Das Wichtigste war, dass Leo keinen bleibenden Schaden davontrug. Wie gut, dass sie die Kinder zu Ferdi geschickt hatte. Der würde Leo die beste Behandlung zukommen lassen. Immerhin war er Leiter der Augenklinik der Charité.

Cat holte tief Luft. Rechts die Neubauten, links der Fluss. Der Himmel erfreulich weit. Cat genoss trotz der Sorgen um ihren Sohn die letzten Minuten ihres Laufs. Morgen um diese Zeit wollten sie schon in Venedig sein. Der erste richtige Urlaub seit über einem Jahr.

«Cat.» Ferdinand kam auf sie zu. Unter seinem offenen Kittel trug er Jeans und T-Shirt. Er begrüßte Cat mit einer Umarmung. Seit ihrem Umzug mit den Kindern nach Berlin und dem ersten Jahr in seiner WG waren sie beste Freunde.

«Was ist mit Leo?», fragte Cat.

Ihr Telefon vibrierte erneut, sie zog es aus der Rückentasche ihres Laufshirts. *Papa* stand im Display, darunter das gespeicherte Bild vom Besuch im Frühjahr: Ihr Vater in seinem Garten. Sie drückte ihn weg und steckte das Handy wieder ein.

Ferdinand war schon vorausgegangen. «Das wird wieder», sagte er. «Ihr fliegt morgen in den Urlaub?»

«Eine Woche Venedig», antwortete Cat. «Ist Leo denn reisefähig?»

«Ja, kein Problem. Er hat es offenbar beim Trainieren etwas übertrieben, dabei ist eine Ader im Auge geplatzt. Er hat dann so sehr gerieben, dass sich ein Riss im Augenlid gebildet hat. Und aus dem hat es geblutet, nicht aus dem Auge selbst. Er hat jetzt Salbe im und auf dem Auge – und trägt eine Augenklappe.» Ferdinand blieb vor einer Tür stehen und öffnete sie schwungvoll. «Ich präsentiere: die Piraten der Adria!»

Cat trat hinter ihm ins Behandlungszimmer. Auf der Liege saßen Leo und Leonie nebeneinander. Beide trugen Augenklappen und mit Filzstiften aufgemalte Zwirbelbärte auf der Oberlippe.

«Oh mein Gott!» Cat hob die Hände vor den Mund und wusste nicht, ob sie lachen oder weinen sollte. «Was hast du ... du verdammter Blödmann!» Sie stieß Ferdinand in die Seite. «Wie soll ich mit den beiden denn morgen durch die Passkontrolle?»

Er zuckte mit den Achseln. «Mal doch einfach Augenklappen und Bärte auf die Passbilder.»

Cat seufzte. Dann nahm sie Leo in den Arm. «Ich bin so froh.»

«Argh!», raunzte der gespielt heiser. «Fünfzehn Mann auf des toten Manns Kiste!»

«Guck mal», unterbrach ihn Leonie und hielt Cat ihr Handy hin. Zu sehen war ein Foto der Zwillinge im Piratenlook, doch statt im Untersuchungszimmer in Berlin standen sie an einem karibischen Palmenstrand. «Cool, oder?»

Cat war nicht nur Tatort-, sondern auch begeisterte Hobbyfotografin. Diese Leidenschaft hatte sie offenbar an Leonie vererbt. Die war wie besessen von Filtern, Linsen und Foto-Apps. Ihr Bruder Leo interessierte sich nur für Sport. Auch das hatte er von seiner Mutter.

«Hier.» Ferdinand deutete auf eine große und eine kleine Tube, die auf dem Schreibtisch lagen. «Die kleine ins Auge, die große aufs Auge. Eine Woche lang drei Mal täglich. Dann ist alles wieder in Ordnung.»

Cat nickte.

«Oh, und wenn ihr in Venedig seid ... Warte mal einen Augenblick.»

Ferdinand verließ den Raum. Cat sah ihren Kindern dabei zu, wie sie auf ihren Handys herumtippten. Offenbar reichte dafür ein Auge pro Person völlig.

Mit einer zierlichen schlanken Glasvase, in der nur eine einzige, strahlend orangefarbene Gerbera steckte, kehrte Ferdinand zurück. Die Vase hatte einen derart schmalen Fuß, dass sie eher zu schweben als zu stehen schien.

«Wow.» Cat war beeindruckt.

«Wir haben zwölf davon in der Klinik. Keine ist wie die andere. Aus Murano. Da müsst ihr hin. Schau mal.» Ferdinand hob die Vase erneut hoch und streckte sie Cat entgegen. Sie trat einen Schritt vor. Das Glas war nicht ganz durchsichtig, sondern schien einen zarten Rauchschleier zu enthalten, der es noch edler wirken ließ. Zudem waren einige orange Stückchen darin eingefangen, die aufblitzten wie Lichtreflexe auf dem Wasser, wenn die Sonne unterging.

«Faszinierend. Wie fertigt man so was?», murmelte Cat.

«Man kann bei der Arbeit zuschauen. Es gibt Touren und Vorführungen. Großer Touristenzirkus, aber es lohnt sich. Ich war dabei, als diese hier geblasen wurde, konnte die Farben und Größe festlegen. Diese Wahnsinnshitze des Glasbrennofens! Es gibt dort einen Glasbläser ... ich muss den Namen raussuchen. Er ist der beste von allen, weltberühmt. Sein Glas hat diesen ganz besonderen Schimmer. Eine Lebendigkeit, die anderen fehlt. Ich schaue zu Hause nach und schicke dir seinen Namen.»

«Super, danke», sagte Cat. Sie hatte bis gestern gearbeitet und die Reise noch nicht vorbereitet. Leo wollte Spaghetti essen – Kohlehydrate! –, Leonie Gondel fahren und bei einem der fliegenden Händler eine «echte» Designerhandtasche kaufen. Das war zwar nicht legal, aber ließ sich wohl trotzdem machen, wenn Cat gerade ganz weit in die andere Richtung sah. Der Rest würde sich finden. Ob die Kinder Lust hatten, Glasbläsern bei der Arbeit zuzugucken, wagte Cat allerdings zu bezweifeln.

Das Handy klingelte erneut. Ihr Vater. Der konnte ganz schön hartnäckig sein. Sollte er doch auf die Mailbox sprechen – was er erfahrungsgemäß nie tat.

«Wo du schon hier bist ...», begann Ferdinand.

Cat kniff abwehrend die Augen zusammen. Ferdi hatte sie und die Kinder nicht nur damals nach dem Umzug bei sich aufgenommen, sondern er war auch derjenige gewesen, der bei Cat einen Verdacht auf Blau-Gelb-Schwäche geäußert hatte, nur weil sie auf einem Fest im letzten Sommer die blaue Arbeitskleidung des Partyservices für grün gehalten hatte und über sie hergezogen war. Die Sachen hatten aber auch zu sehr der müden Farbe alter Polizeiuniformen geähnelt. «Tritanopie» – Cat hatte den Begriff nachschlagen müssen – war eine sehr seltene, genetisch bedingte Farbfehlsichtigkeit und führte dazu, dass die Betroffenen Blau und Grün nicht sicher und in allen Schattierungen auseinanderhalten konnten. Gelb war ganz schwierig.

Eine farbenblinde Tatortfotografin, das fehlte noch!

Sie hatte versprochen, einen Termin in der Klinik zu vereinbaren, es aber immer wieder «vergessen». Ferdinand hatte nicht mehr nachgefragt, wenn sie sich trafen. Bis jetzt. Er hatte natürlich nicht vergessen, dass er sie noch untersuchen wollte. Und sie fürchtete, dass er mit seiner Vermutung richtiglag. Seit letztem Sommer hatte sie darauf geachtet, was sie sah und wie andere über die Welt sprachen. Außerdem hatte sie mit den Einstellungen der Bildbearbeitungsprogramme experimentiert.

Sie griff zu ihrem Handy. «Ich sollte meinen Vater noch zurückrufen.»

«Kein Problem, ich kann warten», entgegnete Ferdinand.

Sie wusste, er würde sie diesmal nicht davonkommen lassen.

Warum war sie nur so vorschnell gewesen, die Kinder zu ihm zu schicken? Aber wenn es ums Sehen ging, bekam sie sofort Panik. Und Ferdinand meinte es ja nur gut mit ihr.

Ihr Handy vibrierte. Eine Textnachricht: *Viel Spaß in Venedig! Papa.* Sie steckte es weg.

«Okay. Na gut», sagte sie resigniert. «Bringen wir es hinter uns.»

ZWEI

Schicken Sie uns Ihr bestes HDR-Foto und gewinnen Sie eine brandneue Fotoausrüstung im Wert von über 5000 Euro! Cat legte ihr Fotomagazin in den Schoß und schaute über Leonie hinweg aus dem Fenster und hinaus auf das Blau des Meeres. Oder jedenfalls das, was sie für Blau hielt.

Ferdis Diagnose gestern war eindeutig gewesen: Blausehschwäche an der Grenze zur Blaublindheit. Eine sogenannte partielle Farbenblindheit, denn Rot und Grün konnte sie hervorragend sehen. Himmel und Meer, Gras und das grüne Ampelmännchen konnte sie sehr wohl unterscheiden. Ganz im Gegensatz zu den Buchstaben und Formen im Untersuchungszimmer.

«Unser Gehirn leistet wahre Wunder», hatte Ferdinand ihr gesagt. «Du *weißt* ganz einfach, dass der Himmel und das Meer blau sind und Gras grün ist. Diese Informationen reichen deinem Geist bereits, um dir die Farben unterschiedlich darzustellen. Es ist wie bei diesen optischen Täuschungen, bei denen gerade Linien schief aussehen oder schiefe gerade.»

Wie sahen Leo und Leonie und alle anderen wohl die Welt? Und war die Tritanopie eine Veranlagung, über die sie ihren Arbeitgeber informieren musste?

«Du hast die Welt schon immer so gesehen und Coping-Mechanismen entwickelt», hatte Ferdinand gesagt. «So kannst du mit der Einschränkung umgehen. Wenn keiner einen anständigen Gesundheits-Check für die Eignung zum Dienst durchführt, hat dein Arbeitgeber selbst Schuld. Ich sehe keinen Grund, das freiwillig zu melden.»

«Was kann ich tun?», hatte sie leise gefragt.

«Nichts. So bezaubernd und lebensfroh bleiben, wie du immer warst.»

«Warum wolltest du dann die Diagnose stellen?»

Ferdinand hatte geseufzt. «Weil ich dein Freund bin. Du bist die Beste in deinem Job. Du kannst nur die Beste bleiben, wenn du weißt, wo deine Schwachstellen liegen.»

Das hatte sich so sehr nach ihrem Vater angehört, dass sie *den* gestern nicht mehr zurückgerufen hatte. Sonst hätte sie direkt zu heulen angefangen.

Zu Leonies Füßen im Tragekorb schnaufte Miss Piggy, das zahme Zwergschwein der Familie. Cat beugte sich vor und kraulte das Schweinchen. Miss Piggy grunzte zufrieden. Offiziell war das Tier der emotionale Support für die Zwillinge, weswegen es sogar mit ins Flugzeug durfte.

Die Anschnallzeichen leuchteten über ihnen, die Räder waren bereits ausgefahren, Cat hielt so unauffällig wie möglich Leos Hand. Sie saß zwischen den Zwillingen, das war erfahrungsgemäß besser so. Die beiden liebten sich heiß und innig, kamen jedoch auf engem Raum nicht immer gut miteinander klar. Cat hatte sich schon oft gefragt, ob das bei anderen Zwillingen auch so war oder ob sie als Mutter versagt hatte.

Jetzt zogen sie eine weite Kurve über der Stadt. Der Flughafen Marco Polo lag eine halbe Stunde außerhalb Venedigs. Sie würden mit der Fähre, dem Vaporetto, direkt zu ihrer Pension fahren, die mitten im Zentrum nur wenige Minuten vom Markusplatz entfernt lag. Den Weg vom Anleger zur Unterkunft hatte Cat ausgedruckt.

Der Anblick Venedigs aus der Luft war großartig. Aus der Luft sah Venedig aus wie ein Fisch, der schwungvoll auf das italienische Festland zuspringt. Der Bahnhof bildete das Auge des unglaublich dicht bebauten Fisches. Die einzigen erkennbaren Grünflächen befanden sich auf der Schwanzflosse. Der Markusplatz mit dem hohen, schlanken Turm und dem Dogenpalast direkt daneben befand sich am Bauch, wo auch der Canal Grande begann, der die Stadt s-förmig durchschnitt.

Vermutlich gab es von keinem Ort der Welt mehr Fotos als von Venedig, und auch Cat war im Geiste schon die verschiedenen Perspektiven und Tageszeiten durchgegangen, die es ihr ermöglichen würden, wenigstens ein einziges halbwegs originelles Foto zu schießen. Mit der HDR-Technik konnte sie mehrere unterschiedliche Belichtungen eines Motivs nachträglich zu einem Bild mit einer sagenhaften Ausdrucksstärke von den dunkelsten bis in die hellsten Bereiche zusammenfügen.

Der Bogen, den die Maschine flog, wurde immer enger. Cats Magen war nicht glücklich darüber, und das Festland, das sie an ihrer Tochter vorbei durch das kleine Bullauge ausmachen konnte, war auch nicht so interessant, dass der Anblick sie abgelenkt hätte. Sie schloss die Augen, bis das Flugzeug abrupt wieder in die Horizontale kippte, schnell sank und mit einem deutlichen Rums aufsetzte. Cat atmete tief durch und öffnete die Augen. Einige Passagiere klatschten. Eine Angewohnheit, die sie jedes Mal verwunderte. Wenn sie einen Täter identifizierte, klatschte auch niemand. Warum waren die Leute so begeistert, wenn ein Pilot seinen Job machte? Vermutlich war es nur die Erleichterung, wieder einmal mit dem Leben davongekommen zu sein.

Leo und Leonie hatten bereits ihre Handys aktiviert. Ihre Augenklappen und Schnurrbärte wirkten in den aufgeregten Gesichtern noch lustiger als am Tag zuvor.

«Guck mal, schon drei Likes», sagte Leonie und hielt Cat das Gerät hin. Ihr war ein grandioses Luftbild Venedigs gelungen. Das Licht war optimal, die Konturen zeichneten sich scharf ab, man konnte jedes Fenster und jeden Dachziegel sehen. Auf den Plätzen, in den Gassen und auf den Booten kleine Menschenpünktchen. In ein oder zwei Stunden würden sie ebenfalls als Pünktchen dort herumspazieren.

Vor allem die Farben. Cat schluckte. Was verstand sie schon von Farben? Vielleicht sah niemand auf der Welt dieses Foto so wie sie? Vielleicht waren die Farben misslungen? Aber ihr erschienen sie wie zauberhafte Pastelltöne. «Tolles Bild», sagte sie. «Schöne Farben!»

Leonie strahlte stolz. Cat drückte Leo den Käfig mit dem Schweinchen in die Hand und schulterte ihre Umhängetasche.

Der Flughafen war winzig, wie ein Modell seiner selbst. Es roch nach einer Mischung aus Kerosin, Salzwasser und Bolognese. Keine Einreisekontrolle, Schengen sei Dank. Die Türen des Eingangsbereiches standen offen, und auf der Terrasse eines Restaurants saßen viele Touristen.

Als sie am Gepäckband standen und auf ihre Koffer warteten, trat ein Carabinieri heran. «*Signora* Kaitlyn Picard?»

Cat stöhnte. Wirklich? Nur weil die Kinder Schnurrbärte aufgemalt hatten? «Also gut.» Sie begann, in ihrer Tasche nach den Ausweisen zu suchen.

Der junge Mann schüttelte den Kopf. Auf Englisch erklärte er ihr: *«Your father will call you. He can explain.»*

Cat runzelte die Stirn. Was hatte ihr Vater denn schon wieder zu melden? Sie war im Urlaub, auch von ihm. Leos Handy klingelte. Er schaute auf das Display, dann nahm er den Anruf an.

«Opa!», rief er und hörte einen Moment aufmerksam zu, was sein Großvater sagte. Dann reichte er das Telefon Cat. «Du hast dein Handy noch nicht wieder an. Das ist Opa.»

«Hallo?»

«Du bist gelandet, Kaitlyn», sagte ihr Vater.

«Woher weißt du ...?»

«Flighttracker. Hat dich schon jemand angesprochen?»

«Wie meinst du ...?», entgegnete sie verwirrt und warf einen Blick auf den jungen Polizisten neben ihr. Seine Uniform wirkte militärisch, wie es in Italien üblich war. Auf der Mütze trug er die stilisierte Granate der Elitetruppen. Trotz seiner jungen Jahre musste er also schon einen höheren Rang bekleiden. «Was hast du schon wieder vor?» Ihrem Vater, Polizist mit Leib und Seele, war nicht zu trauen.

«Erklär ich dir später. Es ist wichtig.»

Diesen Befehlston kannte sie zur Genüge. Dann hatte sie sowieso keine Chance, irgendetwas von ihm zu erfahren. «Darf ich mal Ihren Dienstausweis sehen?», bat Cat.

Der Polizist zog eine Ledermappe aus der Innentasche

seiner Uniformjacke. Seine Hände waren schlank, die Fingernägel sorgfältig gepflegt. Er klappte die Mappe auf. Auf der Außenseite erkannte Cat erneut das rot-weiße Signet der Truppe. Der Ausweis enthielt sein Foto, allerdings mit Schnauzbart – um Cats Mundwinkel zuckte es –, und seine Dienstnummer sowie den Vor- und Nachnamen: Enno Rossi.

Cat nannte ihrem Vater den Namen. Sie hörte leises Tastenklicken im Hintergrund, dann: «Er ist *Maresciallo Ordinario*. Stabsfeldwebel. Das entspricht unserem Polizeihauptmeister. Frag ihn nach dem Geburtsdatum seiner jüngeren Tochter.»

Der Polizist beantwortete Cats Frage, ohne mit der Wimper zu zucken.

«Korrekt», bestätigte ihr Vater. «Er wird dich zum Tatort bringen.»

«Tatort?» Cat war entgeistert. «Ich mache Urlaub! Mit den Kindern. In Italien. Schon vergessen?»

«Seine Kollegen fahren die Zwillinge ins Hotel.»

«Papa!» Er schien bereits alles organisiert zu haben.

«Kaitlyn, es ist nur ein Termin. Danach kannst du Venedig genießen. Die brauchen eine Fotografin, eine gute. Und du bist die beste. Ich zähl auf dich. Ich hab's einem Freund versprochen.»

«Du und deine *Freunde*.»

Ihr Vater hatte über Europol überall Kontakte, da wusch eine Hand die andere. So hatte er Cat auch zur Polizei gebracht. Wenn sie ehrlich war, die beste Entscheidung ihres Lebens. Bloß dass ihr Vater sich ihrer Meinung nach zu oft und zu stark in alles einmischte. Aber ja, eine Hand wusch die andere, immerhin verdankte sie diesem Prinzip ja auch ihren Job in Berlin.

«Also gut, also gut. Aber ich mache nur diesen einen Termin. Und du hältst dich raus.»

«Danke, Kaitlyn.» Ihr Vater klang zufrieden. «Ich wusste, ich kann auf dich zählen.»

«Scusi», sagte Rossi. «Alle warten auf Sie.»

«Und unser Gepäck?», fragte Cat und steckte das Handy weg.

«Wird in Ihre Unterkunft gebracht. Wir haben uns erlaubt, die Airline entsprechend zu informieren. Es ist vermutlich bereits unterwegs. Kommen Sie!»

Als sie die traurigen Blicke ihrer Kinder sah, schloss Cat für einen Moment die Augen. Auf was hatte sie sich da wieder eingelassen?

Wirklich schade, dass ihr Vater an seinem Arbeitsplatz bei Europol in Straßburg saß. Sonst hätte sie ihn umbringen können.

DREI

Conti steckte ihr Handy weg. Sie spürte einen Anflug von Kopfschmerzen, die sie mit einem tiefen Atemzug an den Rand ihres Schädels zu drängen versuchte. Jetzt halste Europol ihr auch noch eine deutsche Tatortfotografin auf. Kollegenhilfe, am Arsch. Die wollten nur wieder zeigen, dass sie besser waren als die Italiener. Mehr draufhatten, Fälle knackten wie am Fließband.

Dabei war die Sache schon kompliziert genug. Aufgrund der Prominenz des Opfers würde bald schon etwas an die Presse durchsickern. Solche Informationen waren viel wert, keiner der Kollegen war gut genug bezahlt, um die Angebote der Journalisten nicht wenigstens in Betracht zu ziehen.

Conti beobachtete *Sottotenente* Galli, der vor dem Fenster stand und eine Nachricht ins Handy tippte. Vielleicht an eine Kontaktperson bei der Presse, vielleicht machte der Leutnant aber auch nur das abendliche Date mit seiner neuesten Freundin klar.

Sie konnte niemandem trauen. Nicht nur, weil sie verhindern musste, dass wichtige Ermittlungsdetails bekannt wurden, sondern vor allem wegen ihrer besonderen Beziehung zum Partner des Opfers. Eine Beziehung, von der bislang niemand wusste, und das musste auch so bleiben, denn sonst würde sie wegen Befangenheit abgezogen und vermutlich auch suspendiert, weil sie den Fall nicht von sich aus abgelehnt hatte.

Es wäre Misstrauen erweckend gewesen, in einem derart wichtigen Fall die Unterstützung durch die Kollegin abzulehnen. «Europas beste Tatortfotografin». Na ja, sie konnte ja gern schöne Bilder machen, solange sie sich aus den restlichen Ermittlungen heraushielt.

Ihre Kopfschmerzen nahmen zu. «Schluss jetzt mit Tinder, Galli», herrschte Conti ihren Untergebenen an. «Zurück an die Arbeit!»

VIER

Die Verkehrsregeln galten wie überall auf der Welt nicht für den Fahrer eines Polizeifahrzeugs und schon gar nicht für den eines Polizeiboots auf Venedigs Kanälen. Cat hielt sich an der Reling fest. Der Mann am Steuer musste in einem früheren Leben Taxifahrer in New York gewesen sein.

Rossi hatte ihr nicht viel über den Fall verraten. «Eine Frau wurde ermordet, eine bekannte Bürgerin der Stadt. Die Ermittlungen werden auf höchster Ebene mit entsprechender Priorität geführt.»

Zwei Kollegen von Rossi hatten Leo und Leonie in Empfang genommen. Es war nicht das erste Mal, dass Cat unerwartet zu einem Einsatz gerufen wurde, aber im Urlaub in einem anderen Land war es doch etwas anderes. Trotzdem steckten die Kinder es erstaunlich gut weg. Dass die Kollegin und der Kollege, die sich um Leo und Leonie kümmern sollten, nur unwesentlich älter waren als sie, hatte sicher geholfen. Außerdem hatten sie den Kindern beste italienische Eiscreme und das schnellste WLAN der Stadt versprochen. Sogar auf Miss Piggy waren sie vorbereitet gewesen und hatten Melonen- und Apfelstücke dabei.

Cat wusste, dass ihr Vater sie nicht unnötig im Urlaub in eine Ermittlung hineinziehen würde. Trotzdem ärgerte sie sich darüber, wie er über sie verfügte.

«Wann wurde die Tote gefunden?», rief sie über den Fahrtwind hinweg.

«Heute am frühen Morgen.»

«Befindet sich die Leiche noch am Tatort?»

Rossi zuckte mit den Achseln. «Ich bin nicht direkt an den Ermittlungen beteiligt. Aber ich gehe davon aus, dass die Leiche noch nicht abtransportiert wurde.»

Cat schüttelte den Kopf. «Sie wissen, dass ich *deutsche* Tatortfotografin bin, oder? In Italien habe ich keinerlei Befugnis. Ich kann nur Fotos machen.»

«Der Fall hat eine internationale Komponente, deswegen wurde er an Europol gemeldet. Ihr Vater hat meine Kollegen angerufen und Ihre Hilfe angeboten. Mehr weiß ich nicht.»

Cat schloss die Augen. Papa! Er war so ungeheuer stolz auf sie ... und verlangte ihr so viel ab. «Ich habe nur meine Privatkamera mit.» Cat klopfte auf ihre Umhängetasche. Ihre Kameras checkte sie nie ein.

«Meine Vorgesetzte erwartet Sie vor Ort und wird Sie über alles informieren», entgegnete Rossi.

Sie schossen in einen noch schmaleren Kanal hinein, dann verlangsamte der Fahrer so heftig, dass Cat fast gefallen wäre. Rossi hakte eine lange Holzstange in den Eisensporn in der Mauer und zog das Boot an die Wand. Über ihnen öffnete sich eine zum Kanal gelegene Doppeltür. Erst jetzt entdeckte Cat eine schmutzige Leiter, mit Muscheln und Algen bewachsen, die an der Mauer senkrecht nach oben führte. Es roch nach Abgasen mit einem Stich Fischsuppe.

Zwei Polizeibeamte mit Maschinengewehren schauten auf sie herunter. Rossi reichte Cat seine Hand und half ihr, das immer noch stark schaukelnde Boot zu verlassen. Sie trug Sneakers, aber trotzdem tat sie sich schwer mit der senkrechten Leiter.

«*Signora* Picard.»

Die schönste Frau, die Cat seit langem gesehen hatte, trat aus der Dunkelheit des Hausflurs auf sie zu. Cat wurden die Knie weich. Sie war ausgesprochen wählerisch, was ihre Bettpartner anging, aber nicht darin, welchem Geschlecht sie angehörten.

Das engelsgleiche Wesen schien direkt aus einem klassischen Gemälde von Botticelli oder Canaletto getreten zu sein. Das tiefbraune Haar der Frau wellte sich bis über die Schultern. Ihre mandelförmigen Augen waren von einem weichen Schokoladenbraun, ihre Lippen rot wie Kirschen. Die Nase und das Gesicht eher schmal, ebenso wie die Taille. Doch dann ... der Hüftschwung, die angedeutete Rundung des Hinterns, die durchtrainierten und doch unverkennbar femininen Beine ... Die Schuhe der Frau hatten Absätze, wie sie nur eine Italienerin tragen konnte. Und diese streng geschnittene Uniform!

«Vielen Dank, dass Sie gekommen sind», sagte der Engel, der Rossis Vorgesetzte sein musste, und streckte Cat die Hand entgegen. Ihre Haut war weich wie Seide.

Von dieser Frau würde sich Cat sofort verhören, sich gründlich abtasten und durchsuchen lassen. Ihr würde sie jedes Geheimnis anvertrauen.

«... gehen wir!», hörte sie nur noch. Verdammt, jetzt hatte sie wohl ausgerechnet den Namen verpasst.

Gebannt folgte Cat ihr und konnte den Blick kaum von dem sich im Takt der Absätze wiegenden Hintern abwenden.

Im zweiten Stock standen erneut zwei Wachmänner mit Maschinenpistolen und bewachten die Tür. «*Maggiore* Conti», grüßte einer der Männer.

Conti. Major Conti. Den Vornamen würde Cat auch noch herausbekommen, oder ihr Vater würde ihn ihr verraten.

Maggiore Conti öffnete die Wohnungstür. Kühler Muff schlug ihnen entgegen, vermengt mit einer Eisennote. Blut. Aus der Ferne waren Stimmen zu hören.

Cats Augen brauchten einen Moment, um sich an das Dämmerlicht zu gewöhnen. Im nächsten Augenblick schaltete die schöne Conti die Beleuchtung im Flur der Wohnung ein.

Cat verschlug es den Atem.

«Die Wände sind mit rotem Samt beschlagen», erklärte Conti in perfektem Englisch. Im Hauch des italienischen Singsangs in der Stimme hätte Cat baden können. «Auf dem Boden orientalische Läufer. An der Decke ein Kristalllüster. Der Zierstuck ist mit Blattgold dekoriert – so haben sich in den letzten Jahren etliche reiche Familien der Stadt eingerichtet. Man darf hier weder anbauen noch neu bauen, also muss man restaurieren.»

In ihren bequemen Flugklamotten – Jogginghose, Turnschuhen, T-Shirt – fühlte sich Cat auf einmal peinlich underdressed.

Was diese Conti wohl von ihr dachte? Da musste eine hochrangige Polizeibeamtin eine schlecht gekleidete Deutsche beaufsichtigen – und vermutlich wussten sie beide nicht, was Cat zur Lösung des Falls beitragen sollte.

Conti ging bereits weiter voran, während Cat erst noch aufnehmen musste, was sie sah. Noch nie hatte sie in einem derart üppig ausgestatteten Flur gestanden. Doch angeberisch erschien er ihr nicht, er vermittelte eher ein Gefühl von Lebensfreude. Wie bester Rotwein aus randvoll eingeschenkten Wassergläsern an einem ausgelassenen Sommerabend.

Und dieses Rot! Es schien nicht von den Wänden zu strahlen, sondern den Blick aufzunehmen und sich in die Weite auszudehnen.

Langsam durchschritt sie den Flur. Rechts und links gab es je zwei weiß lackierte Holztüren. Am Ende befand sich eine Flügeltür. Alle Türen wirkten frisch gestrichen, keine Gebrauchsspuren. Überhaupt deutete nichts darauf hin, dass die Wohnung genutzt wurde. Sie wirkte eher wie ein perfekt eingerichtetes Modell.

«Es heißt, Sie können Tatorte zum Sprechen bringen. Wir wären dankbar dafür, denn uns sagt dieser hier bislang leider nicht genug.»

Conti zog Plastiküberzieher für die Schuhe aus der Tasche. Cat schlüpfte hinein. Dann stieß die Italienerin die Flügeltür auf. Durch eine zur Lagune hin gelegene Fensterfront fiel Sonnenlicht in den großen Raum.

Das Opfer lag in der Mitte des Zimmers. Seine Kleidung war blutdurchtränkt.

Zwei Ärzte knieten neben der Leiche. Etliche Kollegen der venezianischen Polizei suchten nach Hinweisen und Spuren, sicherten und dokumentierten sie. Ein Fotograf kauerte auf der Fensterseite den Ärzten gegenüber. Mit seinem von Falten durchzogenen Gesicht sah er aus wie ein altgedienter Kriegsreporter, aber seine Kamera war ein nagelneues Spitzenmodell, erst seit wenigen Monaten auf dem Markt. Das sah Cat sofort. Im Geiste machte sie bereits selbst Fotos … *klick, klick, klick,* und setzte ein Panorama zusammen.

Der Kollege starrte sie herausfordernd an. Niemand bekam gern jemanden vor die Nase gesetzt und damit gesagt, man erledige nicht den eigenen Job.

Der Raum glich einem Schlachtfeld. Cat zog ihre Nikon Df aus der Schultertasche und machte sich an die Arbeit. In diesem Zimmer war nicht nur ein Mord geschehen, hier war Rache geübt worden. Die Kamera hielt Beweise fest, sie gab Cat aber auch die Möglichkeit, sich von dem Ort des Schreckens, den sie dokumentierte, zu distanzieren, sich ihm erst später, in ihrem eigenen Tempo zu nähern.

Um die Tote herum lagen zertrümmerte Stühle, aufgeschlitzte und umgekippte Sessel, Scherben einer Glasplatte, die zu einem Couchtisch gehörte, zerfetzte Bücher, ein zerschmetterter Großbildfernseher, Bilder, die von den Wänden gerissen waren.

Und überall war Blut. Um die Leiche herum auf dem Teppich, auf der zerstörten Einrichtung, an den Wänden. Kaum vorstellbar, dass es sich hierbei um Spuren der Tat handelte, um das Blut der Toten. Dafür war es zu viel und auch zu weit verteilt.

So etwas hatte Cat noch nie gesehen. Sie versuchte, sich vorzustellen, was geschehen sein könnte. Entweder hatten die Täter – denn so ein Schlachtfeld konnte unmöglich ein Einzeltäter hinterlassen haben – ihr Opfer systematisch ausbluten lassen und die Körperflüssigkeit aufgefangen, um diesen Horror zu inszenieren. Oder es handelte sich um ein Statement, das sich Cat noch nicht erschloss, und die Täter hatten Tierblut verschüttet.

Sie bahnte sich einen Weg durch das Wohnzimmer. Der einstmals weiße Hochflorteppich hatte das Blut aufgesogen, sodass er nun aussah wie feuchtes Moos.

Die Tote lag auf der Seite, das Gesicht der Zimmertür zugewandt. In ihrer Stirn befand sich ein etwa daumendickes Loch. Cat war nicht gut darin, Kaliber zu schätzen, das überließ sie den Kollegen. Aber sie sah sofort: Das hier war kein Handtaschenrevolver gewesen.

Tatorte, sagte Cat bei ihren Schulungen junger Nachwuchspolizisten, sollten eigentlich Täter-Orte heißen: Der Täter zwingt dem Ort seinen Willen auf und hinterlässt somit immer einen wichtigen Teil seiner Persönlichkeit. «Wir müssen ihn nur finden.»

«*Scusi.*» Cat bemühte ihre nicht vorhandenen Italienischkenntnisse, um aus einem besseren Winkel aufnehmen zu können.

Doch der italienische Tatortfotograf bewegte sich nicht vom Fleck, dabei machte er keine Fotos mehr. «*Excuse me, could you please let me take my picture?*» Den freundlichen, aber bestimmten Tonfall hatte sie in einem Managementworkshop geübt, geübt, geübt. Sonst nahmen die Kerle einen einfach nicht ernst, da konnte sie noch so gute Arbeit machen. «Wer am Anfang nicht der Boss ist, ist die ganze Zeit der Esel», sagte ihr Vater oft. Emmea fiel das leicht. Cat tat sich schwer damit.

Statt beiseitezutreten, begann der Kollege plötzlich laut auf Italienisch auf sie einzureden. Dabei gestikulierte er mit beiden Händen, als wäre seine Canon schwerelos. Obwohl Cat kein einziges Wort verstand, konnte sie sich denken, was er sagte. Jetzt kam er näher, so nah, dass Cat zurückweichen musste, damit sie nicht Nasenspitze an Nasenspitze voreinander standen.

Doch da dröhnte Contis Stimme aus einer Ecke des Raums. «Mattia!» Conti bellte kurz, einen Satz vielleicht, der seine Wirkung nicht verfehlte: Mattia trat zur Seite.

Durchsetzungsstark war die Polizistin also auch noch. Das wurde ja immer besser.

Cat trat vor, machte vier Aufnahmen im Querformat, dann hatte sie den Raum komplett dokumentiert. Der Gegensatz zwischen dem sonnigen Urlaubshimmel draußen vor dem Fenster und der roten, fast schwarzen Dunkelheit im Inneren wurde durch die konzentrierte Arbeit ein wenig erträglicher.

Zwei, drei Meter vor der linken Wand unter dem zur Seite gekippten Sessel aus feinstem Leder, in dem bestimmt einmal teure Zigarren gepafft worden waren, schaute eine weltbekannte Statue hervor.

«Ist der echt?», fragte sie Conti, die neben sie getreten war, und deutete auf den goldenen Oscar.

«Sie wissen nicht, in wessen Wohnung wir sind?», fragte Conti erstaunt.

FÜNF

Vittoria di Vitale war in den siebziger Jahren ein Weltstar gewesen. Sie hatte mit ihrem Partner, einem berühmten skandinavischen Regisseur, bewegende Dramen und erfolgreiche Komödien gedreht. Auch Cat kannte eine ganze Reihe ihrer Filme. Nachdem das Paar sich getrennt hatte, war es für einige Jahre still um die Schauspielerin geworden, bevor di Vitale mit neuen, anspruchsvollen Rollen zurückgekehrt war, in veredelten Hollywood-Produktionen ebenso wie in europäischer Filmkunst.

Auf dem Höhepunkt ihres Ruhms, als sie endlich den verdienten Oscar entgegengenommen hatte, zog sie sich aus dem Filmgeschäft zurück. Sie heiratete einen reichen italienischen Unternehmer, engagierte sich für den Tierschutz. Man hielt sie für schrullig. Sie rettete streunende Hunde und kaufte mit dem Geld ihres Mannes ganze Kuhherden vom Schlachthof frei. Dabei lächelte di Vitale, die weit jünger aussah, als sie war, stets bezaubernd. Ihre Fotogenität steigerte zweifelsohne die Medienpräsenz ihrer Botschaft.

Weil ihr Mann gleich mit mehreren minderjährigen Prostituierten erwischt und zu einer Haftstrafe verurteilt worden war, reichte sie die Scheidung ein, erstritt einen Gutteil seines Vermögens und begann einen grandiosen Kampf zum Schutz von Kindern und Jugendlichen. Jeder in Europa kannte das

Gesicht di Vitales nicht mehr nur aus den Kinoklassikern, sondern von Konferenzen und politischen Tagungen. «Kein Kind», wiederholte sie stets, «hat es verdient zu leiden.»

Möglicherweise war ihr Engagement in Teilen auch auf ihre eigene, schwierige Kindheit zurückzuführen, über die sie erst vor wenigen Jahren ein großes Interview gegeben hatte. Der frühe Tod der Mutter, Armut, Schläge, Schulabbruch. Cat erinnerte sich, dass Auszüge daraus überall zu lesen gewesen waren, und die Ehrlichkeit und Herzlichkeit di Vitales hatten sie berührt.

Schließlich wurde Vittoria di Vitale sogar Abgeordnete im Europäischen Parlament. Allerdings wusste Cat nicht, welche Partei sie vertrat ... vertreten hatte.

Polizeimajor Conti drückte ihre Zigarette in einem Taschenaschenbecher aus und senkte die Stimme: «Sie war jahrelang die Geliebte unseres amtierenden Bürgermeisters. Viele Venezianer hätten sich eine Hochzeit der beiden gewünscht. Sie galt als inoffizielle *First Lady* Venedigs und hat viele wichtige soziale Projekte ins Leben gerufen oder gefördert. Sie können also sicher verstehen, warum die Ermittlungen oberste Priorität haben. Wie stehen wir da, wenn nicht einmal eine Persönlichkeit von ihrem Rang und einer solchen Beliebtheit in dieser Stadt sicher ist?»

Politik also. Cat hätte es ahnen können. Warum sonst sollte ihr Vater bei einem Mordfall im fernen Venedig die Finger im Spiel haben? Europol kümmerte sich um die großen Fische, die grenzüberschreitenden Verbrecherbanden, um die international aktiven Täter – nichts davon schien auf die Ermordete zuzutreffen. Von wegen internationale Dimension!

Wer europaweit erfolgreich ermitteln will, braucht Freunde in jeder Stadt. Ihr Vater schuldete sicher jemandem einen Gefallen. Und Cats überragende Fähigkeit, Tatortfotos aufzunehmen und sie zu deuten, war in diesem Spiel nicht mehr als ein Zahlmittel. Sie spielte mit, weil auch sie ihrem Vater immer noch etwas schuldete – und weil Vittoria di Vitale, diese schillernde Persönlichkeit, sie interessierte. Sie war ein Vorbild für selbstbewusste Frauen gewesen – im Film, auf Pressekonferenzen. Sie hatte ihren Ruhm dafür eingesetzt, aus der Welt einen besseren Ort zu machen. Für Tiere und Menschen. Das können nicht viele von sich behaupten.

Vielleicht war der Fall aber auch bedeutungsvoller, als Conti es vor Ort klingen ließ, und Cat stellte die ermittlerische Trumpfkarte ihres Vaters dar.

Cat bemerkte, dass der Fotografen-Kollege sie immer noch feindselig anstarrte. «Weiß er, warum ich hier bin?», fragte sie.

«Natürlich», entgegnete Conti. «Weil Sie besser sind als er.»

Cat seufzte. Sie wusste selbst aus den statistischen Auswertungen ihrer Abteilung, dass ihre Beiträge zur Aufklärung von Verbrechen überdurchschnittlich waren. Dabei machte sie in ihren Augen doch nur Fotos und schaute sie sich auf dem Bildschirm genau an. Und das mit ihrer Sehschwäche.

Mattia sprach mit Conti, der Fotograf klang empört und herausfordernd. Seine Vorgesetzte antwortete ihm in beruhigendem Ton – ganz so wie Cat, wenn sie die Kinder ins Bett schickte, obwohl die noch fernsehen wollten.

Ein paar Sätze lang ging es hin und her, während Cat versuchte, sich auf ihre Arbeit zu konzentrieren. Die Aggression würde nicht abnehmen, solange zwei Fotografen sich eine Leiche teilen mussten. In einer solchen Situation half nur professionelle Ruhe.

Die Ärzte waren mit ihren Untersuchungen fertig und standen am Fenster. Einer von ihnen rauchte und ließ die Asche durch das gekippte Fenster davonfliegen.

«Todesursache?», fragte Cat, während sie sich neben das Opfer kniete. Das schöne Gesicht di Vitales war durch die schwere Verletzung und das viele Blut wirklich kaum wiederzuerkennen. Dafür glänzten ihre Haare umso mehr.

Conti übersetzte die Frage für die Mediziner. Deren Antwort übersetzte sie abermals: «Eintrittswunde auf der Stirn, aber keine offensichtliche Austrittswunde. Sie gehen von einer Hirnblutung aus. Genau werden wir es erst nach der Obduktion wissen. Sie starb im Laufe der Nacht, wohl zwischen dreiundzwanzig und zwei Uhr.»

Conti presste die Lippen aufeinander. Sie schien etwas blasser geworden zu sein, wunderschön war sie trotzdem. Cat musste sich beherrschen, kein Foto von ihr zu machen oder sie gar zu berühren. Schnell richtete sie ihr Objektiv auf das Gesicht der Toten.

«Die Nachbarn wurden bereits befragt», erklärte Conti weiter. «Niemand hat etwas gehört. Die Bewohner direkt über uns sind im Urlaub. Die aus dem vierten Stock haben geschlafen. Im ersten Stock wohnt ein junges Ehepaar, es vermietet zwei Zimmer an Touristen, die noch nicht wieder zurück sind. Ein Kollege wartet unten auf sie. In den Nachbarhäusern ist auch niemandem etwas aufgefallen. Keine

Schreie, keine lauten Geräusche, keine verdächtigen Personen.»

Cat wechselte die Position, ließ sich zurücksinken, um den ganzen Oberkörper aufs Bild zu bekommen, die Beine, die Füße, die in eleganten Schuhen steckten. Dann erhob sie sich für eine Ganzkörper-Aufnahme der Toten. Anschließend ging sie um die Leiche herum.

Die Tat war mitten in der Nacht erfolgt, doch di Vitale trug keinen Pyjama, sondern einen schicken Hosenanzug. Dessen Farbe war nicht mehr auszumachen, da er völlig mit Blut durchtränkt war.

«Sie war noch nicht zu Bett gegangen, als es geschah», sagte sie. «Vielleicht ist sie auf einer Veranstaltung gewesen, einer Party, bei einem Essen? Ist ihre Handtasche gefunden worden?»

«Nein.»

Mit einem Blick über die Tote hinweg bemerkte Cat, dass im Bücherregal ein Fach freigelassen worden war für etliche unterschiedliche Pokale und Figuren: die Filmpreise der Diva. Ihre Kamera klickte.

Die Mischung aus Zigarettenrauch und dem Geruch nach gerinnendem Blut bereitete ihr Übelkeit. Rauchende Kollegen am Tatort kannte sie nicht aus Berlin.

«Kann ich bitte auch die anderen Zimmer sehen?»

Conti zuckte mit den Achseln. «Da ist nichts zu dokumentieren», entgegnete sie. «Der Mord wurde hier begangen. Unsere Ermittlungen konzentrieren sich daher auf den Tatort.»

Sicher hatte ihr Vater sich etwas dabei gedacht, sie herzuschicken. Und wo sie den Urlaub schon unterbrochen hatte, konnte sie genauso gut ganze Arbeit leisten. Cat ließ Conti stehen und ging in den Flur, die Kollegin lief ihr nach. «Sie können nicht einfach ...», begann sie.

«Doch. Sonst können *Sie* gleich Europol erklären, warum Sie meine Arbeit behindern.» Sie hielt ihr Telefon bereits in der Hand.

Conti öffnete den Mund, presste die Lippen aber gleich wieder aufeinander. Oh, sie hatte so schöne Lippen, und dazu die hohen Wangenknochen, gekonnt durch einen Pinselstrich Rouge betont!

Cat öffnete die Tür zum Nachbarzimmer. Das Bad war so ordentlich, wie ihres noch nicht mal vor dem Einzug ausgesehen hatte. Sie schoss von der Tür aus ein Foto, dann trat sie ein. «Handschuhe?», fragte sie, ohne sich umzudrehen.

Conti rief einen Befehl ins Wohnzimmer. Ein junger Polizist lief herbei und reichte Cat ein Paar Latexhandschuhe.

Sie klappte die Schmuckschatulle im Regal auf. Einige Ringe, zwei Broschen, Ohrstecker. *Klick.* Auf der nächsten Ebene mehrere Halsketten. *Klick.*

«Das haben wir schon geprüft», rief Conti.

«Davon gehe ich aus.»

«Warum fotografieren Sie das dann?» Conti klang jetzt nicht mehr vorwurfsvoll, sondern interessiert.

«Als Gedächtnisstütze. Zu Dingen, die mir etwas über das Opfer sagen können. Ich weiß selten vorher, welche Bilder ich brauche. Manchmal möchte ich später Einzelteile der Wohnung ‹nachbauen› können, zum Beispiel, um mir über Abstände oder Wege klarzuwerden. Einmal habe ich mit Hilfe meiner Bilder von einem Architekten ein maßstabsgerechtes 3-D-Modell anfertigen lassen, durch das man virtuell herumgehen konnte.»

Conti schaute erwartungsvoll.

«Hat uns leider nicht weitergebracht», gab Cat mit einem schiefen Grinsen zu.

Neben dem Bad befand sich die Küche, elegant in Schwarz-Weiß eingerichtet, mit einem Arbeitstresen aus Walnussholz. Es sah aus, als hätte hier noch nie jemand auch nur einen Kaffee zubereitet. Cat fotografierte. Sie zog einige Schubladen heraus. Einzig der Korkenzieher lag schräg und sah nicht mehr nagelneu aus.

Im Kühlschrank fand sie eine ungeöffnete Stange Zigaretten, in der Tür standen eine angebrochene Flasche Wodka und eine ungeöffnete Flasche Mineralwasser.

Die Tür gegenüber führte in das Ankleidezimmer. Das Licht ging automatisch an, als Cat den Raum betrat. Drei Wände waren mit deckenhohen Schränken versehen. Die vierte, ihr gegenüber, war komplett verspiegelt. In der Mitte des Raumes befand sich eine große, doppelseitige Kommode mit zahlreichen flachen Schubladen. Cat öffnete die Schranktüren. Kleider, Anzüge, Hosen, Tops, Jacken, Schals, Schuhe. Die edle und umfangreiche Garderobe eines in Würde gealterten Stars.

Cat trat vor den Spiegel, hob das Handy und machte ein Foto von Conti, die abwartend im Türrahmen stand, zwei Finger an den Lippen, wie um die Zeit von einer Zigarette zur nächsten zu überbrücken. Dann wechselte sie in den Panoramamodus, drehte sich langsam im Kreis und nahm den gesamten Raum auf.

Im Flur fotografierte sie nach links, Richtung Wohnungstür, und nach rechts in Richtung Wohnzimmer, zum Tatort. Vier Schritte weiter öffnete sie schließlich die Tür zum

Schlafzimmer. «Wir haben das wirklich alles schon ...», setzte Conti noch einmal an.

«Natürlich. Aber Sie machen Ihren Job, und ich mache meinen.»

Das Schlafzimmer war überraschend modern eingerichtet. Der Rest der Wohnung war eher von klassischer Üppigkeit, dunkles Holz, roter Samt, Kuschelteppiche, Leder. Dieser Raum sah aus wie aus einem angesagten skandinavischen Einrichtungs-Blog. Helles Holz, zartes Grau, dezente Muster Ton in Ton, ein XL-Bett mit geschmackvollem Überwurf. Auf dem Boden lag ein weicher Kurzflorteppich. Cat ging in die Knie und fuhr mit ihren Fingern darüber. Er fühlte sich trotz des Handschuhs dicht und angenehm an. Auf dem Teppich waren noch die Spuren des Staubsaugers zu erkennen.

«Kommt die Haushälterin täglich? Hat sie vielleicht einen Schlüssel, mit dem sich jemand Zugang verschafft haben könnte?», fragte sie Conti. «Die Wohnungstür war unbeschädigt, nicht wahr?»

Conti nickte. «Ja, das ist richtig. Wir überprüfen es.»

An der Wand gegenüber vom Bett hing ein großes gerahmtes Foto von einem Karibikstrand. Links davon befand sich ein Fenster, das durch ein heruntergezogenes Rollo verdeckt wurde. Sie trat einen Schritt weiter ins Zimmer. An der Wand zum Flur hing ein gerahmtes Filmplakat. Cat stellte sich davor und hob die Kamera. Im unteren Drittel waren etliche Unterschriften zu sehen. Möglicherweise der Film, für den di Vitale den Oscar bekommen hatte. Das Motiv war ganz schön retro, aber das kam ja immer wieder mal in Mode.

Cat drehte sich um, schaute auf das Bett. Etwas an dem

Raum erzeugte bei ihr ein Gefühl des Ungleichgewichts. Doch sie konnte nicht genau benennen, was es war, und machte ein Foto von der Wand mit dem ... Der Karibikstrand war verschwunden, stattdessen sah man nun ein Schlauchboot voller Flüchtlingskinder. Es war augenscheinlich eines dieser Fotos von der Mittelmeerroute, die in den letzten Jahren beinahe täglich in der Zeitung gewesen waren. Cat starrte das Bild irritiert an, während es sich erneut zu verändern begann. Die ängstlichen Gesichter der Kinder schienen zu verschwimmen, zugleich zeichneten sich neue Konturen ab, die nach einiger Zeit zu fröhlich leuchtenden Sonnenblumen wurden.

Cat runzelte die Stirn. «Ist das ... ein digitaler Bilderrahmen?»

«Das ist ein Fernseher», erklärte Conti. «Ein sehr exklusives Modell. Er zeigt, wenn er ausgeschaltet ist, nach Wahl Kunstwerke oder Fotos.»

«Hm.» Cat ging um das Bett herum. Dort stand ein schmaler, hellgrauer Nachttisch. In der oberen Schublade lag die Fernbedienung mit dem Logo eines überteuerten Hi-Fi-Produzenten.

Die Sonnenblumen wichen langsam durcheinander krabbelnden Hundewelpen. Leonie hätte sie sofort abfotografiert, so niedlich waren die Kleinen.

Di Vitale hatte sich für Tiere, dann auch für Kinder eingesetzt. Möglicherweise auch für Flüchtlinge? Es war zumindest vorstellbar, dass sie ihre eigenen Bilder auf den Rahmen geladen hatte. Vielleicht hatte sie auch die Blumen und den Strand aufgenommen, oder diese Motive gehörten zur Werksausstattung des Gerätes.

«Können wir eine Liste der vorinstallierten Bilder besorgen, und kann jemand die eigenen Fotos des Opfers auf einen USB-Stick isolieren?»

Conti diktierte es in ihr Handy.

Mit einem Finger zog Cat das Rollo ein Stück von der Wand.

Auf der Fensterbank stand eine etwa dreißig Zentimeter hohe wunderschöne Glasvase. Sie war mit einem lose aufliegenden Glasdeckel verschlossen und mit grauem, körnigem Sand gefüllt. Cat sah genauer hin.

Das war kein Sand.

Etwas an ihrer Haltung musste sie verraten haben, denn auf einmal stand Conti neben ihr. Sie duftete nach ... Cat kannte das Parfüm nicht, aber es roch gut. Frauen wie Conti verwendeten oft sportliche Deos. Obwohl Cat den frischen Touch bei sich selbst mochte, bevorzugte sie bei anderen Frauen weichere Noten. Sie genoss den nächsten Atemzug trotz des schauerlichen Fundes.

«Ist das ...», Conti runzelte die Stirn.

Cat nickte. Sie griff nach dem Band des Rollos und zog es vorsichtig in die Höhe. «Asche», sagte sie. «Ich glaube auch, das ist Asche.» Sie sahen einander an. «Und sicher nicht die aus dem Kamin.»

SECHS

Als die Deutsche endlich mit ihren Bildern fertig war, hatte Conti sie in ihre Unterkunft eskortieren lassen. Fehlte noch, dass die sich bei ihrem Papi über mangelnde Fürsorge der italienischen Kollegen beschwerte. Außerdem war es besser, sie kam schnell in die Pension, damit sie sich zügig an die Auswertung der Fotos machen konnte.

Conti selbst fuhr mit dem Vaporetto hinüber nach Murano, auf die Glasbläserinsel. Dort musste der wichtigste Verdächtige vernommen werden, der langjährige Partner der Toten, Jacopo Rizzo. Sie hatte ihn sofort, nachdem ihr der Fall übertragen worden war, unter vorläufigen Hausarrest stellen lassen.

«Signor Rizzo.» Als Conti im Stechschritt den Raum betrat, standen die Kollegen stramm, der alte Mann wollte sich erheben. «Bitte bleiben Sie sitzen.» Ihr Kopf schien kurz vorm Bersten, die Kopfschmerzen attackierten sie.

Conti sah in seinem Blick das Misstrauen und die Frage, ob er sich in Acht nehmen musste.

«Wir haben leider eine traurige Nachricht für Sie», beeilte Conti sich zu sagen. Sie siezte ihn und behielt einen respektvollen, freundlich-distanzierten Tonfall bei. Sie hoffte, dass er es bemerkte und darauf einging, statt erkennen zu lassen, was sie miteinander verband.

«Ich höre», sagte Rizzo mit rauer, tiefer Stimme. Er saß aufrecht, und seine Hände lagen flach vor ihm auf dem Tisch.

Conti hatte entschieden, die Vernehmung «aus Respekt vor diesem außergewöhnlichen Bürger unserer Stadt», wie sie es ihrem Vorgesetzten gegenüber formuliert hatte, in Rizzos Atelier durchzuführen. Es würde erst am Nachmittag für die Gäste geöffnet werden.

«Ich muss Ihnen mitteilen, dass Vittoria di Vitale verstorben ist. Sie wurde Opfer eines Verbrechens, das aufzuklären die italienische Justiz keine Mühen scheuen wird.»

Rizzo ließ seine Lider sinken. Die Zeit schien stillzustehen. Es war kein Laut zu hören, bis einer der Carabinieri sich verlegen räusperte.

Schließlich öffnete Rizzo die Augen wieder. Seine Iris schien sich verdunkelt zu haben, sie wirkte schwarz wie die Pupille selbst.

Er sagte nichts.

«Sie unterhalten – unterhielten – eine enge Beziehung zu dem Opfer», stellte Conti fest.

Er nickte.

«Sie werden daher nachvollziehen können, dass ich Sie danach fragen muss, wo Sie die letzten vierundzwanzig Stunden waren.»

Er nickte wieder. Dann sagte er: «Ich war hier. Die ganze Zeit. Im Atelier. Ich bin ein alter Mann. Meine Haushälterin kauft für mich ein und kocht. Das Frühstück bereite ich mir selbst zu.» Er sprach leise, aber deutlich. «Gestern habe ich gefrühstückt, war einige Zeit in meinem Büro. Für den Papierkram. Am Nachmittag habe ich gearbeitet, wie immer. Den Abend habe ich in meiner Wohnung verbracht. Allein.»

Sie wartete, doch mehr hatte er offenbar nicht zu sagen. «Wie würden Sie Ihre Beziehung zu Signora di Vitale charakterisieren?», fragte Conti schließlich.

Rizzo löste den Blick von ihrem Gesicht und schaute an ihr vorbei zur Wand. Er schwieg, und erst als Conti ansetzte, um ihre Frage zu wiederholen, antwortete er: «Wir waren lange zusammen. Zu alt, um zu heiraten, aber wir haben uns geliebt. Wirklich geliebt. In letzter Zeit aber ... wer weiß schon, wie diese Dinge geschehen?» Er hob eine Hand ein wenig vom Tisch und ließ sie abrupt zurücksinken. Dann richtete er den Blick wieder auf Conti. «Wir waren kein Paar mehr, und doch waren wir eines. Verstehen Sie, was ich meine?»

Sie nickte. «Mein Beileid.»

«Danke.»

Rizzo richtete den Blick auf die Tischplatte. Conti war erleichtert, dass er sie nicht weiter ansah, dass sie nicht mehr versuchen musste, etwas in seinen Augen zu lesen.

«Haben Sie eine Ahnung, wer etwas gegen Vittoria gehabt haben könnte? Wurde sie bedroht, gab es Feindschaften?», fragte sie und wusste bereits, wie die Antwort lauten würde.

«Sie war eine wundervolle, bezaubernde Frau. Mit einem starken Charakter, zugegeben. Hat sie sich immer nur Freunde gemacht? Nein. Aber das ist alles lange her. Mittlerweile sind wir doch nur alte Leute. Ohne Bedeutung.» Rizzo strich mit einer Hand über die Tischoberfläche, als wollte er Krümel wegwischen.

«Hat sie nie etwas erzählt? Vielleicht hat sie jemandem durch ihr humanitäres Engagement ein schmutziges Geschäft kaputtgemacht?»

«Ha!» Er lachte barsch. Conti und die beiden Kollegen

zuckten zusammen. «Das möchte ich doch hoffen! Genau das wollte sie! Diesen Schweinehunden das Handwerk legen!» Er schnaufte amüsiert, beruhigte sich dann wieder. «Aber mehr weiß ich nicht. Sie hatte einen Manager. Ich weiß nicht, ob sie ihn noch hat. Hatte. Wenn Sie es nicht in Erfahrung bringen können, fragen Sie ihre Steuerberaterin. Ich bin sicher, die hat noch für sie gearbeitet. Mehr weiß ich leider nicht.» Er hob wieder den Blick, sah Conti direkt in die Augen. Etwas lag darin, etwas Unausgesprochenes. *Lass es gut sein, frag nicht weiter!* Oder bildete sie sich das nur ein?

«Es tut mir sehr leid», sagte sie, «dass Sie es auf diese Weise erfahren mussten.»

«Besser als von den Aasgeiern», grummelte Rizzo. Er meinte wohl die Journalisten. Prominente wie er, das wusste Conti, konnten die neugierigen Schmierfinken fast noch weniger leiden als Polizisten.

«Wenn Ihnen noch etwas einfällt, das die Ermittlungen voranbringen könnte, melden Sie sich bitte unverzüglich», sagte Conti und legte ihre Visitenkarte auf den Tisch.

Rizzo nahm sie und tat, als würde er lesen, was darauf stand. Dann steckte er sie in die Brusttasche seines weißen Hemdes. «Selbstverständlich.» Er erhob sich. «Ich hoffe, Sie kriegen den Schweinehund. Sie war eine ...» Er musste sich einen Moment unterbrechen und sagte, als er sich gefasst hatte, nur noch: «Ach. Ja.»

Conti lächelte ihn mitfühlend an, war aber nicht sicher, ob er es sah. Egal. Ihr Vater hatte gut mitgespielt. Das war alles, worauf es ankam.

Langsam ließen Contis Kopfschmerzen ein wenig nach.

SIEBEN

Es waren nur sechshundert Meter Luftlinie von di Vitales Wohnung bis zu Cats Pension. Conti hatte dennoch einen uniformierten Kollegen mitgeschickt, denn der verwinkelte Fußweg war sicher mehr als doppelt so lang.

«Danke, den Rest kriege ich allein hin», sagte Cat vor dem Haus. Der junge Mann nickte, nahm Haltung an und reichte ihr zum Abschied die Hand. Cat lächelte. Die militärische Tradition der *polizia* war überdeutlich, von den Uniformen bis zum Auftreten.

Sie ging die Treppe hinauf in den ersten Stock, der vollständig von der Pension eingenommen wurde. Eine alte Dame mit einer bläulich schimmernden Dauerwelle stand an der Rezeption, als habe sie seit dem Morgen nur auf diesen Gast gewartet. Stocksteif begrüßte sie Cat, fertigte eine Kopie des Personalausweises an und reichte ihr schließlich einen kleinen Schlüsselbund. «Unten, oben» – sie deutete auf je einen der Schlüssel, zeigte die Treppe hinunter, von wo Cat kam, und dann zur Eingangstür des Empfangsraums. Es folgte der dritte Schlüssel: «Zimmer.»

«Grazie.» Cat nahm den Schlüsselbund entgegen. Vier Flure gingen von der Lobby ab. Ein verwirrender Grundriss.

Die Wirtin deutete in die Richtung, in die Cat gehen musste.

Cat bedankte sich erneut.

An den Wänden in der Lobby und in dem Flur, den sie hinunterging, hingen großformatige, dunkle Ölgemälde: Vasen, Obst, Adelige, Pferde, Prinzessinnen. Die Unterkunft wirkte etwas altmodisch und düster.

Cat überprüfte die Zimmernummer und schloss auf. Aus dem Zimmer nebenan, das Leo und Leonie sich teilten, drang kein Laut. Sicher waren sie an ihren Handys, wie immer. Cat beschloss, sich erst mal frischzumachen und dann ihre Kinder davon zu überzeugen, dass Venedig nur Spaß machte, wenn man mitmischte.

Sie stellte ihre Tasche ab und sah sich im Raum um. Die Jalousie war heruntergelassen, damit es kühl blieb. Nicht wie in Deutschland, wo man den Großteil des Jahres auf dem Balkon stand und die Wärme in die Wohnung wedelte. Hinter einem schmalen Schminktisch befand sich ein Wandpaneel mit Spiegel, auf dem Tischchen eine kleine Vase.

Cat grinste und schüttelte den Kopf. Die Fotos im Internet waren wirklich gut. Sie hätte auch nicht gewusst, wie man aus dem Zimmer mehr herausholen könnte. Sie mussten ein extremes Weitwinkelobjektiv eingesetzt und dann die Sturzlinien gerichtet haben. Gutes digitales Handwerk. Der Raum war hübsch und deutlich moderner hergerichtet als der Eingangsbereich und der Flur, aber eine Schuhschachtel. Auf dem Foto hatte er riesig ausgesehen. Egal, Cityurlaub eben.

Cat ging ins Bad und wusch sich die Hände.

Die Glasvase im Schlafzimmer des Opfers ... Conti hatte Mattia angewiesen, ebenfalls Fotos davon anzufertigen. Er hatte nicht besonders happy dabei ausgesehen. Und so, wie er die Kamera gehalten hatte, konnte Cat sich nicht vorstellen, dass man mit seinen Bildern etwas würde anfangen können. Weder die Farbe noch die Körnung des Vaseninhalts würden sich akkurat bestimmen lassen.

Sie war froh, zuvor eigene Fotos gemacht zu haben. Zu gern hätte sie die feinen grauen Körnchen zwischen den Fingern gerieben, ihre Festigkeit und Größe gespürt, aber natürlich musste jede mögliche Verunreinigung vermieden werden.

Schließlich war die Spurensicherung anmarschiert. Man musste kein Italienisch verstehen, um zu begreifen, dass Conti ihnen richtig auf den Deckel gegeben hatte, weil keinem die Asche aufgefallen war. Sie hatte die Vase samt Inhalt zur Analyse ins Labor schicken lassen und Cat darum gebeten, sich um die Fotos zu kümmern, sobald sie in der Pension ankam.

Cat fuhr sich mit den nassen Händen über das Gesicht, strich ihre Haare aus der Stirn, trocknete sich ab und betrachtete ihr Abbild im gold gerahmten Spiegel. Es hatte da einen Moment gegeben, in dem sie sich gefragt hatte, ob Conti ihr Interesse wohl erwiderte. Im Ankleidezimmer hatten sich ihre Blicke getroffen, und ... da war etwas gewesen, das glaubte sie schon. Aber vielleicht hatte die Italienerin sie auch nur aufmerksam im Auge behalten. Die hatte mit dieser Ermittlung bestimmt schon Probleme genug, auch ohne eine von Europol ungefragt gesandte Tatortfotografin, die eigentlich zur Berliner Polizei gehörte.

Cat sah wirklich urlaubsreif aus. Das Haar schlaff, die Lippen schmal, die Wangen geradezu eingefallen. Die Augen ausdruckslos. Nein, man konnte wohl ausschließen, dass Conti sie auch nur halb so attraktiv fand wie Cat die Kollegin.

Sie durchquerte ihr Zimmer und öffnete die Zwischentür zum Nebenraum.

Das Zimmer war leer.

Kein Gepäck, keine Miss Piggy, keine Zwillinge.

Bisher hatte der Tag sie nicht sonderlich aus dem Gleichgewicht gebracht. Verbrechen geschahen nun einmal nicht nach Dienstplan. Sie erzog die Kinder allein und war seit drei Jahren Anwärterin auf die Beamtenlaufbahn, da herrschte mehr Durcheinander als Ordnung.

Auch wenn ihr di Vitale leidtat, das Blutbad und die Gewalttätigkeit hatten sie nicht berührt. Was ihr hingegen richtig Angst machte, war, dass ihre Kinder jetzt nicht hier waren.

Sie zwang sich, tief und ruhig zu atmen, so wie sie es in den Auffrischungskursen immer wieder übte. Wenn die Gefühle überhandnahmen und Panik aufkam: atmen!

Leo und Leonie wurden älter, gingen auch jetzt schon oft ihre eigenen Wege. Cat versuchte, sich nicht anmerken zu lassen, wie sehr sie das stresste. Sie war eine Löwenmutter. Das Gegenteil ihrer eigenen Mutter, die sie nur noch blass erinnerte: wie ein Foto, das schon ewig an der Wand hing. Ihr war bewusst, dass sie den Kindern keinen Gefallen damit tat, sie zu sehr zu behüten. Die beiden mussten ihre eigenen Erfahrungen sammeln. Aber noch immer fuhr ihr der Schreck in die Knochen, wenn mit Leonie und Leo auf einmal etwas nicht nach Plan lief.

So wie jetzt.

Cat zog ihr Handy heraus. Das immerhin hatte sie gelernt: Oft musste sie sich weniger Sorgen machen, wenn sie ihre Kurznachrichten las.

Nichts.

Moment. Oben in der Ecke leuchte noch das kleine Flugzeugsymbol! Deswegen hatte ihr Vater sie vorhin auf Leos Handy angerufen. Sie schaltete den Flugmodus aus und wartete, während sie sich umsah. Auch dieses Zimmer war kaum größer als das Bett. Zwischen dem Fußende und einer schmalen Kommode konnte sie nur durchgehen, wenn sie sich zur Seite drehte. Den Stil der Kommode konnte man als «shabby chic» bezeichnen, oder auch: abgewohnt.

Das einzige Fenster befand sich am Kopfende oberhalb des Bettes. Nicht besonders praktisch, aber besser als keins. Wie bei ihr im Zimmer war die Jalousie heruntergelassen. Auf dem Bett lag eine straff gezogene Überdecke mit Blumenmuster, deren Farbton mit viel gutem Willen mit der Wandfarbe harmonierte, einem pastelligen Türkis. Wären die Zwillinge hier gewesen, hätten sie sich garantiert sofort auf das Bett geworfen, sie waren also seit der Landung unterwegs.

Cat erschrak, als das Handy in ihrer Hand zugleich vibrierte und piepte. Eine ganze Reihe von Benachrichtigungen erschien in schneller Folge auf dem Display. Unter den Absendern waren auch Leo und Leonie. Erleichtert setzte sich Cat auf das Bett, um die Nachrichten zu lesen.

Auf Instagram gab es neue Fotos von irgendwem. Etliche Freunde hatten ihren Facebook-Status aktualisiert. Ihre Stammapotheke hatte Hautcreme im Sonderangebot. Ein Spezialanbieter für Digitalkameras und Zubehör gab aktuell sieben Prozent Rabatt auf «alles außer Hundefutter» – bei der Nachricht schien irgendetwas schiefgelaufen zu sein. Es folgten eine Reihe Schlagzeilen aus Berlin, die sie interessiert hätten, wenn sie dort gewesen wäre. Schließlich wurden ihr die persönlichen Nachrichten angezeigt, nach denen sie suchte.

Leo hatte ein Selfie von seiner Schwester und sich vor dem Dogenpalast geschickt. Er trug die Augenklappe, sie nicht mehr. Leonie hatte gestern Abend schon versucht, den Bart abzuwaschen, und langsam verblasste er. Ihr Bruder grinste, als gehörte ihm die Welt. Um ihn musste Cat sich keine Sorgen machen.

Leonie hatte ihr ein Landkartensymbol geschickt, Cat tippte darauf. Eine weitere App öffnete sich, die einen Stadtplan lud und Cat anbot, eine Route zu planen.

Cat wechselte zurück in die Chat-App. Oberhalb des Kartensymbols stand: *Die sind richtig nett. Wir waren erst mal Pizza (Leo) und Salat (ich) essen, und gleich gehen wir ins ‹beste Fitnessstudio der Stadt›, haben sie versprochen. Du kannst auch kommen. Ruf mich an, wenn du fertig bist. Und ich schick dir die Koordinaten. Bis dann!*

Sie hatte gerade zu Ende gelesen und war froh, dass alles in Ordnung war, als schon die nächsten Nachrichten eintrafen. Ein halbes Dutzend Fotos von Leonie: ihr Bruder grinsend hinter einer riesigen Pizza; ein Selfie mit einem italienischen Polizisten, der sich für Cats Geschmack ein bisschen zu dicht an Leonie presste und lächelte; das Blau des Himmels, das zum unteren Bildrand hin immer heller wurde; ein Foto aus der Froschperspektive, für das Leonie vermutlich das Handy auf den Boden gestellt hatte: ein undurchdringliches Gewimmel aus Tauben und Füßen, beeindruckend, weil es leicht unscharf war; der Carabinieri von eben diesmal Arm in Arm mit seiner Kollegin; und schließlich ein Foto von Leo auf einer Fitnessmaschine in einem sehr ungewöhnlichen Studio. Cat zoomte in das Bild hinein.

Im Hintergrund befand sich eine Reihe von Fenstern wie in einer gotischen Kirche: oben spitz zulaufend, darunter einige steinerne Ornamente. Draußen Himmel und in einiger Entfernung, zu unscharf, um es zu erkennen, ein langgezogenes Gebäude mit einem flachen roten Dach. Es schien ähnliche Fenster zu haben wie das Fitnessstudio, in dem Leo offenbar trainierte.

Leonie war einige Schritt zurückgetreten, um das Foto aufzunehmen, sodass Leo zwar den Mittelpunkt bildete, aber doch ein Eindruck des gesamten Raumes entstand. Auf dem dunklen Boden standen zahllose Trainingsmaschinen, an mehr als der Hälfte schwitzten Sportler. Ohne dass Cat hätte sagen können, woran es lag, schien es, als herrschte eine disziplinierte, entschlossene Stimmung in dem Saal. Decke und Wände waren von einem hellen Sandbeige. An einer Wand stand eine Reihe Laufbänder und Trainingsfahrräder, davor hingen TV-Monitore von der Decke.

Cat ließ die Schultern kreisen und streckte die Beine. Sie wurde wohl auch nicht jünger. Eine halbe Stunde auf dem Laufband würde nicht schaden. Für den Nachmittag hatte sie sowieso noch kein Besichtigungsprogramm zusammengestellt. Conti wollte so schnell wie möglich die Bilder erhalten, aber wenn Cat jetzt Pause machte, würde sie später umso effektiver arbeiten können.

Sie wechselte zur Kartenanzeige. Das Studio war zu Fuß eine Viertelstunde entfernt. Sie tippte auf das Symbol für den öffentlichen Nahverkehr. Achtzehn Minuten mit einer Fähre, davon sechs Minuten Fahrtzeit, der Rest Fußweg.

Cat stand auf, kehrte zurück in ihr Zimmer und schaute sich nach den Sportsachen um – da fiel ihr ein, dass ihr gesamtes Gepäck inklusive Laptop bei den Kollegen war, die sich um die Kinder kümmerten. Sport war also nicht drin, aber sie konnte sich auch nicht an die Arbeit machen, wie Conti es befohlen hatte.

Und so hängte sie den Schlüssel an das Brett hinter der unbesetzten Rezeption und machte sich auf den Weg durch die Gassen zu Leo und Leonie. Der Reiseführer steckte in ihrem Koffer, also ging Cat an Tausenden Jahren Geschichte vorbei, ohne die geringste Ahnung zu haben, was sie verpasste.

Es war voll. Cat musste an das Kinderlied denken, das Leonie und Leo gern gesungen hatten: «Große Leute, kleine Leute, dicke Leute, dünne Leute ...» Genau so sah es auf den engen Gassen und Brücken Venedigs aus, an den Tischen der Straßencafés, auf den Gondeln und in den Wassertaxis, die auf den Kanälen unterwegs waren! Und alle, absolut alle starrten auf ihre Handys. Manche ließen sich den Weg anzeigen, andere lasen Nachrichten oder Reiseführer, einige filmten im Gehen eine unbedeutende Gasse. Cat schüttelte den Kopf. Auch ihr fiel es im Alltag schwer, die Augen vom Smartphone zu lösen. Aber warum nach Venedig reisen, ohne den Blick zu heben?

In einem kleinen Restaurant mit Straßenverkauf holte sie sich ein Sandwich mit Tomate, Mozzarella und Basilikum, trank im Stehen einen Espresso und nahm eine Flasche Wasser mit. Vom Ausgang der Stadtvilla aus gesehen, in der sich die Pension befand, musste sie sich rechts halten und immer abwechselnd links, rechts, links, rechts gehen, bis sie den Markusplatz erreichte. Während sie durch die Gassen lief, biss sie von ihrem Sandwich ab und schob sich zwischen den Touristen hindurch. Ihre Kameratasche hatte sie umgehängt und zusätzlich unter den Arm geklemmt. Venedig wies die höchste Taschendiebstahlsrate der Welt auf. Mit dieser Tatsache prahlte die Stadt auf entsprechenden Aufkleber geradezu, nach dem Motto: Wenn sich alle hier bestehlen lassen, muss es die Reise wohl wert sein!

Doch sie musste zugeben, Venedig an diesem warmen Frühsommermittag war bezaubernd. Ein zarter Windhauch strich zwischen den Häusern hindurch, ohne den die Hitze unerträglich geworden wäre. Viele der Fassaden waren heruntergekommen, aber im schmeichelhaften Adrialicht schien es dennoch, als hätten sie eine lange und aufregende Geschichte zu erzählen. Zwischendrin standen immer wieder Villen und kleine Palazzi, die sämtliche Klischeevorstellungen von der Stadt voll erfüllten. Detailreiche Fassaden, schmucke Fensterfronten, mit zahllosen Schnörkeln verzierte Balkone und Giebel. Ja, die Stadt sah aus wie ihre eigene halbfertige Kulisse, und sie war wirklich bezaubernd.

Cat wusste nicht, was sie zuerst tun sollte: sich einfach durch die Stadt treiben lassen oder auf die charmanten Kleinigkeiten und Eigenheiten achten, ein kleines Mädchen, das verträumt im Bug einer Gondel saß, eine flinke Katze, die mit ihrer Beute am Ufer des Kanals entlanghuschte, die roten Geranien an einer Balkonbrüstung im ersten Stock.

Cat setzte die Wasserflasche an und bemerkte jetzt erst, wie durstig sie war.

Als sie ausgetrunken hatte, drängte sie sich an die Brüstung einer kleinen Brücke und zog ihre Kamera heraus. Sie lehnte sich mit der Hüfte an das steinerne Geländer und richtete das Objektiv in die Richtung, aus der sie gekommen war. Leider liefen ständig Menschen durchs Bild. Jede Menge Touristen. Ihre verschwitzten Körper rieben sich aneinander, so dicht war der Menschenstrom.

Cat liebte es, ihre Umgebung zu fotografieren. Als die Kinder klein waren, hatte sie «nebenbei», wie ihr Vater es immer so schön genannt hatte, als Fotografin gearbeitet. Sie hatte andere Kinder und Mütter fotografiert, Schwangere, Familien. Das hatte Spaß gebracht, war aber kein stabiler Job gewesen.

Den Kundinnen, aber auch ihrem Vater und sogar ihr selbst war aufgefallen, dass die von ihr Porträtierten auf den Bildern ein bisschen mehr nach sich selbst aussahen als in der Realität. Als gelänge es Cat, mit einem Druck auf den Auslöser die Essenz der Menschen einzufangen, ihr Wesen.

Tatsächlich «nebenbei» hatte sie angefangen, Katzenfotos ins Internet zu laden. *Cat's Cats* hieß ihr Account und brachte noch weniger Geld als die Familienfotos, nämlich gar keines. Wenn sie zufällig ein gutes Katzenfoto schoss, stellte sie es immer noch ein.

Zu Papas Fünfundfünfzigstem hatten Emmi und sie eine Finca auf Mallorca gemietet. Ihre Fotos bekam er hinterher als Bildband. Danach hatte er sie angerufen: Er habe vor Ort mit eigenen Augen weniger gesehen als auf ihren Aufnahmen. Und er habe mit einem Kollegen in Berlin gesprochen. Zwei Tage später absolvierte Cat ihr Bewerbungsgespräch. Was sie immer noch wunderte, wenn sie darüber nachdachte oder danach gefragt wurde, war, dass die Tatorte sie emotional kaum berührten. Natürlich empfand sie Mitleid, sie war ja nicht aus Stein. Aber ob sie nun Babys, junge Familien, Urlaubsansichten oder die Opfer brutaler Verbrechen fotografierte, machte für sie persönlich keinen Unterschied. «Sehr gut», hatte ihr Vater geurteilt, als sie ihm das sagte, «dann brennst du nicht aus.»

In den vorgeschriebenen halbjährlichen Supervisionsrunden erzählten die Kollegen davon, dass schlimme oder schwierige Fälle sie mitnahmen. Für Cat blieben die Fälle immer nur Fotos. Farben auf Papier. Pixel im Arbeitsspeicher. Zuerst kam sie sich roboterhaft vor deshalb, aber wahrscheinlich hatte ihr Vater recht, und sie war gut dran. Und vielleicht genoss sie es deswegen umso mehr, wenn sie angenehme Anblicke und pittoreske Ausblicke vor die Linse bekam.

Cat steckte ihre Kamera ein und ging weiter. Einmal links, einmal rechts, durch einen Bogengang, und plötzlich stand sie tatsächlich auf dem Markusplatz. Das waren die drei Dinge, die sie in Venedig erkannte: den Markusplatz, den Dogenpalast und den goldenen Löwen auf dem Turm vor ihr. Sozusagen den Bären Venedigs.

Sie rief Leonie an. «Ich bin auf dem Markusplatz. Wo seid ihr?»

«Komm zum Caffè Florian. Ich hol dich.» Leonie hatte aufgelegt, bevor Cat fragen konnte, wo sie das Caffè Florian denn überhaupt finden konnte.

Der Platz war deutlich größer als ein Fußballfeld. Links sah sie eine Kirche und daneben den Dogenpalast mit seiner unruhigen Fassade. Zwischen den beiden ragte der hohe viereckige Turm des Campanile heraus. Die übrigen drei Seiten des Platzes schienen von einem einzigen dreistöckigen Gebäude eingerahmt. Unten befanden sich hinter einem Säulengang Cafés, Restaurants und Souvenirläden. Zwischen Dogenpalast und dem Beginn des dreiseitigen Gebäudes konnte Cat den Vaporetto-Anleger und die Lagune sehen. In einiger Entfernung dahinter machte sie Land aus – das musste der Lido sein, der Strand sollte traumhaft sein, dort wollte sie einmal in diesen Tagen laufen gehen. An einer Säule entdeckte Cat einen Umgebungsplan. Das Florian befand sich direkt gegenüber.

Menschen liefen auf dem Platz umher, die meisten von ihnen starrten dabei allerdings auf ihre Handybildschirme oder filmten andere Touristen, die wiederum weitere Touristen filmten.

Daraus könnte man eine interessante Videoinstallation machen, dachte sich Cat. Es beschäftigte sie, wer warum was fotografierte oder filmte. Für sie war die Frage glasklar: Was habe ich davon, einen Moment, den ich aufmerksam erleben könnte, dadurch zu ersetzen, dass ich ein Foto aufnehme, das ich mir später anschauen kann? Noch dazu ein schlechtes Foto. Kann man einen Moment bewusst erleben *und* für die Ewigkeit festhalten? Wenn ich den Moment *wirklich* aufmerksam erlebe, brauche ich dann ein Foto?

Während sie sich zwischen den Menschen hindurchdrängelte, dachte sie zurück an einen Urlaub mit Emmea während des Studiums. Sie waren mit Emmis alter Karre bis an die Algarve gekommen. Dort hatte jemand das Auto geknackt und das ganze Gepäck geklaut, einschließlich der noch unentwickelten Filme. Von der ganzen Reise existierte kein einziges Bild. Aber es war der Trip, an den Cat am häufigsten zurückdachte! Vielleicht deshalb? Sie nahm sich vor, Emmea bei Gelegenheit zu fragen, wie es ihr damit ging.

Leonie wartete auf der anderen Seite des Markusplatzes bereits auf sie. Der junge, attraktive Polizist, der die Zwillinge mit seiner Kollegin vom Flughafen abgeholt hatte, stand neben ihr. Die beiden unterhielten sich, Leonie legte den Kopf in den Nacken und lachte. Sie boxte dem jungen Mann spielerisch gegen den Oberarm, als wollte sie sagen: Also wirklich!

«Komm», sagte Leonie, als Cat sie erreichte, nahm ihre Mutter bei der Hand und zog sie hinter sich her. Der uniformierte Kollege folgte ihnen. «Es ist irgendwie richtig cool hier», berichtete sie aufgeregt. «Hätte ich gar nicht erwartet. Ich dachte, wir müssen in so einem Konferenzraum warten wie bei dir immer. Aber Venedig ist irgendwie echt geil.»

Wie schnell die Kinder älter werden, selbständig, dachte Cat. So anders klang Leonie als noch vor einem Jahr.

Neben dem Café befand sich eine unscheinbare graue Tür, daneben ein Lesegerät für Ausweiskarten. Leonie hielt bereits eine weiße Karte in der Hand. Die Tür klickte und summte. Sie lehnte sich dagegen, aber die Tür war so schwer, dass es ihr kaum gelang, sie aufzudrücken, obwohl sie ihre ganze Kraft einsetzte. Der Kollege streckte von hinten seinen Arm aus und half. Ein Fitnessclub mit Panzertür? Vielleicht für Promis, die für ein paar tausend Euro die Nacht in den umliegenden Fünf-Sterne-Hotels absteigen?, überlegte Cat.

Mit einem schmatzenden Sauggeräusch, dem ein hartes Klicken folgte, fiel die Tür hinter ihnen wieder ins Schloss. Über der Treppe, die in den ersten Stock führte, hingen nackte Neonröhren. Das obere Ende der Treppe mündete direkt in den Saal, den Cat schon vom Foto kannte. Deshalb also hatten die Fenster diese eigenartige Form, und der Raum wirkte trotz der hochmodernen Geräte klassisch.

«Wir sind irgendwie in den Prokuratien», erklärte Leonie stolz, als hätte sie für dieses Referat lange geübt. «Das sind die Verwaltungsgebäude, die den trapezförmigen Markusplatz auf drei Seiten umgeben.» Die Fenster hinter ihnen, die Cat beim Hereinkommen gesehen hatte, blickten über ein paar Baumwipfel hinaus auf die Lagune. Die Fenster zur anderen Seite öffneten sich zum Markusplatz.

Und hier, im direkten Kontakt, wurde Cat auch klar, worin die Eigenheit der Sportler bestand, die sie schon auf dem Foto gespürt hatte. An den Maschinen und Gewichten trainierten ausschließlich Polizisten.

Dies war das Polizei-Gym von Venedig! Eine grandiose Möglichkeit, sich fit zu halten, Kontakte unter den Kollegen zu knüpfen und zu fördern. Cat nahm sich vor, ihrem Chef einen entsprechenden Vorschlag zu machen. In Berlin gab es zwar eine Polizeisportgruppe, aber kein zentrales Fitnesscenter.

Leo lag auf dem Rücken und stemmte zügig eine Langhantel. Ein junger Polizist sicherte ihn. Noch zwei Mal, drei Mal, dann legte er die Hantel ab. Richtete sich auf, grinste seine Mutter an.

Und kippte seitlich von der Bank.

Cat rannte los, noch bevor sie begriffen hatte, was passiert war.

ACHT

Den Kopf ihres Sohnes sah Cat schon vor ihrem inneren Auge wie in Zeitlupe auf dem dunkelgrauen Industrieboden aufschlagen. Und was sie an Tatorten kaltließ, jagte ihr hier große Angst ein.

Doch der Kollege, der hinter Leo gestanden hatte, reagierte noch schneller als sie, zuckte reflexhaft nach vorn und packte Leo im letzten Moment. Er richtete ihn wieder auf, gerade als Cat ihn erreichte und vor ihm in die Knie ging.

Leos Auge war geschlossen. Ganz automatisch legte sie zwei Finger an seinen Hals. Puls. Gut. Sie nahm ihn in die Arme. Hielt ihn ganz fest. Spürte seinen Atem.

Er war ohnmächtig. Die Hitze. Hartes Training.

Mit einem Ruck kam er wieder zu sich. Schnaufte, schüttelte den Kopf in kleinen Bewegungen. «Was ... was ...?», fragte er benommen.

«Du bist schon wieder umgekippt!», sagte Leonie vorwurfsvoll. Sie stand neben Cat, die Hände in die Hüften gestemmt.

Wieder? Cat nahm sich vor, Leonie später zu fragen, was sie damit meinte.

Ein Schauer lief durch Leos Körper, er holte tief Luft. Es schien Cat, als sauge er sogar Energie aus ihr heraus, schließlich seufzte er und richtete sich auf. Erleichtert ließ sie ihn los.

Sie hatte sich kaum von dem Schrecken erholt, da streckte ihr bereits jemand ein Handy entgegen. «Maggiore Conti», murmelte der Mann. Cat sah genauer hin; es war Rossi, der sie am Vormittag zum Tatort eskortiert hatte.

Sie nahm das Telefon. «Ja?»

«Wann bekommen wir die Bilder?», fragte Conti ohne Vorrede. «Mein Chef möchte den Stand der Ermittlungen wissen.»

«Wenn ich sie mir angeschaut habe», entgegnete Cat. «Es geht doch nicht um die Bilder an sich, sondern darum, was ich auf ihnen finde. Meine Interpretation.»

«Schön, dann interpretieren Sie, ich muss trotzdem etwas vorweisen. Wo sind Sie?»

«Im Fitnessstudio der Polizei am ...»

Conti unterbrach: «Die Kamera haben Sie hoffentlich dabei. Ich schicke jemand, Sie abzuholen.» Sie legte auf.

Cat schüttelte den Kopf. Sie konnte sich vorstellen, unter welchem Druck Conti stand. Trotzdem minderte dieser Ton ihr Interesse an Conti erheblich. Sie gab Rossi sein Handy zurück.

Ein weiterer junger Polizist in einer frisch gebügelten Uniform tauchte neben ihr auf. «Signora Picard, Maggiore Sofia Conti schickt mich, ich soll Sie bitten ...», begann er.

Cat umklammerte den Riemen ihrer Kameratasche. «Meine Kamera gebe ich nicht her», entgegnete sie barsch.

«Nein, Sie verstehen nicht. Die Einsatzzentrale der *Polizia di Stato* ist gleich nebenan. Bitte kommen Sie!»

Cat sah sich um. Leo, Leonie, das Gepäck. Jetzt erst entdeckte sie auch Miss Piggy. Das Schweinchen hatte sich auf einem Handtuchnest zwischen zwei Trainingsfahrrädern zusammengerollt und schlief.

«Eine Stunde, nicht mehr, hat Maggiore gesagt. Sie können die Kinder und das Gepäck hierlassen. Ich bringe Sie später zurück.»

Leo und Leonie nickten. «Ist okay, Mama», sagte Leonie, «wir sind ja noch eine Weile hier. Die sind hier nett zu uns, und wir sollen noch eine Limonade bekommen. Irgendwie die beste in der ganzen Stadt.»

Wahrscheinlich hatte Leonie recht, und das Beste war, es einfach hinter sich zu bringen. Es ging ja offenbar nur darum, dass es *aussah*, als würde im Fall di Vitale alles nur Menschenmögliche unternommen. Polizeiarbeit war wirklich überall gleich.

Einen langen Flur, zwei Sicherheitstüren und einen Scanner weiter kam Cat in ein Großraumbüro, das praktisch genau jenes der Berliner Polizei hätte sein können, in dem ihr Schreibtisch stand. Abgesehen von der Tatsache, dass die Berliner Polizeidirektion sich in einem Betonklotz aus den Achtzigern befand, und hier nutzte man heilige Hallen.

«Ungewöhnliche Location», bemerkte sie.

«Zwei der Prokuratien wurden im sechzehnten Jahrhundert als Verwaltungsgebäude errichtet, das dritte wesentlich später», erläuterte der Kollege. «Leider wurde der bauliche Zustand immer bedenklicher, die prognostizierten Kosten für Erhalt und Renovierung wurden immer höher. Private Investoren winkten ab – die Mieten für Cafés und Shops im Erdgeschoss sind astronomisch, aber für die Obergeschosse wäre nicht mit vergleichbaren Einnahmen zu rechnen gewesen. Also hatte niemand Interesse daran, hier zu investieren. Deshalb hat man schließlich entschieden, die Aufgabe der Stadt zu übertragen. Der bürokratisch einfachste Weg, dies zu realisieren, war die Eigennutzung der Räume für städtische Aufgaben.»

Um in Berlin irgendetwas zu erreichen, war der bürokratisch einfachste Weg: warten. Darauf, dass man abgewählt wurde und jemand anders sich um das Problem kümmerte.

Conti stürmte in den Raum, gefolgt von einem Mann, der lautstark auf Italienisch auf sie einredete. Es war Mattia, der italienische Tatortfotograf. Regte er sich etwa immer noch über Cat auf? Ohne auf seine Worte zu achten, rief Conti ihm über die Schulter etwas entgegen. Cat kam sich vor, als hätte sie auf dem Hotelfernseher versehentlich in eine italienische Nachmittagsserie ohne Untertitel geschaltet.

Die Kollegin warf dem Mann einen abschätzigen Blick zu. «Er ist eifersüchtig, weil unser Chef *Ihre* Bilder sehen will, nicht seine. Und, ganz ehrlich, aus gutem Grund. Wir kennen ja seine Arbeit.»

Offenbar verstand Mattia Contis Worte, denn sein Gesicht verfärbte sich rot, und er hob seine Kamera. Während er noch schneller und lauter als zuvor redete, begann er, Knöpfe an dem Gerät zu drücken. Das Einzige, was Cat heraushörte und was er mehrfach abschätzig wiederholte, war der Markenname ihrer Kamera. Wahrscheinlich behauptete er, mit einer Nikon könne man keine guten Bilder machen. Dieser Vorwurf war ihr nicht neu. Nikon oder Canon, der alte Glaubenskrieg unter Fotografen. Schließlich nickte

Mattia mehrmals entschlossen mit dem Kopf, warf seine Kamera krachend auf den Boden und stampfte davon.

Conti sah ihm hinterher, ohne eine Miene zu verziehen. Entweder sie war eine sehr gute Einsatzleiterin oder eine sehr schlechte.

Dann wandte sie sich Cat zu. «Er hat seine Speicherkarte mit den Tatortfotos formatiert», sagte sie leichthin. Als wäre es weiter kein Problem, dass damit viele Fotos vom Tatort vernichtet waren.

Cat spürte, wie ihre Schultern sich verspannten. Vorsichtig atmete sie in den oberen Rücken hinein. Contis Verhalten irritierte sie. Warum hatte sie nicht von Anfang an klare Kante gezeigt, statt zwei Fotografen an den Tatort zu lassen? Einerseits wirkte Conti selbstbewusst und kühl, andererseits erschien sie verkrampft und konfliktscheu. Ein Gegensatz, den Cat zwar bei der Arbeit lästig fand, privat aber durchaus spannend. Conti sah nicht nur gut aus, sondern hatte offenbar ihre Kanten. Genau ihr Typ.

«Kommen Sie», sagte Conti nun und eilte an ihr vorbei. «Ich benötige Ihre Hilfe.»

Cat folgte ihr ohne Zögern. Adrenalin lag in der Luft. Das reichte ihr, mehr musste sie nicht wissen.

Sie liefen eine Treppe hinunter, bogen rechts ab. Am Ende eines schmucklosen Ganges stand ein Wachmann vor einer Stahltür. Conti würdigte ihn keines Blickes. Sie riss die Tür auf und blieb stehen. Cat wäre beinahe in sie hineingelaufen. Doch hinter der Tür war ... nichts.

Himmel.

Einen Meter unter ihnen: Lagune. Ein Polizeiboot schaukelte auf den Wellen.

Conti kletterte trotz Pumps und Uniformrock zügig die Leiter hinunter. Cat folgte ihr, kein Problem in Städtetrip-Ausstattung: Turnschuhe, Jeans, Kameratasche.

Sie stand kaum, da brauste das Boot schon los. Es gelang Cat gerade noch, das Gleichgewicht zu halten. Blaulicht flammte auf und machte ihnen den Weg frei.

«Gibt's neue Erkenntnisse?», fragte Cat.

Conti schüttelte den Kopf. Ihre Haare flatterten im Fahrtwind. «Di Vitale ist der größte Fall seit langem in Venedig. Eigentlich müsste mein Vorgesetzter, *Tenente Colonnello* Zanirato, selbst die Ermittlungen leiten. Mindestens. Aber er hat sie mir übertragen. Das war geschickt. So kann er zeigen, dass er sich auf seine neue Aufgabe konzentriert, dass er delegiert, dass er mir gute Arbeit zutraut, dass er professionell mit meinen Vorwürfen umgeht.»

Vorwürfe? Cat spitzte die Ohren. Aber Conti redete weiter, ohne dass sie nachfragen konnte.

«Mir blieb nichts anderes übrig, als gute Miene zum bösen Spiel zu machen. Ich konnte ja schlecht sagen: Ich hätte gern deinen Job gehabt, aber so eine Ermittlung im Licht der Öffentlichkeit, die trau ich mir nicht zu.»

Cat kannte ähnliche Storys von der Berliner Polizei. Und auf einer anderen Flughöhe und mit mehr Finesse und Ausdauer auch von Europol. Auf der Strecke blieb, wer nicht frühzeitig genug aggressiv zurückbiss.

Das Polizeiboot verlangsamte, um die Kollision mit einer Gondel zu vermeiden.

Vierhundert Brücken, hatte Cat im Flieger gelesen, führten über die Kanäle der Lagunenstadt, doch nur vier davon überspannten den Canal Grande, der die Stadt wie ein spiegelverkehrtes S durchschnitt. Zwei davon hatten sie bereits hinter sich gelassen.

«Aber jetzt geht es um etwas anderes», fuhr Conti fort, während sie nach einer langgezogenen Kurve wieder beschleunigten. Eine dritte Brücke tauchte auf. «Ein Mord an einem Journalisten. Tot hinter einer Tankstelle in Mestre aufgefunden. Zwei Schüsse, Kopf und Herz. Ich brauche Ihre Hilfe bei einer Vernehmung seiner Mitbewohnerin, einem deutschen Model. Wohnten schon lange zusammen, über fünf Jahre laut Melderegister.»

Direkt nach der Brücke drosselte der Kapitän den Motor und hielt auf einen Anleger zu. Dahinter befand sich ein fünfstöckiges, mit hässlichen grünen Platten verziertes Parkhaus. Weiter den Kanal hinunter ragten Containerkräne auf.

Cat kniff die Augen zusammen. «Kreuzfahrtschiffe?», fragte sie.

«Ja. Wir haben einen Container- und einen Passagierhafen», entgegnete Conti und sprang auf den Ponton, kaum dass sie längsseits lagen.

Das Parkhaus roch wie alle Parkhäuser auf der Welt. Mit einem Schritt ließen sie den Charme Venedigs hinter sich. In der Luft lag eine Mischung aus Benzin und feuchtem Schimmel auf bröckeligem Beton, dazu der Geruch von Männerpisse.

Eine Brücke für Autos und Züge verband die Insel mit dem Festland. Wer mit dem Auto kam, war gezwungen, hier zu parken.

Die Dienstwagen der Polizei standen im ersten Stock. Sie nahmen die Treppe. Gut. Cat misstraute Menschen, die ein oder auch zwei Stockwerke mit dem Fahrstuhl fuhren.

Conti hielt die Karte mit ihrer Zugangsberechtigung vor einen schwarzen Kasten an der Wand. Mit einem leisen Klicken öffnete sich der Schließmechanismus. Sie entnahm einen der Schlüssel, drückte die Tür des Kastens zu, streckte den Schlüssel in Richtung der geparkten Autos und drückte auf die Entriegelung. Der dritte Wagen in der Reihe blinkte. So wie die deutschen Streifenwagen üblicherweise von deutschen Autobauern stammten, standen hier Autos aus italienischer Fertigung. Zu Cats Bedauern allerdings keine Sportwagen, sondern ganz normale Modelle von Fiat, Lancia und Alfa Romeo.

Im Wagen steckte Conti sich eine Zigarette an, bevor sie den Startknopf drückte. Flott schoss sie die Rampe hinunter, Cat wurde gegen die Tür geworfen. Das Sicherheitssystem erkannte das Nummernschild, und die Schranke öffnete sich automatisch. Conti fuhr so zügig durch, dass Cat unwillkürlich den Kopf einzog, weil sie fürchtete, die erst halb geöffnete Schranke würde gegen das Dach schlagen.

Nach einer scharfen Linkskurve fuhren sie am Bahnhof vorbei auf die Via della Libertà. Zwei Spuren führten aus der Stadt heraus. Links von ihnen, hinter einem doppelten Betontrenner, ging es auf ebenfalls zwei Spuren wieder hinein. Rechts, ebenfalls baulich abgetrennt, verliefen die Bahngleise. Stadteinwärts war der Verkehr immer noch dicht.

Der Hafen war links von ihnen über das spiegelglatte Wasser hinweg ausgezeichnet zu sehen.

Das Autoradio spielte halblaut Rockmusik. Conti nahm ihren Bericht wieder auf. «Niki Georgiou war griechischer Nationalität, aber in Mestre geboren und aufgewachsen. Vierunddreißig. Er schrieb seit einigen Jahren regelmäßig für *Il Gazzettino*, manchmal auch für überregionale Medien. Oft berichtete er über politische Skandale und Korruption. Eher aus der Perspektive des gemäßigten Spektrums, mitte-rechts. Obwohl er noch jung war.» Sie ließ ihr Fenster aufsurren und warf den Zigarettenstummel hinaus. «Aber nichts Spektakuläres, er hat immer nur Entwicklungen nachgekaut. Seine Eltern sind vor vier Jahren bei einem Autounfall ums Leben gekommen. Es gibt eine Schwester. Sie hat geheiratet und ist nach Griechenland zurückgekehrt. Ich habe vorhin mit ihr telefoniert. Sie weiß nichts. Georgiou und sie hielten nur oberflächlichen Kontakt.»

Sie erreichten das Festland, rauschten vorbei an weiteren Parkhäusern, einigen verfallenen Fabrikhallen, einem Park. Die Gleise spreizten sich zu einem Bahnhof auf. Kurz danach ein chaotisches Ausfahrtenknäuel, dessen enge Kurven Conti praktisch ungebremst nahm. Die Wohnblöcke links und rechts der Straße wirkten immer heruntergekommener. Etliche neue Bauvorhaben waren abgebrochen worden.

Conti entgingen Cats Blicke nicht. «Mestre ist streng genommen ein Stadtteil von Venedig», erklärte sie. «Obwohl es viel größer ist. Hier wohnen zweihunderttausend Menschen, auf der Insel nur sechzigtausend. Erst seit hundert Jahren gehört Mestre zu Venedig, und glauben Sie mir, die Einwohner hier auf dem Festland sind darüber genauso unglücklich wie wir auf der Insel.»

Conti bog an einem Kreisel von der Hauptstraße ab. Ein Schild verkündete den Namen des Viertels: *Marghera.* Hier war es nicht mehr ganz so dreckig, einladend wirkte die Gegend trotzdem nicht.

Cat wurde in den Sicherheitsgurt gepresst, als Conti hart

bremste. Rückwärts setzte sie in eine Parklücke, die Cat für deutlich zu klein gehalten hätte.

In den Erdgeschossen der umliegenden Wohnblöcke befanden sich Geschäfte, Cafés, Bäckereien, auch einige Werkstätten. Gäste saßen an Tischen auf dem Bürgersteig und tranken Kaffee. Irgendwo in der Nähe musste es einen Spielplatz oder einen Kindergarten geben, denn zwischen den Häusern hindurch schallte das Rufen und Kreischen von Kleinkindern.

Conti knallte ihre Tür zu und stöckelte los.

Ihr Ziel befand sich etwa hundert Meter die Straße hinunter. Rechts neben der Tür: ein Dönerladen, der noch geschlossen hatte, aber es roch trotzdem intensiv nach Grillfett. Links: ein Fachgeschäft für Aquariumsbedarf. Im Schaufenster stapelten sich die Glaskästen, und Hunderte von Fischaugen sahen zu, wie ein junger Mann nach seiner Mittagspause wieder die Ladentür aufschloss.

An der Wand neben der Haustür befand sich ein umfangreiches Klingelbrett. «Fünfter Stock, Löwenstein», murmelte Conti, während ihr Blick über die Schilder wanderte. Sie drückte einen Knopf.

Nichts geschah. Sie warteten. Auf der Straße fuhr ein Auto vorbei.

Conti klingelte erneut, und diesmal raschelte die Gegensprechanlage. *«La postina»,* rief sie hinein.

Die Tür summte.

Der Fahrstuhl befand sich im Erdgeschoss, die Türen standen offen, und die Kabine war ungefähr so groß wie ein Sarg. Das Treppenhaus wand sich um den Fahrstuhlschacht. Conti warf Cat einen Blick zu.

«Kein Problem», sagte Cat.

Conti ging vor, schaukelte ihren Hintern beim Treppensteigen wunderbar auf Cats Augenhöhe. Ihretwegen hätten sie auch in den zehnten gehen können. Im fünften Stock befanden sich drei Wohnungen, Conti drückte die Klingel der mittleren.

Es dauerte eine Weile, bevor sich die Tür öffnete. Cat blickte nach unten. Die Mitbewohnerin des ermordeten Journalisten saß im Rollstuhl.

Cat hatte eine eins neunzig große Schönheit erwartet – ein «typisches» Model eben, dem man hinterherschaut. Die Frau im Rollstuhl wäre ihr auf der Straße nicht weiter aufgefallen. Sie trug eine weite weiße Hose, ein fließendes weißes Oberteil aus Leinen, weiße Schuhe.

Conti zeigte ihren Ausweis und spulte Namen und Dienstgrad ab. «Sind Sie Stefanie Löwenstein?» Sie hatte Schwierigkeiten mit dem Umlaut und warf Cat einen Blick zu.

«Löööwenstein», sagte Cat gedehnt.

Die Mitbewohnerin nickte und fragte auf Englisch mit starkem deutschem Akzent: «Sie sind wegen Niki hier?»

«Meine Kollegin, Kaitlyn Picard von Europol», stellte Conti vor. Irgendwann musste Cat dieses Missverständnis mit Europol geraderücken.

Stefanie Löwenstein seufzte, setzte mit dem Rollstuhl zurück und wendete. «Kommen Sie rein», rief sie über die Schulter und verschwand nach links.

Die Wände waren weiß, und in ebenso weißen Rahmen hingen darauf ... weiße Bilder. Cat musste genauer hingucken, um sicher zu sein, dass sie sich nicht irrte.

Dann erst fiel ihr auf, dass auch der Boden im Flur mit

weißem Laminat ausgelegt war. Es knarzte leise beim Gehen und unter den Rädern des Rollstuhls. Cat schloss die Tür hinter sich.

Das Wohnzimmer befand sich am Ende des Flurs. Stefanie Löwenstein bot ihnen mit einer Handbewegung einen Zweisitzer an. Weiß. Davor stand ein Couchtisch von Ikea, ebenfalls weiß, auf dem eine Menge Zeitschriften lagen. Auch hier waren Wände und Boden weiß. Der Sessel, der neben dem Tisch stand, passte überhaupt nicht dazu. Er sah bequem aus und war mit hellbraunem, stellenweise rissigem Leder bezogen.

Zum Hof hin öffneten sich zwei Fenster mit weißen Gardinenschals, die allerdings schon einen leichten Stich ins Gelbliche aufwiesen. Aber konnte Cat ihrer Einschätzung in dieser Hinsicht überhaupt trauen?

An der Wand hinter dem Sofa hing eine überdimensionierte Farbexplosion, als hätte jemand Jackson Pollock nachkoloriert. Cat war nicht sicher, ob sie das Bild toll fand oder ob es ihr einfach nur auf die Nerven ging. Die übrigen Wände waren leer.

Conti zog ein Aufnahmegerät aus der Tasche, schaltete es ein und legte es auf den Tisch. Sie wiederholte ihren Namen und ihren Dienstrang, nannte Datum und Uhrzeit sowie die Namen der anderen Anwesenden, Cat und «*Principessa* Stefanie Löwenstein».

«Ich habe es schon im Radio gehört», sagte Löwenstein wieder in ihrem stark akzentuierten Englisch.

«Sie können, wenn Sie möchten, auch deutsch sprechen», sagte Cat. «Ich bin wegen einer anderen Angelegenheit in der Stadt, und die Kollegin bat mich, sie zu begleiten.»

«Das wird nicht nötig sein», entgegnete die Mitbewohnerin auf Englisch. «Bei der Arbeit muss ich auch Englisch sprechen. Aber es ist nett von Ihnen, danke. Gerade heute bedeutet mir das viel.» Sie wischte sich mit dem Handrücken über die Augen.

«Sie haben Herrn Georgiou heute Morgen als vermisst gemeldet», stellte Conti fest.

Löwenstein nickte. «Ja, am späten Vormittag.»

«Können Sie uns sagen, wann Sie ihn das letzte Mal gesehen haben?»

«Vor einer Woche.»

«Vor einer Woche?»

«Für meine Arbeit reise ich viel. Ich bin Lippenmodel. Ich war in London, bin heute Morgen zurückgekommen.»

«Kann ich das Ticket sehen?»

Cat fand Conti ganz schön unfreundlich, aber Löwenstein blieb ruhig. «Es war ein eTix, das habe ich schon gelöscht. Die Agentur erledigt die Buchungen für mich.» Als ihr auffiel, wie überrascht Cat schaute, ergänzte sie: «Es gibt nicht viele wie mich. Ich lasse Ihnen die Belege schicken», sagte sie dann wieder zu Conti.

Cat zoomte im Geiste an die Lippen des Models heran. Großaufnahme, klick! Nicht zu volle und nicht zu schmale, klar konturierte Lippen, absolut symmetrisch, ideale Proportionen, die umgebende Haut straff und faltenfrei, die Nase schmal, aber nicht spitz, die Haut hell – ein feiner Porzellanton. Die Lippen leuchteten in einem starken Rot. Eine Nischenperfektion für einen Nischenmarkt.

«Niki wollte mich vom Flughafen abholen», fuhr Löwenstein fort. «Als ich ihn dann nicht erreichen konnte, er auch nicht hier war und sein Zimmer durchwühlt schien, habe ich angefangen, mir Sorgen zu machen.»

«Gibt es Grund dazu?»

«Letzte Woche kam er auf einmal mit einer Flasche Champagner in die Küche. Er hatte gerade ein großes Interview geführt, das wohl gut gelaufen war, und sagte, dass er an einer Riesengeschichte dran sei, die viel Staub aufwirbeln würde.»

Cat begann, sich zu ärgern. Warum war sie mitgekommen, statt Zeit mit ihren Kindern zu verbringen? Conti brauchte sie überhaupt nicht. Vielleicht ergab sich nachher wenigstens noch die Gelegenheit, gemeinsam einen Espresso zu trinken.

«Wenn Sie zurückdenken an die letzten Begegnungen, ist Ihnen da etwas aufgefallen? Wirkte Ihr Mitbewohner anders als sonst? Wurde er vielleicht bedroht? Hat er die Miete pünktlich gezahlt?»

«Davon gehe ich aus», beantwortete sie die letzte Frage zuerst. «Er war der Hauptmieter. Ich überweise an ihn ... Oh.» Ihre ruhige Fassade bekam einen Riss. «Darum muss ich mich kümmern.»

Es waren oft die banalen Kleinigkeiten, die einen schmerzhaften Verlust real werden ließen.

«Okay», bestätigte Conti. «Aber er hatte keine Angst? Niemand hat ihn bedroht? Er hat doch über Politik und Wirtschaft geschrieben, durchaus kritisch. Ist er da niemandem auf den Schlips getreten?»

Cat erschien die Richtung der Fragen nachvollziehbar. Die Tat kam ihr kalt geplant vor, ganz anders als die Emotionen, die bei di Vitales Mord in der Luft lagen.

«Das können Sie besser beurteilen als ich», entgegnete das Lippenmodel in seinem kantigen Englisch. «In Deutschland hätte sich niemand über seine Berichte aufgeregt. Aber hier geht immer gleich ein Aufschrei durchs Land. Alles ist leidenschaftlicher. Deswegen lebe ich gern in Italien.»

Cat nahm sich vor, die letzten Veröffentlichungen des Toten im Internet nachzuschlagen.

Conti zog ihre Zigaretten hervor. «Rauchen Sie?», fragte sie.

Löwenstein schüttelte den Kopf «Nein. Und ich wäre Ihnen dankbar, wenn Sie es auch nicht tun.» Sie griff nach den Rädern ihres Rollstuhls und rückte ein Stück von Conti ab.

Dass ein Lippenmodel nicht rauchte, hätte man ahnen können. So hatte Conti nun statt Nähe Distanz geschaffen, einen Bruch im Erzählfluss. Cat sprang ein: «Verzeihen Sie, es ist reine Neugier. Woher aus Deutschland stammen Sie?»

«Ich komme aus der Nähe von Magdeburg. Bin dort aufgewachsen und zur Schule gegangen. Mit fünfzehn habe ich angefangen zu modeln. Mailand, Paris, Tokio. Ich wurde für ein Jahr von der Schule beurlaubt. Dann noch eins. Es lief gut, bis ich auf einer Reise einen Bandscheibenvorfall erlitt. Ich bekam eine Spritze – und mit ihr eine Infektion, die nicht richtig ausheilte. Ein halbes Jahr später saß ich im Rollstuhl. Ohne Schulabschluss, aber mit hübschen Lippen.» Sie lächelte, während sie die traurige Geschichte erzählte. «Niki hat eine Human-Interest-Story über mich geschrieben. Wir kamen ins Reden. Er lebte ganz allein in einer zu großen Wohnung, ich wusste nicht, wohin mit mir. Und was soll ich mit einer eigenen Wohnung, wenn ich zwei

Drittel des Jahres unterwegs bin? Ich habe Glück gehabt. Ich werde sogar für manche Schauen gebucht. Gerade wegen des Rollstuhls.»

Sie sagte all das ohne Bitterkeit, ihr Lächeln wirkte dabei jedoch etwas aufgesetzt. Cat fand, dass sie einen Hauch Wahnsinn ausstrahlte, wie die Wohnungseinrichtung.

Es klingelte. «Meine Lebensmittel. Moment, bin gleich wieder da.» Löwenstein wendete flink, fuhr zur Wohnungstür und drückte den Türsummer.

Conti flüsterte Cat zu: «Danke. Ich hätte daran denken müssen, dass sie sicher nicht raucht.»

«Kein Problem.»

«Ich würde mir gern noch sein Zimmer ansehen.»

«Haben wir einen Durchsuchungsbeschluss?» Zwar ging es um einen Mord, aber immerhin war es das Zimmer eines Journalisten.

Conti schüttelte den Kopf. «Aber es ist ja auch ihre Wohnung. Eine Wohn*gemeinschaft*. Also darf sie uns Zugang gewähren.»

«O-kay ...» Cat sah, wie Löwenstein die Wohnungstür schloss und mit einem Karton auf dem Schoß in die Küche fuhr. «Ich frag sie», schlug sie vor.

Conti lächelte und nickte. Und schon hatte Cat das Gefühl, dass es sich doch gelohnt hatte mitzukommen.

Sie ging in den Flur und rief in die Küche: «Dürfen wir uns mal in seinem Zimmer umsehen?»

«Klar. Zweite Tür», rief Löwenstein zurück. «Ich hoffe, Sie finden etwas, das Ihnen weiterhilft.»

Georgious Inneneinrichtung ließ gleich erkennen, wer für das Dekor der übrigen Wohnung zuständig war. Seine

Wände leuchteten ziegelrot, sie waren in einer Art Tupfverfahren gestrichen. Das sollte vielleicht Wärme erzeugen, wirkte jedoch eher unruhig. Mit Reißzwecken mehr schlecht als recht befestigt hingen dort mehrere Poster von Konzertveranstaltungen, vorwiegend Open-Air-Festivals.

Direkt vor dem Fenster lag eine Matratze auf dem Fußboden. Praktisch. Im Sommer war man auf diese Weise nah an der frischen Luft, im Winter lag man direkt vor der Heizung. Das Bett war nicht gemacht. Die Decke lag halb auf, halb neben der Matratze. Auf dem Boden neben dem Bett standen eine Lampe und ein Radiowecker.

Aus dem schmalen Kleiderschrank quoll die Kleidung hervor. Manche Kleidungsstücke lagen auf dem Boden, andere hingen heraus, manche stapelten sich davor, und wieder andere waren nur noch halbherzig in Richtung Schrank geworfen worden.

Hinter der Tür stand ein Regal voller Bücher. Die meisten waren aktuelle Veröffentlichungen zu sozialpolitischen Themen, der Rest Klassiker: Kant, Marx, Hobbes, Locke, Rousseau, Machiavelli. Zwischen Regal und Matratze befand sich ein Schreibtisch. Er stand quer, sodass man, wenn man aufschaute, über das Bett hinweg zum Fenster hinaus auf das Nachbarhaus sah. Rechts daneben eine große Pinnwand voller Zettel. Die unterste Schicht war schon vergilbt und wellte sich. Auf dem Boden ein Drucker, daneben befand sich in einer Ablage ein Stapel Papier.

Die Oberfläche des Schreibtisches wirkte überraschend aufgeräumt. Laptop, leerer Notizblock, zwei Kugelschreiber, ein benutzter Kaffeebecher. Ein Handy-Ladekabel war mit Klebeband auf der Fläche befestigt worden.

«Wurde sein Telefon gefunden?», fragte Cat.

Conti schüttelte den Kopf. «Geschreddert, schätze ich.»

Cat nickte. Wenn Georgiou unterwegs gewesen war, hatte er es vermutlich dabeigehabt. Und wer einen Journalisten liquidierte, wusste das Handy zu vernichten, schon wegen der möglichen Aufzeichnung der Bewegungsdaten.

Cat stutzte. Handys speicherten ständig alle möglichen Infos online. Ihr eigenes war so eingestellt, dass es alle neuen Fotos hochlud, sobald es im WLAN war. Einige neue Kameras taten das auch.

«Es wäre möglich, dass die Tatortfotos in der Cloud sind», sagte Cat.

«Meinen Sie, Georgious Mörder haben die Exekution gefilmt?»

«Nein, nein, ich meinte die Fotos von di Vitale. Die Kamera Ihres Kollegen war ganz neu, und manche dieser Modelle laden automatisch alle Fotos hoch, sobald sie mit dem Internet verbunden sind. Wir sollten das überprüfen. Es wäre eine Möglichkeit, an die Bilder heranzukommen.»

«Ha! Das wäre typisch für Mattia. Großes Drama, nichts dahinter.» Conti zog ihr Handy heraus und sprach eine Notiz auf.

«Wir sollten sowohl die Ortungsdaten von Georgious Handys beantragen als auch den Zugang zur Cloud selbst, wenn es eine gibt. Möglicherweise wurde seine präzise Location ständig hochgeladen. Es wäre also egal, ob das Gerät selbst weg ist, die Daten sind trotzdem noch vorhanden.»

Conti nickte nachdenklich und formulierte ein zweites Memo. Anschließend tippte sie auf ihrem Handy herum, es ertönte das leise Rauschen, mit dem der Versand einer

Nachricht angezeigt wurde. «Ich habe das in die Wege geleitet, auch für di Vitale.»

Der Laptop stand offen. Cat tippte auf eine Taste, und der Bildschirm begann zu leuchten, die Festplatte surrte, nach einem Augenblick erschien die Bestätigung der vollständigen und unwiderruflichen Formatierung der Festplatte durch dreimaliges Überschreiben. «Hm. Der Computer wurde formatiert. Das ist eigenartig.»

«Müssen sich die Spezialisten ansehen», sagte Conti. «Aber es wäre ein eigenartiger Zufall, wenn er seinen Computer mit allen Daten, Hinweisen und Storys formatiert hätte, ausgerechnet bevor er umgebracht wurde.»

Sie trat neben Cat und starrte einen Moment auf den Bildschirm. Dann ging sie hinaus in den Flur. Cat konnte hören, wie Conti in der Küche mit Löwenstein sprach. Sie zog ihre Kamera aus der Tasche und begann, Fotos des Raumes anzufertigen. Sicher fiel ihr später etwas auf, was sie jetzt in der Schnelligkeit des Moments übersah.

Sie beugte sich vor und betrachtete den Notizblock genauer. Man konnte ahnen, dass auf dem fehlenden Blatt etwas geschrieben worden war. Das darunter wies leichte, kaum lesbare Druckspuren auf. Cat machte ein Foto – von oben. Sie würde versuchen, die Schrift sichtbar zu machen, indem sie den Kontrast erhöhte.

Ihr Handy gab einen Piepston von sich, eine Nachricht von Leo erschien auf dem Bildschirm. Ein Foto von Leonie, den beiden Polizisten und ihm, auf dem Tisch vor ihnen vier große Eisbecher. Die Zwillinge reckten ihre Daumen in die Höhe und grinsten. *Proteine!*, hatte Leo daruntergeschrieben.

Guten Appetit!, antwortete Cat. *Bis nachher!*

Conti kehrte zurück ins Zimmer. «Das Schloss wurde wohl nicht aufgebrochen. Keine Spur also davon, dass jemand eingebrochen ist und die Daten auf dem Laptop gelöscht hat. Vielleicht hat der Täter Georgiou seinen Wohnungsschlüssel abgenommen. Jedenfalls wurden bei der Leiche weder Geldbörse noch Schlüssel gefunden. Wir haben Georgiou nur mit Hilfe der biometrischen Gesichtserkennung identifizieren können.»

«Möglich», nickte Cat. «Aber warum dann nicht einfach den Laptop mitnehmen?»

«Vielleicht wollten sie Zeit schinden. Nicht auffallen. Hat ja auch geklappt.»

Cats Handy piepste erneut. Leo antwortete mit einem Emoji: Luftschlangen und eine Faschingströte. War das nun Sarkasmus, oder freute er sich wirklich auf Zeit mit ihr?

«Haben Sie Kinder?», fragte Cat spontan.

Conti schüttelte den Kopf. «Nein, danke», sagte sie.

Was war das für eine Antwort? Aber Cat wollte lieber nicht nachfragen, die Erkundigung war ohnehin schon sehr privat gewesen.

Löwenstein tauchte hinter ihnen in der Tür auf. «Mir ist noch etwas eingefallen. Niki hat ja gesagt, er wäre an einer großen Sache dran. Einer richtig großen Sache. Nach dem Interview, von dem ich erzählt habe. Er meinte, er hätte jetzt irgendwelche Puzzleteile entdeckt, die ein Bild ergäben. Ein ‹scheußliches Bild›. So hat er es bezeichnet, ein ‹scheußliches Bild›. Ich weiß noch, dass ich mich gefragt habe, wer denn wohl ein scheußliches Bild haben wollte. Modelkrankheit. Aber Zeitungen funktionieren ja so.» Auf Deutsch setzte sie, mit Blick auf Cat, hinzu: «Schlechte Nachrichten sind gute Nachrichten!» Und dann für Conti: *«Bad news is good news.»*

Die nickte. «Dürfen wir den Laptop mitnehmen?», fragte sie.

Löwenstein nickte. «Natürlich. Niki braucht ihn nicht mehr.» Auf einmal klang sie, als wäre ihr jetzt erst bewusst geworden, dass sie ihren Mitbewohner nie mehr wiedersehen würde. Sie hob das Kinn, schaute zum Fenster hinaus und bekreuzigte sich.

Ihr ehemaliger Mitbewohner war jetzt im Himmel, so wie seine Handydaten und, vielleicht, seine Computerdateien. Falls er einen Service wie Dropbox oder Google Drive benutzte.

Cat nahm ein Blatt Papier aus der Ablage neben dem Drucker und schrieb darauf: *Laptopdaten online – Nutzername?*

Sie faltete das Blatt und steckte es in ihre Tasche. Dann zog sie es wieder heraus, entfaltete es langsam wieder und drehte das Blatt um. Die Rückseite des Papiers war bedruckt. Es handelte sich um den mit handschriftlichen Korrekturen versehenen Entwurf eines Artikels.

Georgiou verwendete die Rückseiten seiner alten Ausdrucke als Schmierpapier.

NEUN

Der Artikel trug die Überschrift *«Doppelt ausgenommen, mit dem Leben davongekommen: aus Tunesien über Venedig in die EU»*, übersetzte Conti. Cats magere Italienischkenntnisse reichten bei weitem nicht aus, um den Text selbst zu verstehen. Also ließ sie Conti lesen. Ihre Aufgabe bestand darin, die ungeordnet in die Ablage geschichteten Seiten in die richtige Reihenfolge zu bringen.

Sie hatten den Stapel umgedreht und auf den Tisch gelegt. Bei den meisten Papieren handelte es sich um Ausdrucke von Webseiten. Vermutlich Hintergrundinformationen. Außerdem einige Ausdrucke von Scans und Fotos. Mittendrin lag ein vollständiger Artikel, er behandelte eine umstrittene Entscheidung der Bezirksverwaltung. Dafür wäre wohl kaum jemand getötet worden.

Cat gab die Überschrift dieses Artikels in ihr Handy ein. Er war online. Sie tat dasselbe mit der Überschrift des anderen Textes: kein Treffer. Es handelte sich also mit hoher Wahrscheinlichkeit um einen noch unveröffentlichten Beitrag. Er war deutlich länger als der andere Artikel. Vielleicht ein Special für ein Print-Magazin?

Cat suchte nach dem Autorennamen. Zahlreiche Treffer für Niki Georgiou. Sie klickte sich durch die ersten fünf oder sechs: jede Menge unwichtige Regionalpolitik.

Auf seiner Homepage nannte Georgiou einige seiner Auftraggeber, außer dem staatlichen Fernsehen war kein Name dabei, den Cat kannte.

Die von ihm selbst als Arbeitsproben hochgeladenen Texte waren ebenfalls eine, höchstens zwei Seiten lang. Der Artikel auf dem Schmierpapier umfasste hingegen mindestens fünfzehn Seiten, wenn auch mit dem für Manuskripte üblichen großen Zeilenabstand. Die Seiten waren nummeriert, sodass Cat sie ordnen konnte. Die zweite Seite schien zu fehlen, ebenso eine der letzten, es folgten noch zwei Zeilen, der Autorenname sowie eine kurze Info über Georgiou. An zahlreichen Stellen wies der Text handschriftliche Änderungen auf.

Cat ordnete die Seiten und fotografierte sie, bevor sie sie an Conti weitergab. Die las mit gerunzelter Stirn.

Es war nicht klar, welche Webseiten-Ausdrucke zu dem Artikel gehörten. Einige waren Fahrpläne, ein Artikel behandelte die Flüchtlingslager in Nordafrika, es folgte ein Scan oder Foto eines kaum lesbaren Lieferscheins und eine lange Liste, die möglicherweise Bootsnamen und irgendwelche Daten beinhaltete. Vielleicht Liegezeiten?

Cat fotografierte auch diese Seiten. Besser zehn Bilder zu viel als eins zu wenig.

Schließlich sagte Conti: «Eine Reportage über einen Flüchtling, der ...» Sie legte die Seiten auf den Tisch und verschränkte die Arme vor der Brust. «Man hat schon so viele solche Geschichten gelesen. Es gibt nicht nur die Flüchtlinge, die sich gut integrieren, Italienisch lernen und Arbeit finden. Sondern auch jede Menge arme Schweine, das ist klar, und die Stimmung in der Bevölkerung ist gegen sie. Aber wem wollte Georgiou das verkaufen?»

«Worum geht es denn?»

«Um einen Flüchtling, der über Venedig ins Land gekommen ist. Jetzt muss er sich durchschlagen und weiß nicht wie. Er hat sich das alles besser vorgestellt. Das einzig Besondere an diesem Fall ist, dass er zwei Mal für seine Überfahrt bezahlen musste. Einmal die Schlepper in Tunesien und mit seinem letzten Geld denjenigen, der ihn hier in Empfang nahm. Das ist natürlich eine Sauerei. Moralisch. Aber das Ganze ist sowieso eine Sauerei. Alles. Von vorne bis hinten. Und nicht die einzige in Italien.» Sie schüttelte sich, als könnte sie das unangenehme Thema auf diese Weise loswerden.

«Die Hintermänner werden vermutlich nicht genannt, diejenigen, die hier vor Ort das Geld verdienen.»

«Nein. Nein, werden sie nicht. So etwas wäre lebensgefährlich.»

Cat nickte nachdenklich. «Hm. Journalisten sollen doch immer zwei Quellen haben und auch bei demjenigen nachfragen, um den es geht. Wenn Georgiou einen richtigen Knaller landen wollte ... Es könnte doch sein, dass die Schlepper hier in Italien davon Wind bekommen haben.»

Conti schüttelte den Kopf. «So dumm kann kein Journalist sein. Wir wachsen hier mit der Mafia auf. Jeder kennt jemanden, der plötzlich verschwunden ist. Das würde doch niemand ...»

«Also, erstens war er Grieche. Und zweitens vielleicht ehrgeizig.»

Conti stapelte die Seiten des Artikels sowie die übrigen Ausdrucke auf den Laptop. «Nein. Das wäre zu dumm. Das kann ich nicht glauben.» Sie schüttelte den Kopf. «Dieser Artikel hilft uns nicht weiter.»

Ohne Frau Löwenstein die Hand zu geben, ging sie an ihr vorbei zur Wohnungstür.

«Wir melden uns bei Ihnen, wenn wir mehr wissen», sagte Cat automatisch und streckte dem Model ihre Hand entgegen.

«Danke». Löwenstein schüttelte ihr die Hand. «Danke.»

Sie sah ihr in die Augen, und Cat wusste, dass sie ihr die Verantwortung übertrug, den Mord an ihrem Mitbewohner aufzuklären. Dabei würde Cat ab heute Nachmittag Touristin sein, und für Conti würde es sicher nicht leicht werden.

Während der Fahrt bis zur Lagune schwiegen beide. Conti schaltete ruckartig und überholte aggressiv. Cat versuchte, sich von der schlechten Laune der Kollegin nicht anstecken zu lassen, und sah auf dem Display der Kamera die Fotos vom Vormittag durch. Wohnzimmer. Unordnung. Sofa. Leiche. Vorderseite. Rückseite. Nahaufnahmen. Füße. Raum. Distanz.

Flur. Küche. Bad. Flur. Ankleidezimmer.

Moment.

Conti kurbelte am Lenkrad, Cat wurde gegen die Tür gedrückt. Sie schaltete auf die Miniaturansichten, ging dreißig Bilder zurück. Füße. Raum. Flur. Küche.

Kühlschrank. Kaffeemaschine. Tresen. Küchenschrank. Cat hatte die Tür geöffnet und ein Foto der Vorräte angefertigt. Auf dem untersten Bord standen zwei Kaffeedosen. Gleiche Marke. Gleicher Look.

Sie schaltete weiter. Ungeduldig.

Tretmülleimer. Geöffnet, mit Inhalt. Sie vergrößerte die

Anzeige. Eine leere Kaffeedose im Müll. Gleiche Marke. Anderer Look.

Sie sah auf. Links zog die Bahn nach Venedig an ihnen vorbei. Rechts Wasser, der Hafen. Der Himmel mittlerweile zum Horizont hin malerisch bewölkt.

«Ist noch jemand in di Vitales Wohnung?», fragte sie.

«Vielleicht die Spurensicherung.» Conti aktivierte die Freisprechanlage, bellte einen Namen. Das Handy wählte. Ein Mann nahm ab. Conti fragte, der Mann antwortete kurz angebunden. «Sie sind noch dort», sagte sie zu Cat.

«Okay. Können Sie bitte in die Küche gehen?», rief Cat auf Englisch in Richtung Rückspiegel, wo sie das Mikrophon vermutete.

Conti übersetzte.

«Im Schrank vor dem Fenster stehen zwei Kaffeedosen. Sind beide voll? Oder ist eine halbvoll?»

Conti warf einen kurzen Blick zu Cat hinüber. In hundert Metern endete die Brücke, dann waren sie zurück in Venedig. «Eine ist fast leer, die andere ungeöffnet», übersetzte sie die Antwort.

«Im Mülleimer liegt eine weitere Kaffeedose. Ich vermute, dass di Vitale darin Bargeld aufbewahrt hatte. Es wurde gestohlen.» Conti bog ins Parkhaus ein. «Die Putzfrau hat die Tote gefunden, nicht wahr? Sie hat die Polizei verständigt. Aber nicht, ohne vorher ihre Abfindung einzustecken.»

Conti übersetzte, dann trennte sie die Verbindung. Als sie den Wagen herunterschaltete, streifte ihre Hand Cat am Oberschenkel. Ein Zittern durchfuhr sie. War die Bewegung bewusst ausgeführt gewesen? Oder nur Contis Eile geschuldet?

Unwillkürlich warf sie Conti einen Blick zu, aber die schaute konzentriert geradeaus. Es konnte Einbildung sein, aber Cat hatte den Eindruck, als liege nun immerhin etwas weniger Anspannung auf Contis Gesicht, vielleicht sogar der Hauch eines Lächelns.

Mit Blaulicht auf dem Boot zurück in die Zentrale. Händewaschen. Einen doppelten Espresso, und schon ging es weiter in den Konferenzraum. Conti steuerte auf das Kopfende des langen Tisches zu und bedeutete Cat mit einer Handbewegung, sich auf einen freien Platz in der Mitte des Tisches zu setzen. Der Mann neben ihr stellte sich als ihr Übersetzer vor.

Einer der Mediziner von heute Vormittag sowie vier weitere Ermittler in Uniform waren dabei: zwei Frauen, zwei Männer, alle im Rang des *Appuntato*, des Oberstabsgefreiten. Sie trugen zwei rote Winkel auf ihren Uniformjacken. Weiter hinten saß ein Mann, dessen Gesicht dem eines Schakals ähnelte, schmal und bissig. Seine Uniformjacke hing über der Stuhllehne. An den Schultern fand sich ein Abzeichen mit demselben Symbol wie auf Contis Jacke, aber mit drei Sternen statt einem. Er saß mit einem Platz Abstand zu den anderen, sagte kein Wort und guckte gereizt. Vom Alter her wirkte er etwas jünger als Cats Vater.

In die historischen Fensteröffnungen waren geschickt moderne Verglasungen eingesetzt worden, ohne dabei den Charme der Geschichte zu zerstören. Sie ließen sich allerdings nicht öffnen, die Klimaanlage lief. In der Luft lag kalter Zigarettenrauch.

Conti legte die Handflächen auf die Tischplatte. Sie sah die Anwesenden an, bevor sie etwas auf Italienisch sagte.

«Mattia wurde suspendiert wegen Vernachlässigung seiner Dienstpflichten», flüsterte der Übersetzer Cat ins Ohr. Sein Atem roch nach Minzbonbons. Conti fuhr fort, der Übersetzer ebenfalls: «Seine Aufgaben im Fall di Vitale hat kommissarisch Kaitlyn Picard von Europol übernommen.»

Für einen Moment richteten sich alle Augen auf Cat. Sie wollte widersprechen, aber Conti und der Übersetzer fuhren fort. «Die *commissione speciale,* die Sonderkommission, trägt den Namen ‹Venedig, mon amour›. Nach dem berühmten Film», übersetzte er. «Jetzt fragt sie nach dem Stand der Ermittlungen, welche Infos wir haben und was fehlt.»

Und wie fast immer zu Beginn von Ermittlungen schauten zunächst alle betreten auf den Tisch, um sich dann abwartend gegenseitig anzusehen. Niemand hatte deutlich mehr Erkenntnisse als vor ein paar Stunden. Wie auch?

Schließlich erbarmte sich, auch das war immer und überall ähnlich, der Pathologe. Dessen Kenntnisse waren zu einem so frühen Zeitpunkt meist die fundiertesten. Der Mann war lang und dünn wie ein Triathlet, mit grauen Stoppeln auf den eingefallenen Wangen. Aber seine Stimme klang schneidend und autoritär.

«Das Opfer kam nach einem schweren Schädel-Hirn-Trauma ums Leben», wisperte der Pfefferminzmann noch etwas leiser, als fürchtete er den Zorn des Mediziners. «Wie die Verletzung dem Opfer zugefügt wurde, ist noch unklar. Jedenfalls kam keine Schusswaffe zum Einsatz.» Cat blickte ihn erstaunt an, doch er redete bereits weiter. «Der Tod ist in der vergangenen Nacht eingetreten, zwischen dreiundzwanzig und zwei Uhr.» Das war bekannt. «Nichts deutet auf eine Abwehr hin, die Haut an den Fingern, die Handflächen und die Unterarme sind unverletzt. Keine abgebrochenen Fingernägel. Unter den Nägeln wurden Proben entnommen.»

Keine Anzeichen für ein Sexualverbrechen.

Das Blut am Tatort stammte nicht von der Toten. Ein Schnelltest deutete tatsächlich auf Schweineblut hin, möglicherweise mit Spuren eines Gerinnungshemmers.

Conti wartete, bis der Arzt seinen Bericht beendet hatte, dann gab sie zwei der *Appuntato* eine Anweisung.

«Sie sollen morgen früh Erkundigungen auf dem Markt in Mestre einholen. Dort kaufen auch die meisten Insel-Restaurants ihr Fleisch», erklärte der Übersetzer.

Cat nickte. Literweise Schweineblut, das musste ja irgendwo herkommen.

Ohne Klopfen öffnete sich die Tür. Eine junge Polizistin trat herein. Sie wagte sich bis ans Kopfende der Tafel und schob Conti einen Zettel zu. Dann verschwand sie eilig.

Conti warf einen Blick auf die Notiz. «Die Nachbarn aus di Vitales Haus, also die Touristen, sind zurückgekommen und befragt worden. Ein Pärchen hat die Nacht nicht in Venedig verbracht. Die anderen haben nichts gehört.» Conti schaute kurz auf. «Bringt uns also nicht weiter. Aber di Vitales Putzfrau hat gestanden, ihrer ehemaligen Arbeitgeberin nach deren Tod Bargeld in Höhe von eintausendachthundert Euro aus einem ihr bekannten Versteck in der Küche entwendet zu haben. Sie schwört jedoch, die Handtasche nicht mitgenommen und mit dem Mord selbst nichts zu tun zu haben. Derzeit gibt es keinerlei Anzeichen für das Gegenteil, wir haben sie jedoch sicherheitshalber unter Hausarrest gestellt.»

Sie warf Cat einen Blick zu. Lächelte sie sogar für einen

Sekundenbruchteil? Zügig fuhr Conti fort: «Die Verstorbene befand sich in einer langjährigen Beziehung zu einem bekannten Künstler unserer Stadt, Jacopo Rizzo. Um Zeit zu sparen, wurde er heute am späten Vormittag von mir vor Ort in seiner Werkstatt informiert und vernommen. Jacopo wirkte erschrocken, als ich ihm von dem Tod di Vitales berichtete. Er war gestern Nacht zu Hause. Keine Zeugen. Er habe Fernsehen geschaut, seine Internet- oder Streaming-Daten nützen uns also nichts. Auf genauere Nachfrage gestand er ein, die Beziehung zu di Vitale habe sich in einer ‹Krise› befunden. Sie hätten sich aber nicht offiziell voneinander getrennt, sondern einander einfach nur seltener gesehen.» Sie schaute von ihren Notizen auf und ließ den Blick über die Gesichter der Anwesenden streifen. «Selbstverständlich werden wir Rizzo weiterhin im Auge behalten. In Absprache mit dem *Primo Dirigente* wurde entschieden, ihn mit einer Reisesperre zu belegen, die durch eine elektronische Fußfessel gewährleistet wird.»

Der Schakal am anderen Ende des Tisches hatte sich noch immer nicht gerührt, als ob er seine Beute belauerte.

Alle schwiegen.

Conti sprach weiter, Cat schaute die Kollegin an und genoss den Klang ihrer Stimme. Das Murmeln des Übersetzers blendete sie aus. Die Stelle an ihrem linken Oberschenkel, wo Contis Finger sie vorhin berührt hatten, schien zu pochen.

«Die ausgewerteten Tatortfotos werden uns noch heute am späten Nachmittag zur Verfügung stehen.»

Cat richtete sich kerzengerade auf. Heute noch? Wieso die Eile? Bilder und Auswertung waren fertig, wenn sie fertig waren. Sicher nicht mehr heute. Schlimm genug, dass sie ihre Kinder allein im Urlaub lassen musste. Aber Cat sagte nichts, sie wollte die Kollegin vor ihrem Vorgesetzten nicht brüskieren.

Ihr Handy vibrierte. *Ich höre, du hast alles gut im Griff, Kaitlyn,* schrieb ihr Vater. *Weiter so!*

Von wem hatte er «gehört»? Cat wurde klar, dass sie gar nicht wusste, ob er in direktem Kontakt mit Conti stand – oder mit deren Chef. Oder mit einem ranghohen Politiker oder seinem «Freund». Bei ihrem Vater wusste man nie.

Alles gut im Griff. Ach so. Das hatte sie davon, dass sie ihrem Vater einen Gefallen tun wollte. Und sein mahnendes «Kaitlyn» ging ihr auch schon lange auf den Geist. Als wäre sie noch ein Kind und er würde sie auf ihr Zimmer schicken, wenn sie Mist baute.

Conti bedankte sich bei den Anwesenden und schloss das Meeting. Die Polizistin, die Cat gegenübersaß, klappte ihr Notizbuch zu. Sie hatte zwei Seiten vollgeschrieben. Offenbar hatte Conti jede Menge Anweisungen gegeben.

Kein Wunder, wenn in Berlin ein Filmstar umgebracht würde, wäre die Priorität ähnlich hoch. Alle sollten sehen, dass entschlossen ermittelt und jeder Spur nachgegangen wurde. Dann hätte man das Gefühl, selbst in Sicherheit zu sein.

Der Schakal erhob sich und ging zackig aus dem Raum, ohne sich zu verabschieden. Der Übersetzer schüttelte Cat die Hand und wünschte «noch einen schönen Aufenthalt».

Conti schloss die Tür hinter ihm und zog ihre Zigaretten aus der Tasche. Sie hielt Cat die Packung hin. Die schüttelte den Kopf.

Contis Hände zitterten, als sie die Flamme des Feuerzeugs an die Zigarette führte. Mit dem ersten Zug löste sich ihre Anspannung wie Schnee, der nach einem langen Winter endlich schmolz.

Sie blies den Rauch in Richtung der Klimaanlagenschlitze und schloss die Augen. «Danke», sagte sie.

«Wofür?», fragte Cat, obwohl sie es wusste.

«Dass Sie mich nicht, wie sagt man? Im Regen stehen gelassen haben. Und für den Hinweis auf die Putzfrau.»

Cat nickte. «Das war Ihr Boss?»

Conti schüttelte den Kopf. «Dienstaufsichtsbehörde.»

Dienstaufsichtsbehörde. Sieh mal an. Eine interessante Frau.

ZEHN

Cat ließ sich mit einem Vaporetto in die Pension bringen. Sie wollte mit der Auswertung schnellstmöglich fertig werden, endlich Urlaub machen und sich nicht in Contis Jobprobleme hineinziehen lassen, mochte die Italienerin auch noch so toll aussehen.

Contis Assistentin hatte ihr die beschädigte Kamera des Kollegen mitgegeben. Wenn sie sich ranhielt, konnte Cat in drei Stunden mit der Durchsicht und Kommentierung der Fotos fertig sein.

Sie sah sich in der Lobby der Pension um. Die Wirtin war nirgends zu sehen. Drei Stühle, von denen einer ausgesprochen wackelig aussah, standen um einen niedrigen runden Couchtisch herum. Daneben ein Regal mit Reiseführern und Romanen in allen möglichen Sprachen. Hoch über dem Tisch hing ein großer Kronleuchter, der aussah, als könnte er zur Originalausstattung gehören. Jedenfalls verlieh er dem Raum etwas Majestätisches. Probeweise setze sich Cat auf einen der Stühle. Doch der Tisch war zu niedrig, oder die Stühle waren zu hoch, hier würde sie nach einer halben Stunde Rückenschmerzen bekommen. Sie überlegte, in eines der Cafés in der Nähe zu gehen.

Eine grau getigerte Katze streckte ihren Kopf hinter dem Tresen hervor und miaute leise. Cat legte die Laptoptasche auf den Tisch, stellte die beiden Kameras daneben und ging in die Hocke. Langsam streckte sie die Hand aus. «Hallo», sagte sie mit sanfter Stimme. «Bist du die Hotelkatze?»

Der Minitiger nieste einmal leise und kam langsam auf Cat zu. Etwa einen Meter vor ihr blieb das Tier stehen. Vorsichtig zog Cat ihr Handy aus der Tasche. Sie schaltete das Gerät stumm, bevor sie auf den Auslöser drückte. Dann stellte sie es auf den Teppichboden und richtete das Objektiv auf die Hotelkatze. Froschperspektive. Während sie einige Male blindlings den Auslöser betätigte, kam die Katze näher und schnupperte erst an der Kamera und dann an Cats Händen. Mit etwas Glück erwischte Cat die Katze dicht vor dem kleinen Weitwinkelobjektiv.

Sie kraulte das Tier noch ein wenig, dann richtete sie sich auf. Zum ersten Mal, seit sie in Venedig gelandet war, verspürte sie so etwas wie innere Ruhe. Urlaubsstimmung ... vielleicht einen Hauch. Sie nahm den Schlüssel vom Brett und trug ihr Zubehör aufs Zimmer. Dort öffnete sie das Fenster zum Kanal, draußen war es fast genauso stickig wie drinnen. Sie zog den Stuhl heran und setzte sich vor die Kommode. Ihre Schenkel stießen von unten gegen die Schubladen. Um die Steckdose zu erreichen, musste sie das Schränkchen ein Stückchen nach vorn ziehen und den Stecker der Lampe, die darauf stand, herausziehen. Sie setzte sich wieder und klappte den Rechner auf. Während er startete, schaute sie in den Spiegel, der über der Kommode angebracht war. Das Glas war an einigen Stellen schon blind, der weiße Metallrahmen erinnerte an Rankengewächse. Sie sah nicht mehr so müde aus wie vorhin. Eher entschlossen. Zufrieden lächelte sie.

Sie kopierte die Bilder von der Speicherkarte ihrer Kamera, ohne die Karte zu löschen, und überprüfte den Programmordner des Laptops.

Dann ging sie zur Zwischentür und klopfte. Keine Reaktion. Sie öffnete die Tür, aber Leo und Leonie waren noch immer nicht da.

Wo seid ihr?, schrieb sie in den Familienchat.

Sekunden später erhielt sie von Leonie eine Antwort: *Bei einem Gondelbauer!* Es folgte das Weitwinkelfoto einer Tischlerwerkstatt, in der allerhand gebogene Holzteile herumstanden. *Kommen in ca. 1 Stunde.*

Cat sah auf die Uhr.

Sie begann die Durchsicht der Fotos, hellte zwei der Bilder auf, weil sie gegen das Licht geschossen waren, erhöhte auf einem davon zusätzlich den Kontrast. Es folgten einige Totalen, mit denen sie den ganzen Raum erfasst hatte.

In einer der Schubladen fand sie einen Kugelschreiber und einen Notizblock, beide mit dem Logo der Pension bedruckt. Während sie die Bilder durchging, fertigte sie eine grobe Skizze an: Sie zeichnete auf, wo die Tote lag und in welche Richtung sie schaute, welche Gegenstände sich wo befanden, welche Dinge kaputtgegangen oder beschädigt worden waren. Umriss und Größe des Blutflecks hielt sie mit einer Schraffur fest. Manchmal ließ sich auf diese Weise durch die neue Draufsicht plötzlich ganz leicht der Hergang ablesen.

Eigenartig erschien ihr der Oscar. Seine Lage unter dem Sessel ließ vermuten, dass er auf dem Glastisch gestanden haben musste, dessen Platte heruntergerissen und zertrümmert worden war. Alle anderen Filmpreise befanden sich im

Regal. Natürlich hatte jeder guten Grund, auf einen Oscar stolz zu sein – aber stellte man ihn dann angeberisch auf den Couchtisch?

Sie blätterte um und notierte: *Wohnmagazine Reportage di Vitale.* Vielleicht hatte ein Architektur- oder People-Magazin mal eine Homestory von ihr veröffentlicht und Cat könnte sehen, was wo gestanden hatte.

Noch eine Frage fiel ihr ein, sie rief einen Internetbrowser auf. Und richtig: Di Vitale hatte einen Oscar erhalten als beste Schauspielerin in einer berühmten Komödie, und einen zweiten als beste Nebendarstellerin in einem Cat unbekannten Psychothriller fast dreißig Jahre später. Sie hatte also nicht nur einmal diesen Preis gewonnen, und das Retro-Plakat im Schlafzimmer gehörte zum Film, für den sie den ersten Oscar erhalten hatte.

Cat ließ sich die Filmographie des Opfers anzeigen. In ihrer Kurzbiographie war das Geburtsdatum angegeben, aber noch hatte niemand ihren Tod eingetragen. Nachdem di Vitale über einen längeren Zeitraum drei, vier Filme im Jahr gedreht hatte, folgte eine Durststrecke mit manchmal nur einem Film pro Jahr, dann der zweite Frühling, in dem sie jedoch nicht wieder ganz so aktiv gewesen war wie zu Beginn ihrer Karriere. Schließlich wurden die Abstände zwischen den Produktionen immer größer, bis eine Lücke von fünf Jahren auftauchte. Der preisgekrönte Thriller war danach der erste und einzige Film – der letzte Film –, in dem di Vitale zu sehen gewesen war.

Vielleicht ein Comeback-Versuch? Künstlerisch erfolgreich, aber kommerziell gescheitert? Cat klickte den Titel an. Keiner der übrigen Schauspieler war ihr bekannt. Das musste nichts heißen, sie war keine Expertin auf diesem Gebiet. Vielleicht war di Vitale auch nur als Gefälligkeit aufgetreten; die Regisseurin war die Tochter einer Freundin oder irgend so etwas.

Nun notierte Cat unter dem Hinweis auf mögliche Homestorys doch noch den entsprechenden Filmtitel. Würde jemand mit zwei Oscars nur einen aufheben? Cat schrieb: *Zweiter Oscar?*

An einer Nahaufnahme von di Vitales Gesicht blieb sie hängen. Sie hatte auf Vollbildanzeige geschaltet, sodass der Kopf etwa in Originalgröße angezeigt wurde. Es sah aus, als läge die Tote direkt vor ihr auf dem Tisch.

Und starrte sie an.

Blut war aus der Stirnwunde in einen Augenwinkel gelaufen. Vom Haar war nur der Ansatz an der Stirn zu sehen, dazu einige Strähnen hinter dem Ohr. Cat war für das Bild sehr nah rangegangen.

Sie neigte den Kopf ein wenig zur Seite, sodass sie die Aufnahme genauer betrachten konnte. Um die Augen und den Mund herum sowie auf der Stirn waren ungewöhnlich wenig Fältchen zu sehen. Kosmetik hin oder her, das sprach für Botox. Erst recht in dem Alter.

Cat legte zwei Finger auf das Touchpad des Computers und drehte das Bild ins Hochformat. «Genau», murmelte sie. «Jetzt stimmt es.»

Di Vitale sah sie nun frontal an. Die Lippen waren dezent geschminkt und lagen locker aufeinander. Das Blut, das aus der Stirnwunde ausgetreten und in den linken Augenwinkel gelaufen war, folgte nun der Schwerkraft.

Sie blätterte einige Bilder weiter zu einer Über- und einer Unterbelichtung des Gesichts. Das machte sie von den wichtigsten Motiven immer. Die Haare. Eine Gesamtaufnahme. Dann die Hände. Perfekt manikürt, soweit sie sehen konnte. Kein Nagel abgebrochen, wie der Pathologe gesagt hatte, nicht einmal ein Kratzer im Lack. In einem Fingernagel spiegelte sich sogar winzig klein ein Stück vom Fenster.

Die Handflächen lagen nach unten gedreht und waren verborgen. Die Unterarme wurden von den Ärmeln des Hosenanzugs verhüllt. Auf dem waren außer dem Blut keine weiteren Spuren, kein Abrieb, keine Knitterfalten.

Natürlich musste sie die Ergebnisse der Pathologie abwarten, um zu erfahren, was sich unter den Fingernägeln fand, aber auf den ersten Blick entdeckte auch Cat keine Abwehrspuren. Warum dann die Verwüstung des Zimmers, wenn sie nicht von einem Kampf um Leben und Tod herrührte? Und die Unmengen Schweineblut?

Cat stand auf und ging hinüber ins Bad. Sie wusch sich die Hände, spritzte kühles Wasser in ihr Gesicht, trocknete Gesicht und Hände ab und trank schließlich direkt aus dem Hahn.

Di Vitale konnte außerhalb der Wohnung angegriffen worden sein. Der oder die Täter wollten vielleicht nur ihre Handtasche, erkannten sie aber und zwangen sie, die Wohnung zu öffnen. In diesem Fall würde aber nicht nur die Handtasche fehlen, sondern auch Schmuck. Zurück am Tisch notierte Cat: *Verzeichnis Schmuck (Juwelier? Versicherung?).*

Aber das Blut? Das sprach für eine geplante Tat. Schließlich hatten die wenigsten Leute ein, zwei Moppeimer voll Schweineblut herumstehen.

Welche Möglichkeiten gab es noch?

Eine Auseinandersetzung. Ein Streit, der vollkommen außer Kontrolle geraten war? Das würde den Zustand des Wohnzimmers erklären. Aber wenn das Wohnzimmer zerlegt wird, sitzt niemand unbeteiligt daneben, sondern versucht, sein Reich zu verteidigen. Die Maniküre wäre im Eimer. Oder man würde die Polizei rufen, das hatte das Opfer aber nicht getan.

Und das Blut hatte eindeutig Symbolcharakter. Aber was sollte es sagen? Vielleicht gehörten das Blut und die Asche in der Vase zusammen, wie ein Bilderrätsel. Blutasche. Aschenblut. Blutrache. Feuertod.

Dass das Rinnsal aus der Wunde ins Auge und nicht in Richtung der Schläfe gelaufen war, konnte nur heißen, dass di Vitale im Sitzen getötet worden war. Aus dem Stand wäre sie direkt gefallen. Diese Variante passte auch am besten zum Zustand der Leiche: Jemand, dem di Vitale vertraut – deswegen keine Abwehrspuren –, schießt ihr in die Stirn, verwüstet ihr Wohnzimmer, zerrt sie in die Mitte des Raumes, übergießt sie mit Blut, stellt ein Glas mit Krematoriumsasche auf die Fensterbank im Schlafzimmer und geht.

Bloß: warum?

Niemand beging ein Verbrechen auf diese Art ohne hohe emotionale Investition. Entweder hatte der Täter etwas gestohlen, weil er das von vornherein beabsichtigt hatte. Dann musste es etwas von großem, finanziellem oder emotionalem Wert sein. Oder der Täter war psychisch gestört, somit war es noch wahrscheinlicher, dass er oder sie ein «Andenken» mitgenommen hatte, um sich immer wieder an das Grauen erinnern zu können.

Cat arbeitete sich weiter vor. Die Wunde. Der Körper. Die

Füße. Der Hosenanzug. Die Hände. Im Hintergrund immer wieder, wenn auch unscharf, die Kollegen bei der Arbeit.

Das Fenster. Der Himmel. Blau, blau. Der Blutfleck. Der Blutfleck aus einer anderen Richtung.

Cat versuchte, sich vorzustellen, wie das Blut auf di Vitale gegossen worden war. Wie viel? Langsam oder schnell? Mit einem Schwung? Dann müssten mehr Spritzer am Rand zu sehen sein.

Darum würden sich die entsprechenden Spezialisten kümmern, ein paar Eimer Schweineblut oder Farbe langsam und schnell, schwungvoll oder vorsichtig auf eine Puppe im Hosenanzug entleeren, Fotos anfertigen, Spritzspuren auswerten. Das dauerte länger, war aber sinnvoller, als zu spekulieren.

Es folgte eine Großaufnahme der Füße. Besonders der linke Fuß mitsamt Schuh zog ihre Aufmerksamkeit auf sich. Unter der Sohle klebte etwas, sie hatte es nicht zuordnen können, hatte sich erhofft, dass es auf dem Foto für sie deutlicher würde. Unter der beigefarbenen Sohle war eine eigenartige körnige Verunreinigung zu sehen.

Auf einmal hörte sie die Stimmen der Zwillinge im Flur, dann klickte im Zimmer nebenan das Schloss.

«Hi Mum, wir sind wieder da!», rief Leo durch die geschlossene Verbindungstür. Leonie öffnete sie, und augenblicklich stürmte Miss Piggy hindurch, rannte unter Cats Stuhl und ließ sich dort auf den Boden plumpsen. Cat konnte die Vibration der Dielen bis in die Knie spüren. Das Schweinchen schnaufte zufrieden.

Hinter den Zwillingen kamen zwei Polizisten ins Zimmer, grüßten freundlich zu ihr herüber, stellten das Gepäck und

Miss Piggys Korb ab und verabschiedeten sich: von Leo mit einem komplizierten Ghetto-Handschlag, von Leonie mit einer Umarmung samt Küsschen links und Küsschen rechts.

Leonie redete bereits auf ihre Mutter ein, streckte Cat ihr Handy entgegen und hatte bereits begonnen, durch die Bilder zu swipen. Touristen, Gondeln, Kanäle, vier Fotos des jungen Mannes, mit dem zusammen sie Cat auf dem Markusplatz erwartet hatte, ein paar Selfies, ein Eiskaffee mit Sahne und Schokosauce, noch mehr Kanäle, die farbigen Fassaden von etlichen kleinen Villen und Palästen, Gondeln in Nahaufnahme, Details der Herstellung, Bugspitzen, die Werkstatt von innen, ein Selfie von Leo und Leonie mit einem Mann mit Pferdeschwanz und Fusselbart, der eine Lederschürze trug und Werkzeug in beiden Händen hielt. Leonie, die Miss Piggy wie eine Galionsfigur auf die Spitze einer Gondel gesetzt hatte, noch mehr Kanäle, noch mehr Fassaden, Himmel, noch mal der junge Mann in Uniform, Miss Piggy im Fahrstuhl, eine Großaufnahme der Tapete im Flur des Hotels.

«Du hast ein gutes Auge», sagte Cat stolz.

Leonie hatte, während sie die Bilder zeigte, erzählt, was sie erlebt und gesehen hatten: «Der Squero di San Trovaso ist für gewöhnliche Touristen nicht zugänglich. Die Werkstatt gibt es irgendwie schon seit siebzehnhundert Jahren. Oder seit dem siebzehnten Jahrhundert. Eins von beidem, glaube ich. Damals waren noch über zehntausend Gondeln hier unterwegs. Heute werden dort nur noch zehn Gondeln pro Jahr gebaut, und man kann sich aussuchen aus welchem Holz: Mahagoni, Kirsche, Eiche, Walnuss, die anderen hab ich irgendwie vergessen. Sie haben uns gezeigt, wie sie das

Holz über heißem Dampf in die richtige Form biegen. War irgendwie echt cool!»

Leo hatte nur ab und an, wie es seine Art war, einen Kommentar eingeworfen: «Das glaubst auch nur du» oder «Sicher, Digger». Er wirkte entspannter als sonst.

Die Filzstiftbärte waren bei beiden fast ganz verblasst.

«Hast du regelmäßig die Salbe genommen?», fragte Cat.

Leo nickte und zwinkerte ihr mit dem freien Auge zu. «Aye, aye, Captain!» Dann hielt er inne. «Hey, Schule ist doch nicht nutzlos. Guck mal, das ist Wüstensand.» Er deutete auf den Laptop.

«Wüstensand?»

«Ja, da.» Er kam näher und tippte mit dem Finger auf das vielfach vergrößerte Körnchen in der Bildmitte. «Hatten wir gerade in Geo. Nach den Ferien schreib ich die Arbeit. Sandkörner sind gar nicht rund, sondern meistens eckig, und Sand besteht aus verschiedenen Materialien und Mischungen. Man würde doch denken, Wüstenstaaten können prima Beton herstellen und Straßen bauen – aber: nein! Die müssen Sand importieren, um ihre Wolkenkratzer zu bauen!»

«Und das hier ist Wüstensand? Das erkennst du?» Cat vergrößerte die Darstellung mit dem Trackpad.

«Ja. Reiner Quarzsand, schön gleichmäßig gelb, die Oberflächen durch Windreibung mattiert. Wüstensand, deshalb ja. Die Körner sind nicht brüchig genug für Beton oder Asphalt. Sie sind zu rund, nicht kantig genug. Wer sich damit auskennt, kann dir bestimmt sogar sagen, aus welcher Wüste dieser Sand ist.»

Wüstensand.

Quarzsand.

Cat ließ erst den Kopf nach links sinken, dann nach rechts. Schließlich drehte sie das Bild hochkant, so wie sie es vorhin mit dem Porträtfoto der Toten getan hatte. Sie ließ sich das vorangegangene Bild anzeigen. Der Fuß, der Schuh.

Wo sollte das Opfer mit Wüstensand in Berührung gekommen sein? Wie konnte Wüstensand überhaupt in die Serenissima gelangen? Kein Tourist würde ein Tütchen Sand aus dem letzten Dubai-Urlaub nach Venedig bringen und auf der Straße ausleeren.

Eigenartig.

«Haben wir was zu essen?» Leo sah sich um, schließlich ging er in sein Zimmer. Es raschelte, und er rief zufrieden: «Hab noch einen Proteinriegel!»

Cat rief ihm nach: «Guten Appetit, und danke. Ich werde die Kollegen nach dem Sand fragen. Man weiß nie, was wichtig ist.»

«Klar.» Leo steckte den Kopf durch die Tür und grinste. «Ich sag meinem Geo-Lehrer, dass sein Stoff echte Life-Skills bereithält. Der freut sich.»

Leonie ließ sich auf Cats Bett sinken. «Wo ist denn das Passwort?»

«Welches Passwort?»

«Für das WLAN», entgegnete Leonie, als gäbe es keine anderen Passwörter auf der Welt. Jedenfalls keine, nach denen sich zu fragen lohnte.

Cat deutete auf einen Zettel, der neben dem Spiegel an der Wand klebte. Als Leonie aufsprang, ihn abfotografierte und zu Leo ins andere Zimmer eilte, nahm Cat die Arbeit wieder auf.

Es folgten die Aufnahmen des Zimmers, in dem sich Cat einmal um die eigene Achse gedreht hatte. An ihrem Bürorechner in Berlin hätte sie daraus jetzt ein Panorama erstellt. Aber hier war es zu umständlich, und es war gut möglich, dass ein solches Panorama niemandem etwas nützte. Sollte Conti es doch selbst zusammenpuzzeln, wenn sie wollte.

Sie klickte weiter. Das Regal mit den Filmpreisen. Sie standen im obersten Fach ordentlich in einer Reihe, wenn auch in etwas ungleichen Abständen.

Mit einem Ohr hörte Cat, wie die Zwillinge nebenan die Qualität des WLAN diskutierten: «Das dauert ja irgendwie ewig, bis die Nachrichten von heute laden, bei dir auch?»

Cat sah weiter die Bilder durch. Küche. Die Kaffeedosen. Bad. Noch mal der Flur. Dieses Rot! Ankleidezimmer. Schlafzimmer.

In einem separaten Fenster rief Cat eines der Fotos des blutbesudelten Zimmers auf und stellte es neben ein Flurfoto. Nein, es waren doch zwei ganz unterschiedliche Rottöne, obwohl ihr der Stoff im Flur jetzt, nachträglich, wie ein böses Omen erschien.

Sie schloss das Fenster und widmete sich als Nächstes den Bildern aus di Vitales Schlafzimmer. Die Rollos waren geschlossen gewesen. Klick, klick, klick: das Bett, der Breitwand-Luxus-Fernseher, das Filmplakat.

Cat fand es auf angenehme Weise sympathisch, dass di Vitales Schlafzimmer, der intimste Ort, so schlicht eingerichtet war.

Auf der Fensterbank stand die Vase mit der körnigen Asche. Ob es davon wohl schon die Analyse gab? Mit einer Fingerbewegung zoomte Cat hinein. Die Krümel waren von einem dunklen, matten Grau, das war selbst durch den Glasdeckel deutlich auszumachen.

Sie fuhr mit dem Mauszeiger über die Oberfläche, als ersetzte dies die Berührung mit den Fingern.

Sie zoomte wieder heraus. Die Vase selbst mochte vielleicht dreißig Zentimeter hoch sein, mit einem Durchmesser von etwa fünfzehn an der breitesten Stelle. Sie war birnenförmig bauchig, verbreiterte sich also im unteren Drittel schnell und wurde nach oben hin schmaler. Die Öffnung hatte einen Durchmesser von vielleicht sechs oder sieben Zentimetern. Cat schob das Bild unter die Linealanzeige am oberen Rand des Programms. Nicht schlecht geschätzt, die Öffnung hatte knapp die Hälfte des Durchmessers an der dicksten Stelle.

Sie vergrößerte das Bild erneut. Schaute erst die Asche an, dann die aus der Vogelperspektive am Bildrand angeschnittene Fensterbank. Zoomte noch näher an den Sims heran. Näher. Noch näher. Immer wieder sprang die Anzeige zurück, die höchstmögliche Vergrößerung war erreicht.

Es war nicht eindeutig zu sagen, ob ihr Eindruck sie täuschte.

Cat öffnete dasselbe Bild in einem zweiten Fenster, hier zoomte sie so nah wie möglich an den Glasdeckel heran. Mehrfach fuhr sie mit dem Mauszeiger über den Deckel und die Fensterbank. Der Lichteinfall direkt am Fenster war hilfreich trotz der katastrophalen Auflösung: Sie war fast sicher, dass der Fenstersims frisch gewischt und staubfrei war, auf dem Deckel aber eine dünne Staubschicht lag. Zum Rand hin schien sogar eine etwas größere Staubfluse in der Vase zu hängen.

Asche zu Asche, Staub zu Staub. Aber wenn die Täter eine Urne mit menschlichen Überresten hinterlassen hatten – wie konnte sich dann Staub darauf gesammelt haben?

Cat stöhnte und ließ den Kopf sinken. Das Problem war vermutlich einfacher zu lösen, als sie bisher gedacht hatte. Die Putzfrau würde wissen, ob die Vase dort schon länger stand oder nicht. Und in ihrer Situation konnte man davon ausgehen, dass sie die Wahrheit sagen würde.

So oder so: Wer stellte eine Urne auf die Fensterbank? Und wenn es doch eine Botschaft war, wem sollte sie etwas sagen?

Es folgten noch drei Bilder aus der Wohnung, von denen eines in dem plötzlichen Gedränge um die Vase herum komplett verwackelt war. Sie löschte es gleich.

Das letzte war ein gar nicht mal so schlechtes Porträt von Conti. Während alle beschäftigt waren, hatte Cat einfach unbemerkt draufgehalten und abgedrückt. Unwillkürlich huschte Cats Blick zu dem Spiegel, in dem sie sich über den Bildschirm hinweg sehen konnte. Das Fenster hinter ihr war erfüllt vom Rot des Sonnenuntergangs im Kanal.

Cat strecke sich, stand auf und kroch über die Matratze zum Kopfende des Bettes. Sie steckte den Kopf zum Fenster hinaus. Wie eine Welle flutete das Abendlicht den schmalen Kanal. Zwei Gondeln schaukelten auf dem Wasser, in einer davon saß ein junges Pärchen und trank Champagner. In der Ferne ratterte der Motor eines Vaporettos wie ein etwas zu groß geratenes Moped. Drei kleine Motorboote suchten sich langsam den Weg zwischen den übrigen Verkehrsteilnehmern hindurch.

Über ihnen spannten sich Wäscheleinen und Stromleitungen quer über das Wasser. Aus mehreren Fenstern heraus wurde die Wäsche abgenommen, bevor die abendliche Kühle kam.

Und dann, von einer Sekunde zur anderen, war der Moment vorbei, die Sonne so tief gesunken, dass es grau wurde zwischen den Häuserwänden.

Cat schloss das Fenster.

ELF

Wollen wir da hin?» Leo hielt Cat sein Handy vor das Gesicht. Auf einem Bewertungsportal hatte er eine kleine Pizzeria mit 4,7 Sternen herausgesucht, die nur vierhundertfünfzig Meter entfernt war.

Cat überlegte, wann sie das letzte Mal etwas gegessen hatte? Heute Mittag auf dem Weg zur Polizei, ein belegtes Brötchen. «Gute Idee. Was ist mit Leonie?»

«Hab schon geguckt, die haben auch Salat.»

Seit einiger Zeit war Leonie beim Essen furchtbar wählerisch. Früher hatte sie alles in sich hineingeschaufelt und war ein wenig pummelig gewesen. Seit ein paar Monaten ließ sie eisern Kohlehydrate und Zucker weg. Das hatte eine positive Auswirkung auf ihre Figur – und negative Auswirkungen auf Cats Konto, weil Leonie sich mal eben komplett neu zwei Nummern kleiner hatte einkleiden müssen.

Sie warf einen Blick auf den Laptop. Leos Blick folgte ihr. «Wer ist das?», fragte er.

«Egal. Die italienische Kollegin», sagte Cat eilig und klappte den Laptop zu. Ihre Wangen brannten. Sie hoffte, dass Leo – typisch Teenager – nichts merkte.

«Bist du schon fertig?», fragte er.

«Nein. Leider nicht. Aber halb. Nee, ein Drittel.»

«Immerhin. Weißt du schon, wer es war?»

Cat versetzte es immer noch einen Stich, mit welcher Selbstverständlichkeit Gewaltverbrechen Teil des Alltags ihrer Kinder waren. «Wir haben noch nicht die geringste Ahnung.»

«Warum haben sie dich überhaupt gefragt? Haben die keine eigenen Fotografen?»

«Doch. Opa hat mich vorgeschlagen. Er kennt ja viele und wurde vermutlich um Unterstützung gebeten. Der Fall ist wichtig, weil das Opfer ein Filmstar ist.»

Leo schaute fragend.

«Von früher. Kennst du nicht», ergänzte Cat. «Oder vielleicht ist Opa ein Fan von ihr. Was weiß ich. Ich frag ihn, wenn ich das nächste Mal mit ihm spreche.»

Leonie hatte sich eine Jacke übergezogen und kam ins Zimmer. «Nehmen wir Missy mit?» Sie kraulte das kleine Schweinchen hinter dem Ohr. «Willst du mit? Willst du mit?»

Das kleine brave Hausschwein grunzte leise. Miss Piggy lebte seit einem guten halben Jahr bei ihnen. Leo und Leonie hatten nach einem Hund gebettelt. Cat, die gewusst hatte, an wem die Arbeit hängenbleiben würde, hatte sich geweigert. Es folgte der übliche Kreislauf: quengeln, nein sagen, weiter quengeln. Lauter nein sagen, noch mehr quengeln, bis Cat irgendwann der Kragen geplatzt war und sie geschrien hatte: «Eher holen wir uns ein Hausschwein als einen Hund!»

Woher ausgerechnet dieser Gedanke in dem Moment gekommen war, hätte sie nicht sagen können. Vielleicht hatte sie beim Friseur einen Bericht über irgendeinen Promi gelesen, der ein Hausschwein hielt, oder es war das Trendhaustier der Woche auf Instagram gewesen ... Jedenfalls trumpften die Zwillinge am nächsten Tag damit auf, dass sie sich ein zahmes Hausschwein aus dem nahe gelegenen Tierheim «probeweise geliehen» hatten.

Und Cat verliebte sich in Miss Piggy. Also unterschrieb sie die Adoptionspapiere.

Schlechter konnte Erziehung eigentlich kaum laufen.

Das Schweinchen war stubenrein, aber geruchsempfindlich. Miss Piggy mochte es nicht, wenn sie Fisch oder Kohl aßen. Dann setzte sie sich in den Flur, schnaufte laut und kratzte mit den Pfoten über das Laminat. Sie fraß gern Obst und liebte den Nudelsalat der Mutter von Leonies Freundin Hannah.

Zwei Mal am Tag gingen die Kinder mit Miss Piggy brav nach draußen. Cat hatte angedroht, Miss Piggy sonst wahlweise zurück ins Tierheim zu bringen oder Bacon-Cheeseburger aus ihr zu machen, aber alle Beteiligten hatten natürlich gewusst, dass es sich um leere Drohungen handelte.

Piggy schnüffelte kurz an Leonies Handinnenfläche, dann legte sie sich wieder hin.

«Na gut, bleibst du eben hier, hast ja irgendwie auch schon genug zu fressen gekriegt heute», sagte Leonie.

«Was hat sie denn bekommen?», fragte Cat.

«Noemi und Gabriel, die beiden, die heute mit uns unterwegs waren, haben irgendwie eine ganze Kühltasche voll Obst für Piggy mitgehabt», sagte Leonie. «Und für Leo ein paar Tüten mit diesen Chicken-Chips, die dir immer zu teuer sind. Und für mich Cola light. Irgendwie muss Opa denen alles über uns erzählt haben!»

Cat schüttelte den Kopf. Ihr Vater, dieser alte Strippenzieher. Hauptsache, der alte Herr bekam seinen Willen.

«Dann mal los.» Sie griff sich ihre Kameratasche.

Das Restaurant lag in einer Seitenstraße, die so schmal war, dass Leo beinahe beide Seiten berühren konnten, wenn er in der Mitte stand und die Arme ausstreckte. Die Straße endete direkt am Kanal. Sie drängten sich zu dritt um einen kleinen Tisch mit weiß-rot kariertem Tischtuch, auf dem eine kleine Vase mit einer Nelke und ein Körbchen mit Brot und Butter standen.

Aus dem Inneren des Restaurants drang Musik zu ihnen, die sich nach «Playlist italienischer Pop» anhörte. Die Luft war warm, und die Pizza vom Nachbartisch verströmte einen Duft von Tomatensauce und Basilikum.

Ganz unerwartet fühlte Cat einen Moment mediterraner Leichtigkeit. Und mit einem Mal war endlich auch sie in Venedig angekommen. Sie spürte, wie ihre Schultern sich entspannten.

Leo bestellte die *Pasta Meatlover*: einen Haufen Kohlehydrate mit Hack, Bacon, Rinderfiletstreifen, Hühnchen und Sahnesauce. Leonie nahm einen großen gemischten Salat mit italienischem Dressing, aber das Dressing extra. Cat entschied sich für eine der venezianischen Spezialitäten auf der Karte.

«Was nimmst du?», fragte Leonie.

«*Sarde in saòr*, ein süßsaures Gericht mit frittierten Pelamiden, das ist eine Makrelenart. Dazu Rosinen, Pinienkerne und Zwiebeln», las sie vor.

Leonie verzog angewidert das Gesicht.

Aus Richtung des Kanals kam eine kleine Katze anspaziert, ihr Fell war weiß mit unregelmäßigen schwarzen Flecken.

«Ist die nicht niedlich?» Leonie zog ihr Handy aus der Tasche.

Auch Cat holte ihre Kamera heraus. «Beschäftige sie ein bisschen.» Sie aktivierte im Menü den HDR-Modus. Die Kamera nahm dabei nicht ein Bild auf, sondern drei: eines normal belichtet, eines über- und eines unterbelichtet. Diese wurden miteinander verrechnet, sodass im Idealfall alle Bildbereiche optimal belichtet waren. Die Ergebnisse konnten sich sehen lassen: Fotos in Knallfarben, die einerseits toll aussahen, andererseits komplett unnatürlich wirkten, weil das menschliche Auge eben nicht alle Helligkeitsbereiche gleichzeitig gut wahrnehmen kann.

Die Katze stand im Lichtkegel der Leuchten vor dem Restaurant, der Boden und die Wände an den Seiten waren tiefdunkel, die Hauswände auf der anderen Kanalseite lagen im letzten Licht der Abenddämmerung, sodass ihre Details nur noch zu ahnen waren, und der Himmel selbst, den sie im Anschnitt auch ins Bild bekam, war von einem fast ins Weiß reichenden Blau. Cat drückte auf den Auslöser. Es klackte nur einmal. Alle drei Belichtungen wurden parallel erstellt und gespeichert. Cat machte noch zwei Aufnahmen, während die Katze sich in aller Seelenruhe den Po leckte. Mit einer verrückten Bildunterschrift wäre dieses Motiv auf jeden Fall etwas für *Cat's Cats*, vielleicht ein Meme: *Leck mich!*

Als das Essen kam, flitzte die Katze sofort unter den Tisch und begann kläglich zu maunzen. Cat kratzte die Panade von einem ihrer Fischchen ab und hielt es der kleinen Katze hin. Die schnappte danach und rannte, den Fisch im Maul, davon.

ZWÖLF

An Cats Zimmertür lehnte ein weißer Umschlag. Als Absender trug er einen Prägedruck der Polizeidirektion Venetia-Mestre. Ihr Name, der Name der Pension und ihre Zimmernummer waren mit Kugelschreiber daraufgeschrieben. Sie mochte die Handschrift, vielleicht war es Contis. Der Umschlag war dünn, er konnte kaum mehr als zehn Seiten enthalten.

Leonie und Leo verdrückten sich dankbar in ihr Zimmer. Sie würden noch eine Weile auf ihren Handys herumspielen und dann hoffentlich irgendwann schlafen.

Cat riss den Umschlag auf und zog eine Plastikmappe heraus, in der tatsächlich nur einige wenige Seiten steckten. Ausdrucke der übersetzten Vernehmungsprotokolle der Putzfrau sowie des Managements von di Vitale.

Sie überflog die Aussagen. Die Haushälterin hatte erst seit vier Jahren für di Vitale gearbeitet. Sie war italienische Staatsbürgerin und versteuerte ihren Lohn ordnungsgemäß – nur reichte er ihr offenbar nicht. Sie arbeitete außer für di Vitale für acht weitere Auftraggeber. Zum Opfer war sie drei Mal pro Woche gekommen: montags, mittwochs und samstags. Di Vitale hatte ihr bei Bedarf freitagnachmittags eine Einkaufsliste geschickt, sodass sie die wenigen Besorgungen erledigen und am Folgetag mitbringen konnte.

Die Reinigungskraft bestätigte, dass di Vitale nicht selbst gekocht und auch keine Gäste empfangen hatte. *Bei ihr sah es immer aufgeräumt und sauber aus. Es hätte auch gereicht, wenn ich einmal die Woche komme. Das habe ich ihr auch angeboten. Aber sie wollte es so*, gab die Haushälterin zu Protokoll.

Sie war diejenige gewesen, die die Tote gefunden und sogleich die Polizei verständigt hatte. Ja, sie habe einen eigenen Schlüssel zum Haus und zur Wohnung. Es handele sich um denselben Schlüssel für beide Türen. Ja, es sei nicht ungewöhnlich, dass di Vitale nicht da gewesen sei, um sie einzulassen. Im Gegenteil, sie sei sogar meistens nicht zu Hause gewesen, wenn die Haushälterin gekommen sei.

Nein, natürlich habe sie trotzdem alle aufgetragenen Arbeiten erledigt, auch wenn diese unnötig gewesen seien. Nein, sie habe sich ganz sicher nicht in den Sessel gesetzt und gelesen.

Ein bisschen viel Empörung für eine, die die Gelegenheit beim Schopf gepackt hatte, das Bargeld einzustecken, fand Cat. Andererseits war die Vernehmung offenbar vor Cats Entdeckung erfolgt.

Ja, di Vitale habe eine dauerhafte Beziehung zu Jacopo Rizzo unterhalten. Ja, ihr sei bekannt gewesen, dass di Vitale lange Zeit die Geliebte des Bürgermeisters gewesen sei. Nein, sie wisse nicht, weshalb das Paar sich damals getrennt habe. Das sei vor ihrer Zeit gewesen. Nein, di Vitale habe keine Kinder gehabt, überhaupt keine Verwandten, von denen ihr bekannt sei.

Ja, es gebe wohl einen Ex-Ehemann, aber mehr wisse sie nicht.

Nein, über die Gewohnheiten ihrer Arbeitgeberin könne sie keine Auskunft geben, weil sie davon keine Kenntnis habe. Nein, sie wisse nicht, wie viel Schmuckstücke ihre Arbeitgeberin besitze. In der Wohnung habe sie in zwei Kästen im Badezimmer nur einige wenige Ketten, Ringe und Ohrringe aufbewahrt. Ob es noch mehr Schmuck in einem Schließfach gebe, sei ihr nicht bekannt.

Nein, sie selbst habe keinen Lebenspartner oder festen Freund. Ihre Wohnung befinde sich in Mestre: *In Venedig hätte ich für die gleiche Miete keine Heizung und kein Bad.*

Nein, es sei ausgeschlossen, dass sich jemand Zugriff auf den in ihrem Besitz befindlichen Schlüssel zur Wohnung di Vitales verschafft hätte; wer denn, bitte? Zudem könne sie den Schlüssel vorlegen.

Nach einer Trennlinie war festgehalten worden, dass die Putzfrau in einer zweiten Vernehmung den Diebstahl einer nicht unerheblichen Summe Bargeld aus dem ihr bekannten Versteck im Küchenschrank zugegeben hatte.

Davon abgesehen war das insgesamt vierseitige Protokoll rundum unergiebig. Nach der Vase mit der Asche hatte niemand gefragt.

Dass die Frau den Mord begangen hatte, war unwahrscheinlich, dafür hätte sie ziemlich kaltblütig vorgehen müssen: die eigene Auftraggeberin blutrünstig ermorden und danach die Polizei verständigen. Hätte sie aus Gier getötet, dann wäre auch der gesamte Schmuck weg gewesen; oder im Affekt, aus Hass oder Liebe, dann hätte sie aber nicht noch eine Handvoll Bargeld mitgenommen.

Nein, das konnte Cat ausschließen.

Die nächsten sechs Seiten waren schon etwas interessanter. Di Vitales Manager war ein junger Mann, neunundzwanzig Jahre, namens Pietro Moretti. Seine Agentur saß in Rom. Conti hatte sich entschieden, das Gespräch durch einen ihrer Mitarbeiter per Telefon führen zu lassen, statt um Amtshilfe zu bitten. In einem persönlichen Gespräch ergaben sich oft am Rand noch interessante Beobachtungen, doch viele scheinbar unwichtige Informationen gingen bei der im Regelfall schriftlichen Weitergabe an die zuständigen Kollegen verloren. So liefen alle Fäden hier in Venedig zusammen, und Conti bekam auch die nicht verschriftlichten Eindrücke. Beispielsweise, ob der Gesprächspartner an einer bestimmten Stelle zögerte oder eine vorschnelle Antwort gab.

Morettis Agentur «Management by Moretti» vertrat knapp fünfzig Personen. Eine Liste war als Anlage beigefügt. Cat blätterte vor und überflog die Namen. Ein oder zwei hatte sie vielleicht schon mal gehört, die meisten sagten ihr nichts. Die weltberühmte di Vitale war jedenfalls definitiv die Ausnahme.

Der Schwerpunkt der Agentur lag in der Vermittlung von Künstlern aus Film und TV für Engagements außerhalb dieser Bereiche, also Werbung, Moderationen, Reden. Ein boomendes Geschäft, wie Moretti versicherte.

Er selbst hatte di Vitale nie persönlich kennengelernt. Als der Inhaber ihrer vorigen Agentur sich vor sechs Jahren aus dem Geschäft zurückgezogen hatte, habe er ihr Moretti empfohlen. *Ehrlich gesagt, wir haben kein Geld mit ihr verdient*, hatte der zu Protokoll gegeben. *Sie schmückt unsere Webseite, macht uns interessant für junge Künstler und für unsere Kunden, die auf der Suche nach Talenten sind. Aber di Vitale hat in den letzten Jahren nur noch sehr wenige Auftritte absolviert, und die meisten davon unentgeltlich. Bei einer Rede vor dem Flüchtlingshilfswerk der Vereinten Nationen werden bestenfalls die Reisekosten übernommen, aber es gibt kein Honorar. Wir haben natürlich trotzdem die gleiche Arbeit mit der Organisation, wenn nicht sogar mehr.*

Moretti hatte die von ihm betreuten Auftritte di Vitales in den letzten drei Jahren heraussuchen lassen: Zwei Mal innerhalb der drei Jahre war sie in Talkshows des staatlichen italienischen Fernsehens gewesen, beide Male zum Thema Kinderschutz; sie hatte einen Werbespot für eine weltbekannte Kosmetikmarke gedreht, diesen aber nicht freigegeben (Moretti: *Ich war froh, dass wir nicht noch die Produktionskosten übernehmen mussten.*); im vorletzten Jahr war sie bei der Wiedereröffnung eines Museums in Venedig Ehrengast gewesen und hatte das rote Band zerschnitten; und der besagte Auftritt in Genf, der weltweit simultan im Fernsehen übertragen worden war.

Eine Homestory habe es in den letzten Jahren nicht gegeben. Die vielen Anfragen waren abgelehnt worden, da die Klientin keine derartigen Medienkontakte wünschte.

Eine Mitarbeiterin der Agentur war zudem zuständig für di Vitales Stiftung. Auf dem Ausdruck folgte eine mit Pluszeichen markierte Trennlinie, dann wurde das Gespräch fortgesetzt mit einer gewissen Aurora Ferrari, siebenunddreißig Jahre alt.

Cat ärgerte sich über diese ermittlungstechnische Unsauberkeit. Zumindest hätte Ferrari auch vorn als Gesprächspartnerin genannt werden müssen, besser noch in einem gesonderten Protokoll.

Ferrari erläuterte zunächst den Zweck der Stiftung. Ihre

Ausdrucksweise war steif wie die einer älteren Dame. *Signora di Vitale hat es sich zur Lebensaufgabe gemacht, das Leid von Tieren und jungen Menschen zu beenden oder zu lindern, soweit es menschenmöglich ist. Sie stellte Gelder und auch ihre Prominenz wichtigen Projekten zur Verfügung, die sich für den Schutz der Tiere und Minderjähriger engagierten.*

Und so weiter, und so weiter. Eine halbe Seite Spendenbroschüre, auswendig aufgesagt. Danach wurde es wieder interessanter: *Der Großteil der Mittel entstammt natürlich dem Privatvermögen dieser großen italienischen Schauspielerin. Dazu kommen private Zuwendungen aus unterschiedlichen Quellen, die wir, dafür werden Sie Verständnis haben, selbstverständlich vertraulich behandeln. Freunde der Signora, das darf man wohl sagen. Wir schütten alljährlich einen hohen sechsstelligen Euro-Betrag an die von uns geförderten Projekte aus.*

Das war nicht uninteressant. Die nächste Frage passte zu Cats eigenem Gedankengang: *Sind im Verlauf dieser Arbeit für die Stiftung Schwierigkeiten aufgetreten, Spannungen? Fällt Ihnen jemand ein, der vielleicht ärgerlich auf di Vitale gewesen sein könnte, weil sie ein Projekt nicht unterstützt hat?*

Nein, nein, auf keinen Fall, die Signora war bei allen beliebt! Es ist nur …

An dieser Stelle mischte sich Moretti wieder in das Gespräch ein. Deshalb also war die Vernehmung so unsachgemäß festgehalten worden, es hatte sich um eine Konferenzschaltung gehandelt. *Als wir das Management di Vitales und auch die Betreuung der Stiftung übernahmen, gab es noch eine buchhalterische Altlast zu klären. Einige Jahre zuvor war es wohl zu einer Veruntreuung einer größeren Summe ge-*

kommen. Als wir die Bücher übernahmen, fehlte in der Kasse jedenfalls knapp eine halbe Million Euro. Es ist uns jedoch trotz aller Bemühungen nicht gelungen, den Verbleib des Geldes zu klären, sodass wir am Ende vorgeschlagen haben, eine entsprechende Berichtigung vorzunehmen und die Sache zu vergessen. Das ist schmerzhaft, aber der Arbeitsaufwand war einfach zu hoch. Di Vitale wollte davon jedoch nichts wissen. Es ist das einzige Mal, dass ich sie aufgeregt erlebt habe. Sie hat den Betrag aus eigener Tasche ausgeglichen. Seitdem, das kann ich Ihnen versichern, hat alles seine Ordnung.

Allerdings. Ganz genau!, das war wieder Ferrari. *Wir lassen unsere Bücher jährlich prüfen, und es gab nie Beanstandungen.*

Ob die alten Unterlagen archiviert seien, hakte der Interviewer nach.

Nein, die seien Anfang des Jahres vorschriftsmäßig geschreddert worden. Digitale Kopien seien ebenfalls nicht mehr vorhanden – Datenschutzverordnung, Recht auf Vergessen.

Moretti: *In Rom sind die Mieten hoch, wir müssen mit dem Platz haushalten. Was nicht aufgehoben werden muss, kommt weg. Ehernes Gesetz für alle Mitarbeiter.*

Der Manager und seine Mitarbeiterin wussten nichts über di Vitales Schmuck, außer dass sie «sicher welchen hatte».

Ferrari hatte di Vitale, im Gegensatz zu ihrem Boss, ein Mal persönlich getroffen, anlässlich einer Scheckübergabe in Rom. *Sie war so eine bezaubernde Frau, so offen und herzlich, man hatte sofort das Gefühl, ihr vertrauen zu können und sie ewig zu kennen. Ich kann noch immer nicht glauben, was passiert ist, wirklich, es ist schrecklich und unvorstellbar.*

Genau wie diese nutzlose Vernehmung. Eine verjährte Veruntreuung, deshalb brachte man keinen um, außer man hatte Rufschädigung zu fürchten.

Cat kreiste mit den Schultern, um sie zu lockern, und steckte die Seiten in den Umschlag zurück.

DREIZEHN

Cat hätte sich gern mit ihren neuen HDR-Bildern beschäftigt, musste aber vorher noch die formatierte Speicherkarte und danach die Bilder aus Mestre anschauen. Sie war wütend auf sich selbst, weil das Schicksal ihr eine schöne Ermittlerin und zwei interessante Fälle vor der sagenhaften Kulisse Venedigs in den Schoß hatte fallen lassen – und sie stocherte mit ihrer Laienkamera im Nebel! Es kam ihr vor, als wäre sie auf einem Auge blind, so wie Leo sich mit seiner Piratenklappe fühlen musste.

Doch Selbstmitleid hatte noch niemandem weitergeholfen. Cat holte tief Luft und ließ den Atem langsam ausströmen. Dann setzte sie sich erneut vor die Kommode. Durch die dünne Tür hörte sie Leos immer lauter werdenden Atem. Der Junge machte jeden Morgen und jeden Abend hundert Liegestütze. Er müsste längst schlafen – und sie auch.

Cat schob die Speicherkarte in den Leser des Laptops.

Nichts.

Sie überprüfte den Papierkorb des Rechners, aber auch hier fanden sich die gelöschten Fotos nicht. Sie startete den Webbrowser und lud ein Freeware-Programm zur Wiederherstellung versehentlich gelöschter Daten herunter.

Cat hatte Tausende von Fotos relevanter Tatorte im Kopf, die sie mit neuen abgleichen konnte. Sie wusste genau, welche Details die Täter jeweils überführt hatten. Und sie verfügte über das Talent, vor Ort die richtigen Bilder zu schießen, ohne darüber nachdenken zu müssen. Doch es musste ja nicht zwangsläufig auf ihren eigenen Aufnahmen zu sehen sein, was gesehen werden musste. Vielleicht hatte auch der trotzige Kollege das entscheidende Bild geschossen. Und sei es aus Zufall.

Nach zehn Minuten hatte das Rettungsprogramm einen Ordner mit achtundvierzig Bildern und einer Filmdatei auf den Desktop gespielt. Cat schloss das Programm, warf die Speicherkarte aus und öffnete die Filmdatei.

Der Kollege hatte festgehalten, wie er die Wohnung betrat, durch den Flur zum Wohnzimmer ging, die Tür öffnete. Er hatte von der Tür aus einen Schwenk über den gesamten Raum vollführt und sich anschließend der Toten genähert. War um diese herumgegangen, sodass man insgesamt einen sehr guten Eindruck vom Tatort erhielt. Das Video dauerte achtundneunzig Sekunden.

Anschließend öffnete Cat die Fotos. Die Dateien waren in einer höheren Auflösung erstellt, das half beim Zoomen. Ihre Freizeitkamera war eben nicht mehr die neueste. Aber liebgewonnen.

Mit Kameras war es jedoch wie mit Schusswaffen, die Theorie war das eine, wie man das Ding in der Praxis einsetzte, das andere. Die neueste Technik war nicht alles.

Bei einigen Bildern stellte Cat am linken Bildrand Artefakte fest – rechteckige Störungen, weil die Datei nicht korrekt wiederhergestellt worden war. Der Raum, die Tote von vorne und hinten, rechts und links, oben und unten. Na gut, darauf war sie auch gekommen.

Die Tür zum Nachbarzimmer öffnete sich. «Zähneputzen», sagte Leonie, und die Zwillinge krabbelten hinter Cat über das Bett.

Sie klickte weiter. Die nächsten drei Bilder enthielten keine sichtbaren Motive, ihre Dateigröße war auch nur wenige Kilobytes groß. Keine korrekte Wiederherstellung. Es folgten einige Aufnahmen von der Verwüstung im Wohnzimmer. Cat verschob die nicht lesbaren Dateien in den Papierkorb.

«Wie sind die Katzenfotos geworden?», fragte Leonie, als sie zurück aus dem Bad kam.

«Die habe ich mir noch nicht angeschaut. Mach ich morgen. Ich hab noch ein paar Fotos vor mir. Nichts Kompliziertes, glücklicherweise. Ich bin langsam auch müde.»

Dann kam auch Leo aus dem Bad, und Cat küsste beide auf die Wange, was diese brav über sich ergehen ließen, bevor sie in ihr Zimmer huschten und die Zwischentür hinter sich schlossen. Cat setzte sich aufs Bett und warf einen Blick auf ihr Handy. Als Ferdinands Location wurde das Hardy's angezeigt, eine urige Kneipe bei ihm um die Ecke. Sie hatten füreinander die Standortanzeige freigeschaltet.

«Guten Appetit!», schrieb Cat.

Sekunden später schickte er ein Foto von einem Solei und einer grünen Berliner Weißen zurück.

Cat lachte. Manche Menschen veränderten sich nie. Ferdinand wohnte immer noch in einer WG und kochte nicht gern. Sie schickte das Symbol der zwei miteinander anstoßenden Bierkrüge zurück. Dann schaltete sie das Handy auf stumm und zog den Laptop auf ihren Schoß.

Jetzt noch die Fotos aus der Wohnung von Georgiou.

Zuerst kam ein Foto des Notizblocks, dann das bearbeitete Manuskript. Es folgten die übrigen Ausdrucke aus der Schmierpapier-Ablage. Fahrpläne. Schiffsliegezeiten. Ein Lieferschein.

Cat blätterte zurück zum Anfang. Sie erhöhte den Kontrast, aber die Abdrücke wurden dadurch nicht deutlicher. Hatte Conti den Block zur Analyse mitgenommen? Sie konnte sich nicht daran erinnern und schrieb der Kollegin eine kurze Nachricht per Mail.

Sie sprang mit dem Cursor zum Lieferschein und vergrößerte das Dokument. Das Foto eines Ausdrucks eines Fotos. Toll. Der Hintergrund war grau, vermutlich war das Original gelb gewesen. Ein Durchschlag. Die Schrift war nur einen Hauch dunkler als der Hintergrund.

Als Dienstleister war ein internationales Speditionsunternehmen mit Rechnungsadresse in Rom angegeben. Warum hatte Georgiou diesen Beleg archiviert und ausgedruckt? Hatte er Unterlagen per Kurier verschickt? Erhalten?

Das Feld für die Empfängeradresse war leer, die Unterschrift ein ziemliches Gekritzel, aber alle Buchstaben auf einer Höhe. Kein tiefer Schwung, wie ein G es zum Beispiel erforderlich machte. Sehr unwahrscheinlich, dass das Georgious Name sein sollte. Aber was konnte das heißen? Der erste Buchstabe schien ein P zu sein. Und hinten vielleicht ein kleines a. Aber dazwischen ... das konnte auch das U-Bahn-Netz von Tokio darstellen.

Sie zoomte wieder aus dem Bild heraus. Betrachtete es im Ganzen. Kniff die Augen zusammen, konzentrierte sich auf ein weiteres Detail: eine lange aufgedruckte Folge von Ziffern und Buchstaben in der Mitte der Seite. Sie versuchte, sich einen Reim darauf zu machen. Aber es war, als wollte sie eine geheime Nachricht dechiffrieren. Absender, Empfänger, Orte, möglicherweise auch das Datum oder weitere Informationen konnten in diesem Ungetüm stecken. Sie stutzte. Ja, da war ein Datum vermerkt. In diesem Monat. In dieser Woche. Sie prüfte die Datumsanzeige auf dem Laptop – heute.

Cat griff nach ihrem Handy und wählte die Nummer der angegebenen Spedition in Rom. Klingeln. Anrufbeantworter. Sie verstand wenig, aber es wurde klar, dass es sich um eine Ansage der Bürozeiten handelte, und dann irgendetwas mit *Porto di Venezia.*

Sie wechselte zum Internetbrowser. Suchte nach dem Hafen von Venedig. Die Hafenmeisterei war vierundzwanzig Stunden erreichbar. Sie wählte die entsprechende Nummer, aber es nahm niemand ab.

Liegezeiten. Der Lieferschein einer internationalen Spedition. Eine unveröffentlichte Story über Flüchtlinge. Das musste irgendwie zusammenhängen. Und der Schlüssel befand sich ganz in ihrer Nähe. Heute. Im Hafen von Venedig.

Sie versuchte es noch einmal telefonisch und hatte erneut kein Glück.

Sollte sie Conti verständigen? Bis morgen warten? Oder einfach selbst klären, ob an ihrer möglichen Spur überhaupt etwas dran sein konnte?

Sie musste grinsen, als ihr klarwurde, dass sie sich genau so verhielt, wie ihr Vater es von ihr erwartete. Genau so.

Cat würde bestimmt nicht schlafen können, bevor sie herausgefunden hatte, was es mit dem verdammten Lieferschein auf sich hatte und was heute womöglich im Hafen im Schutz der Nacht ausgeliefert wurde, das mit Georgiou zusammenhing. Aber konnte sie die Kinder allein lassen? Andererseits, sie schliefen. Und Cat hatte ja nichts Gefährliches vor. Sie wollte sich nur mal vor Ort umsehen. Vielleicht ein paar Fragen stellen, wenn sie jemanden fand. Sie schrieb einen Zettel *Bin kurz draußen* und legte ihn auf ihr Bett. Falls Leo und Leonie tatsächlich nach ihr suchten. Was seit Jahren nicht mehr vorgekommen war. Und ihr Handy hatte sie ja auch dabei.

Leise zog sie die Tür hinter sich zu und schlich durch den dunklen Flur der Pension, die Treppe hinunter, auf die Straße, zur nächsten Brücke. An der Treppe zum Kanal standen einige Vaporettofahrer und rauchten.

Unterwegs zur Hafenmeisterei überflog sie auf dem Handy den Werbetext des Venezianischen Hafens. Die Kapazität von Containerschiffen wurde in *Twenty-foot equivalent units* gerechnet, kurz «Teu». Ein Teu entsprach einem kleinen Container. Je mehr Teu ein Hafen schaffte, desto besser. Venedig schlug immerhin 600 000 Teu jährlich um. Außerdem war die Rede von *sehr guten RoRo-Optionen*. Das stand für *Roll on / Roll off* – also Güter mit Rädern, vor allem Autos, Laster, Zugwaggons.

Sie schaute auf. Im Dunkeln huschten abweisende Fassaden an ihr vorbei. Kaum ein Licht war zu sehen. Die Luft über dem Kanal erschien verbraucht vom Tag, als wäre der ganze Sauerstoff von den Touristen weggeatmet worden.

Sie wechselte zurück zu den Suchergebnissen, rief den zweiten Treffer auf, das Venedig-Blog eines hier ansässigen Briten. Er klagte über *jeden Tag ein paar tausend Tagesgäste von den riesigen Kreuzfahrtschiffen. Am schlimmsten sind übrigens die Deutschen. Sie haben das Essen auf dem Schiff bezahlt, also kommen sie nach dem Frühstück in die Stadt, kehren zum Lunch zurück aufs Schiff, essen dort, gehen am Nachmittag wieder an Land und sind zum Abendbuffet erneut an Bord.*

Nach dieser Abrechnung folgten Informationen, die Cat vielleicht nutzen würden. Denn für die ganz großen neuen Kreuzfahrtschiffe waren die bisherigen Fahrrinnen nicht tief genug. Sie legten in Mestre an, die Gäste fuhren mit dem Bus oder Zug auf die Insel. Das machte die Situation auch nicht besser. Und die Naturschützer waren wegen des Schadstoffausstoßes der Schiffe ohnehin gegen den Kreuzfahrttourismus.

Kurz gesagt: Den Besuchern war die Stadt zu voll und zu teuer, den Einwohnern war die Stadt zu voll, und die Besucher waren ihnen zu geizig, und den Reedereien war der Hafen nicht groß genug und schlecht zu erreichen.

Vielleicht war Georgiou irgendeinem Politskandal auf die Spur gekommen, Schmiergeld für die Hafenvertiefung?

Sie fuhren unter einer letzten Brücke hindurch, verlangsamten, der Fahrer steuerte auf einen linksseitigen Anleger zu. Cat zahlte und stieg aus. Im ersten Moment schienen die Planken unter ihr zu schwanken, weil ihr Gleichgewichtssinn sich an das Boot gewöhnt hatte.

Eine kleine Treppe führte hoch zu einer Straße. *Capitaneria di Porto* stand in ausgeblichenen Buchstaben auf dem weißen Grund eines breiten Leuchtkastens oberhalb der Tür eines Büro-Containers. Die Wahl eines solchen Gebäudes für diesen Zweck fand Cat ausgesprochen originell, auch wenn das vermutlich gar nicht so durchdacht war.

Aus den zwei Fenstern rechts und links neben der Eingangstür fiel kaltes Licht auf den Straßenbelag. Die übrigen Fenster waren dunkel. Nachtschicht.

Cat überquerte die Straße und öffnete die Tür des Containers. Der Raum, den sie betrat, wirkte wie aus der Zeit gefallen. Alles Mobiliar zwischen einem hellen Mittelgrau und Dunkelgrau gehalten. Ein Tresen mit Faltblättern, einer undefinierbaren Topfpflanze und einem Schiffsmodell, dahinter drei Schreibtische mit Computern und Bürostühlen. Ablagen, Schreibtischunterlagen, Telefone. An der Rückwand ein breites Regal, zur Hälfte gefüllt mit Aktenordnern, zur anderen Hälfte mit Flyern, Fotokopien, Papierstapeln. Das Ensemble wirkte wie der Prototyp einer «Verwaltung». Irgendwo nuschelte so leise ein Radio, dass man nicht hören konnte, was genau gespielt wurde.

Eine Frau starrte auf ihren Bildschirm. Sie sah aus, als wäre sie zusammen mit dem Mobiliar ausgeliefert worden.

Cat trat an den Besuchertresen.

Die Frau hob die Hand, las weiter, tippte, las, tippte. Schließlich nickte sie und sah auf. Ihr Gesicht wirkte blass und alt, aber sicher schmeichelte das Neonlicht auch Cat nicht.

«*Ciao*», sagte die Dame. Sie legte erstaunlich viel Langsamkeit und Ausdruckslosigkeit in das kurze Wort.

«*Buona notte*», kramte Cat ihr Italienisch hervor, wechselte dann aber ins Englische. «Können Sie mir eine Frage zu diesem Frachtschein beantworten? Was bedeutet die Codenummer darauf? Und was wird da geliefert?» Cat hielt den Zettel in die Höhe, auf den sie die lange Abfolge von Ziffern und Buchstaben von dem Lieferschein kopiert hatte.

«Italiano?», entgegnete die Hafenangestellte gelangweilt *«Non parlo l'inglese.»*

«Cosa … significa?», fragte Cat und wedelte mit dem Zettel. «Was bedeutet das?»

Die Frau schaffte es irgendwie, zugleich den Kopf zu schütteln und mit den Schultern zu zucken. *«Non lo so»*, sagte sie. *«Torna domani.»*

Domani hieß Morgen. Vermutlich sollte Cat also morgen wiederkommen.

Sie sah sich um. Neben dem Telefon lag ein Stapel mit Logistikzeitschriften. Englische Titel, soweit sie das erkennen konnte. Nachtschicht hin oder her, es war für Cat kaum vorstellbar, dass jemand ohne Fremdsprachenkenntnisse in der Hafenmeisterei arbeitete. Die Schiffe kamen aus aller Welt, nicht alle Besatzungsmitglieder würden Italienisch sprechen und verstehen können.

Die Frau ließ sie auflaufen.

«Ecco, vedi!», versuchte Cat es noch einmal, «hier, sehen Sie!» Sie ergriff ihre Kamera, rief das Foto des Lieferscheins auf, zoomte hinein, bis die Nummer deutlich sichtbar war, und zeigte der Frau das Bild im Display.

Die reckte nur ein klein wenig den Hals wie eine Schildkröte. Dabei kniff sie die Augen zusammen, als könnte sie so besser erkennen, was auf dem Display angezeigt wurde. Wieder schüttelte sie den Kopf und sagte: *«Domani! Domani! To-mor-row!»* Dem zerstückelten englischen Begriff schickte sie ein abruptes Lächeln hinterher, als hätte jemand einen Schalter umgelegt. Ebenso schnell verschwand das Lächeln wieder, und die Frau schaute zurück auf ihren Bildschirm.

Cat überlegte einen Moment, ob sie um den Tresen herumgehen und der Mitarbeiterin das Foto aus der Nähe zeigen sollte. Sie tat zwei Schritte, doch bevor sie das Tresenende erreicht hatte, sah die Frau wieder auf.

«Domani!», blaffte sie wütend. *«To-mor-row! Non parlo l'inglese!»* Sie legte die Hand auf den Telefonhörer und drohte: *«Polizia!»*

«Scusi», erwiderte Cat daraufhin. *«Sì, sì, domani.»* Sie nickte und lächelte. Es würde Contis Situation nicht einfacher machen, wenn ihre tolle Europol-Kollegin sich hier von einer Streife abholen ließ.

Von ihrem neuen Standort aus konnte Cat sehen, dass ihr Gegenüber unter dem Schreibtisch nervös mit dem rechten Knie auf und ab wippte. Der Bildschirm zeigte die Übertragung von vier unterschiedlichen Überwachungskameras.

Das Telefon klingelte schrill. Sowohl Cat als auch die Hafenangestellte zuckten zusammen. Es klingelte ein zweites, dann ein drittes Mal. Cat blieb, wo sie war. Sie konnte warten. Schließlich hob die Frau ab. *«Pronto?»*

Einen Moment hörte sie zu, schüttelte dann aber den Kopf. *«No. No, dopo»*, sagte sie. Nein, später, hieß das. Sie schaute kurz zu Cat herüber.

«A dopo.» Sie legte auf und warf Cat einen Blick zu, der irgendwo zwischen vorwurfsvoll und besorgt zu liegen schien. Sie sah auf die Uhr, dann wieder auf ihren Bildschirm. Mittlerweile wippte nicht nur das Knie, die Finger der rechten Hand tippten hektisch auf die Schreibtischoberfläche. *«Cos'altro vuole?»*, sagte sie schließlich. *«Non parlo l'inglese! Domani!»* Mit dem Handrücken wischte sie sich über die Oberlippe.

Sie war nervös, und sie schien die unerwartete Besucherin so schnell wie möglich loswerden zu wollen. Aber warum?

Cat stand mit dem Rücken zur Hafenmeisterei und sah sich um. Kein Mensch weit und breit. Ungewöhnlich. Zumindest unerwartet. In internationalen Häfen wurde rund um die Uhr beladen, entladen, umgeladen. Zeit war Geld. Trotz aller Angeberei auf der Website war der Porto Venezia also doch keine so große Nummer.

Sie schloss den Reißverschluss ihrer Sommerjacke, trippelte ein paar Schritte auf der Stelle. Es wurde kalt.

Rechts die Einfahrt auf das Hafengelände, Schlagbaum und Wachhäuschen waren unbesetzt zu dieser Zeit. Links eine Kaimauer, schwarzes Wasser. In der Ferne ein paar kleine Lichter. Noch weiter links: Kräne, Schiffe, einige Lagerhäuser. Etwa alle hundert Meter ragte eine Stange hoch, an der vier Leuchten vor sich hin schimmerten. Sie konnte das leise Klatschen des Wassers an die Mauer hören.

Wenn sie die Ohren spitzte, vernahm sie stetige Motorengeräusche vom Festland. Die Autobahn Richtung Süden.

Ein Motorboot rauschte durch die Lagune.

Es roch nach Brackwasser.

Um sich zu wärmen, joggte sie in Richtung der Kais die Straße hinunter, bis diese nach fünfhundert Metern endete. Ein Schiff, noch ein Schiff, noch eines. Alle groß, keines riesig. Alle ähnlich.

Warum war die Hafenmeisterin so nervös gewesen?

Cat drehte sich erneut im Kreis. Nichts und niemand war

vor Ort. Sie joggte zurück. Vielleicht hatte sie Glück, und sie entdeckte etwas, das mit der Lieferung zu tun hatte.

Auf der Rückseite des Containerbüros führte eine Feuerleiter auf das Dach. Leise kletterte sie hinauf. Von hier aus konnte man die Einfahrt zum Hafengelände überblicken, die freie Anlegestelle, den Kai hinunter. Sie zog ihre Nikon aus der Tasche, stellte sie auf extremen Zeitraffer, wickelte ihre Jacke um die Kamera und legte sie mit dem Objektiv in Richtung Hafen auf das Flachdach. Sie justierte die Schärfe.

Georgiou war einer «großen Sache» auf der Spur gewesen und hatte einen Liefer- oder Frachtschein ausgedruckt. Und diese Nachtschicht hatte sich auffällig abweisend verhalten – Grund genug für die Annahme, dass irgendetwas nicht stimmte. Alle fünfzehn Sekunden würde die Nikon ein Bild machen. Vielleicht ließ sich so herausbekommen, ob etwas hier im Hafen faul war.

Kunstschmuggel. Import gefälschter Markenwaren. Drogenhandel. Illegales Ablassen von Abwässern. Im Grunde war alles möglich, gerade deshalb schien es Cat wichtig, möglichst schnell mehr in Erfahrung zu bringen.

VIERZEHN

Zum Frühstück gab es Selbstbedienungs-Espresso aus einem Kaffeeautomaten, der vermutlich dem Gerät in der Berliner Polizeidirektion nur unwesentlich überlegen war. Und das in Italien! Auf zwei zusammengeschobenen Tischen standen eine Platte mit Jagdwurst und Salami, eine mit allerlei Käsescheiben, mehrere Marmeladen und zwei halbleere Gläser Nussnougatcreme zur Auswahl. Außerdem Schüsseln, in denen Butterpäckchen, Margarine und Frischkäse auf Eis lagen, Cornflakes, H-Milch und ein Glaskrug mit «Orangensaft» daneben. Es gab geschnittene, aufgrund der Wärme schon leicht angetrocknete Gurkenscheiben, Ananas aus der Dose und Orangen. Landschulheimniveau, aber besser als erwartet, in einer Stadt, wo ein Frühstück im Café so viel kostete wie anderswo ein großer Teller Austern.

Auf einem Sideboard, in dem vermutlich tagsüber das Geschirr aufbewahrt wurde, stand eine schmale Vase mit zwei Nelken. An der Wand darüber hing ein etwas zu klein gewählter Flachbildschirm, auf dem leise italienisches Frühstücksfernsehen lief.

Zwischen den Vasen lagen Flyer und Aufkleber. *Refugees not welcome* stand drauf, darüber das rot durchgestrichene Flüchtlings-Symbol und irgendetwas mit *migranti*, *limite*, *frontiera*. Die Fotos zeigten Flüchtlinge in Schlauchbooten, in Lagern, und wie sie mit wutverzerrten Gesichtern an einem Grenzzaun rüttelten. An der Wand darüber war einer der Flyer angepinnt. Cat wusste, dass die rechten Parteien in Italien deutlich stärker waren als in Deutschland. Aber sie hatte nicht damit gerechnet, auf nüchternen Magen mit Ausländerfeindlichkeit konfrontiert zu werden.

Die Wirtin trat neben sie. «Ich habe nichts gegen Ausländer», verkündete sie. Offenbar hatte Cat einen Moment zu lange auf die Auslage gestarrt. «Ich mag Ausländer. Ich *liebe* Ausländer!» Die Wirtin breitete die Arme aus, als wollte sie die ganze Welt einschließen, und hob einen Finger. «Aber die Flüchtlinge! Es sind zu viele! Sie kommen zu uns und wollen Arbeit. Ohne Papiere! Also was passiert? Sie arbeiten illegal. Und deshalb bekommen sie auch weniger Geld! Bei wem sollen sie sich schon beschweren? Ich verstehe, warum sie das tun. Sie können gar nicht anders, wenn sie erst einmal hier sind. Sie *müssen* uns die Arbeit wegnehmen! Was sollen sie sonst machen? Deshalb müssen wir sie abweisen! Hier, lesen Sie das!» Sie zog einen mehrsprachigen Flyer aus einem Ständer und hielt ihn Cat hin. «Und guten Appetit!»

Cat nahm den Flyer, um die Alte loszuwerden. «Danke», sagte sie überrumpelt.

Drei Tische waren besetzt. An einem saß ein älteres Paar und schwieg sich an. Direkt daneben beugten sich zwei junge Frauen über einen Stadtplan und planten offenbar ihren Tag. Eine von ihnen trug Rastalocken bis zur Hüfte, die andere hatte die Haare millimeterkurz geschnitten. Am dritten Tisch frühstückte ein Ehepaar mit Kind. Alle drei guckten, als fehlte ihnen die morgendliche Leberwurst.

Cat nahm sich einen Kaffee und steckte den Flyer zurück

in den Ständer. Die aufgebackenen Tiefkühlbrötchen waren hier vermutlich auch nicht besser als zu Hause. Die Croissants aber sahen phantastisch aus. Dazu ein Päckchen Butter, eine Orange, etwas Himbeermarmelade. Den Saft ließ Cat lieber stehen.

Am Rande des kleinen Buffets wies ein Aufsteller darauf hin, dass alle Reste gespendet wurden. Auch in dieser Nobelstadt gab es offenbar eine Tafel für Arme und Obdachlose.

Sie wählte einen Tisch mit Blick auf den Fernseher. Leo und Leonie schliefen noch, es war ja auch erst zehn nach neun. Frühstück gab es bis halb zehn, und Cat hatte es ihnen gestern oft genug gesagt. Wenn sie nicht rechtzeitig kamen, mussten sie eben bis zum Mittag warten! Aber sie ließ sie schlafen.

Sie hatte gestern Nacht noch ein kleines Programm für den Tag zusammengestellt, an dem sie endlich mit ihren Kindern Venedig erobern wollte. Ihre Aufgabe für Conti war erledigt. Sie würde der Italienerin ihren Arbeitsbericht zukommen lassen, auch die aufschlussreichen Aufnahmen ihrer nächtlichen Exkursion, dann hatte sie nichts mehr mit den Fällen zu tun. Ihren Vater würde sie sich zur Brust nehmen, wenn sie wieder zu Hause war. Natürlich wurmte es sie, dass sie Conti keine stichhaltigen Ergebnisse liefern konnte, die sie im Fall der Schauspielerin weiterbringen würden. Aber sie war schließlich im Urlaub und wurde für die Arbeit nicht bezahlt.

Sie rührte zwei Löffel Zucker in den Kaffee und nippte. Besser als befürchtet. Auf dem Bildschirm war eine Reihe Sonnen zu sehen, darunter Temperaturen um fünfundzwanzig Grad. Perfekt.

Ein Blick auf ihr Handy verriet ihr, dass Ferdinand bereits in der Klinik war. Um ein gutes Vorbild abzugeben, hatte sie sich angewöhnt, das Gerät zu den Mahlzeiten wegzulegen – aber die Kinder schliefen ja noch. Erst kamen einige belanglose Benachrichtigungen. Dann zwei Fotos von Leonie, die sie ihr heute Nacht um halb eins noch geschickt hatte: die Katze beim Restaurant als Umriss im Gegenlicht und dann seitlich aufgenommen. Mit einem starken Bokeh-Effekt in die Unschärfe verbannt, war Cat im Hintergrund selbst zu sehen, wie sie ihre HDR-Bilder knipste.

Cat wechselte in ihren Bilderordner und suchte die Fotos der Hotelkatze, die sie gestern aufgenommen hatte. Die meisten der Fotos waren unscharf oder wenig bemerkenswert. Nur eines war gelungen: Als sie das Handy quer auf den Boden gestellt hatte, um aus einer starken Froschperspektive zu fotografieren, hatte das Tier die Kamera nicht nur beschnuppert, sondern, wie Cat jetzt feststellte, probeweise angeleckt. Und auf einem der Bilder erreichte die raue Katzenzunge das Objektiv fast, es blieb jedoch genug Bildraum frei, sodass auch die Katze noch zu erkennen war. Cat markierte das Bild als Favorit, um es später hochzuladen, sobald ihr eine passende Bildunterschrift einfiel.

Als sie aufschaute, saß ihr auf einmal Conti gegenüber. Waren sie zum Frühstück verabredet? Nicht, dass sie etwas dagegen gehabt hätte.

«Haben Sie die Unterlagen bekommen?», fragte Conti brüsk. Sie winkte der Wirtin zu und deutete auf Cats Kaffeetasse.

«Die Vernehmungsprotokolle? Ja.»

«Leider nicht sehr ergiebig», sagte Conti.

Cat nickte. So attraktiv sie die Kollegin auch fand, sie war im Urlaub. Wollte Zeit mit den Zwillingen verbringen. Wenn sie Conti die Aufzeichnungen schnell gab, war sie die ganze Sache auch schnell wieder los. Sie hatte schon mehr getan, als ihr Vater gefordert hatte.

Cat warf einen Blick auf ihre Nikon, die sie noch am Morgen, vor dem Frühstück, vom Dach der Hafenmeisterei geholt hatte. Sie war die Strecke gejoggt, so gut das durch die schmalen Gassen und um die Touristen herum möglich gewesen war. Nachdem sie sich den Zeitrafferfilm angesehen hatte, war ihr das seltsame Verhalten der Frau in der Hafenmeisterei klar gewesen.

Die Wirtin brachte Conti ihren Kaffee. Die deutete auf den Anti-Flüchtlings-Flyer an der Wand und fragte etwas auf Italienisch. Die Wirtin antwortete barsch, verschränkte die Arme vor der Brust. Conti legte nach, woraufhin die Wirtin sich vorbeugte und zu schimpfen begann.

Auf einmal unterbrach sie sich und sah sich im Frühstücksraum um. Die übrigen Gäste schauten betreten auf ihre Teller, nur der Ton der Fernsehnachrichten war noch zu hören. Die Wirtin brummte, nahm jedoch den Flyer ab, raffte die Auslage vom Sideboard und verschwand.

«Sie gehen keinem Streit aus dem Weg, was?» Cat lächelte.

Conti zuckte mit den Achseln. Als sie einen Schluck Kaffee trank, verzog sie das Gesicht. Sie stellte die Tasse ab, schob sie beiseite und warf einen Blick in Richtung Rezeption, als hätte die Wirtin versucht, sie zu vergiften.

«Ich hatte ...» Conti schwieg einen Augenblick. Dann gab sie sich einen Ruck. «Ich hatte mich intern auf eine Position beworben, die aber an jemand anders vergeben wurde.

Die Dienstaufsichtsbehörde und ich haben unterschiedliche Auffassungen über den Ablauf. Ich habe dem Mann, der mir vorgezogen wurde, sexuelle Übergriffe vorgeworfen. *Nachdem* er den Job bekommen hatte. Das entspricht der Wahrheit, war aber nicht klug von mir.» Leise setzte sie hinzu: «Von ihm schon.» Conti tastete nach ihren Zigaretten, zog sie aber nicht aus der Tasche.

Cat verstand. Der Mann hatte den Job bekommen und sich seiner Konkurrentin entledigen wollen. Also hatte er ihr an die Brust oder sonst wohin gegriffen und darauf gesetzt, dass sie es melden und als unglaubwürdige, neidische Zicke dastehen würde. Jetzt verstand Cat auch, warum die Kollegin den Fall Georgiou nicht abgeben wollte. Sie konnte sich keine Schwäche leisten.

«Alle warten nur darauf, dass ich scheitere.»

Es war wirklich überall das Gleiche. Frauen mussten nicht genauso gut sein, sondern besser als Männer. Viel besser. Und Conti hatte dabei gelernt, Konflikte auszutragen, wenn es sein musste.

Conti blickte kurz zur Wirtin. «Ich habe ihr gesagt, es sei ihr gutes Recht, ihre freie Meinung zu äußern. Aber es sei auch mein gutes Recht, die Kollegen der Steuerfahndung darum zu bitten, ihre Bücher der letzten zehn Jahre zu prüfen.»

Manchmal führt ein Umweg schneller ans Ziel. So arbeitete auch Cats Vater. Cat hingegen ärgerte sich darüber, dass sie nicht selbst den Mund aufgemacht und der Wirtin gesagt hatte, was sie von der rassistischen Propaganda hielt.

Conti lächelte, und Cat bemerkte auf einmal, dass ihr ganz heiß wurde unter den Achseln.

«Wir haben die Laboranalyse der Asche erhalten.» Conti zog ein Blatt aus der eleganten schwarzen Aktentasche, die sie an ihren Stuhl gelehnt hatte. «Sie ist tatsächlich, wie von Ihnen vermutet, organischen Ursprungs. Es ist aber auszuschließen, dass es sich um menschliche Überreste handelt. Schon aufgrund der Menge. Viel zu wenig Asche für einen Menschen, und warum sollte jemand die Asche einer Person aufteilen und in einer Glasvase aufbewahren? Außerdem fehlen wohl alle möglichen Stoffe, die Menschen im Laufe des Lebens in sich aufnehmen: Zahnfüllungen, Metalle, Schadstoffe. Bei einer normalen Einäscherung würden zudem viel mehr Knochenfragmente verbleiben. Es sind Knochen enthalten, aber nur kleine Bruchstücke.»

«Hm», sagte Cat.

«Wir bleiben dran, haben zudem einen Antrag auf die Herausgabe der Handyverbindungsdaten des Opfers gestellt. Das kann dauern, aber vielleicht kommen wir auf diese Weise weiter.»

Die Servicekraft begann, das Buffet abzuräumen. Cat holte sich noch einen Kaffee und einen Apfel. Für Miss Piggy stellte sie einen kleinen Obstteller zusammen, den sie nachher mit aufs Zimmer nehmen würde.

Sie konnte sich vorstellen, wie es in Conti aussah. Sie stand von außen unter Druck, weil die Öffentlichkeit und daher auch ihre Vorgesetzten schnelle Erfolge im Fall di Vitale erwarteten. Und innerhalb der Polizei, weil man ihr zu viel Arbeit aufgetragen hatte.

«Im Übrigen findet heute um elf die Trauerfeier für Vittoria di Vitale statt», sagte Conti. «Ich hätte gern, dass Sie fotografieren.»

Cat schluckte. Sie wollte heute endlich mit ihren Kindern Venedig entdecken.

«Kommen Sie, bitte.» Conti musste ihr Zögern bemerkt haben. «Ich bin dankbar, dass Sie uns auf die Vase aufmerksam gemacht haben. Sie haben ein sehr gutes Auge. Die organischen Aschereste könnten noch immer etwas mit dem Mord zu tun haben. Jede Spur ist wichtig.» Conti lächelte, sie sah einfach umwerfend aus.

Cat fühlte Röte in ihrem Gesicht aufsteigen. Offensichtlich wusste die schwierige Polizistin ihre Hilfe doch zu schätzen. Einer Frau wie Conti konnte sie den Wunsch, ihr zu helfen, nicht abschlagen.

«Mit hoher Wahrscheinlichkeit wird sich der Täter – oder die Täterin – unter den Besuchern des Gedenkgottesdienstes befinden», erklärte Conti.

So bekannt und beliebt, wie di Vitale gewesen war, würden vermutlich mehrere hundert Menschen teilnehmen.

«Es reicht uns nicht, einen Dienstanwärter mit dem Camcorder über die Menge streichen zu lassen. Selbst wenn man das Video hinterher durch die Gesichtserkennung jagt, was nicht unumstritten ist, wie Sie wissen.»

«Dann hätten Sie bestenfalls eine lange Namensliste, aber immer noch keinen Verdacht.» Cat wusste, was sie an dieser Stelle beitragen konnte. Und Conti wusste es offenbar auch. Sie atmete tief durch, dann nickte sie. «Okay, ich mach's. Aber nur noch heute Vormittag.» Sie schaute Conti direkt in die Augen. «Danach bin ich im Urlaub.»

«Selbstverständlich.» Conti lächelte wieder. «Danke.»

«Hi, Mum!» Piraten-Leo und seine Schwester ließen sich auf die freien Plätze am Tisch plumpsen. Das Buffet war abgeräumt. Einerseits pädagogisch eine vielversprechende Gelegenheit, andererseits tat es ihr leid, dass die beiden nun bis zum Mittag hungern mussten.

Eine Kellnerin trat an den Tisch und sagte etwas auf Italienisch – sicher, dass die Frühstückszeit vorüber war.

«Sie fragt, ob sie Ihren Kindern etwas bringen kann. Brötchen, Käse, etwas Obst oder Rührei?», übersetzte Conti.

Cat traute ihren Ohren nicht. «Aber die Frühstückszeit ist um!», sagte sie empört und deutete auf das entsprechende mehrsprachige Schild neben der Tür. Wie sollten die Kinder je etwas lernen, wenn sie nie mit den Folgen ihres Handelns konfrontiert wurden?

Conti grinste. «Italiener mögen Kinder. Und nicht nur die ganz kleinen.»

Leonie, die Wissbegierigere der Geschwister, probierte ihr frisch gelerntes Italienisch aus: *«Sì, prego, grazie, due ...»* Ratlos hob sie die Hände. *«... due breakfast?»*

«Sì, colazione», antwortete die junge Frau. *«Un momento.»*

«Colazione», murmelte Leonie. *«Colazione.* Frühstück. *Colazione.»*

«Calzone!», warf Leo ein, hilfreich wie immer.

Leonie verdrehte die Augen und versetzte ihm unter dem Tisch einen Tritt.

Conti steckte ihre Unterlagen wieder ein.

«Ich habe die Fotos von gestern durchgesehen und kann Ihnen einen Stick mitgeben. Und ...» Cat zögerte kurz.

Conti schien ihre Gedanken lesen zu können. «Wollen wir die Kinder in Ruhe frühstücken lassen? Wir könnten in der Zeit auf dem Zimmer die Bilder kopieren.»

«Ist das für euch okay?», fragte Cat. Leo löffelte sich bereits Rührei in den Mund. «Kannst du nicht mal essen wie ein normaler Mensch? Du bist doch kein Schaufelbagger», schimpfte Cat.

Er tat so, als würde er gleich wieder die Hälfte aus dem Mund auf den Teller fallen lassen, und grinste.

«Du bist echt eklig», sagte Leonie. «Kein Wunder, dass dich keiner mag.»

«Und du bist ... viel zu dünn», gab Leo zurück.

«Ich bin nicht dumm.»

«Dünn», sagte Leo. «Du bist zu dünn. Obwohl. Zu dumm bist du eigentlich auch.» Er begann, so sehr über seinen eigenen Witz zu lachen, dass ihm nun wirklich Ei aus dem Mund krümelte.

Cat warf Leonie einen mitfühlenden Blick zu und schüttelte sanft den Kopf. Jungs. Was will man machen?

Miss Piggy freute sich über das Obst und fraß schmatzend. Conti setzte sich auf die Bettkante und kraulte das Schweinchen hinter den Ohren. Das schnaubte vor Freude.

Cat startete den Kopiervorgang der Fotos und ihres kurzen Berichts auf den USB-Stick, parallel rief sie die Aufnahme des Lieferscheins auf dem Laptop auf. Sie deutete auf die lange Nummer. «Dieser Ausdruck lag bei Georgiou in der Ablage. Ich wollte wissen, was die Zahlen- und Ziffernfolge bedeutet. Und das Datum auf dem Schein wies eine Lieferung eindeutig für gestern aus. Deshalb war ich gestern Abend noch mal im Hafen. Dort konnte man mir zwar keine Auskunft geben, aber schließlich ist das hier passiert.»

Sie hob die Kamera und spielte den Zeitraffer-Film ab. Conti schaute aufmerksam zu.

Erst geschah nicht viel. Dann legte ein kleines Boot an. Ein Mann kletterte hoch auf den Kai, ihm folgte ein zweiter. Sie sahen sich um. Der eine verschwand aus dem Bildfeld, kam wieder und kletterte zurück auf das Boot. Der andere beugte sich von oben zu ihm hinunter und zog etwas hoch. Auf einmal lag eine schwarze Rolle aus Plastik auf dem Beton. Es folgte eine zweite, das Material reflektierte das Licht der Lampe. Der Mann auf dem Boot kletterte erneut an Land, verschwand wieder für einen Moment aus dem Bild und tauchte dann in Begleitung der Hafenmeisterin auf. Die beiden Männer packten eine der Rollen an beiden Enden und trugen sie die Gangway des nächstgelegenen Frachters hinauf, kamen zurück und wiederholten den Vorgang mit der zweiten Rolle. Die Hafenmeisterin hielt Wache. Anschließend stiegen die beiden Männer auf ihr Boot und fuhren davon.

Danach geschah eine Weile nichts, bis am frühen Morgen, gerade als es zu dämmern begann, die Menschen zur Arbeit strömten. Die Kräne setzten sich in Bewegung, Gabelstapler sausten hin und her. Schließlich Cats Gesicht in Großaufnahme, als sie ihre Kamera vom Dach holte.

Conti schüttelte den Kopf. «*Merda*», sagte sie. «*Una bella merda.*» Sie schaute Cat anerkennend an.

Cat nickte. Was sie gesehen hatten, war ein verdammter Mist. Aber *dass* sie es gesehen hatten, war super. In den nur knapp gewickelten Rollen steckten Leichen, die Umrisse waren auf den Aufnahmen deutlich zu erkennen. Für Momente wie diesen machten sie beide ihren Job.

FÜNFZEHN

Cat hatte Conti alle Fotos und ihre Auswertung mitgegeben. Damit hatte sie ihre Pflicht getan. Vermutlich sogar übererfüllt, wenn man die Ereignisse im Hafen bedachte.

War es das, was Georgiou entdeckt hatte? Wurden auf diese Weise Leichen entsorgt, Mordopfer?

Die Italienerin hatte den Stick mit den Fotos per Kurier in die Direktion geschickt und leitete per Handy die Ermittlungen ein. Noemi und Gabriel würden Leonie und Leo auch heute wieder betreuen und in einer halben Stunde von der Pension abholen.

«Die Gedenkfeier findet in der Frari statt.» Conti ging voran. Trotz der hochhackigen Schuhe marschierte sie zügig und sicher. «Nicht so touristisch wie die Basilika des Markusdoms. Also keine große, öffentliche Angelegenheit, eher ein Zusammentreffen von Freunden und Familie. Wobei jeder in der Stadt das Gefühl hatte, di Vitale gehöre zur Familie.»

Bereits wenige Meter hinter dem Markusplatz verlor Cat die Orientierung, die Häuser, die Gassen, die Kanäle, die kleinen Brücken, alles sah gleich aus. Gut, man mochte mit viel gutem Willen in den zerbröckelnden Backsteinfassaden einen heruntergekommenen Charme ausmachen. Aber bemerkenswerte Bauten, bunte oder reichverzierte Villen oder

Palazzi, an denen sie sich orientieren konnte, suchte man hier in der eng bebauten Mitte der Stadt vergebens. Es war um diese Uhrzeit noch recht kühl, und Cat zog ihr Halstuch enger.

Auf dem Weg berichtete Conti endlich von der Obduktion. «Wir wissen jetzt übrigens, woher das Riesenloch in der Stirn di Vitales stammt: Die Tatwaffe war kein Revolver, sondern eine stud gun.»

Cat glaubte, sich verhört zu haben. «Eine stun gun?», fragte sie. «Ein Elektroschockgerät? Wie soll …?»

Conti schüttelte den Kopf. «Nein, keine *stun* gun, sondern eine *stud* gun. Vom Schlachthof.»

«Ach, Sie meinen ein Bolzenschussgerät! Wer macht denn so was? Und … wer *hat* so was?» Das war wirklich ein ungewöhnliches Mordwerkzeug.

«Das versuchen wir gerade herauszufinden. Jeder größere landwirtschaftliche Betrieb, natürlich, aber in Venedig gibt's nicht gerade viele Bauernhöfe.»

Ein Bauernhof wäre auch gleich eine mögliche Quelle für das vergossene Blut.

Zu dem Schluss musste auch Conti gekommen sein. «Unsere ersten Nachforschungen, woher das Blut kommt, haben nichts ergeben. Ich lasse daher gerade eine Liste aller Betriebe mit Schlachterlaubnis im Umkreis von hundert Kilometern erstellen, dazu eine weitere Liste der Fleischverkäufer, die den hiesigen Markt oder die Supermärkte und kleinen Fleischereien auf der Insel beliefern. Vielleicht gibt es Überschneidungen. Mit denen fangen wir an.»

Cat nickte. «Gut, kreisen wir denjenigen ein, der di Vitale mit dem Bolzenschussgerät getötet hat.»

«Das Bolzenschussgerät tötet nicht. Weder das Tier noch den Menschen. Es lähmt das Gehirn. Wenn man es richtig nutzt, tritt sofort die Bewusstlosigkeit ein. Danach werden Tiere geschlachtet, indem man ihnen mit einem Messer die Halsschlagader durchtrennt. Di Vitale hingegen ist an den Folgen des Schädel-Hirn-Traumas gestorben.»

Was für eine rabiate Tat. Cat war froh, wenn sie nach dem Besuch der Trauerfeier diesen traurigen Fall endlich los war.

«In der Stirnwunde haben die Mediziner eine kristalline Substanz gefunden. Sie wird gerade analysiert.»

Nach einer längeren Geraden folgte ein letztes Zickzack über verschiedene Kanälchen, bis sie vor einem wuchtigen Rotklinkerbau mit einem weißen gotischen Spitzbogentor und drei hochliegenden runden Fenstern standen. Darüber ein gestaffelter, geschwungener Giebel, ebenfalls aus rotem Backstein. Eine Kirche, die genauso gut in Lübeck hätte stehen können.

«Früher war das ein kleines Franziskanerkloster», erklärte Conti. «Vor achthundert Jahren. Doch die Gottesdienste waren so beliebt, dass sie die Kirche abrissen, um eine größere zu bauen.» Sie hielt die Tür auf, und sie schlüpften hinein in die Kühle des Kircheninneren.

Der Gedenkgottesdienst hatte bereits begonnen. Conti stippte ihre Fingerspitzen in das Weihwasser und bekreuzigte sich. Gerade als sie das Hauptschiff betraten, erhoben sich die Anwesenden und begannen zu beten. Die Luft erschien Cat überraschend feucht, dennoch brannte der Weihrauch in ihren Augen. Fast alle Plätze waren besetzt, einige Besucher standen sogar in den Seitenschiffen. Sie fühlte sich in eine andere Welt versetzt – in der es half zu beten und in der der Glaube an Gott einen beschützte vor dem Bösen.

Conti war mit einigem Abstand zur letzten Bankreihe stehen geblieben. Cat berührte sie leicht am Unterarm und bedeutete ihr mit einer Handbewegung, dass sie in das rechte Seitenschiff gehen würde. Sie musste sich einen Überblick verschaffen, bevor sie entschied, was sie fotografierte. Sofern sie dies im Rahmen des Gottesdienstes überhaupt tun konnte. Dabei ging es ihr weniger darum, die Gefühle der Teilnehmer nicht zu verletzen. Sie hatte eher Bedenken, dass sie beim Fotografieren zu sehr auffiel und der Täter, sollte er tatsächlich hier sein, misstrauisch wurde.

Das Publikum war gemischt. Die meisten waren älter oder Cats Jahrgang, aber es gab auch junge und einige sehr junge Gäste, die mehr oder weniger freiwilligen Begleiter der Eltern. Einige Personen von dunkler Hautfarbe machte Cat aus, vermutlich mit nordafrikanischen Wurzeln. Mehr Frauen als Männer, nachvollziehbar an einem Wochentag, wobei das Verhältnis dennoch beinahe ausgeglichen war. Di Vitale war zu ihrer Zeit ein Männerschwarm gewesen, aber das war lange her. Über die Jahre hatte sie sich vom Sexsymbol zum Frauenvorbild gewandelt. Sie hatte sich für die Emanzipation eingesetzt, vor allem jedoch hatte sie ihr Leben nach ihren eigenen Regeln gelebt, sich nicht den Mund verbieten lassen und es niemandem mehr recht machen wollen. Wie viele junge Mädchen wuchsen heute mit einem neuen Rollenverständnis auf, weil ihnen Frauen wie di Vitale den Weg geebnet hatten? Das galt nicht zuletzt auch für Cat selbst und ihre Tochter Leonie.

Cat gab sich wie eine Journalistin, die im Rahmen ihres

Auftrags die Trauerfeier in Bildern festhielt. Als Medienvertreterin auf die Trauerfeier einer Celebrity zu kommen, war die perfekte Tarnung. Niemand achtete auf das Gesicht hinter der Kamera, und sie konnte sich gleichermaßen rücksichtsvoll wie gedankenlos verhalten.

Der Priester beendete das Gebet, unter großem Rascheln setzten sich die Anwesenden wieder.

Cat ließ ihren Blick über die am Rande des Seitenschiffs positionierten Heiligendenkmäler gleiten, zog ihre Kamera heraus und begann zu fotografieren.

Mittlerweile hatte sie das Chorgestühl erreicht, hinter dem das Querschiff begann. Aus der zentralen Chorkapelle leuchtete ein mehrere Meter hohes Altarbild, das eine Himmelfahrt darstellte: unten viele Menschen, in der Mitte ein blauer Streifen, gefolgt von noch mehr Menschen, oben Gold und darüber nur noch Gott.

Cat glaubte nicht an die Geschichten aus der Bibel. Aber hier wurde die Intensität spürbar, mit der Menschen früher ihr Christentum gelebt hatten.

Auf einer Staffelei zwischen Chor und erster Reihe stand ein großes Foto von di Vitale. Es war kein Jugendbild, schien vor einigen Jahren aufgenommen worden zu sein. Eine feine ältere Dame, akkurat frisiert, geschminkt, stilsicher gekleidet. Ein wenig unpersönlich, wahrscheinlich eine starke Nachbearbeitung. Oder eben Botox. Vielleicht beides.

Vor Cats geistigem Auge changierten die Bilder dieser freundlichen Dame und der blutbeschmierten Leiche von gestern. Das eine verwandelte sich in das andere und umgekehrt, doch sie schienen nicht dieselbe Frau darzustellen.

Der Pfarrer, ein kleiner, dicker Mann, sprach mit gepresster Stimme, als hätte er keinen Resonanzkörper. Cat verstand ihn nicht, aber vermutlich sagte er das Gleiche wie alle Pfarrer überall auf der Welt.

In der ersten Reihe rechts saßen fünf Personen. Drei von ihnen nebeneinander ganz in Schwarz, einschließlich schwarzem Schleier vor dem Gesicht. Am Körperbau und der Haltung meinte Cat zu erkennen, dass es sich wohl um Großmutter, Mutter und Tochter handelte. Daneben ein Mann in dunklem Anzug, er war etwa im Alter der mittleren Frau. Neben ihm ein weiterer Mann in einem teuren schwarzen Anzug. Schmales Gesicht, Schnauzbart. Er sah aus wie der gut gealterte italienische Lover aus einem Film in den Sechzigern. Eine Art Cary Grant des Stiefels.

Seine Miene war wie in Stein gemeißelt, er starrte dem Porträt der Toten direkt in die Augen. Cat konnte nicht deuten, was er wohl empfand und zu verbergen suchte. Trauer? Wut, Ärger, ungelöste Konflikte? Vielleicht war er auch nur aus Höflichkeit und Pflichtgefühl erschienen. Womöglich ein Politiker, der sich sehen lassen musste, sogar der ehemalige Bürgermeister, von dem Conti erzählt, oder ihr Partner, den Conti schon vernommen hatte.

Cat hob ihre Kamera und richtete das Objektiv auf den Mann. Das Beste, was sie aus dieser Position zustande brachte, war ein Halbprofil. Sonst hätte sie noch weiter in das Querschiff hineingehen müssen, direkt neben Chor und Altar – wo jeder sie sehen konnte.

Sie wartete geduldig, bis der Priester etwas mehr Elan zeigte und die Stimme hob. Langsam drückte sie den Zeigefinger herunter. Das Klacken des Spiegels war deutlich zu hören, aber es schien, als achtete niemand auf sie.

Klack, klack. Sie fokussierte manuell, legte noch zwei Bilder nach.

In der ersten Reihe auf der linken Seite saßen drei Männer und drei Frauen, die wirkten, als wären sie an einem ganz normalen Sonntag zum Gottesdienst gekommen. In den folgenden Reihen fiel ihr ebenfalls niemand auf. Aus Pflichtbewusstsein fertigte sie dennoch die entsprechenden Fotos an. Wie immer bei katholischen Veranstaltungen folgte nach wenigen Minuten ein Lied, für das sich erneut alle erhoben. Aufgrund der unterschiedlichen Körpergrößen waren einige Personen im Stehen deutlich besser zu erkennen.

Cat schlich um den Chor herum, vor der Kapelle mit dem großen Gemälde. Als sie auf dieser Seite in das Seitenschiff schaute, bemerkte sie im Dunkel eine hastige Bewegung. Es schien, als sei jemand hinter eine der Säulen getreten.

Langsam ging sie zurück Richtung Ausgang. Dabei achtete sie darauf, so gut wie möglich ihre Rolle als Journalistin zu spielen und die Atmosphäre der Trauerfeier in dieser besonderen Kirche einzufangen. Kreuzrippengewölbe: Foto. Emiliana-Kapelle: Foto.

In der Kapelle standen etliche Skulpturen, darunter eine aus Holz, die Cat zuerst für eine Jesus-Darstellung hielt. Die Figur war dürr, hatte lange Haare und einen Bart, trug ein einfaches Gewand und schaute zu gleichen Teilen leidend, vorwurfsvoll und verschlafen. Die Hände und vor allem die Finger waren ungewöhnlich lang. Etwas an dem Denkmal ließ sie innehalten; über Hunderte von Jahren hinweg sprach der Künstler zu ihr. Die Plakette wies den Mann als Johannes den Täufer aus, der Künstler war kein Geringerer als Donatello.

Als Cat die letzte Säule vor der Innenfassade erreicht hatte, blieb sie stehen und drehte sich schnell um, als fiele ihr gerade ein, was sie zu fotografieren vergessen hatte. Neben der Säule zeigte sich ein rundes Gesicht mit dunklen Augen und buschigen Brauen. Dem runden Kopf folgte ein schlaksiger Körper. Der Mann hatte lockige schwarze Haare und einen fusseligen Bart, er trug ein dunkelgrünes Sweatshirt mit der Aufschrift *I'm Not A Rapper*, eine ausgebeulte Jeans, graue Turnschuhe und hatte eine preiswerte Bridge-Kamera in der Hand.

Zwei Schritte, dann stand er vor ihr. Er war älter, als sie im ersten Moment gedacht hatte, bestimmt Mitte fünfzig. In einem heiseren Flüstern stellte er ihr eine Frage auf Italienisch. Seine Schneidezähne standen etwas vor.

Cat schüttelte den Kopf. «Ich spreche kein Italienisch», flüsterte sie auf Englisch.

Der Mann entgegnete in akzentfreiem Deutsch: «Wer schickt dich?»

«Bitte?» War ihr die Tarnung doch nicht gelungen?

«Für welches Medium bist du hier?» Er klang gereizt. Offenbar war er Journalist, der gehofft hatte, den Termin exklusiv verkaufen zu können.

«Deutsche Welle.» Sie sagte ihren eingeübten Satz auf und hoffte, dass der «Kollege» selbst nicht zufällig auch für diesen Auftraggeber schrieb.

«Lassen Sie uns einen Kaffee trinken.» Er hielt ihr eine Visitenkarte hin. *Tommaso Romano. Mestre. Freier Journalist.*

Warum nicht? Vielleicht war ihm etwas aufgefallen. Sie bedankte sich, und er drehte sich um und ging.

Conti hatte mittlerweile in der letzten Reihe Platz genommen. Cat hob ihre Nikon vors Auge. Was für ein Genuss. Sie verlor sich für einen Moment in dem Anblick der schönen Ermittlerin. Da erst bemerkte sie den Mann, der neben Conti saß, einen Platz weiter zum Mittelgang hin. Wie eine unfertige Skulptur sah er aus, roh behauen. Kantiges Gesicht. Lauter Furchen und Kerben, wie aus Granit gefaltet, das halbe Ohr fehlte. Kurz geschnittenes weißes Haar, Stoppeln am Kinn, ein leuchtend weißes Hemd, tiefschwarzes Sakko. Pranken statt Hände. Breites Kreuz. Sechzig, fünfundsechzig, vielleicht siebzig Jahre alt. Ein echter Kerl, wie es sie heute nicht mehr gab.

Tränen liefen ihm über das Gesicht. Die Menschen hier hatten di Vitale offenbar wirklich geliebt. Und Conti zeigte mehr Mitgefühl, als Cat ihr zugetraut hatte. Für einen Moment legte die Ermittlerin ihre Hand tröstend auf die des weinenden alten Mannes.

IL GHETTO

Dayo ignorierte die Schmerzen in seinen Schultern, den Armen, den Knien. Er ignorierte die Sonne, die ihm in den Nacken und auf die Arme brannte. Er ignorierte den Staub auf seinem Gesicht und in den Augen. Er hatte Durst und ignorierte auch den. Dayo arbeitete, so schnell er konnte.

Er riss mit bloßen Händen die Tomatenpflanzen samt Wurzeln heraus, sammelte die reifen Früchte vom Boden. Trug sie zu einer Kiste, die in der Nähe stand. 300 Kilo fasste eine solche Kiste. Für jede gefüllte Kiste erhielt er 4 Euro.

Manche Arbeiter schafften sechs Kisten am Tag. Dayo nicht. Er war zu jung, zu schwach. Er konnte froh sein, dass der *Caporal* ihn überhaupt mitnahm und nicht einen der stärkeren Männer. Das tat er nur, weil Dayo sich nie beklagte und immer tat, was der Mann ihm befahl.

Der Caporal war selbst ein Illegaler, einer der *Irregolari*. Dayos größter Traum war es, eines Tages so zu werden wie er. Nicht mehr als Erntehelfer arbeiten zu müssen, sondern Geld damit zu verdienen, dass andere schufteten. Dann würde er genug haben, um es an seine Geschwister zu schicken, seine Familie. Vielleicht würde er sich sogar ein kleines Haus leisten können. Sie könnten nachkommen und bei ihm wohnen. Zur Schule gehen. Einen Beruf erlernen.

Er konnte die Tränen nicht zurückhalten. Er durfte nicht

weinen, denn dann arbeitete er noch langsamer, verdiente noch weniger.

Das Schlimmste war der Durst. Der Caporal verkaufte Wasserflaschen für 3 Euro das Stück, aber die konnte Dayo sich nicht leisten.

Er trug die letzten Tomaten zur Kiste, warf sie hinein, kehrte zurück zu der ihm zugewiesenen Reihe und riss die nächste Pflanze heraus. Las weitere rote Früchte auf, die später zu Dosentomaten und Tomatenmark verarbeitet wurden. Sollte der Bauer doch damit machen, was er wollte.

Manchmal fragte Dayo sich, warum es keine Maschinen gab, die Tomaten ernteten. Es gab doch sonst für alles Maschinen. Vermutlich war eine solche Maschine einfach teurer als das Heer der illegalen Landarbeiter, zu denen auch er gehörte.

Er konnte dankbar sein, dass es keine solchen Maschinen gab, was hätte er sonst arbeiten sollen, womit sein Geld verdienen sollen, um sich etwas zu Essen zu kaufen?

Einmal hatte er nach zehn, zwölf Stunden auf dem Feld so starken Durst und Hunger gehabt, dass er verzweifelt in eine der Tomaten biss. Der Saft war ihm über das Kinn und den Hals heruntergelaufen.

Doch der Aufseher hatte ihn erwischt. Dayo war so vorsichtig gewesen. Bis jetzt wusste er nicht, wie der Kerl ihn entdeckt hatte. Aus dem Nichts stand er neben Dayo, schlug ihm die Tomate aus der Hand, schrie ihn in einer Sprache an, die Dayo nicht verstand. Der Caporal beschäftigte mehrere Aufseher pro Feld. Sie achteten darauf, dass alle sich an die Regeln hielten. Der Aufseher holte einen Lederriemen aus der Tasche und peitschte Dayo gegen den Oberschenkel.

Als er vor Schreck und Schmerz aufschrie, blickten sich die Arbeiter in der Nähe zu ihm um, senkten aber schnell wieder den Blick.

Ein zweiter, ein dritter Hieb. Wimmernd sank Dayo in den Staub des Feldes, zwischen die Tomatenstauden. Der Mann schrie ihn an, nicht auf Italienisch, so viel erkannte er. Der Speichel des Mannes flog. Obwohl Dayo kein Wort verstand, wusste er auch so, was er sagte: Wenn ich dich noch mal erwische, bist du tot.

Am Schluss hatte er ihn in die Seite getreten, als Dayo sich schon wimmernd gekrümmt und die Hände schützend vor das Gesicht gehoben hatte.

Seitdem wusste Dayo, dass er weniger wert war als ein räudiger Hund. Er musste froh sein, dass er hier arbeiten konnte, dass er am Ende des Tages sein Geld bekam.

Abends war er so voller Staub, dass seine dunkle Hautfarbe wohl kaum mehr zu erkennen war. Meist war er zu müde, um sich zu waschen, und kroch einfach unter seine Plane. Er schlief und traf im Traum seine Eltern, Larama. Manchmal wachte er schreiend und strampelnd auf, schwitzte, und sein Herz schlug rasend schnell. Der Staub verklebte seine Augen.

Was ihn an Tagen wie diesen aufrecht hielt, war der Gedanke an die zehn Euro, die er in seiner Matratze versteckt hatte. Sein Geburtstagsgeschenk an sich selbst. Er schämte sich für seine Gier und sein Verlangen. Und wollte doch endlich ein richtiger Mann sein.

SECHZEHN

Journalisten waren immer gute Quellen: redselig und von sich selbst überzeugt. Auch Tommaso Romano gehörte sicher dazu.

Cat warf Conti einen Blick zu, deutete erst auf sich, dann auf Romano vor ihr und trank aus einem unsichtbaren Glas. Schließlich tippte sie auf ihre Kamera, auf die Uhr, und sagte stumm: «Später.»

Sie würde jetzt mit Romano etwas trinken und Conti die Bilder später übermitteln. Ihre Kollegin verstand, jedenfalls blieb sie neben dem kantigen Mann aus Granit sitzen, sprach sogar noch einige tröstende Worte zu ihm, während Cat mit Romano, der sie für eine Kollegin hielt, die Kirche verließ.

Draußen war es inzwischen angenehm warm. Am Rande des kleinen Platzes vor der Kirche standen drei kleine Tische einer Bar. Zwei davon waren besetzt, sie nahmen an dem freien Platz.

«Deutsche Welle, hm?», eröffnete Romano das Gespräch. «Ich hatte eher ein Boulevardmagazin erwartet: Mord an Filmstar!»

Der Kellner trat an den Tisch. Romano bestellte einen Rotwein, *freddo*, Cat, obwohl es erst Mittag war, einen Bellini. Sie hatte schließlich eine Rolle zu spielen. Die meisten Journalisten lebten vom Netzwerken. Sie auch! Vielleicht hatte sie Glück, und sie hatten einen gemeinsamen «Kollegen».

«Kennen Sie Niki Georgiou?», fragte sie.

Romano lachte auf. «Was für ein Zufall. Niki ist einer meiner ... ich will jetzt nicht sagen: Freunde.»

Das war schon mal ein guter Start.

«Allein der Altersunterschied. Wir sind gute Bekannte. Kollegen, natürlich auch Konkurrenten, wenn es eine heiße Geschichte gibt. Aber das ist selten. Venedig ist nicht Rom oder Berlin. Woher kennen Sie ihn?»

Die Getränke kamen, sie stießen miteinander an.

Romano wusste offenbar nicht, dass Georgiou tot war. Sie würde die Chance nutzen. «Wir haben uns auf einem Seminar kennengelernt. Und nun bin ich zufällig hier, ich bin eigentlich im Urlaub, aber wenn ich mir ein bisschen was dazuverdienen kann ...»

«Ach, Sie sind auch Freie?» Es klang anbiedernd. Romano versuchte offenbar auszuloten, ob er ihr etwas verkaufen konnte oder nicht.

Cat nickte. «Ich würde Niki gern wiedersehen, aber ich kann ihn nicht erreichen. Wissen Sie, ob er in der Stadt ist?» Vielleicht hatte er wichtige Informationen zu Georgiou, die sie weiterbrachten.

Romano zuckte mit den Schultern. Seine Löckchen wippten. Er trank den Rotwein in großen Schlucken. «Ich glaube, schon. Vor ein paar Tagen sind wir uns auf einer Pressekonferenz begegnet. Warten Sie, es ging um die neuen Strandzonen des Lido, das muss vorletzte Woche gewesen sein. Da hat er mich gefragt, ob ich jemanden kenne, der Arabisch spricht. Und ob ich einen guten Zeichner wüsste. Er wäre da an einer Reportage dran, einer ganz großen Sache.» Romano winkte dem Kellner, bestellte noch ein Glas Wein. «Aber, ganz ehrlich, sind wir das nicht alle immer? Ich kenne keinen Journalisten, der nicht entweder an der ganz großen Story dran ist – oder einen Roman schreibt!»

«Woher können Sie eigentlich so gut Deutsch?», fragte Cat. Menschen, denen man schmeichelte, erzählten noch mehr als ohnehin schon.

«Meine Mutter ist Deutsche, mein Vater Italiener. Ich bin bis zur Zehnten in Deutschland zur Schule gegangen. Ich kann Ihnen, wenn Sie möchten, ein Portfolio zu di Vitale zusammenstellen. Eine schöne kleine Biographie. Den Text für einen Einspieler. Deutsche Welle ist doch Radio, oder?»

«Ich arbeite vor allem für die Webseite», behauptete Cat.

«Oh!» Romanos Augen leuchteten. «Wir könnten eine interaktive Timeline ihres Lebens erstellen, die zu ihren Filmen bei allen großen Streamingdiensten verlinkt.»

«Behalte ich im Kopf. Was glauben Sie, worum ging es in Nikis Reportage? Ist er deswegen vielleicht im Moment nicht zu erreichen? Ermittelt er vielleicht undercover?»

Romano lachte auf. «Niki? Niemals! Schon als er das Wort ‹Reportage› verwendete, habe ich gedacht: du Angeber! Der macht doch genau dasselbe wie ich, er schäumt belanglose Lokalberichte auf und vertickt sie an vier Abnehmer zugleich. Anders kommt von uns keiner mehr über die Runden. Reportagen ... das kann sich doch kein Mensch leisten ...» Er unterbrach sich, nahm einen Schluck Wein aus dem Glas, das ihm gerade gebracht worden war. Cats Bellini war noch mehr als halbvoll. Dann rieb er sich den Bart und murmelte: «Er hat gesagt, es ginge um Flüchtlinge. Deswegen Arabisch. Als würde irgendwer noch eine Flüchtlingsgeschichte lesen wollen. Die sind arm dran. Aber was will er darüber schreiben? Wahrscheinlich ist er irgendwem auf den Leim gegangen, der schwarz in einem der Hotels arbeitet, und hat aus eigener Tasche ein paar hundert an Infohonorar für eine rührige Geschichte abgedrückt, an der kein Wort wahr ist. Was weiß ich! Flüchtlinge, das kann doch keiner mehr hören!»

Cat nickte, als stimmte sie ihm zu. «Da ist der Tod einer international anerkannten Schauspielerin natürlich mal was anderes. Ich liefere dafür vor allem das Lokalkolorit. Aber natürlich frage ich mich, was hinter dem Mord steckt. Meine Redaktionsleitung ist außerdem an noch mehr interessiert als den langweiligen Trauerfeierfotos. Kunst! Fälschungen, Schmuggel, Diebstahl, haben Sie was in der Richtung?»

Ein ratloser Ausdruck legte sich über sein strubbeliges Gesicht. «Da weiß ich leider gar nichts Aktuelles. Es gibt natürlich die klassischen Storys, ich kann da sicher ein Special zusammenstellen.»

«Nein, wir benötigen aktuelle Berichte. Wirklich, Sie haben in der Hinsicht gar nichts gehört?»

«Ich habe einen Kollegen in Florenz, den kann ich mal fragen. Vielleicht weiß er mehr.»

Cat sah auf die Uhr. «Ich muss los. Leider.» Sie stand auf.

Romano wurde hektisch: «Da hätte ich vielleicht was für Sie. Eine Story über die dunkle Seite von Murano. ‹Es ist nicht alles Murano-Glas, was glänzt›, wenn Sie verstehen, was ich meine?»

Cat zuckte mit den Schultern, bemühte sich aber darum, nicht zu ablehnend zu wirken. Wer konnte schon wissen, ob sie den Mann noch einmal brauchen würde. «Ich denke drüber nach.» Dann hielt sie inne. «Sagen Sie. Der letzte Partner di Vitales hat sich gar nicht blicken lassen in der Kirche. Ist er verhindert gewesen?»

Romano schaute sie irritiert an. «Aber Rizzo saß doch die ganze Zeit dabei. Hinten. Letzte Reihe. Neben dieser äußerst attraktiven Frau, die Sie zu kennen scheinen.» Er wirkte nachdenklich.

Cat stutzte, geistesgegenwärtig fasste sie sich an den Kopf. «Ach, wie unaufmerksam von mir. Die Kirche war so voll, so viele Leute. Wie gut, dass ich mein Baby immer dabeihabe.» Sie klopfte auf ihre Kameratasche. «Die hält ja alles fest.» Dann lachte sie und hob die Hand zum Gruß. «Wenn Sie Niki sehen, grüßen Sie ihn von mir!»

Romano rief ihr nach: «Von wem denn?»

Undeutlich und viel zu leise rief Cat ihm einen Namen zu, mit Meier machte sie sicher nichts falsch.

Wenigstens hatte er sie zu ihrem Bellini eingeladen.

Sie überquerte eine der kleinen Brücken, bog ab, bis Romano sie nicht mehr sehen konnte und ihr womöglich hinterherlief. Sie zog das Handy heraus, um sich zu orientieren. Rizzo also hieß der Mann, dem Conti so mitfühlend die Hand gehalten hatte. Er war di Vitales letzter Partner gewesen, gehörte damit automatisch zu den Verdächtigen. Und Conti schien ihn ganz gut zu kennen. Warum sonst hätte sie tröstend seine Hand gehalten?

Das Gespräch mit dem Journalisten hatte also doch etwas ergeben, auch wenn die Information Cat momentan eher verwirrend erschien.

SIEBZEHN

Noemi und Gabriel waren also einen weiteren Tag abgestellt, um die Berliner Zwillinge zu beaufsichtigen. Die deutsche Kollegin, mit der Maggiore Conti arbeitete, konnte offenbar irgendetwas ganz Besonderes – angeblich machte sie Tatortfotos wie keine andere. Gabriel fand den Auftrag lächerlich, er wollte lieber richtige Polizeiarbeit machen. Noemi mochte die Kinder und hatte nichts dagegen, ein paar Tage außerhalb des Büros zu verbringen. Noch weniger begeistert war Gabriel von Noemis Vorschlag gewesen, Leonie und Leo dieses Mal ein richtiges Kulturprogramm zu bieten, sie sollten schließlich Venedig aus den schönsten Perspektiven kennenlernen.

Am frühen Vormittag war es zwar noch einigermaßen kühl in den Straßen der Stadt, aber schon voll. Immer mehr fliegende Händler breiteten ihre Decken mit gefälschten Markenhandtaschen, -sonnenbrillen oder -T-Shirts am Rand der Gassen und vor den Brücken aus. Wenn die beiden Polizisten in Sichtweite kamen, schienen die Händler sie zu wittern – ihre Muskeln spannten sich an, eine Hand zog bereits wieder an den dünnen Seilen, mit denen die vier Ecken der Unterlage sekundenschnell zu einem Sack zusammengerafft werden konnte. Doch Noemi würdigte die Männer keines Blickes. Nicht ihr Revier.

Leonie hingegen starrte die Angebote dieser Straßendealer sehnsüchtig an. Auf sie übten Sonnenbrillen und Handtaschen offensichtlich einen geradezu unwiderstehlichen Reiz aus.

Gemeinsam gingen sie zur Università Ca' Foscari, wo laut Hinweistafel immerhin neunzehntausend Studenten in acht Fachbereichen unterrichtet wurden, wanderten durch etliche malerische Gassen und überquerten schließlich die kleine, etwas abgelegene Ponte dei Pugni.

«Hier haben früher Faustkämpfe die Streitigkeiten zwischen verschiedenen Familien und Straßenbanden entschieden», erklärte Noemi. Im letzten Schuljahr hatte sie sich mit Stadtführungen etwas dazuverdient. «1670 wurden Fußabdrücke aus Marmor in einen Neubau der Brücke eingelassen, um die Startpositionen zu markieren. Erst 1705 wurden derartige Kämpfe untersagt.» Gabriel und Leo posierten als Gegner und ließen sich von Leonie fotografieren.

Schließlich näherten sie sich von Westen aus wieder dem Canal Grande. Der Weg war dann doch ein bisschen zu lang für Miss Piggy gewesen, sodass Leo sie sich irgendwann über die Schulter gelegt hatte.

In einem Straßencafé, das einem Freund von Gabriel gehörte, machten sie Pause. Sie zogen zwei zusätzliche Stühle vom Nachbartisch heran und setzten sich. Leo hielt das Schweinchen auf dem Schoß. Gabriel bestellte für Noemi und sich geeisten Cappuccino, für Leo und Leonie je eine Sprite und fragte zudem nach Resten aus der Küche, Rüben, Karotten, Kartoffeln, Grünfutter. Das Schweinchen reckte die Nase in die Luft und schnüffelte aufgeregt.

Der Kellner nickte, *«prego»*.

Leonie versuchte, das perfekte Selfie zu arrangieren. Das Mädchen fotografierte für sein Leben gern. Hatte sie wohl von der Mutter. Das Wichtigste dabei war offenbar, dass auf keinen Fall Leo, aber unbedingt Gabriel mit aufs Bild kam. Der posierte bereitwillig.

Die Getränke wurden serviert, dazu eine Porzellanschüssel mit Küchenabfällen, die der Kellner auf dem Tisch abstellte. Miss Piggy reckte sich und fraß ausgesprochen manierlich, während Leo sie auf seinem Schoß weiter kraulte.

Noch ein letztes Foto, noch ein allerletztes Foto, dann noch ein Foto mit Schweinchen, und sie konnten wieder aufbrechen. Sie kamen drei Schritte weit, dann musste Leonie unbedingt noch ein Bild vor der aufwendigen Fassade eines Hotels machen.

«Du hast gute Augen», lobte Gabriel sie.

Leonie errötete und scherzte zur Ablenkung, während sie einen Blick auf ihren Bruder warf, der noch immer seine Augenklappe trug. «Im Gegensatz zu ihm schon, ja.»

Die Ponte dell'Accademia führte sie über den Canal Grande. Von der frisch restaurierten Brücke aus hatten sie in beide Richtungen einen wundervollen Blick auf den Kanal sowie die angrenzenden Häuser und sogar einige kleine Villen und Palazzi. Die Brücke selbst war aus Holz und Metall gebaut und hatte dadurch etwas von einer alten Dampf-Eisenbahn.

Am Geländer hingen Hunderte von Liebesschlössern. «Unvermeidlich.» Gabriel grinste. «Venedig ist nun einmal die Stadt der Liebe.»

Leonie und Leo knipsten, einmal in die eine Richtung, einmal in die andere.

Besonders gut gefiel Leonie der Palazzo Cavalli-Franchetti, direkt rechts vor ihnen. Das Gebäude war in einem dunklen Gelb gestrichen, die aufwendigen Verzierungen der Fenster und der Hausecken strahlten weiß. Die Fenster in den oberen Stockwerken waren im schmalen, gotischen Stil gebaut, im zweiten Stock waren zudem noch Zier-Rosetten über ihnen angebracht.

«Ein überdimensioniertes Lebkuchenhaus mit Zuckerguss-Dekor.» Leonie schoss ein Foto nach dem nächsten.

Aus dem *sestiere* – Stadtsechstel – Dorsoduro wechselte ihre kleine Truppe anschließend ins Zentrum Venedigs, den Stadtteil San Marco. Sie gingen vorbei an dem parkartigen Garten des Palazzo. Hier befanden sich unter anderem ein Forschungs- und Kulturinstitut sowie ein Büro der Weltgesundheitsorganisation.

Über einen breiten, gepflasterten Fußweg erreichten sie einen größeren Platz, den Campo Santo Stefano, kurz danach überquerten sie einen der ganz schmalen Kanäle. Noemi erklärte den Kindern, dass sie nicht *Canale*, sondern *Rio* genannt wurden. Dort unten konnten sich gerade einmal zwei kleine Einsitzer aneinander vorbeiquetschen, die Motorroller des Wassers.

Sie gingen durch Gassen, kamen auf kleine Plätze, an denen kleine Kirchen standen, mussten sich wieder in die nächste dunkle Gasse quetschen. Noch ein Platz, noch eine Kirche, noch eine Gasse. Ab und zu malerisches Kopfsteinpflaster. Neben allen Hauseingängen zwei, drei Schilder für einfache Hotels und Pensionen in den höheren Stockwerken. Unten: Cafés, Restaurants, Souvenirläden. In jedem Schaufenster, egal von welchem Geschäft, standen Gondeln, Löwen oder beides. Es war, als nähme die Geschichte alle und jeden in sich auf. Historie schwebte hier in der Luft, die nach alten Gemäuern und Wasser roch. Vielleicht lag es daran, dass man in Venedig nicht an- und mit vertretbarem Aufwand auch nicht umbauen konnte. Die Stadt war weitgehend so, wie sie vor Hunderten von Jahren errichtet worden war.

Nur die Modelabel, an deren Shops sie vorbeispazierten, wurden immer schicker, je näher sie an den Markusplatz kamen.

Schließlich führte eine schmucklose Steinbrücke über den letzten Kanal vor ihrem Ziel, den Rio de San Moise. Die Gasse gabelte sich, rechts lag das noble Hotel Bauer.

«Viele berühmte Filmszenen sind dort gedreht worden», berichtete Noemi. «Auch ein deutscher Film, ‹Honig im Kopf›.»

Sie mussten nach links, an der süßen kleinen Chiesa di San Moisè vorbei, ursprünglich erbaut im 8. Jahrhundert, um 1150 nach der völligen Zerstörung neu errichtet. Die Barock-Fassade stammte aus dem 17. Jahrhundert.

Noemi ging gern ab und zu als Touristin durch ihre Stadt, und Leonie schien es auch zu gefallen. Doch Gabriel und Leo hatten langsam die Nase voll und begannen zu quengeln.

«Ich hab Hunger», sagte Leo. Er reckte den angewinkelten Unterarm in die Luft und befühlte seinen Bizeps. «Ich kann spüren, wie meine Muskeln abbauen.»

«Angeber. Das glaubt nicht mal Miss Piggy», stichelte Leonie.

«Da hinten kannst du schon den Durchgang zum Markusplatz sehen», sagte Noemi und deutete geradeaus. «Jedenfalls wäre es möglich, wenn nicht so viele Menschen hier wären. Auf der gegenüberliegenden Seite ist der Dogenpalast. Da wollen wir hin.»

«Okay, das schaffen wir jetzt auch noch», seufzte Leo und kraulte Miss Piggy hinter dem linken Ohr.

Der Markusplatz, der «schönste Festsaal Europas», wie Napoleon den Platz genannt haben soll, war voller Menschen. Sie schienen sich in alle Richtungen gleichzeitig zu bewegen, als hätte jemand einen Sack voll Murmeln ausgeschüttet. Zwischen ihren Füßen taten Tausende von Tauben dasselbe.

Trotz der Menschenmasse strahlte der Platz aufgrund seiner ungewöhnlichen Architektur einen stillen Charme aus. Sie blickten direkt auf die Zuckerbäckerarchitektur des knapp zweihundert Meter entfernten Markusdoms. Die alten Prokuratien auf der linken und die neuen Prokuratien auf der rechten Seite entfernten sich zum Dom hin voneinander.

«Seht ihr das?», fragte Noemi. «Dadurch verzerrt sich die Perspektive, und es entsteht eine Art optischer Sog.» Dadurch erhielt der unverhältnismäßig hohe Markusturm auf zwei Dritteln der Strecke rechts vor dem Dom seine dramatische Wirkung.

«Der Turm», erklärte Noemi weiter, «wurde mehrfach schwer beschädigt und ist einmal sogar eingestürzt. Aber die Venezianer haben ihn immer wieder originalgetreu aufgebaut. Mangelndes Durchhaltevermögen kann man uns wahrlich nicht vorwerfen.» Egal wie sinnvoll es sein mochte, eine Stadt zu restaurieren, die jedes Jahr ein paar Zentimeter in den Sumpf sank und deren Plätze und Gassen schon seit langem jeden Winter überflutet wurden, die Venezianer ließen sich nicht unterkriegen!

«Es ist übrigens der einzige Platz in der Stadt, der wirklich ‹Piazza› heißt», ergänzte sie. «Alle anderen heißen ‹Campi›, weil sie ursprünglich nicht gepflastert waren.»

Zwischen den Menschen hindurch schlängelten sie sich schräg über den Platz in Richtung Dogenpalast rechts neben dem Markusdom.

Leonie war fasziniert. «Der Palast scheint ja direkt zu schweben, obwohl er so massiv wirkt mit seiner Würfelform.»

Gabriel nickte. «Das ist die optische Täuschung wegen der beiden langen Bogengänge mit den vielen Säulen im Erdgeschoss, von der Noemi eben sprach.»

Leonie starrte wie gebannt auf die Fassade des Palasts und stieß Leo in die Seite. «Da, die Löwen. Sind irgendwie auch nur große Katzen», sagte sie. «Mama könnte ein Special auf *Cat's Cats* machen mit Markuslöwen. Gestern habe ich schon ein schönes Bild von dem auf der Säule da drüben hinbekommen. Und die hier ... das sind ja irgendwie Hunderte.»

Das war vielleicht etwas übertrieben, aber im Grunde hatte sie recht, fand Leo. In Venedig wimmelte es von Löwen. Sie prangten auf Fassaden, Simsen und Säulen, auf Schornsteinen, Blumentöpfen und Gemälden. «Kann man machen», sagte er. Ihn interessierte das Fotoprojekt ihrer Mutter offenbar nicht sonderlich.

Leonie ging bereits vor einem Löwenrelief in Position. «Moment, ich mach noch mal ein zweites von links, gegen die Sonne. Dann wird der Schatten dunkler, aber das Relief irgendwie heller.»

Eine endlose Schlange Touristen stand vor dem Palast geduldig an. Entspannt gingen Noemi und Gabriel an ihnen vorbei, zeigten am Einlass ihre Dienstausweise und traten mit den Zwillingen ein.

«Dass die nicht mal nach Miss Piggy fragen», sagte Leonie erstaunt. «Italien ist irgendwie cool. Oder dürfen Polizeianwärter hier machen, was sie wollen?»

Noemi lachte. Sie freute sich, dass Leonie die Gastfreundschaft und Lässigkeit ihrer Stadt lobte. Doch aller gute Wille konnte nicht darüber hinwegtäuschen: Die Masse der Touristen brachte die Stadt an den Rand ihrer Aufnahmefähigkeit.

Der Dogenpalast war einerseits als Bau selbst sehenswert, andererseits fanden sich in seinem Inneren auch zahlreiche berühmte Gemälde. Während Leo und Leonie sich schon nach zwei Minuten zu langweilen begannen und es Gabriel ähnlich ging, war Noemi begeistert.

«Als ich jung war, hat mich Kunst auch nicht interessiert, aber ihr müsst das einfach sehen. Ich zeige euch auch bloß die Highlights!»

Der Stuck über einer Treppe in den ersten Stock war vollständig vergoldet, ein unglaublich dekadenter Effekt. Die Deckengemälde in den altmodisch anmutenden Sälen stellten Szenen aus der Geschichte der Stadt und der römischen Mythologie dar. Einige stammten von Tintoretto. Der Maler war so berühmt, dass sogar die Zwillinge seinen Namen schon mal gehört hatten.

An einer Wand entdeckten sie die gruselige, in Stein gehauene Fratze, deren Mund einen offenen Schlitz bildete. Leonie knipste, während Noemi erklärte: «Hier konnte man früher Mitbürger denunzieren, sozusagen bei der Stasi des Südens.»

«Immerhin mussten hier in Venedig zwei Bürger denselben Verdacht äußern, bevor die Geheimpolizei loslegte», ergänzte Gabriel stolz.

Der Dogenpalast war früher das Herz der Stadt gewesen, hatte praktisch alle Zwecke erfüllt außer dem Krankenhaus. Vorn hatte sich das Rathaus befunden, in den etwas abgelegeneren Räumen die Polizei, überall jede Menge Waffen, man kann ja nie wissen, und hinten der Knast.

Leonie und Leo tat bald schon der Nacken weh, so oft erklärte ihnen Noemi eines der Deckengemälde. An den Wänden hingen mächtige Schinken, fette Schlachtengemälde und andere Wimmelbilder aus der Historie Venedigs. Ab und zu waren die Kinder in Versuchung, nach Walter zu suchen, der Figur im Ringelshirt aus ihren Kinderbüchern, wie sie erklärten.

«So ein Ding ist auch fälschungssicher», sagte Noemi respektvoll, als sie vor Tintorettos *Paradies* standen: «Zweiundzwanzig Meter lang und sieben Meter hoch. Das größte Tafelbild der Welt, mit über fünfhundert Heiligen und Engeln. Der Maler war schon siebzig Jahre alt, als er den Auftrag bekam, und arbeitete vier Jahre an dem Bild – wegen der Größe mit Hilfe eines Tricks. In seiner Werkstatt bemalte er Leinwände in üblicher Größe, dann wurden diese vor Ort im Palast aneinandergenäht, und sein Sohn musste die Nahtstellen übermalen. Hier» – sie zeigte auf einen Wulst – «wenn man dicht vor das Bild tritt und schräg über die Oberfläche schaut, kann man sie sehen.»

Es folgten zig weitere Säle, bis alle, auch Noemi, das Gefühl hatten, selbst Teil eines Ölgemäldes geworden zu sein.

«Von wegen Highlights», flüsterte Leo erschöpft. Die langen Dielen knarrten unter ihren Füßen.

Schließlich erreichten sie die aus weißem Kalkstein erbaute Seufzerbrücke, die den Kanal hinter dem Palast überspannte. Eine Erholung für die Sinne. Wenig Platz, nur Stein, keine Gemälde mehr. In den Prigioni Nuove, den «neuen Gefängnissen» aus dem Jahr 1610 auf der anderen Seite, befanden sich weitere Gefängnisräume.

«Auch die Rechtsprechung erfolgte im Dogenpalast», erklärte Noemi den Zwillingen. «Die Brücke trägt ihren Namen, weil Verurteilte hier ein letztes Mal durch die vergitterten Fenster der Brücke einen Blick auf das Meer werfen konnten, bevor sie ihre Strafe absitzen mussten.»

«Verständlich, dass sie da tief seufzten.» Gabriel lachte.

Leonie versuchte, durch das Steingitter ein Foto nach draußen zu machen. «Das kann interessante Effekte geben, wenn das Gitter vorn unscharf ist», murmelte sie.

Als sie den Palast schließlich nach gut zwei Stunden verließen, hatte Leo bereits aufgegeben, nach etwas zu essen zu fragen. Selbst Leonie musste inzwischen Hunger haben, obwohl sie das nicht zugab.

Zurück auf dem Markusplatz drehten sie sich noch einmal um und schauten hoch in den ersten Stock. Dort waren zwei Säulen zu sehen, die deutlich stärker rot gefärbt waren als die anderen.

«Zwischen ihnen wurden damals die Todesurteile verkündet, und man sagte, das Blut der Verurteilten habe sie verfärbt – dabei sind sie in Wahrheit bloß aus rotem Marmor.» Die Phantasie ihrer Landsleute – damals wie heute – faszinierte Noemi immer wieder. Sie berichtete weiter:

«Vollstreckt wurde ein Großteil der Urteile zwischen zwei weiteren Säulen, die auf einem etwas tiefer gelegenen Teil des großen Platzes zwischen Dogenpalast, Lagune und der dem Palast gegenüberliegenden Bibliothek standen. Auf der einen funkelte der goldene Markuslöwe, auf der anderen besiegte der heilige Theodor gerade einen Drachen. Dort hat man Verbrecher und Verräter nicht nur hingerichtet, sondern manche danach sogar für drei Tage und Nächte an den Füßen aufgehängt, um Nachahmer abzuschrecken. Bei der Hinrichtung selbst schauten die Todgeweihten auf die Turmuhr ihnen gegenüber – weswegen Venezianer heute noch im Zorn drohten: *te fasso vedar me che ora che xe*, ‹Ich zeig dir, wie viel Uhr es ist!›»

Das alles war Hunderte Jahre her, aber noch immer vermieden Einheimische es, zwischen den Säulen hindurchzugehen. Fast nur Reisegruppen und Touristen standen zwischen den Säulen herum, wer sich auskannte, schlug einen Bogen um sie.

Ganz oben auf dem Uhrenturm schlugen die zwei Bronze-Figuren zur vollen Stunde die Glocke. Etwas unterhalb fand sich ein Relief des Markuslöwen auf einem offenen Buch. Leonie machte ein Foto. Sie fand ihre Idee, Löwen- statt Katzenfotos zu posten, immer besser und der Stadt angemessen.

Leo sah sich um. «Gibt's hier keinen McDonald's?», fragte er genervt und ließ sich neben Miss Piggy auf die breiten Stufen sinken.

Gabriel schüttelte den Kopf «Gibt nur einen in Venedig, eine halbe Stunde von hier. Aber um die Ecke wird Venedigs beste Pasta serviert!»

«Auch gut.» Leo nickte. «Energetisch sogar besser.»

Im Gänsemarsch gingen sie zu einem kleinen Bistro, das sich keine hundert Meter vom Markusplatz zwischen zwei Geschäfte für Handtaschen, Gürtel und Lederwaren quetschte. Und als Leo endlich seine Bolognese bekam, war er zufrieden. Auch wenn, wie Leonie spitz anmerkte, seine Essmanieren schlechter waren als Miss Piggys.

ACHTZEHN

Cat wurde in das Büro der Ermittlerin geführt, und Contis Assistentin brachte unaufgefordert zwei doppelte Espressi.

«Sie haben alles zugegeben», berichtete Conti zufrieden. Sie wirkte elektrisiert. «Es ist unglaublich. Die Leichen sollten auf dem Schiff verfeuert werden.» Sie hob die Hände. «Wir sind Ihnen wirklich ...» Ihr Handy klingelte. Sie meldete sich, hörte zu, legte auf. «Die Hafenmeisterin hat die Aussage der Besatzung bestätigt. Etwa alle zwei Wochen erfolgte eine solche Lieferung. Noch haben wir nur die Männer vom Boot, nicht ihre Auftraggeber. Aber das ist nur noch eine Frage der Zeit.»

Gut. Offensichtlich war Georgiou ihnen auf die Spur gekommen. Der Fall würde zügig gelöst werden, und sie konnten sich auf den Mord an di Vitale konzentrieren. Cat zog ihre Notizen aus der Kameratasche. Auch Conti hatte eine Liste mit offenen Fragen.

Das Telefon klingelte erneut, und Conti nahm ab. Während sie telefonierte, setzte sich Cat an den Computer und gab in die Suchmaschine ein: *Homestory Vittoria di Vitale.* Die ersten Treffer kamen aus der Gerüchteküche der Journaille, es folgte eine Reihe Scans, die offenbar ein Fan ins Internet gestellt hatte. Eine internationale People-Zeitschrift hatte di Vitale besucht und darüber in etlichen Ausgaben berichtet: Italien, Frankreich, Spanien, Deutschland, Niederlande, USA, Australien, Russland. Das Layout war jedes Mal verändert. Die einzelnen Fotos wurden abwechselnd in Groß- oder kleinerem Format gezeigt. Die Veröffentlichung lag über zehn Jahre zurück.

Es handelte sich zwar eindeutig um die Wohnung, in der di Vitale ermordet worden war, doch die Schauspielerin hatte ihr Wohnzimmer in der Zwischenzeit neu eingerichtet. Sofa, Sessel, Wandfarbe, Regale, Tische, Teppich, alles sah anders aus.

Cat entdeckte auf einem der Bilder die unverkennbare Figur eines goldenen Oscars im Regal. Sie zoomte und verschob den Ausschnitt, bis das Regal den gesamten Bildschirm füllte. Einige unbekannte Schalen und Pokale, ein Goldener Löwe, ein Golden Globe, zwei Oscars. Zwei!

Conti legte auf. «Okay», sagte sie und schaute auf ihre Notizen. «Die Kollegen versuchen, noch mehr herauszukriegen. Die Leichen sind vermutlich nur ein Kollateralschaden, nicht das, hinter dem Georgiou eigentlich her war. In der Lieferscheinnummer sind auf alle Fälle der Ausgangshafen und unser Hafen hier enthalten, außerdem die Containergröße, das Gewicht, die Gefahrgutklasse. Es war ein kleiner Container, zwanzig Fuß, kam über La Goulette aus Tanger.»

«La Goulette?»

«Tunesien. Ein Stadtteil von Tunis.»

«Wissen wir, was geladen war?»

«Kann man nicht sagen. Nur, dass es Schüttgut war. Keine verpackte Ware.»

«Kommen wir an den Cloudspeicher von Georgiou? Vielleicht hat er noch weitere Unterlagen.»

«Bisher nicht. Wir kennen die Zugangsdaten nicht und kriegen mit der derzeitigen Indizienlage ganz sicher keinen Beschluss. Journalist, Quellenschutz.»

«Mist.» Cat tippte ungeduldig mit den Fingern auf den Schreibtisch.

«Was ist das?», fragte Conti und schaute auf den Bildschirm.

«Eine alte Homestory von di Vitale. Damals standen noch zwei Oscars im Regal. Jetzt war nur noch einer da. Das ist doch komisch, man bringt doch niemand um für so ein Ding.»

«Ach, den kann man bestimmt zu Geld machen. Oder vielleicht war es ein eifersüchtiger Star, der in dem Jahr keinen Preis bekommen hat?»

Cat schüttelte nachdenklich den Kopf. Sie betrachtete ihre Tatortskizze. «Ist bekannt, für welchen Film der Oscar war, der unter dem Tisch lag?»

Conti schlug eine Akte auf, blätterte, fand nichts. Griff wieder zum Telefon, nannte Cat einen Filmtitel.

«Okay, das war der erste. Ein Welterfolg. Den zweiten hat sie für den Arthouse-Krimi bekommen. Aber ich finde es zu weit hergeholt, dass jemand nach Jahren aus gekränkter Eitelkeit bei di Vitale einbricht, einen Oscar stiehlt, auf dem ihr Name eingraviert ist, und sie dann auch noch auf bestialische Weise umbringt. Nein, es muss eine andere Erklärung geben.»

«Klar. Die üblichen Motive. Geld. Neid. Liebe. Eifersucht – das sollten wir zum Ankreuzen auf alle Formulare übernehmen», entgegnete Conti grinsend. Lachfältchen bildeten sich in ihren Augenwinkeln. Sie standen ihr gut.

Cat wurde ernst. «Kennen Sie eigentlich den Partner von di Vitale?» Die Frage kam plötzlich, aber sie musste Conti irgendwie damit konfrontieren.

Conti stutzte. «Natürlich, ich habe ihn befragt.»

«Sie sahen in der Kirche so vertraut miteinander aus.»

«Er war erschüttert. Er tat mir leid», erwiderte Conti.

Es klang defensiv, was gar nicht zu Conti passte. Cat glaubte ihr nicht. Aber weitere Fragen würden sie in die Enge treiben und das Gegenteil von dem bewirken, was Cat erreichen wollte: die Wahrheit herauszufinden. Daher nickte sie nur und wechselte das Thema. Sie konnte später immer noch darauf zurückkommen, wenn es wichtig war.

«Gibt es eigentlich ein italienisches Sprichwort oder Wortspiel mit ‹Blut› und ‹Asche›? Mal angenommen, der Täter hätte die kleine Urne mitgebracht, um uns eine Botschaft zu hinterlassen?»

Conti schüttelte den Kopf. Cat bemerkte die Erleichterung, mit der Conti auf ihre Frage einging. «Nein, wir haben schon bei der Zugehfrau nachgehakt, es ist die Asche von di Vitales Schoßhund. Aber bei ‹Blut› fällt mir ein ...»

Conti blätterte in einem Papierstapel und zog einen Zettel heraus. Beim Lesen runzelte sie die Stirn. «Die Gen-Analyse des Schweinebluts hat ergeben, dass es sich um Schwarze Schweine handelt. Eine seltene Rasse, die als ausgestorben galt. Sie wird in der Slow-Food-Bewegung geschätzt. Es gibt nur drei Höfe innerhalb von hundert Kilometern, auf denen diese Rasse gehalten wird, es sind insgesamt weniger als vierhundert Tiere.»

Sie reichte Cat das Blatt. Unter dem Bericht waren die Adressen der Höfe angegeben. Einer befand sich in Padua, einer in einem Vorort von Treviso, der dritte außerhalb Ferraras. Der aus Padua lieferte regelmäßig an mehrere gehobene Restaurants in Venedig.

«Spricht jemand mit den Betreibern?», fragte Cat.

«Ja, wir haben jeweils Amtshilfeersuchen gestellt», bestätigte Conti. Dann schaute sie wieder auf den Monitor. «Können Sie mal rauszoomen? Vielleicht ist der Hund auf einem der Bilder.»

Cat schaltete zurück auf eine bildschirmfüllende Darstellung. Tatsächlich hatte di Vitale auf einem Foto einen puscheligen kleinen Hund auf dem Schoß sitzen, auf einer zweiten Aufnahme schaute er zu ihr auf, während sie direkt in die Kamera blickte.

«Den hat sie geliebt, die beiden waren unzertrennlich. Sie hat ihn einäschern lassen und sich keinen neuen Hund mehr angeschafft.»

«Die Urne bringt uns also gar nicht weiter.» Cats Wangen brannten. Jetzt erst bemerkte sie, wie sehr sie das traf. Keine Spur! Keine Mafia-Warnung, die Urne stand einfach als Andenken an das Hündchen auf der Fensterbank und war nicht richtig abgestaubt worden. Sie ärgerte sich über sich selbst. «Was ist mit der Liste des Schmucks?», fragte sie. «Für die Versicherung vielleicht?»

«Kommt.»

Contis Handy klingelte. Cats Telefon ebenfalls. Auf dem Display war das Foto ihres Vaters zu sehen. Conti schaute sie fragend an.

Cat nahm ab. «Ja?»

«Also, Kaitlyn, was hast du jetzt wieder angestellt?»

Keine Begrüßung, nur diese gereizten Worte.

Cat hob die Hand in Richtung Conti und streckte den Zeigefinger in die Höhe: *eine Minute, bin gleich wieder da.* Sie verließ das Büro und sah sich im Flur suchend um. Rechts öffnete sich das Großraumbüro, links befand sich das Treppenhaus. Sie ging nach links.

«Was ist denn?»

«Du solltest dich um den Fall di Vitale kümmern», sagte ihr Vater. «Nicht im Hafen herumstreunern und dort Fotos machen.» Manchmal nervte es sie, dass er Zugriff auf jede gottverdammte Akte europaweit und offenbar zu viel freie Zeit hatte.

«Ja und?»

«Die Untersuchung wurde gerade von höchster Stelle eingestellt.»

«Was? Warum?», fragte sie.

«Das liegt nicht in deinem Bereich.»

«Ich will es aber wissen.» Sie ging unruhig auf und ab.

«Du hast eine vertrauensbildende Aktion von V-Männern des italienischen Staatsschutzes gestört», rang er sich ab. «Wir hatten Glück, dass eure Ermittlungen in einem so frühen Stadium aufgefallen sind und beendet werden konnten.»

«Das ist nicht dein Ernst.»

«Doch. Ich scherze nie.»

Das stimmte. «Weiß Conti davon?»

«Ja, sie wird zeitgleich informiert.»

«Ach so. Und ihr meint, dann kuschen wir.» Sie drückte wütend die Auflegtaste.

NEUNZEHN

Conti schlug gerade verärgert auf ihren Schreibtisch, als Cat ins Büro zurückkehrte. Dann rief sie die internationale Webseite einer italienischen Nachrichtenagentur auf und zeigte Cat die Top-Meldung:

Breaking News – Razzia in Venedig! Wie wir soeben erfahren haben, wurde im Hafen von Venedig kurzfristig eine polizeiliche Durchsuchung durchgeführt. Auf einem unter niederländischer Fahne fahrenden Schiff wurden dabei zwei Tote aufgefunden. Offenbar sollten die Leichen auf hoher See entsorgt werden. Wer hinter dem Verbrechen steckt, ist noch offen. Ebenso liegen noch keine Informationen über die Identität der Verstorbenen vor.

Unter der Meldung fand sich ein Foto des Schiffes; etliche Polizisten in voller Montur standen am Kai, während eine Person in Handschellen die Gangway heruntergeführt wurde.

«Jetzt zieht der Sicherheitsdienst die Ermittlungen an sich», sagte sie wütend.

Cat presste die Lippen aufeinander. Sie war stinksauer auf ihren Vater und all die anderen, die ihnen die Ermittlungsarbeit schwermachten. Aber sie wusste auch, sich dagegen aufzulehnen, brachte nichts. Die Ermittlungshoheit war schon einer anderen Abteilung zugeordnet worden. Cat kannte ihren Vater gut genug, um zu wissen, wenn er sich entschieden hatte, blieb er dabei. Selbst, wenn er unrecht hatte. Was seiner Ansicht nach natürlich nie vorkam.

Immer wenn so etwas passierte, wollte sie ihm die ganze Polizeiarbeit vor die Füße schmeißen. Aber im letzten Moment fiel ihr immer wieder ein, dass sie zum ersten Mal im Leben etwas richtig gern machte, richtig gut konnte – und auch noch ordentlich dafür bezahlt wurde.

Cat schloss die Augen und holte tief Luft, um nicht laut loszuschreien.

Ein Mitarbeiter klopfte an der Tür, und Conti sah auf. Er schob einen Rollwagen vor sich her, auf dem zahlreiche Kisten standen. Er grüßte, hob eine der Boxen an und stellte sie auf Contis Schreibtisch, bevor er wieder abzog. Conti nahm den Deckel ab.

Die Kleidungsstücke, die in durchsichtigen Plastiktüten vor ihnen auf dem Tisch lagen, waren alles, was ihnen von dem Fall noch geblieben war. Die Tatsache, dass die Ermittlungen von ganz oben eingestellt worden waren, sprach erst recht dafür, dass an der Sache noch mehr dran sein konnte, als sie bisher ahnten.

Conti schien von der Entwicklung nicht allzu stark mitgenommen. Sie zog Latexhandschuhe über, öffnete die erste Tüte und entnahm der Kiste eine abgetragene Jeans. Ein staubiger, muffiger Geruch breitete sich im Büro aus. Die Hose mochte vermutlich vor langer Zeit einmal dunkelblau oder -grau gewesen sein. Dem Besitzer schien sie zu lang gewesen zu sein, jedenfalls war der Saum an beiden Hosenbeinen vollkommen zerrissen, als wäre jemand bei jedem Schritt daraufgetreten. Conti hielt die Hose hoch. Sie starrte vor Dreck. Der Reihe nach überprüfte sie die Hosentaschen und fand nichts außer ein paar Sandkrümeln. Daraus konnte vielleicht die Spurensicherung Schlüsse ziehen. Eine der Socken hatte ein Loch am großen Zeh. Die Schuhe waren von Nike, aber sehr ausgetreten und ebenfalls staubig. Außerdem hatte der Mann noch eine Unterhose und ein Sweatshirt in Größe S getragen. Darauf befand sich der Aufdruck einer amerikanischen Limonadenmarke. Die Bündchen waren ausgefranst.

Conti legte die Kleidungsstücke zusammen und schob sie zurück in die Plastiktüte. Dann widmete sie sich der Bekleidung des zweiten Toten.

Ein ehemals weißes T-Shirt, löchrig und fleckig. Ein Kapuzenpulli mit Reißverschluss der Marke «Fruit of the Loom», ebenfalls fleckig und ausgeleiert. Beide Kleidungsstücke in Größe XL. Karierte Boxershorts, groß wie ein Zelt. Keine Socken. Ausgelatschte No-Name-Turnschuhe. Eine Jogginghose von Adidas, abgetragen und an den Knien deutlich ausgebeult. Aus einer der Hosentaschen zog Conti einen zusammengeknüllten Zettel hervor, vorsichtig faltete sie ihn auseinander.

Ein Kassenbon. Cat schaute Conti über die Schulter. Vor sechs Tagen hatte jemand, vermutlich der Tote, in einem Mini-Market in einem Ort irgendwo in Italien etwas Brot und Käse gekauft, Kekse, eine Kerze, eine Dose Ravioli. Dass es die in Italien überhaupt gab?

«Nicht sonderlich spektakulär», bemerkte sie frustriert. «Außer den Dosenravioli.»

Conti schwieg. «Doch», sagte sie dann. «Ich weiß jetzt, wo die Männer herkommen.» Sie sah nicht zufrieden mit dieser Erkenntnis aus. «Aus einem Flüchtlingsdorf. Dieser Ort hier», sie tippte auf den Kassenzettel, «ist ein Dorf ganz in der Nähe Mantuas. Dort grenzen drei Anbauregionen aneinander, Veneto, Lombardia und Emilia-Romagna. Die Einwohner beschweren sich schon seit Jahren, dass die Politik nichts gegen die Lager unternimmt.»

Solche Leute gibt es überall, dachte Cat. «Eine Flüchtlingsunterkunft? Sie müssten als vermisst registriert sein.»

Conti lachte auf und schüttelte den Kopf. «Nein, es ist keine ‹Unterkunft›. Ein Dorf. Ein illegales Dorf. Es gibt sie überall in Italien.» Nachdenklich setzte sie hinzu: «Vielleicht hat es mit Georgious Artikel zu tun. Vielleicht waren diese Männer seine Informanten. Ich fahre hin.»

«Ich komme mit», sagte Cat kurzentschlossen.

«Nein. Was ist mit Ihren Kindern?»

«Ich habe den Lieferschein gefunden. Ich habe die Leichen entdeckt. Es ist genauso meine Ermittlung wie Ihre.»

Eine Kollegin aus Mantua hatte Conti die genauen Koordinaten des größten Flüchtlingsdorfes Italiens geschickt, *Il Ghetto*, verbunden mit der Warnung, es besser zu meiden, und auf gar keinen Fall nach Einbruch der Dunkelheit dorthin zu fahren.

Es war halb vier, als sie an Mantua vorbeirauschten, das von vier Seen umgeben war. Der Lago Superiore, der Lago di Mezzo, der Lago Inferiore und der Lago Paiolo waren im

12. Jahrhundert zur Verteidigung der Stadt angelegt worden und umschlossen diese fast wie eine Insel, wie Cat von Conti erfuhr.

Conti folgte den Anweisungen des Navis und umfuhr die Stadt. Ein kleines Industriegebiet schloss sich an, danach begannen Felder und Weiden. Nach etwa zwei Kilometern veränderte sich das Umland, die meisten Nutzflächen waren jetzt mit Folien bedeckt, welche die Sonnenwärme speicherten. Die provisorischen Gebilde, vermutlich Gewächshäuser, reichten teilweise bis an den Straßenrand. Es war heiß. Die Luft erschien trockener als noch in Venedig. Die Atmosphäre wirkte bedrückend auf Cat. Beklemmend. Menschen waren kaum zu sehen, und doch war offensichtlich, dass hier viele Menschen benötigt wurden. Ab und zu stand ein Mann am Straßenrand, andere gingen zwischen zwei Gewächshäusern entlang.

Nach einiger Zeit fiel ihr auf, dass sie keine einzige Frau sah, nur Männer. Conti hatte schon seit langem kein Wort mehr gesprochen. Cat schaute zu ihr hinüber. Eine steile Falte hatte sich zwischen den Augenbrauen gebildet. Ihre Lippen waren aufeinandergepresst, sie wirkte angespannt.

Auf Anweisung des Navigationsgerätes bogen sie ab auf eine schmale Straße mit Schlaglöchern. Conti verlangsamte, sie fuhr für ihre Verhältnisse geradezu zögerlich, als überlege sie umzukehren.

Es ging nach links, auf einer Art Schotterpiste zwischen zwei ungepflegt aussehenden Feldern hindurch. Auf dem einen standen verkrüppelte Orangen- oder Zitronenbäume, auf dem anderen pflügte ein Trecker vertrocknete Pflanzenreste unter die Erde. Er zog eine Staubfahne hinter sich her.

Das Tuckern des Treckermotors war das einzige vernehmbare Geräusch neben dem feinen Sirren der Klimaanlage und dem Quietschen und Ächzen der Karosserie, wenn sie durch ein Schlagloch rumpelten.

Abrupt endeten die Felder, und eine Art Siedlung begann. Was folgte, war unvorstellbar: Die Fahrbahn schien zwischen aus Folie errichteten Baracken einfach zu versanden. Es handelte sich erkennbar um menschliche Unterkünfte, viele hatten Türen, vor manchen hingen Wäschestücke zum Trocknen. Ein paar schrottreife Fahrräder lehnten an einer der Behausungen.

Nach der Einsamkeit der letzten Kilometer wimmelte es plötzlich von Menschen. Sie saßen in Gruppen auf dem Boden, drängten sich zwischen den Hütten hindurch, standen und rauchten und starrten geradeaus. Die Hautfarben reichten von Tiefschwarz bis Tiefbraun. Auch hier waren nur Männer unterwegs. Selbst durch den Filter der Klimaanlage hindurch drang ein dumpfer Gestank nach zu vielen Menschen auf zu engem Raum in den Wagen.

Conti stoppte, zögerte einen Moment, dann stellte sie den Motor ab. Immer mehr Menschen kamen herbei. Und alle starrten den Wagen an. Die Altersstufen der Leute waren schwer zu bestimmen, die jüngsten mochten noch Teenager sein, die ältesten wirkten abgestumpft und krank. Etliche von ihnen waren dürr und ausgemergelt, andere dick und aufgedunsen, ihre fetten Arme standen seitlich ab.

Conti öffnete die Tür, Cat folgte ihr. Sie stiegen aus. Wie ein Schlag traf sie der Gestank. Es roch nach Fett, Abfall, Feuer, Exkrementen. Einer der Männer trat einen Schritt vor. Wortlos, feindselig starrte er Conti an.

Sie streckte ihren Arm aus, die Handfläche zeigte in seine Richtung, eine beruhigende Stopp-Geste. Sie zog langsam und vorsichtig ihr Handy aus der Tasche, öffnete die Foto-App und tippte auf eines der Fotos. Sie streckte es dem Mann entgegen.

Der starrte verblüfft auf das Gerät und schüttelte den Kopf. Vielleicht kannte er den Toten wirklich nicht, vielleicht wollte er es auch nur nicht zugeben.

Conti wischte über den Bildschirm und zeigte ihm ein zweites Foto, den zweiten Toten.

Wieder eine abweisende Reaktion.

Ein drittes Foto – Niki Georgiou.

Diesmal schüttelte er den Kopf heftig, als wollte er einen bösen Zauber abwehren. Cat war sicher, dass er Georgiou erkannt hatte. Conti musste es ebenfalls bemerkt haben, denn sie streckte ihm das Gerät noch einmal nachdrücklich entgegen.

Er trat seinerseits einen Schritt vor und gab ein missbilligendes Knurren von sich. Drei andere Männer hatten sich schützend hinter ihm aufgebaut.

Die Menschen hier standen schon so lange außerhalb von Recht und Gesetz, dass sie nichts mehr zu verlieren hatten, und Cats und Contis Auftauchen musste ihnen als eine echte Gefahr erscheinen.

Der körperliche Zustand der Männer, ihre bittere Armut und tiefe Verzweiflung setzten Cat zu. Niemand, kein Mensch auf der Welt, begab sich freiwillig in solche Umstände. Und niemand, kein Mensch auf der Welt, würde so leben, wenn es eine erkennbare Alternative gab.

Sie bemerkte einen jungen Mann mit längerem Haar, der

zwischen zwei Hütten hervorschaute. Schräg durch sein ganzes Gesicht zog sich eine wulstige, rötlich aufgequollene Narbe, als hätte jemand versucht, seinen Kopf zu spalten.

Als sie genauer hinsehen wollte, duckte er sich tiefer zwischen die dicken Plastikfolien, aus denen die ganze Siedlung zu bestehen schien. Zusammengenagelte Äste, Stöcke und Latten, über die verzweifelte Menschen verdreckte und zerlöcherte Folien und Planen gespannt hatten, verstärkt durch Pappen und Sperrholz.

Die Sehnsucht nach einem Zuhause war überwältigend spürbar, ebenso wie das für sie in diesem Maße bisher unvorstellbare Scheitern dieser Sehnsucht.

Conti nickte dem Anführer zu. Sie akzeptierte seine Antwort. Schritt für Schritt zogen sie sich zum Auto zurück, stiegen ein, ohne den Männern den Rücken zuzuwenden, und schlossen die Türen.

«Oh Gott, ist das furchtbar», flüsterte Cat.

Conti schnaubte nur höhnisch. «Wenn Sie das nächste Mal im Supermarkt Tomaten aus Italien kaufen, denken Sie an diese Männer», sagte sie bitter.

Sie startete den Motor. Cat ging davon aus, sie würde zurücksetzen, wenden und das illegale Camp hinter sich lassen. Doch Conti fuhr im Schritttempo direkt auf die Männer zu, die regungslos dastanden. Auf einmal stemmte die Italienerin ihre Hand auf das Lenkrad. Sie hupte laut und anhaltend, ohne dabei das Tempo zu verlangsamen. Als das nicht zur gewünschten Reaktion führte, drückte sie einen Knopf auf der Konsole und ließ die Sirene des Polizeifahrzeugs aufjaulen.

Nun endlich, als Cat im Geiste schon vor sich sah, wie

sie die ersten Bewohner überrollten, traten die Männer zur Seite und gaben den Weg frei. Mit einem weiteren Tastendruck verriegelte Conti die Türen. Das metallische Klicken schoss Cat bis in die Unterarme. Auf einmal näherten sich die Männer von der Seite erneut dem Wagen, sie rüttelten an den Türgriffen, schlugen mit den flachen Händen gegen die Scheiben, stemmten sich gegen das Wagendach. Das Auto begann, hin und her zu schaukeln. Die Seitenfenster waren verdunkelt wie in der Waschanlage, nur dass es sich um Körper handelte, die sich dagegenpressten, nicht um sich drehende Lappenrollen. Was, wenn sie den Wagen wirklich aus dem Gleichgewicht brachten und auf die Seite kippten, wenn sie die Scheiben einschlugen? Warum wollte Conti gegen den erkennbaren Wunsch der Bewohner tiefer in das Camp hineinfahren? Aufsteigende Magensäure brannte in Cats Rachen.

Doch Conti ließ nicht nach, verbissen hielt sie Kurs, und als sie den Wagen haarscharf zwischen zwei der instabilen Hütten hindurchquetschte, blieben die Männer zurück. Weißliche, halbtransparente Folie strich nun mit einem schleifenden Geräusch über die Fenster. Der Weg vor ihnen erschien Cat zu schmal für das Auto, aber irgendwie ging es. In Zeitlupe rollten sie vorwärts.

Zusammengezimmerte, mit Planen abgedeckte Holzverschläge, verkleidet mit Kartons oder brüchigem, schimmelndem Pressspan, manche zusammengeschnürt mit alten Fahrradschläuchen. Sie sahen aus wie ein Ballen Müll. Dazwischen ab und zu ein klappriger Wohnwagen. Ein paar alte Kornspeicher. Die Menschen jetzt wieder nahezu unsichtbar. Und doch meinte Cat geradezu körperlich spüren zu können, wie erdrückend viele Menschen hier hausten, wie eng sie nebeneinander lebten. Als schmierte Haut auf Haut. Sie strich sich unwillkürlich über den Unterarm und drehte die Klimaanlage niedriger.

Zwischen zwei Baracken eine Blutlache, darin ein Schaf mit aufgeschlitzter Kehle, das noch zuckte. Etwas weiter ragte der Oberkörper eines Mannes aus einem tiefen Loch, das er aushob – eine Sickergrube. Erst jetzt wurde Cat klar, dass es in diesem Gespensterdorf keine Kanalisation geben konnte, kein fließendes Wasser, wahrscheinlich auch keinen Strom. Die hygienischen Bedingungen mussten katastrophal sein.

Sie fuhren weiter, drängten sich zwischen den Notunterkünften durch, sahen in zehn Minuten mehr Elend, als es überhaupt geben dürfte im Leben. Am Ende des Lagers saßen vier Frauen auf Plastikstühlen vor einem heruntergekommenen, mit Graffiti beschmierten Wohncontainer. Sie starrten blicklos vor sich hin, nicht einmal das nahende Polizeiauto schien sie zu irritieren. Sie saßen da und warteten, und Cat war klar, worauf.

Als sie an den Frauen vorbeirollten, konnte sie den Blick kaum von den Prostituierten lösen, die hier so offen am Straßenrand hockten. Wie alt mochten die Frauen sein, sechzehn, dreißig, es war unmöglich zu schätzen.

Endlich beschleunigte Conti. Cat wurde auf dem unebenen Weg hin und her geworfen, sie musste sich abstützen, um nicht mit dem Kopf gegen das Fenster zu schlagen. Noch immer hatte keine der beiden ein Wort gesprochen.

Conti tippte eine neue Angabe in das Navigationsgerät und wurde nach links geleitet. Diese Straße war wenigstens wieder asphaltiert. Zwei Kilometer weiter erreichten sie eine

Bundesstraße. Wieder ging es nach links. Erneut säumten die Planen der endlosen Gewächshäuser die Straße.

Nach zehn Minuten erreichten sie die Ausläufer Mantuas. Conti bog auf den Parkplatz eines Burgerrestaurants, stoppte und stieg aus. Cat folgte ihr matt. Im Inneren des Restaurants war es kalt, und es roch nach Salz und Frittenfett. Panisch sah sie sich nach der Toilette um. Sie spürte bereits ihren Mageninhalt aufsteigen. Gerade rechtzeitig gelang es ihr, eine der Kabinentüren aufzustoßen, bevor sie sich in einem Schwall erbrach.

Als sie Minuten später an den Tisch trat, lag vor Conti ein Tablett mit einer großen Tüte Pommes und zwei doppelten Cheeseburgern, einer davon bereits angebissen. Daneben stand ein Becher mit Limo. Conti steckte sich gerade eine Pommes in den Mund. Als sich Cat vorsichtig auf den Platz ihr gegenüber sinken ließ, reichte Conti ihr das Handy. Sie hatte eine Internetseite aufgerufen. Cat begann zu lesen. Unter der Überschrift *Versklavt in Europa* wurde von den Zuständen berichtet, in denen manche Geflüchtete in Italien und auch Spanien lebten.

... wer erst einmal im Land ist, versickert im riesigen Schwarzmarkt, der zum Teil von der Mafia oder von kriminellen Banden dominiert wird. Wer durch die Wüste und über das Meer nach Europa kommt, um hier ein besseres Leben zu finden, endet oft nur in einer neuen Form der Sklaverei ...

... im Flüchtlingszentrum, so die Staatsanwältin, erhalten die Migranten Essen, das man «normalerweise Schweinen zum Fraß vorwirft» ...

... mehrere tausend, vielleicht sogar Zehntausende illegale Wanderarbeiter ziehen durch das Land. Wenn sie mit der Tomatenernte fertig sind, folgen die Orangen und Melonen ...

... vermittelt werden die Feldarbeiter meist von sogenannten Caporali. Mittelsmännern, die für die Organisation eines Arbeitgebers und die Fahrt auf das Feld eine Provision vom ohnehin geringen Lohn verlangen. Transportiert werden die Arbeiter in Kleinbussen, bei denen die Sitze ausgebaut und dafür Holzbänke eingebaut wurden. So lassen sich mehr Passagiere hineinpferchen ...

... Die Praxis ist illegal. Erst kürzlich wurden die Gesetze verschärft. Bislang zeigen entsprechende Straßenkontrollen wenig Wirkung, denn sie werden bevorzugt zwischen sieben Uhr morgens und ein Uhr mittags durchgeführt – wenn die Arbeiter mit Sicherheit nicht unterwegs sind, sondern Tomaten ernten ...

... in den Ghettos leben je nach Jahreszeit zwei- bis dreitausend Illegale. Im größten, La Pista bei Foggia in Apulien, sogar zwischen vier- und fünftausend. In verlassenen Häusern, in denen früher eine Bauernfamilie lebte, hausen in der Erntesaison dreißig, vierzig Personen, Matratze an Matratze. Es herrscht das Recht des Stärkeren. Das sind neben den Caporali oft die Bosse der nigerianischen Mafia. Sie verkaufen Rauschgift und kontrollieren die Prostitution. Zehn Euro kostet der Sex, manche Frauen machen es für weniger ...

... Die Erntehelfer erhalten ein Tageseinkommen zwischen 15 und 21 Euro, abzüglich Fahrtkosten, Essen und Wasser. Dabei ist ein Tariflohn von knapp 50 Euro

als Minimum vorgeschrieben. Die Männer ernten dafür bis zu sechs Kisten Tomaten täglich. Eine Kiste fasst 350 Kilo. 50 Cent pro Kilo erhält der Bauer vom Großhandel. An einem Kilo verdient er gerade einmal 2 Cent. Die Preise fallen seit Jahren. Die meisten Tomaten werden als Frischware, in Dosen und als Tomatenmark exportiert. Verbraucher können nicht erkennen, unter welchen Bedingungen die Früchte geerntet wurden. Der Preisdruck deutscher, britischer und französischer Handelskonzerne wird mit voller Härte an die Arbeiter weitergegeben. Dabei weisen die Konzerne die Verantwortung von sich, alle ihre Vertragspartner seien zertifiziert und würden regelmäßig kontrolliert …

… «Es ist leichter, in Afrika ein Auskommen zu finden als hier», sagt einer der Arbeiter. Zurück will er dennoch nicht. «Ich schäme mich, so dumm gewesen zu sein. Ich schicke Geld an meine Familie und sage, bald wird es mehr werden, bald könnt ihr auch kommen, bald sehen wir uns wieder» …

Cat legte das Handy auf den Tisch und schob es Conti zurück.

Die stippte gerade ihre letzten Pommes in den Tomatenketchup. Cat konnte kaum hinsehen.

ZWANZIG

Erst als Cat wieder in den Wagen stieg, dachte sie an ihre Kamera, die sie unter den Sitz geschoben hatte. Zum ersten Mal war sie von einem Anblick so schockiert gewesen, dass sie nicht einmal daran gedacht hatte, die Kamera vors Auge zu heben.

Die Fahrt durch das Lager hatte sie mit so großer emotionaler Wucht getroffen, dass es ihr geradezu unanständig erschienen wäre, auch nur die kleinste Distanz zwischen sich und diesen Anblick zu bringen – Tatortfotografin hin oder her.

Conti fuhr durch die Stadt. Cat achtete nicht weiter auf den Weg. Ja, sie kannte die Nachrichtenaufnahmen aus den Flüchtlingslagern in Griechenland. Sie wusste, dass die Situation schlimm war. Aber dass sie selbst dazu beitrug durch ihr Verhalten im Supermarkt, war ihr nicht bewusst gewesen. Und dass sie es nicht einmal vermeiden könnte, wenn sie wollte.

«Was ist das eigentlich für eine Scheiß-Politik, die uns nicht mal die Möglichkeit gibt, etwas gegen solche Zustände zu unternehmen?», murmelte sie.

«Die Frage können Sie gleich noch einmal stellen», entgegnete Conti und stoppte vor einem Eckgebäude. Im Untergeschoss befand sich ein Büro, in dessen Fenster ein Poster mit dem Symbol des Verbands der Metallarbeiter hing, der größten italienischen Gewerkschaft FIOM-CGIL: ein großes Zahnrad, aus dem verschiedene Werkzeuge herausragten, unter anderem ein Hammer und ein Zirkel. Die Fenster im ersten Stock gehörten offenbar zu einer Arztpraxis oder Ambulanz, denn an der Gebäudeecke prangte ein Leuchtschild mit einem großen roten Kreuz auf weißem Grund.

Conti klingelte an der Tür des Gewerkschaftsbüros. Ein junger Mann öffnete. Er trug eine Schiebermütze. Durch den Nebel aus Zigarettenrauch konnte Cat erkennen, dass einige weitere Männer seines Alters um einen Tisch saßen. Viele von ihnen rauchten. Auf einem Tischchen in der Ecke stand ein Fernseher. Fußball, klar.

Der Mann musterte Conti und ihre Begleiterin misstrauisch. Von Natur aus waren sich Gewerkschaft und Polizei in einem ehemaligen Militärstaat wie Italien nicht grün. Conti erklärte ihr Anliegen, der Mann nickte und bat sie herein.

«Lorenzo d'Alessi», stellte er sich vor. «Ich leite das Gewerkschaftsbüro. Obwohl's bei der derzeitigen Arbeitslosigkeit kaum mehr viel zu leiten gibt.» Sein barsches Lachen klang wie ein Husten.

Eine geflieste Treppe führte in den ersten Stock. Er rief etwas hinauf, dann deutete er mit der Hand Richtung Gewerkschaftsbüro. Conti trat ein, Cat folgte. An der Wand neben der Eingangstür hingen zahlreiche Informationen und Flugblätter in einem Ständer.

Die jungen Männer am Tisch schauten argwöhnisch auf, während sie schweigend rauchten.

D'Alessi stellte Conti und Cat in rauem Italienisch den Männern vor, für Cats Ohren klang es mehr wie ein harsches

Bellen. Sie verstand nur *polizia, determinazione, rifugiati.* Die Männer rührten sich nicht.

Eine Frau kam die Treppe herunter, sie war schlank und trug einen weißen Kittel. Sie wirkte nur wenige Jahre älter als die Männer am Tisch. Erst schüttelte sie Conti die Hand, dann Cat und stellte sich vor. Ihr Englisch war beinahe akzentfrei. «Alice Betto. Ich leite die Ambulanz oben. Lorenzo sagte, Sie möchten etwas über *Il Ghetto* wissen?»

Cat nickte. Aber was genau wollten sie eigentlich wissen? Was vermuteten sie? Welche Spur verfolgten sie, und warum?

Ja, warum? Welchen Unterschied machte es angesichts dieses menschenunwürdigen Lagers, wenn sie versuchten, die Wahrheit ihres Falls ans Licht zu bringen und für Gerechtigkeit zu sorgen? War die Ungerechtigkeit nicht vielleicht so groß, dass all ihre Bemühungen dagegen verblassten?

Conti sprang ein: «Wir ermitteln in mehreren Todesfällen, von denen nicht ganz klar ist, ob sie in Verbindung zueinander stehen – und ob es eine Verbindung zu *Il Ghetto* und den *Irregolari* gibt.»

Betto musterte die Polizistin, dann nickte sie. «Die Menschen kommen mit großen und leider falschen Hoffnungen nach Europa. Die meisten von ihnen sind schwer traumatisiert. Von den Zuständen, vor denen sie geflohen sind, meist aber noch mehr von der Flucht selbst – und von den Umständen, die sie hier vorfinden. Sie werden behandelt wie Vieh. Ja, manche von ihnen dachten, in Europa bekämen alle Menschen einen Job, ein Auto und ein Haus. Und sie sind wütend und enttäuscht. Die meisten jedoch wollen einfach nur arbeiten, ein wenig Geld verdienen, etwas davon zu ihrer Familie nach Hause schicken. Nicht mehr um ihr Leben fürchten müssen. Doch nur die wenigsten von ihnen werden Asyl erhalten, und zudem dauert die Bearbeitung der Anträge viel zu lange. Sie sitzen also in den offiziellen Unterkünften, dürfen nicht arbeiten, und ihre Hoffnung schwindet.» Sie seufzte tief. «Dann kommen die *Caporali*. Sie versprechen ihnen Geld, eine Zukunft. Also gehen die jungen Männer mit. Sie wollen lieber arbeiten als herumsitzen. Doch wer die Unterkunft einmal verlässt, verliert den Anspruch auf seinen Platz. Sie werden zu Illegalen, *Irregolari*. Müssen auf den Feldern schuften, werden wieder behandelt wie Vieh, oft schlechter. Sie werden geprügelt, zusammengepfercht, ausgebeutet. Oft erhalten sie noch weniger Lohn als versprochen. Und natürlich haben sie keine Krankenversicherung. Wenn sie sich verletzen, kommen sie daher zu uns. Wir tun, was wir können. Das ist meist nicht viel. Sie haben eitrige Wunden von unbehandelten Verletzungen, wenn sie in ein Messer fassen oder ein Erntefahrzeug über ihren Fuß fährt, Rückenprobleme von der langen, harten Arbeit. Nicht selten sehe ich junge Männer, die arbeitsunfähig sind. Sie krümmen sich vor Schmerzen oder können sich nicht mehr aufrichten, weil ihre Brustwirbelsäule geschädigt ist.» Sie schüttelte den Kopf. «Wir können nichts tun, außer die Wunden zu versorgen und ihnen eine Packung Schmerzmittel in die Hand zu drücken», sagte sie leise.

D'Alessi war neben sie getreten und hatte einen Arm um ihre Schultern gelegt. Nun sagte er etwas auf Italienisch. Betto übersetzte für Cat: «Lorenzo sagt, er weiß nicht, wer schlimmer ist, die Kapitalisten, die ignorieren, wer auf ihren Feldern schuftet, oder die schwarzafrikanische Mafia. Ja, viele der Aufseher sind selbst ehemalige Flüchtlinge, die sich hochgearbeitet haben und nun ihre eigenen Landsleute ausbeuten. Andere stammen aus Bulgarien und Rumänien, sie haben diese Arbeit früher gemacht.»

D'Alessi spuckte auf den Boden. Der Gestus des harten Arbeiters wirkte aufgesetzt, aber seine Wut und Ratlosigkeit schienen echt.

«Das Schlimmste ist, es kommen Neue», sagte Betto. «Nicht nur im Süden, die Menschenschmuggler nutzen inzwischen auch die Häfen im Norden. Neapel, Venedig. Das ganze System ist korrupt. Sie müssen viele Menschen schmieren, sonst wäre das undenkbar, und verdienen doch immer weiter am Leid und Schmerz der Ärmsten und Schwächsten.»

Hätte Cat nicht zuvor selbst die unvorstellbaren Zustände in dem Lager gesehen, den Gestank gerochen und das Elend in den vorwurfsvoll-ablehnenden Blicken gespürt, sie wäre sicher gewesen: Die beiden hier sind linke Spinner, die übertreiben!

Conti zog ihr Handy aus der Tasche und zeigte der Ärztin und ihrem Freund die Fotos. «Kennen Sie einen dieser Männer?», fragte sie und präsentierte zuerst die Aufnahmen der beiden Toten aus dem Hafen. «Sie sind tot aufgefunden worden.»

D'Alessi warf Betto einen Blick zu, als wollte er sich die Erlaubnis von ihr holen zu reden. Er räusperte sich. Zögerte einen Moment. Conti wartete geduldig. Schließlich sagte er: «Ja. Ja, wir kennen sie. Beide. Sie waren bei Alice in Behandlung. Und bei mir ... ich habe sie beraten. Welche Rechte sie haben, was sie tun könnten, um ihren Status zu verbessern. Die Gesetzeslage ist ein Skandal.»

Conti wischte über den Bildschirm und zeigte ein Foto von Niki Georgiou, das unter einigen seiner Artikel veröffentlicht worden war.

«Niki ...», sagte die Ärztin erschrocken. Unwillkürlich hob sie die Hand und berührte den Bildschirm. «Ist er ... ist ihm ...?»

Conti nickte. «Er wurde ermordet. Wir untersuchen unter anderem, ob die Todesfälle in einem Zusammenhang stehen.»

«Das kann ich mir gut vorstellen», entgegnete d'Alessi. «Und wir haben ...» Er griff nach Bettos Hand, schien sich daran festhalten zu wollen. «Wir haben ...» Wieder musste er sich unterbrechen. «Er hat zu uns Kontakt aufgenommen. Wollte eine Reportage schreiben über *Il Ghetto*. Wir haben ihn mit diesen zwei Männern bekannt gemacht, die bei uns Hilfe suchten.»

D'Alessi rang um Fassung. Die drei Männer, die er miteinander in Kontakt gebracht hatte, waren alle tot.

EINUNDZWANZIG

Die Rückfahrt verlief wortlos. Conti übergab Cat in die Obhut eines Kollegen, der sie im Vaporetto in die Direktion fuhr. Dort warteten Leonie und Leo mit ihren Aufpassern auf sie.

Nach einem Tag wie diesem freute sich Cat umso mehr auf ihre Kinder. Sie brauchte jetzt Ablenkung von den düsteren Gedanken.

Doch darauf hatten Leo und Leonie gar keine Lust. In dem einfach, aber gemütlich eingerichteten Gäste-Apartment über dem Polizei-Gym lief ein Musikvideo auf dem Fernseher. Die Zwillinge saßen in zwei plüschigen Sesseln mit Blick auf die Lagune und spielten auf ihren Handys. Zwischen den Sesseln standen zwei leere Pappschachteln. Ein wenig Pizzaduft hing noch in der Luft.

Miss Piggy schlief auf einem Kopfkissen auf dem Boden. Sie schnarchte leise und zappelte im Traum mit den Beinchen.

«Müssen wir mit?», fragte Leo, ohne aufzuschauen.

«Hier ist es irgendwie cooler», erklärte Leonie, ebenfalls ohne den Blick zu heben. «Also, schöner und so. Unser Hotel ist irgendwie ... nicht so cool.»

«Und wo wären wir besser aufgehoben als bei der Polizei?», ergänzte Leo.

Cat sah, wie Noemi schuldbewusst den Blick senkte. Für die beiden Polizeianwärter war die Situation auch nicht einfach. Klar fanden Leo und Leonie es besser, anderswo ohne die Mutter zu übernachten.

Auf einmal spürte Cat die Schwere ihrer Glieder. Der Fall di Vitale. Georgiou. Die kurze Nacht. Der Besuch im Dorf der illegalen Erntehelfer. Die Ansprüche Contis, ihres Vaters, der Kinder. Ihre eigenen!

Sie könnte einen Abend für sich gut gebrauchen. Sollte sie es zugeben – oder sich bedeckt halten? Bei Kindern oft die bessere Option.

«Ich hatte mir ja eher einen *Familien*urlaub vorgestellt. Aber natürlich möchte ich eurem Glück nicht im Wege stehen!», sagte Cat.

Noemi zuckte zusammen, was Cat eine eigenartige Genugtuung verschaffte. Ihre eigenen Kinder schauten nicht einmal auf. Hatten Emmea und sie ihre Eltern auch so vollständig ausblenden können?

Cat zog ihr Handy heraus und schrieb in die Chatgruppe mit Leo und Leonie: *Wir sehen uns morgen.*

Nur an den Wischbewegungen der Hände konnte sie erkennen, dass die Nachricht angekommen war. Im Gegensatz zu ihr hatten beide Kinder alle Chat-Apps auf stumm geschaltet, sonst würden sie und die ganze Welt durch das Gebimmel verrückt.

Leonie schickte immerhin einen Sonnenbrillen-Smiley und ein Bett-Emoji zurück. Leo nichts.

Im Fahrstuhl nach unten grinste Cat sich im Spiegel zu. Einen freien Abend *und* einen gut bei Leonie und Leo – das war überraschend positiv gelaufen.

Als alleinerziehende Mutter hatte sie gelernt, dass man Gelegenheiten nutzen musste. Beschwingt trat sie hinaus auf den Markusplatz, der immer noch voller Touristen war. Trotzdem: Venedig war sehr charmant. Sie blieb stehen und genoss die sommerwarme Abendluft. Es war zwar ein wenig stickig, fast großstädtisch, aber schließlich war Venedig ja auch auf gewisse Weise eine Großstadt, zumindest gemessen an der Zahl der Besucher, die jeden Tag durch die Gassen liefen. Eine merkwürdige Betriebsamkeit für eine Stadt, die vor Hunderten von Jahren auf Millionen von Holzpfählen in einer Lagune errichtet worden war und in der sich seitdem nicht allzu viel verändert hatte.

Cat kannte Fotos bewegungsunscharfer Touristen an bekannten Orten: dem Times Square, dem Roten Platz, der Chinesischen Mauer. Wenn sie den Fokus ihres Blicks zurücknahm, konnte sie auch diesen Ort mitten in Venedig so wahrnehmen. Fotokunst ohne Fotoapparat.

Ein junger Mann trat neben sie und fragte leise: «Sunglasses? Pens? Hash?»

Cat schüttelte den Kopf und machte sich auf den Weg. Sie ließ sich einfach treiben, grob in Richtung ihrer Unterkunft, sie war nicht sicher, ob das gelang.

An ihr vorbei zogen Touristen in den merkwürdigsten Aufmachungen. Manche hielten auch ihre Action-Cam an einem Selfie-Stick über den Kopf, dank des Weitwinkel-Fischauges passte bei diesen Aufnahmegeräten noch mehr aufs Bild.

Wie viele Gigabytes in Venedig – und Berlin, Paris, Rom, Moskau, New York – wohl jeden Tag aufgenommen wurden? Und welcher Anteil daran absolut identisch war, belangloses

Umhergelaufe ohne jede persönliche Note, ohne bewusst gewählte Perspektive, sogar ohne die Mitreisenden? Eigentlich müssten gute, gehaltvolle Aufnahmen gefragter sein denn je.

Man könnte Touristen bereits bei der Ankunft auf dem Flughafen oder Bahnhof einen USB-Stick voll mit Aufnahmen verkaufen, die sie dann nicht mehr selbst machen mussten, überlegte Cat. Ob es wohl eine Foto-Tour durch Venedig gab, vielleicht sogar eine, die den Menschen eher unbekannte Motive näherbrachte? Eine interessante Idee, auch für Berlin.

Sie sah die eigenartigsten Haustiere: Collies, Schäferhunde, Chihuahuas in Handtaschen, einige Passanten hatten Katzen um den Hals liegen, dazu kamen zwei Ratten, eine fette Echse und ein Kind mit einem Goldfisch im Plastikbeutel. Unklar, ob es ihm die Welt zeigen oder ihn stolz in sein neues Zuhause tragen wollte.

Dazu die Schaufenster, Straßenhändler, Cafés und Restaurants, die allgegenwärtigen Kanäle mit ihren Gondeln, Ruderbooten, Motoryachten, Wassertaxis. Über vielen von ihnen, und auch über vielen der schmaleren Wege, spannten sich Wäscheleinen, an denen von Bettwäsche und Tischtüchern bis zu Spitzen-BHs und Tangas alles hing. Viele der Hauswände waren schlicht verputzt, dunkel gestrichen, sie wirkten feucht und nicht sonderlich gepflegt. Die Bewohner kamen offenbar gerade so über die Runden, die Mieten in Venedig waren sicher astronomisch. Und zwischendurch immer wieder: Fassaden wie üppige Buttercremetorten, drei- und vierstöckige Palazzi, schmale Villen, breite Villen, reich verziert und akkurat instand gehalten.

Was Cat nach einiger Zeit zu fehlen begann, war Grün:

Rasen, Büsche, Bäume waren Mangelware in der Inselstadt. Wahrscheinlich roch die Luft deshalb anders, Schweiß und Atem von hunderttausend Touristen mischten sich mit dem Lagunenduft. Und die Adria war nicht gerade für ihre Wasserqualität berühmt.

So zog sie weiter, immer langsamer, ruhiger, seit einer halben Stunde oder Stunde schon hatte sie nicht mehr auf ihr Handy geschaut. Mit der Zeit gelang es ihr umzuschalten von dem Abend, den sie erwartet hatte, zu dem Abend, den sie nun erlebte.

Sie hatte seit dem Mittag nichts mehr gegessen. Auch wenn sie noch immer keinen großen Hunger verspürte, sollte sie vernünftig sein und etwas zu sich nehmen. Ein kleiner Laden, kaum zwei Meter breit, bot Pizza im Stück, sie nahm eines mit und wurde belohnt – eine Symphonie aus feinem weichem Teig, würziger Tomatensauce, geschmolzenem Käse und ein paar Blättchen frischem Basilikum. So einfach, so wunderbar.

Sie musste nur darauf achten, nicht an dieses verfluchte Flüchtlingsdorf zurückzudenken.

Ein Blick aufs Handy, Ferdi aß auch gerade, er war im Kopps, einem angesagten veganen Restaurant.

Auf der linken Straßenseite sah sie bereits ihre Pension, Cat war durchaus müde – oder besser: erschöpft. Doch der Abend war viel zu schön, um ihn schon zu beenden, und so schlüpfte sie ein paar Meter weiter auf der gegenüberliegenden Straßenseite in eine kleine Bar, die nicht aufgemotzt und modern daherkam wie die Touristenfallen.

Der Raum war lang und schmal, eine blankpolierte Theke schien sich in der Tiefe des Raums zu verlieren, an der nackten Ziegelmauer standen Zweiertische. Etwa die Hälfte von ihnen war besetzt, am Tresen saßen einige Gäste. Der Boden bestand aus abgenutzten Dielen. Hinter dem Tresen: ein Spiegel, jede Menge Flaschen, zwei Barmänner.

«Trinkloch» hieße eine solche Bude in einem amerikanischen Krimi. Wer hierherkam, wollte seine Ruhe. Und musste nicht lange nachdenken, was er oder sie bestellte. Cat orderte einen Weißwein. Er kam schnell, war gut gekühlt und schmeckte.

Nachdem sie den ersten Schluck getrunken hatte, begann sie, ihre Umgebung aufmerksamer wahrzunehmen. Und da, an einem der Tische an der Wand, vielleicht fünf, sechs Meter von ihr entfernt, saß Maggiore Sofia Conti.

Sie trug keine Uniform, sondern – Cat traute ihren Augen kaum – ein Kleid. Cat hatte die strenge Uniform ausgesprochen sexy gefunden. Aber damit hatte sie komplett falschgelegen.

ZWEIUNDZWANZIG

Das ärmellose, klassisch geschnittene helle Kleid mit Blumenprint reichte Conti bis über ihre Knie. In solchen Kleidern war di Vitale vor vierzig Jahren zu Weltruhm gelangt.

Die markanten Züge und der athletische Körper der italienischen Polizistin bildeten einen reizvollen Gegensatz zu dem weiblichen Schnitt des Kleides. Ihr glänzend dunkelbraunes, leicht gewelltes Haar fiel über die Schultern. Vor ihr auf dem Tisch standen ein halbleeres Glas Bier und ein Teller, auf dem die zweite Hälfte eines Clubsandwiches lag. Es überraschte Cat, dass Conti Biertrinkerin war, in Italien ohnehin die Ausnahme.

Mit angespanntem Ausdruck las Conti eine Nachricht auf ihrem Handy, legte das Gerät mit dem Display nach unten auf den Tisch und schloss für einen tiefen Atemzug die Augen.

Cat überlegte, ob sie wegschauen oder vielleicht sogar die Bar verlassen sollte. Doch sie wollte diese Frau einfach einen Moment länger anschauen, und dann war es auch schon geschehen: Conti öffnete die Augen, sah sich um und entdeckte sie. Spontan lächelte Conti ihr zu, und in Cats Fingern kribbelte es auf einmal, unter ihren Armen breitete sich wieder diese unerwartete Wärme aus.

«Kaitlyn», sagte Conti leise, Cat konnte ihren Namen mehr spüren als hören, «setzen Sie sich zu mir.»

Sie nahm ihr Glas vom Tresen und setzte sich Conti gegenüber. Die hob ihr Bier, um mit ihr anzustoßen.

«Auf glückliche Zufälle», sagte Conti, und natürlich hätte Cat das auf die Ermittlungen beziehen können, in die sie beide verstrickt waren. Aber sie tat es nicht, sondern tippte bloß ihr Weinglas gegen Contis Biertulpe und lächelte.

Im Hintergrund lief leiser Jazz. Ein warmes, zartes Saxophon.

Eine ganze Weile lang sagte keine von ihnen etwas. Es war ein angenehmes, entspanntes Schweigen, wie zwischen Freundinnen, die sich schon lange kannten. Cats Wahrnehmung schien seltsam gespalten. Einerseits spürte sie alles sehr genau, nahm jede noch so kleine Bewegung wie in Zeitlupe oder durch ein Vergrößerungsglas wahr: den festen Boden unter den Sohlen ihrer Turnschuhe, die Kante der Sitzfläche unter ihren Oberschenkeln, das an Tausenden Abenden glattpolierte Holz des Tisches unter ihren Händen, einen kaum wahrnehmbaren Hauch Parfüm in der Luft, der ihr gleichermaßen vertraut und fremd erschien. Das Hin und Her der Barkeeper hinter dem Tresen, die stoische Ruhe der übrigen Trinker an ihren Tischen, das tonlose Zucken der Bilder im Fernseher weiter hinten im Raum, der ihr bis dahin nicht aufgefallen war.

Auch das Gesicht und den Körper ihres Gegenübers nahm sie fast so intensiv wahr wie den eigenen, es war, als strahlte Conti eine Intensität aus, die aufgenommen werden musste. Sie hatte sich nicht nur umgezogen, sondern auch geduscht und nachgeschminkt: Das dunkle Haar war noch ein ganz klein wenig feucht und glänzte beinahe schwarz, Lippenstift und Mascara saßen auf den Punkt. Wohnte sie hier ganz in der Nähe und hatte nur schnell noch etwas essen und trinken wollen?

Und zugleich, während sie jeden Wimpernschlag genoss und die feinsten Nuancen von Contis Mimik auskostete, raste die Zeit, zu viele Reize und Gedanken stürzten auf Cat ein. Geräusche drangen von der Straße herein, Schritte, Gesprächsfetzen, ein Handy klingelte. In der Bar unterhielten sich Menschen, landeten Gläser im Spülwasser, orderten Kunden, wurde Bier gezapft, und Wein floss mit leisem Glucksen ins Glas.

«Wo sind Ihre Kinder?», fragte Conti schließlich.

«Kinder?», fragte Cat verträumt, dann riss sie sich zusammen. Kinder! Natürlich! «Bei Ihren Kollegen», entgegnete sie. «Im Gäste-Apartment der Polizei. Mit Spielkonsole und Schlafcouch. Das ist natürlich cooler als Mamas Pension, deshalb wollten die Zwillinge lieber dort bleiben.»

«Dann sind Sie ja heute Abend ganz alleine.»

Obwohl sie saß, verspürte Cat ein leichtes Schwindelgefühl. Vermutlich vom Wein. «Ist das Essen hier gut?», fragte sie und deutete auf Contis Sandwichhälfte.

«Sie können gerne meins haben, wenn Sie möchten. Ich bin satt.» Conti schob ihr den Teller ein kleines Stück entgegen.

Cat zögerte und sah Conti direkt in die Augen. War die Italienerin nur höflich, und es wäre korrekt, das Sandwich abzulehnen – so wie Cat es unter normalen Umständen tun würde? Oder war sie nett und unkompliziert? Oder ... flirtete Conti mit ihr?

Die Italienerin hielt ihrem Blick stand. Ihre Augen waren von einem Braun, das Cat sofort ein angenehmes Gefühl der Geborgenheit vermittelte. Sie lächelte und sagte, noch etwas leiser als bisher, sodass Cat sich vorbeugen musste: «Essen Sie ruhig. Stärken Sie sich.»

Cats Unsicherheit wuchs. Bildete sie sich das nur ein? Dann sprang sie über ihren Schatten und griff nach der Sandwichhälfte.

Sie schmeckte göttlich.

«Wir haben ... im Aufenthaltsraum meiner Pension steht ein Kaffeeautomat», schlug Cat vor, als sie das Sandwich aufgegessen und den Wein fast ausgetrunken hatte. Kaum hatte sie die Worte ausgesprochen, wurde ihr klar, was sie da gerade vorgeschlagen hatte.

Conti lachte. «Den gruseligen Automaten kenne ich von heute Morgen. Und wir hatten doch einen so schönen Abend!» Sie schüttelte den Kopf, aber die Heiterkeit blieb. «Kommen Sie!» Sie sprang auf und streckte Cat die Hand entgegen.

War Conti streng, verbindlich und fordernd im Dienst, lernte Cat heute Abend in der Bar eine ganz andere Seite kennen: die entspannte, heitere, unterhaltsame Conti. Längst genoss Cat die Nähe nicht mehr nur aufgrund der erotischen Anziehungskraft, die Conti auf sie ausübte. Bei Cat entstand das Bild einer Frau, die hoch hinauswollte und dabei mit beiden Beinen fest auf dem Boden der Tatsachen stand. Sie hatte Rückgrat, Persönlichkeit, Charakter und ließ sich nicht einschüchtern von den Bossen.

Cat nahm Contis Hand und folgte der Kollegin. Ein paar

Häuser weiter bestellte Conti zwei *espressi doppi* zum Mitnehmen. Sie reichte Cat einen der kleinen Becher und fragte: «War das vorhin eine Einladung?»

Ihr Gesichtsausdruck schien zu changieren, wie ein Vexierbild. Das feine Lächeln mochte ebenso verführerisch wie herausfordernd sein. Cat wusste es nicht zu deuten. Zudem gab es gute Gründe, noch ein wenig Zeit miteinander zu verbringen – sie arbeiteten schließlich gemeinsam an zwei wichtigen Fällen.

«Wir könnten die Fotos aus der Kirche durchsehen», erwiderte Cat, als die Pause schon fast zu lang gedauert hatte.

Contis Lächeln schien nun einen Hauch intensiver zu werden, wie ein Sofortbild, das immer deutlicher auf dem Papier erschien. «Ja, das könnten wir», sagte sie, die Stimme auf einmal tief und dunkel.

Cat spürte ein Kribbeln bis in ihre Brust hinein und fürchtete zu erröten. Schnell wandte sie sich ab und ging voraus.

Es war inzwischen dunkel geworden, die Gasse noch nicht menschenleer, aber leicht zu queren. Die Luft war immer noch warm. An den Fassaden der Häuser glommen Straßenleuchten wie moderne, übergroße Glühwürmchen.

Cat schloss auf. Die Luft im Treppenhaus war stickiger als draußen. Einige Stufen der Treppe knarrten. Noch eine Tür. Eine Notleuchte im Flur, die Rezeption verwaist. Zwei Lesesessel im Aufenthaltsraum waren besetzt von einem älteren Ehepaar im Schummerlicht.

Cat hörte ihren eigenen Atem, fast wie bei einem Endspurt. Oder war es Contis?

Als deren Unterarm ihren berührte, fuhr sie zusammen. Eine Gänsehaut breitete sich auf ihrem ganzen Körper aus.

Keine von ihnen sagte ein Wort. Sie trugen den Duft der Espressi vor sich her wie eine Bugwelle, herb und vielversprechend.

Die Zimmertür. «Leo und Leonie sind nicht da», sagte Cat leise und deutete in Richtung der Zwischentür.

Conti hielt ihren Espresso in der linken Hand und drückte mit der rechten die Tür hinter sich zu. Cat sah ihre Reisetasche achtlos vor dem Schrank stehen. Kleidung quoll heraus wie die Füllung aus einem beschädigten Stofftier. Sie sah die Unordnung auf dem kleinen Schminktisch, auf dem sie ihren provisorischen Arbeitsplatz eingerichtet hatte ... Laptop, Ladekabel, Netzteile, Fotokopien, Notizzettel und sogar ein paar Beautyprodukte, Rouge, Hautcreme, Haarspray. Gott sei Dank, so würde Conti sie für eine Deutsche halten, die auf ihr Aussehen achtete.

Conti, die in Pumps zum Tatort stöckelte und die ihr noch nie ohne Lippenstift begegnet war. Conti, die ... einen Schritt nach vorne trat, ganz dicht vor Cat, viel zu dicht und doch nicht dicht genug, und ihren Becher hob und den Espresso in einem Schluck herunterstürzte, es blieb nur eine intensive Duftwolke, und auf einmal schmeckte Cats Mund ebenfalls nach Kaffee, sie schloss die Augen und hob ab.

Schließlich lösten sich Contis Lippen von ihren. Langsam, als erwachte sie, öffnete Cat die Augen. Die Italienerin schaute sie aus nächster Nähe ruhig an, und Cat fühlte sich von ihr *gesehen*, mit Haut und Haaren, mit allen Unzulänglichkeiten und Stärken. Sie lächelte, Conti ebenfalls, und alles, was danach kam, war ein Traum, ein Wunder, noch nie so erlebt.

Conti erschien Cat gleichermaßen fordernd und zurückhaltend, sanft und gierig, und hinterher hätte sie nicht sagen können, ob sie einander schnell entkleidet hatten oder genüsslich, sie wusste nur, dass der Sex ein Schweben zwischen Zeit und Raum gewesen war. Als sie schließlich zur Ruhe kam, fühlte sie sich *ganz*, sie fühlte sich *wohl*, sie hätte den Moment am liebsten für immer festgehalten auf einem Foto mit der Kamera ihres Herzens.

Cat schob das Laken zur Seite. Das Fenster stand zur Hälfte offen; sie konnte sich nicht daran erinnern, es hochgeschoben zu haben. Der Ventilator drehte sich in Zeitlupe.

Sie schlich ins Bad. Spülte nicht, strich sich vor dem Spiegel ein paar Strähnen aus der Stirn, obwohl sie im Dunkeln nichts sehen konnte. Kehrte ins Bett zurück.

Als sie behutsam unter die Decke zurückkroch, streckte Conti die Arme aus und zog sie an sich. Küsste sie noch einmal. In ihren Berührungen lag so viel Zartheit und darin verborgen gleichzeitig die Intensität und Unbändigkeit einer Löwin. Wie war das möglich?

Cat war etwas benommen vor Müdigkeit. Das war nicht unangenehm, es erleichterte ihr eher, sich hinzugeben und den Moment zu genießen.

«Wie gefällt dir Venedig?», fragte Conti zwischen den Küssen.

«Schön», murmelte Cat. «Es ist sehr schön hier.»

Das Zimmer, die Wärme, die Aura, die Geräusche und Gerüche dieser faszinierenden Stadt, die durch das Fenster hereindrangen, die Ereignisse der vergangenen zwei Tage, alles verschmolz zu einem Ganzen, und Cat hatte das Gefühl, zugleich vollkommen anwesend und präsent zu sein – und losgelöst von allem, frei und ohne jede Verantwortung, ganz bei sich.

Conti stand nackt am Fenster und rauchte, obwohl in der Pension strenges Rauchverbot herrschte. Ihr Umriss war kaum erkennbar in der Dunkelheit. Die Glut der Zigarette erhellte ihr Gesicht. Den Rauch blies sie hinaus über den Kanal. Cat genoss es, sie zu beobachten. Conti warf ihre Kippe aus dem Fenster und zog ihr Handy aus der Handtasche. Sie überprüfte die Nachrichten. Im Widerschein des Bildschirms schien ihr Gesicht noch schärfer geschnitten, das dunkle Haar wie eine weiche, wilde Welle.

Sie las, scrollte, tippte einige Male auf den Bildschirm, hielt das Gerät dicht vor den Mund und murmelte leise ein Memo hinein. Anschließend schaltete sie das Gerät wieder aus und schlüpfte wieder unter die Bettdecke.

Cat zögerte, dann rückte sie ein Stück näher und schmiegte sich an Conti.

«Habe ich dich geweckt?», fragte Conti.

«Mm-mm.» Cat brummte. «War schon wach.» Ihre Finger strichen über Contis Schultern, ihre Oberarme, den Rücken. Sie spürte die erneut wachsende Anspannung und massierte Contis weichen Körper mit den Fingerspitzen.

«Oh», brummte Conti. «Ja ...» Sie reckte sich Cat entgegen. Die verwöhnte sie langsam und ruhig. Contis Atem passte sich an. Cats Bewegungen wurden immer sanfter, bis sie nur noch über die Haut strich, immer langsamer.

«Weißt du», sagte Conti nach einer Weile, «es gibt da etwas ...» Sie unterbrach sich.

Cat fürchtete bereits, dass sie von einer Partnerin oder einem Ehemann berichten wollte. Sätze, die so begannen, endeten meisten nicht gut.

«Vielleicht kannst du es sogar verstehen. Du hast es auch nicht leicht mit deinem Vater. Und meiner ...» Sie zögerte, dann brach es aus ihr heraus. «Di Vitales Lebensgefährte ist mein Vater. Jacopo Rizzo.»

«Was?» Cat war vollkommen verdutzt. «Davon hat mein Vater nichts gesagt.»

Conti schaute sie an. «Es weiß auch niemand außer meiner Mutter, mir, und eben meinem Vater ...» Sie hob die rechte Hand und zog einen Halbkreis durch die Luft. «Meine Mutter hat mich allein großgezogen. Von Jacopo wusste ich bis vor kurzem nichts. Ich bin ...» Sie schluckte, sprach leiser weiter. «Ich bin eigentlich ganz froh darüber.»

«Was? Wieso? Was ist das denn für eine Story?» Cat war gleichermaßen verwirrt und entsetzt. Spielte Conti sich auf? Sie musste an die Kirche denken. Wenn Rizzo Contis Vater war, erklärte das zumindest die Verbundenheit der beiden auf der Trauerfeier.

«Meine Mutter hat mir nicht viel über meinen Vater erzählt», fuhr Conti fort. «Er war ein Hallodri, sagte sie immer. Ein Künstler, der für seine Kunst alles tat. Er hatte kein Geld und wollte sich auch nicht um ein Kind kümmern. Und außerdem hat er sich wohl mit Menschen eingelassen, die nicht gut für ihn waren.»

Cat schüttelte den Kopf.

Conti lächelte traurig und zuckte mit den Achseln. «Ich habe mich jahrelang darüber aufgeregt. Ich habe meine Mutter angefleht, mir die Wahrheit zu sagen. Wer mein Vater war. Ist. Aber sie hatte ja recht, was hätte es mir gebracht.» Sie drehte sich auf den Rücken und sah zur Decke.

Cats Hand glitt auf Contis flachen Bauch. Sie verspürte wieder ein leichtes Pochen in ihrem Knöchel, wie immer, wenn der Stress sie packte. Die Arme! Zugleich war ihr natürlich klar, dass es falsch von Conti gewesen war, die Ermittlungen zu übernehmen. Oder zumindest sie nicht abzugeben. Cat konnte den Ehrgeiz der Kollegin verstehen, aber Conti war eindeutig befangen!

«Meine Mutter ist vor einigen Jahren an Demenz erkrankt und musste ins Pflegeheim. Da erst hat Jacopo sich bei mir gemeldet. Er wollte – sehr anständig von ihm – die Kosten übernehmen. Und er sagte: ‹Es ist schlimm genug, dass du all die Jahre ohne Vater aufwachsen musstest. Ich habe den Wunsch deiner Mutter immer respektiert, obwohl ich nicht einer Meinung mit ihr war. Aber jetzt, wo sie den Verstand verliert …› Unter diesen Bedingungen konnte er nicht weiter schweigen.»

Damit beendete Conti ihren Bericht. Sie schaute weiterhin zur Decke. Cat wusste nicht recht, was sie sagen sollte. War dieses Eingeständnis ein Zeichen des Vertrauens? War es die implizite Aufforderung, bei den Ermittlungen ein Auge zuzudrücken? Oder fiel Cat jetzt unausgesprochen die Aufgabe zu, Rizzo genau unter die Lupe zu nehmen, weil Conti selbst das nicht konnte?

Sie war zu müde, um einen klaren Gedanken zu fassen. Schließlich gab sie das Denken auf, schmiegte sich seitlich an Conti und schlief wieder ein.

DREIUNDZWANZIG

Es dämmerte. Sofia Conti öffnete die Haustür einen Spaltbreit, schaute vorsichtig hindurch, drückte die Tür auf und ging hinaus. Die Luft war noch kühl.

War ihr Vorhaben geglückt? Eigentlich hatte sie nur herausfinden wollen, wie sie die Deutsche dazu bringen konnte, sich aus den Ermittlungen rauszuhalten. Was sie wusste, was sie wollte, was sie zum Schweigen bringen würde, damit nicht am Ende doch etwas auf Jacopo deutete. Und damit auf sie. Dann aber hatte sie sich spontan dazu entschieden, aus der Kollegin eine Verbündete zu machen. Ein nicht unerhebliches Risiko. War es ihr gelungen? Stand Cat jetzt, nachdem Conti sich ihr anvertraut hatte, ganz auf ihrer Seite? Würde sie sich ruhig verhalten?

Und war es wirklich nur eine strategische Neuausrichtung gewesen, Cat die Wahrheit zu sagen? Warum fühlte sie sich dann so anders als noch am Abend zuvor, leichter, ruhiger?

Conti war sicher, dass Jacopo nicht der Täter sein konnte. Er mochte Charakterfehler haben, aber er war kein kaltblütiger Mörder. Außerdem hatte er kein Motiv.

Im Gegensatz zu den Leuten, mit denen er sich eingelassen hatte. Der Mord an di Vitale ließ sich leicht als Drohung verstehen, und für sie war offensichtlich, wem sie galt: Jacopo.

Conti holte sich an einer Bar, die gerade öffnete, einen doppelten Espresso.

Die Nacht war schöner gewesen, als sie sich eingestehen wollte. Cat berührte sie auf eine Art, die ihr Angst machte. Sie musste unbedingt verhindern, dass so etwas noch einmal geschah.

VIERUNDZWANZIG

Irgendetwas fehlte, aber Cat konnte nicht sagen, was es war. Vorsichtig öffnete sie die Augen. Zu hell. Und etwas fehlte. Conti. Und noch etwas. Da war ein Gedanke gewesen, vielleicht war er ihr auch nur im Traum begegnet.

Sie schloss erneut die Augen, streckte den Arm aus, auf die Bettseite, wo Conti in der Nacht gelegen hatte. Ihr Herz zog sich zusammen. Hatte die Italienerin bereits bereut, was geschehen war? Cat zog das zweite Kissen zu sich heran und vergrub ihren Kopf in Contis Duft. Sie kniff die Augen zu und versuchte, wieder einzuschlafen.

Es gelang nicht. Etwas fehlte. Aber was?

Hatte der Gedanke mit den Ermittlungen zu tun? Sie dehnte den Nacken, versuchte sich zu entspannen und die Gedanken fließen zu lassen. Im Geiste ließ sie die Bilder aus di Vitales Wohnung an sich vorbeiziehen, danach die Fotos aus Georgious WG-Zimmer. Nichts.

Sie rollte sich an die Bettkante und angelte nach ihrem Handy. Halb sieben. Es ging ihr auf die Nerven, dass die italienische IT so verdammt langsam arbeitete. Sie wählte die Nummer ihres Vaters.

«Kommst du an die Handy-Verbindungsdaten von di Vitale heran?», fragte sie. Ungewöhnliche Zeit für sie, ihre Stimme klang wie eine Gemüsereibe.

«Was willst du wissen?»

«Zunächst, ob sie überhaupt Anrufe in den letzten vierundzwanzig Stunden vor ihrem Tod hatte. Eingehende und ausgehende. Und wenn ja, ob etwas Interessantes dabei ist. Nummern, die wir zuordnen oder auch nicht zuordnen können.»

«Okay, ich melde mich bei dir.»

«Moment», sagte Cat eilig. «Noch eine Frage. Warum hast du mich eigentlich zu di Vitale geschickt? Die haben hier schließlich ihren eigenen Fotografen. Hatten sie jedenfalls, bis er sich so über mich aufgeregt hat, dass er suspendiert wurde.»

«Sofia ist die Patentochter eines alten Freundes von mir. Er hält große Stücke auf sie. Sie wird es noch weit bringen. Es wäre nett, wenn du ihr dabei hilfst, Kaitlyn.» Er hatte aufgelegt, bevor sie noch etwas erwidern konnte.

War sein letzter Satz nun eine Bitte gewesen oder eine Forderung? Wenigstens war jetzt klar, wie er Wind von der Sache im Hafen bekommen hatte. Er hatte bestimmt einen Marker auf Contis Namen gesetzt, den Namen «geflagt», sodass er informiert wurde, sobald sie Ermittlungen übernahm. Genau wie bei Cat selbst und ein paar weiteren engen Freunden aus der langjährigen Karriere. Ein guter Informationsfluss war für Beförderungen mindestens genauso wichtig wie Ermittlungserfolge.

Cat kniff die Augen zusammen. Etwas fehlte. Der Gedanke ließ sie nicht los. Fehlte etwas in den Aussagen des Managers, jemand auf der Trauerfeier, eine wichtige Perspektive aus di Vitales Wohnung?

Sie schüttelte ärgerlich den Kopf. Der Tag gestern war

so unerwartet schön zu Ende gegangen, warum musste er heute so stockend beginnen?

Sie kehrte gedanklich in Georgious Zimmer zurück. An der Wand links war eine Doppelsteckdose angebracht. Darin steckten zwei Handyladegeräte. Zwei. Er nutzte also unterschiedliche Telefone. Vielleicht ein offizielles und eines mit einer Geheimnummer. Gab es so etwas überhaupt noch? Beim Kauf einer SIM-Karte musste man innerhalb der EU ein Ausweisdokument vorlegen, doch in Berlin zumindest war es nicht schwierig, eine SIM-Karte zu kaufen, die nicht zum Nutzer zurückverfolgt werden konnte.

Cat schwang sich aus dem Bett und schaute zum Fenster hinaus. Der Himmel war leicht bewölkt, die Luft schien morgendlich kühl. Auf der Fensterbank lag eine leere Zigarettenpackung, Zeugnis dafür, dass Conti wirklich bei ihr gewesen war und Cat sich diese schöne Nacht nicht nur einbildete. Sie nahm die Packung und inhalierte den verbliebenen Tabakgeruch. Dann nahm sie den Murano-Flyer zur Hand. Das Sightseeing-Programm für heute sah vor, dass sie mit den Kindern in die Glasbläserwerkstatt fuhr. Sie öffnete den Flyer und stutzte. Der Mann, der sie hinter seiner Werkbank anlächelte, war niemand anderes als Jacopo Rizzo. *Er* war also der berühmte Glasbläserkünstler, von dem alle schwärmten. Interessant.

Ihr Telefon gab leise Signaltöne von sich, der Bildschirm füllte sich mit Mitteilungen. Cat zögerte, dann warf sie die Zigarettenschachtel in den Papierkorb und griff nach dem Handy. Eine ganze Reihe Fotos, Statusmeldungen und Kommentare von Leonie. *Bin schon auf, wollen wir auf den Lido laufen gehen?*, schrieb sie Leo.

Der antwortete sofort: *Super! Leonie und Miss Piggy schlafen noch. Bringst du meine Sportsachen mit?*

Kein Problem. Will Leonie mit?

Es folgte eine kurze Pause, in der Leo offenbar seine Schwester weckte. *Ja, aber nur Sonnenbaden! Bikini?*

OK. In 20 Minuten vor dem Dogenpalast am Fährableger?

Leo schickte das Daumen-hoch-Symbol zurück.

Cat warf die Trainingsklamotten über und zog die Laufschuhe an. Ihre Laune hatte sich sofort gebessert. Wenn sie schon so früh wach war, konnte sie genauso gut trainieren. Sie hatte extra vorher in ihrer Lauf-App die besten Strecken nachgesehen.

Der Lido war eine Venedig vorgelagerte Insel, auf der sich ein langer Sandstrand sowie zahlreiche Hotels und Campingplätze befanden. Am Strand entlang zog sich eine mehrere Kilometer lange schnurgerade Promenade, die bei Läufern sehr beliebt war. Leicht erreichbar, gut skalierbar, schöner Blick.

Cat holte Leos Sportschuhe, Socken, Shorts und ein Funktionsshirt aus seinem Koffer und stopfte sie in einen kleinen Sportbeutel, dazu einen der drei Bikinis aus Leonies Koffer. Drei! Waren sie etwa im Badeurlaub?

Auf dem Weg nach unten roch es bereits nach Kaffee, aber Cat beschloss, erst nach ihrer Rückkehr zu frühstücken.

Sie joggte entspannt in Richtung Markusplatz. Langsam begriff sie die Geographie der Stadt, sodass sie sich auch ohne Handy zurechtfand.

Etwas fehlte. Sie wurde den Gedanken nicht los.

Die Zwillinge warteten bereits auf sie. Die *Linea Blu* lag abfahrtbereit am Anleger, und sie stiegen als Letzte an Bord.

Die Fahrt führte sie an der Südseite der Stadt entlang. Links von ihnen tauchte der Giardini Della Biennale auf, der Park, in dem alle zwei Jahre die Kunstausstellung stattfand. Das Fahrwasser verbreiterte sich, und sie kreuzten etliche andere Routen. Zahlreiche Wasserfahrzeuge waren unterwegs und brachten viele an ihr Ziel, die zwar in Venedig arbeiteten, dort aber nicht wohnten.

Die Luft hier draußen war kühler als erwartet, Cat rieb sich die nackten Oberarme. Während Leo sich auf der Bordtoilette umzog, erzählte Leonie ihrer Mutter in der Zwischenzeit von dem Film, den sie gestern geschaut hatten. Von den aufgemalten Schnauzbärten war bei den beiden nichts mehr zurückgeblieben.

Die Fähre legte auf der Rückseite des Lido an. Von hier führte die Granviale Santa Maria Elisabetta direkt an den Strand auf der anderen Seite der Nehrung. Es wunderte Cat nicht, dass die ganze Straße aus Supermärkten, Andenkenläden, Fahrradverleihern, Touranbietern und Hotelvermittlungen bestand. Es roch nach Sonnencreme und Meer. Nach einem guten halben Kilometer erreichten sie die Adria.

«Super, hier bleibe ich!», verkündete Leonie begeistert. Cat holte den Bikini aus der Tasche und ein Handtuch und hielt es ihrer Tochter vor den Körper, während die sich hektisch umzog. Nachdem sie ihr noch etwas Geld für eine Strandliege und ein Getränk in die Hand gedrückt hatte, gab Leonie ihr einen Kuss. «Du bist die Beste!»

Manchmal vermisste Cat ihre eigene Mutter ganz schrecklich.

«Wo lang?», fragte Leo. Er hatte bereits begonnen, sich zu dehnen.

Cat deutete nach rechts. Sie überprüfte die Route auf der App. Zuerst würden sie für einige Kilometer direkt am Strand entlanglaufen. Dann wurde aus dem Sand- ein Steinstrand. Die große Promenade endete, ein schmaler Fußweg führte jedoch weiter geradeaus, bis sie schließlich auf die Binnenseite der Insel wechseln mussten, wenn sie noch weiter wollten, um der Via Alberoni und auf dem letzten Stück noch der Strada Zaffa da Barca bis zum Ende zu folgen.

Glücklicherweise musste sie sich das nicht einprägen, die App würde sich bemerkbar machen, wenn sie abbiegen mussten. Außerdem war es sowieso nicht sonderlich schwierig: geradeaus, bis es nicht mehr weiterging, und dann nach rechts ausweichen, denn links war das Meer.

«Wie weit wollen wir denn laufen? Der Lido ist knapp zehn Kilometer lang.»

Leo wippte vor auf die Zehenspitzen und zurück auf die Fersen. «Das schaffen wir», sagte er.

«Die ganze Strecke? Hin und zurück?»

Er nickte. «Unter zwei Stunden!»

Cat wiegte den Kopf. Zwanzig Kilometer, fast ein Halbmarathon.

«Lass uns lieber nur eine Stunde laufen.»

«Na gut, aber auf Tempo», maulte er.

Cat sah sich nach Leonie um und rief ihr zu: «Sind in circa einer Stunde wieder da!»

Die nickte lässig, räkelte sich bereits im Liegestuhl und winkte sie weg.

«Los!», rief Leo und schoss davon. Er hatte immer schon Cats Ehrgeiz geteilt, aber seit einigen Wochen trainierte er deutlich intensiver. Im Winter waren sie noch gemütlich durch den Tierpark geschnauft, und Leo hatte von der Schule und seinen Kumpels erzählt. Bei diesem Tempo würde das bestimmt nicht passieren.

Sie würde sich ranhalten müssen, damit er sie nicht abhängte. Mal sehen, wie viel von dem Elan beim Endspurt noch übrig war!

Die noble Geschichte des Lido de Venezia war im ersten Abschnitt deutlich sichtbar. Hier stand ein fettes Hotel neben dem anderen. In der Schule hatte Cat «Der Tod in Venedig» von Thomas Mann lesen sollen, aber stattdessen nur den Film geguckt. Der Schauplatz des Romans war dieses feine Seebad. Und fand hier nicht auch das Filmfest statt?

Nach einiger Zeit wichen die Hotels teuren Privathäusern mit riesigen Fenstern zur Strandseite. Es folgten einfachere Hotels und Privathäuser. Zwischendurch immer wieder: Restaurants, Souvenirläden, Bademode, Sandalen, Uhren und Lederwaren. Der übliche Shopmix in Strandlage. Warum Leute sich gelangweilt vom Sonnenbaden eine neue Uhr oder eine Designer-Geldbörse kauften, hatte Cat nie verstanden.

Dann veränderte sich die Bebauung grundlegend. Die Strandpromenade ging in eine Straße mit Wohnhäusern über. Steinerne Buhnen ragten in regelmäßigen Abständen hinaus ins Meer, um den Strand vor zu starkem Wellengang zu schützen.

Die Wohnhäuser wichen einem Park, schließlich knickte die Straße nach rechts ins Innere der langgezogenen, schmalen Insel. Ein Straßenschild zeigte an, dass hier der Ort Malamocco begann. Cat sah auf die Uhr. 35 Minuten.

«Halbzeit. Lass uns umdrehen», sagte sie. Cats Oberteil war bereits vollständig durchgeschwitzt. Sie hätte ihre Trinkflasche mitnehmen sollen.

Leo wirkte nicht begeistert. Er hatte gerade erst angefangen zu schwitzen. Manchmal waren junge Leute einfach zum Kotzen.

«Alles klar, dann mal los», sagte er, drehte einen Halbkreis auf der Straße und lief zurück.

Er war ein guter Tempomacher für Cat. Sie konzentrierte sich auf ihren Körper und das Laufen. Und so breitete sich trotz der sportlichen Anstrengung eine geistige Entspannung in ihr aus, Stress und Frust der letzten Tage traten in den Hintergrund.

Als das große Gebäude, an dem sie gestartet waren, in den Blick kam, ließ Leo sich zurückfallen, bis sie nebeneinander liefen. «Zwei Mal Badputzen, dass ich schneller bin als du!», forderte Leo sie heraus. Sie konnte den Ehrgeiz in seiner Stimme hören.

Es mochte noch etwas über einen Kilometer bis zum Ziel sein. Sie spürte ihren Knöchel. Bei jedem Auftreten fühlte es sich an, als würde ihr jemand eine Haarnadel ins Gelenk stoßen. Sie lief bereits etwas unrund, um der Belastung auszuweichen. Aber sie konnte nicht anders. Badputzen gehörte zu den Beschäftigungen, die sie am meisten hasste.

«Deal!», keuchte sie.

Cat mobilisierte ihre Reserven, legte mehr Druck in jedes Abstoßen. Sie konzentrierte sich auf den Bewegungsablauf, justierte ihre Haltung: Knie, Becken, Schultern. Arme. Kopf. Brust vor, nicht den Kopf. Schultern so locker wie möglich. Arme entspannt schwingend.

Nach wenigen Schritten verschwand Leo aus ihrem Augenwinkel. Jetzt nicht umdrehen! Die Versuchung war groß, den Kopf zu drehen und zu schauen, wie nah er kam, aber dabei würde sie Geschwindigkeit verlieren und mit etwas Pech ins Straucheln geraten.

Sie spitzte die Ohren. Noch konnte sie ihn hören, seine Schritte, seinen Atem.

Cat gab noch etwas mehr Kraft in ihre Bewegungen. Als ihr Ziel, der große Kreisverkehr am öffentlichen Strand, zu erkennen war, begann sie, gezielt schneller zu atmen. Damit beschleunigte sich automatisch die Schrittfrequenz. Tempo, Intensität, Haltung. Tempo, Intensität, Haltung.

Nun konnte sie Leo nicht mehr hören. Gut. Andererseits rauschte in ihren Ohren das Blut, und ihr eigenes Keuchen hätte einen Flugzeugstart übertönen können. Sie hatte noch nicht gewonnen.

Ein Schritt saß nicht ganz sauber, vielleicht war da auch eine Unebenheit auf dem Gehweg gewesen, ihr fuhr ein heftiger Stich durchs Gelenk. Aber ihr Knöchel hielt. Sie stieß sich ab, bevor sie darüber nachdenken konnte, fand ihr Gleichgewicht wieder und rannte, so schnell sie konnte. Nach fast einer Stunde im hohen Tempo fühlte sie sich für den Endspurt vollkommen kraftlos, aber sie schaffte es, irgendwie. Das Ziel kam näher, alles um sie herum verschwand. Sie spürte ihre Schritte nicht mehr, sie lief, sie lief und lief, sie flog, verlor ihr Körpergefühl und spürte doch zugleich alles, was geschah.

Und dann hatte sie das Ziel erreicht, ihre Hand klatschte auf die Betonmauer der Treppe zum Strand, sie wollte dem Drang nachgeben, in sich zusammenzusinken, sich auf den Boden fallen zu lassen. Aber sie musste auslaufen, sonst würde ihr Kreislauf zusammenbrechen, ihre Muskeln würden verkrampfen. Also trottete sie weiter geradeaus, langsamer jetzt, und auf einmal spürte sie die Hitze, und sie hörte die Autos, die im Kreisverkehr fuhren, die Eisverkäufer, die am Strand ihre Ware anpriesen. Sie blieb abrupt stehen, als wäre sie gegen eine Mauer gelaufen.

Im Straßencafé saß ihre Tochter neben einem Mann, sie lachten. Ihre vierzehnjährige Tochter flirtete mit einem erwachsenen Mann? Cat erkannte ihn wieder. Es war der junge Polizist, der die letzten Tage mit seiner Kollegin auf die Kinder aufgepasst hatte. Jetzt legte er seine Hand auf Leonies.

Jemand packte sie von hinten, klammerte sich an ihr fest. Cat schrak zusammen. Es war Leo, er röchelte: «Du bist ... wirklich eine ... verdammt schlechte ... Verliererin.»

Sie lachte auf. «Das war ganz schön knapp.»

Er nickte und wollte gerade noch etwas sagen, da entdeckte er seine Schwester. «Was ist ... das denn?», stieß er hervor.

«Das wüsste ich auch gern.» Cat trabte los, Leo folgte ihr.

Weder Leonie noch ihr Gegenüber bemerkten sie. Die beiden unterhielten sich, lachten, lächelten, erzählten, hatten für nichts Augen außer einander.

«Hi», sagte Cat. «Wir sind wieder da.» Was für ein lahmer Spruch.

Leonie zog hastig ihre Hand unter der des Mannes hervor und legte sie in ihren Schoß. Aber ihr Strahlen, als sie Cat ansah, war echt. «Gabriel war irgendwie zufällig auch hier. Und weißt du was, er hat ein eigenes Boot.»

«Zufällig», wiederholte Cat.

Der junge Polizist trug Badeshorts und ein kurzärmliges Leinenhemd, das aussah, als kostete es ein kleines Vermögen. Italiener eben. Seine Füße steckten in Bootsschuhen. Er erhob sich, um Cat die Hand zu reichen, und lächelte sie dabei strahlend an.

«Es ist mir ein Vergnügen», behauptete er, obwohl Cat sicher war, dass er es viel vergnüglicher fände, wenn Leonie Vollwaise wäre.

Leo murmelte auf einmal: «Ich hol mir ein Eis. Bin gleich wieder da!», und lief ins Café. Cat schaute ihm einen Moment lang irritiert nach. Dann wandte sie sich wieder Gabriel zu.

«Zufällig», wiederholte Cat und schüttelte ihm die Hand.

«Bitte, setzen Sie sich.» Der junge Polizeianwärter war immerhin gut erzogen.

Als sie saß, rief Leonie aufgeregt: «Gabriel hat gesagt, wir können alle mit seinem Boot einen Ausflug machen!»

«Wir haben nachher einen Termin auf Murano, schon vergessen, Schatz?»

Leonie sah aus, als hätte jemand sie mit einem Eimer Eiswasser übergossen. «Mama!», brach es aus ihr heraus.

Aber Gabriel blieb charmant und höflich, das musste man ihm lassen: «Ich kann Sie auch schnell nach Murano fahren, das ist kein Problem.»

«Hm», murmelte Cat.

Der junge Mann lächelte sie treuherzig an. «Bitte, ich tue Ihnen diesen Gefallen gern. Sie können ja meiner Vorgesetzten sagen, wie hilfreich es für Sie war. Im Übrigen ist Leonie wirklich eine tolle junge Frau, und» – er bedachte Cat mit einem Blick, den man draufhaben musste, um dabei nicht schmierig zu wirken – «es ist offensichtlich, von wem sie das hat.»

Leider hatte er den Blick nicht drauf.

«Wir können auch die Fähre nehmen.»

Gabriel presste die Lippen aufeinander. «Selbstverständlich.» Sein Blick huschte kurz von Cat zu Leonie und wieder zurück.

Unter dem Tisch stupste Leonie sie mit dem Knie an. Ein unmissverständliches Zeichen für: Du bist richtig doof, Mama!

Cat zog ihr Handy hervor. Die Tour auf der Glasbläserinsel begann in zwei Stunden. Zeit genug. «Okay.» Cat gab sich geschlagen. «Wenn Sie darauf bestehen.»

«Es ist mir ein Vergnügen. Soll ich Sie direkt nach Murano bringen oder haben wir vielleicht noch Zeit für eine kleine Spritztour?»

«Nein, haben wir nicht. Ich muss noch mal in die Pension.»

Leo kehrte mit einer Eiswaffel in der Hand an den Tisch zurück.

«Was ist mit dir, du bist ja ganz blass?», fragte Leonie.

«Selber blass!», gab er zurück.

«Schon gut.» Leonie hob abwehrend die Hände.

Zwillinge sind was Tolles, hatten sie gesagt. Dann haben die Kinder immer jemand zum Spielen, hatten sie gesagt.

«Danke schön, wirklich ein schönes Boot, und es war sehr nett von Ihnen, uns mitzunehmen.» Cat reichte Gabriel die Hand.

Die Fahrt um die Spitze des Lido und durch die Lagune

bis zum Anleger am Markusplatz hatte keine zehn Minuten gedauert. Schon praktisch, so ein eigenes Boot hier in Venedig.

Allerdings sah Leo jetzt noch blasser aus als vorhin.

Leonie trat neben Cat, um sich ebenfalls zu verabschieden, sicher mit Umarmung und Küsschen. Doch Cat nahm ihre Tochter bei der Hand und zog sie hinter sich her.

«Komm, wir haben es eilig. Wir wollen nicht zu spät kommen.»

Widerwillig ließ Leonie sich mitziehen. Sie drehte sich im Gehen noch einmal um und winkte.

Sie gingen am Dogenpalast vorbei über die Schmalseite des Markusplatzes. Zum wievielten Mal in drei Tagen? Wie schnell man sich daran gewöhnte und keinen Blick mehr für die Baudenkmäler verschwendete.

Leo trottete neben ihnen her.

«Ich möchte nicht, dass du weiter Kontakt zu ihm hast», sagte Cat zu ihrer Tochter, als sie den Säulengang erreichten.

Leonie blieb stehen und starrte Cat an, ihr Gesichtsausdruck lag irgendwo zwischen zornig und entgeistert. «Spinnst du?», brachte sie schließlich hervor. «Du kannst mir doch nicht vorschreiben, mit wem ich befreundet bin!»

Cat atmete durch. Sie hatte keine Lust auf dieses Gespräch. Aber es musste sein. «Doch», sagte sie. «Das kann ich. Das soll ich sogar. Das ist mein Job als Mutter. Ich möchte nicht, dass du Freundschaften zu Männern unterhältst, die doppelt so alt sind wie du. Das ist nicht ...»

«Gabriel ist gar nicht doppelt so alt wie ich!», triumphierte Leonie. «Siehst du! Du hast nämlich keine Ahnung!»

«Wie alt ist er denn?», mischte sich Leo ein.

«Halt du dich da raus!», blaffte seine Schwester ihn an.

«Wieso? Er hat doch recht», entgegnete Cat.

«Er ist siebenundzwanzig, okay? Siebenundzwanzig! Er hat das Abitur nachgeholt und geht nun auf die Polizeischule. Zufrieden?»

Cat lachte auf. Sie schüttelte den Kopf. «Okay. Er ist ein Jahr jünger als doppelt so alt wie du. Herzlichen Glückwunsch. Aber weißt du was? Das ist mir egal. Du bist sowieso nur noch damit beschäftigt, wie du aussiehst, was du anziehst, wo du die besten Fotos von dir machen kannst. Das macht mir Sorgen! Und wenn nun Männer, die sich für Frauen ihres Alters interessieren sollten, anfangen, dir schöne Augen zu machen, dann läuft da etwas gewaltig schief. Deshalb: Egal ob es dir passt oder nicht – ich möchte, dass du den Kontakt abbrichst. Und zwar auf allen Kanälen. Keine Ausreden. Und noch was, wenn ich rausbekomme, dass ihr doch Kontakt haltet, nehme dir das Handy und den Laptop weg. Digitaler Hausarrest!»

Davon hatte sie vor ein paar Wochen in einem Magazin gelesen. Allerdings war die Verkündung vielleicht jetzt etwas zu triumphierend geraten.

Leonie schaute sie an, als wäre Cat Dreck, so eklig, dass sie lieber die Schuhe wegwarf, als ihn aus den Rillen zu kratzen. «Das traust du dich nicht!», flüsterte sie, wandte sich ab und marschierte davon.

Ihre Silhouette modelschlank, der Gang vor Zorn entschlossen. Ein fotogener Anblick in der schmalen Gasse, die vom Markusplatz wegführte, das musste Cat ihrer Tochter lassen.

Leo und sie liefen schweigend weiter. Nach einigen Schritten sagte er: «Ich finde auch, dass er zu alt ist für Leonie. Aber du behandelst uns manchmal, als wären wir noch im Kindergarten. Und das …»

«Spinnst du jetzt auch noch?», fauchte Cat.

«Pfft», machte Leo. «Ich dachte, man könnte mit dir reden. Aber das war wohl ein Irrtum. ’tschuldigung. Mein Fehler. Schick uns doch gleich ganz zu Tante Emmi.»

Er wandte sich ab und stapfte seiner Schwester hinterher.

Breite Schultern, aufrechter Gang, ein junger Mann.

Cat schloss für einen Moment die Augen. Ja, ja: ausreden lassen, wertschätzen, man konnte froh sein, wenn die Kinder noch mit einem sprachen. Aber das zu wissen hieß nicht, es auch zu können. Jetzt hatte sie es geschafft, innerhalb kürzester Zeit beide Kinder gegen sich aufzubringen.

FÜNFUNDZWANZIG

Sie nahmen die Linie 4.1 nach Murano. Die Route führte vorbei an dem Friedhofsinselchen San Michele. Hier lagen Igor Strawinsky, Joseph Brodsky, Ezra Pound. Mittlerweile war der Friedhof voll belegt, sodass selbst gebürtige Venezianer, die ihre Heimatstadt niemals verlassen hatten, nicht mehr auf der «Insel der Toten» begraben wurden.

An der Station «Cimitero» verließen zwei alte Männer das Boot. Einer von ihnen hielt einen in Folie eingeschweißten Strauß Nelken in der Hand. Langsam schlurften sie durch das unscheinbare Eingangstor des Friedhofs.

Die gesamte Insel war von einer schlichten, weiß verzierten Backsteinmauer umgeben. Cat nahm sich vor, an einem der nächsten Tage noch einmal herzufahren. Der Friedhof sah nach vielversprechenden Motiven aus.

Das Boot legte wieder ab. Die Kinder schwiegen verbissen. Miss Piggy schaute interessiert aus dem Fenster.

Neben ihnen tauchte ein kleines Motorboot auf. Der Vater stand am Steuerrad, die Mutter saß elegant gekleidet am Heck und schaute durch ihre Sonnenbrille. Ein kleines Mädchen lugte über die Bordwand zu ihnen in den Vaporetto.

Dann duckte es sich, sodass sein Kopf verschwand, um ihn im nächsten Augenblick aus dem Versteck erneut in die

Höhe zu schieben. Das Mädchen mochte vier, fünf Jahre alt sein. Aufmerksam ließ sie ihren Blick über die Gesichter der Vaporetto-Passagiere gleiten. Bei Cat blieb sie hängen. Die war die Einzige, die zu ihr herüberschaute.

Das Mädchen grinste, tauchte wieder ab und wieder auf und linste erneut über den Rand.

Cat wusste, das Mädchen legte es auf ein Lächeln an, wenn schon seine Eltern so ganz mit sich beschäftigt waren. Aber es gelang Cat nicht, sich auf den Moment einzulassen. Sie war traurig, dass ihre eigenen Kinder wütend auf sie waren. Sie war verunsichert, verärgert, besorgt. Hatte Leo recht? War sie zu behütend, zu streng? Schob sie die Kinder wirklich zu oft ab? Und war beides zugleich möglich, dass sie die beiden mal zu sehr und mal zu wenig behütete?

Unter diese düsteren Überlegungen mischten sich immer wieder Gedanken an den Artikel von Niki Georgiou und an das Foto der Flüchtlingskinder auf di Vitales Fernseher-Bildschirm, ihr Engagement für Kinder im UN-Flüchtlingswerk. Kinder, die sich verstecken mussten, um nicht getötet zu werden. Kinder, die Gräber für die Leichen ihrer Eltern ausheben mussten.

Kinder, die flohen, die abtauchten, die sich ein besseres Leben wünschten, überhaupt ein Leben. Die kein Tageslicht mehr kannten, sondern nur noch Dunkelheit. Die in der Nacht umherschlichen und nach Essensresten suchten, um zu überleben.

Kinder, die tagelang, wochenlang in Verstecken ausharrten, in Höhlen, Kisten, Lastwagen, Containern.

Die ihre Seele tief in ihrem Innersten versteckten, weil es nicht anders ging.

Kinder, deren Leben so ganz anders verlief als das der Zwillinge, als das des Mädchens auf dem Boot nebenan.

Kinder, die sich auch hier verstecken mussten, wenn es ihnen überhaupt gelang, Europa zu erreichen. Weil sie keine Pässe hatten, weil sie offiziell nicht existierten, weil sie ganz sicher kein Asyl bekamen. Sie hausten unter Brücken, in verlassenen Lagerhallen, in Hinterhöfen. Im Schatten, in der Dunkelheit.

Cat zwang sich zu einem Lächeln und winkte dem Mädchen zu. Es winkte zurück. Drückte mit dem Zeigefinger die Nasenspitze hoch, sodass es eine kleine Schweinchennase bekam. Grinste und winkte noch schneller.

Der Vater beschleunigte, das Boot entfernte sich.

Wenig später erreichten sie Murano.

Weil die Öfen der Glasbrenner in Venedig immer wieder Brände entfachten, hatte man das Handwerk vor einigen hundert Jahren komplett ausgelagert auf die nahe Insel. Die Glasbläser wurden unter Androhung der Todesstrafe verpflichtet, auf Murano zu leben. So sollte auch verhindert werden, dass sie die Geheimnisse der Glasherstellung an Konkurrenten verrieten.

Sogar Ludwig XIV. schickte Spione nach Venedig, um das Geheimnis der Fertigung von Spiegeln auszukundschaften. Das gelang offenbar, denn nur mit Hilfe dieses Wissens hatte er schließlich den berühmten Spiegelsaal in seinem Schloss Versailles realisieren können.

Der Weg zur bekanntesten Glasbrennerei, aus der die Vasen stammten, die Ferdinand ihnen gezeigt hatte, war kurz. Viele der Häuser waren in fröhlich bunten Farben gestrichen. Cat atmete auf, weil Murano nicht so überlaufen war wie Venedig selbst. Stände, Shops und Kioske boten Glaswaren aller Art an, von kleinen Perlohrringen über zarte Tiermodelle bis hin zu riesigen Kronleuchtern. Doch die meisten davon, hatte der Vaporetto-Fahrer vor dem Ausstieg gewarnt, waren billige Nachahmungen, Pressglas aus China.

Bei der Glasbläserwerkstatt von Jacopo Rizzo angekommen, mussten sie wie in einem Freizeitpark zwischen zwei Gittern vor dem Einlass warten und wurden schließlich in einen großen Werkraum geführt, in dem ihnen eine massive Hitzewelle entgegenschlug.

Auf gestaffelten Holzbänken nahmen sie Platz. In der Mitte der Halle standen ein großer Tisch, daneben ein Hocker, eine Werkbank sowie hinter einem Sichtschutz ein Ofen. Zu einem Tusch vom Band trat Rizzo in Jeans, Turnschuhen und einem Polohemd durch eine Seitentür herein. Der bekannteste, beste, erfolgreichste Glaskünstler der Welt. Seine Werke standen in der Pinakothek der Moderne, im MoMa, in Rios Museu de Arte Moderna, wie die Stimme vom Band verriet. Jacopo Rizzo. Di Vitales Partner – und Contis Vater.

Es schien, als sähe Cat hier einen völlig anderen Mann als in der Kirche. Er strahlte wie ein Zirkusdirektor, der seinem Publikum eine Aufführung voller Magie verspricht. Faszinierend, wie er sich so kurz nach der Trauerfeier präsentierte. Ach, Mist, sie hatte vergessen, Conti die Bilder von der Trauerfeier mitzugeben! Bei dem Gedanken an die Polizistin wurde ihr noch heißer, und sie musste sich mit dem Werbeflyer der Glasbläserei Luft zufächeln.

Jacopo Rizzo verbeugte sich und begrüßte die Zuschauer auf Italienisch, Englisch, Deutsch, Spanisch, Französisch sowie in einigen weiteren Sprachen, die Cat nicht kannte. Dramatische Musik setzte ein. Die Show konnte beginnen. Miss Piggy spitzte die Ohren und sah sich suchend um.

Leo und Leonie hatten, wie fast alle anderen Zuschauer, ihre Handys bereits im Anschlag. Außer ein paar Rentnern in der letzten Reihe war Cat die Einzige, die nicht filmte.

Rizzo hob eine dünne, fast zwei Meter lange Metallstange an. Wie ein Magier streckte er sie den in einem Halbrund sitzenden Zuschauern entgegen. Über die Lautsprecher wurde in mehreren Sprachen erläutert, was geschah:

«Mit Hilfe der Glasmacherpfeife holt der Glasbläser die Schmelze aus dem Ofen!»

Der Künstler steckte die Spitze des Rohrs durch eine kleine Öffnung in den großen Ofen, stocherte ein wenig darin herum und drehte die Stange einige Male, es erinnerte Cat an die Pizzabäcker und ihre Steinöfen. Als er die Stange wieder herauszog, klebte ein etwa fußballgroßer Klumpen daran.

«Der Glasbläser drückt die Schmelze auf der eisernen Glasmacherplatte in Form.»

Rizzo presste den Klumpen auf die Platte, die vor ihm auf dem Tisch lag, während er das lange Rohr – die Glasmacherpfeife – mit schnellen Bewegungen drehte. Die Glasschmelze veränderte ihre Form, aus einem runden Ball wurde ein länglicher Zylinder.

Rizzo setzte sich und begann, mit einigen Werkzeugen an dem Zylinder zu ziehen und gegen ihn zu drücken, während er weiterhin die Pfeife zügig drehte.

Auf einmal wirbelte er die Stange herum wie ein Feuerkünstler seine an beiden Seiten brennende Fackeln. Er setzte die dem Glaszylinder entgegengesetzte Seite an die Lippen und blies hinein, während er die Pfeife weiter und weiter drehte. Der Zylinder entfaltete sich wie ein Luftballon erst zu einem kleinen, dann zu einem größeren Oval.

«Um einen Hohlraum zu erzeugen, bläst der Glasbläser durch die Pfeife in den Glastropfen.»

Rizzo schien sein Publikum nun komplett vergessen zu haben. Er konzentrierte sich ganz auf die Arbeit. Er erhob sich, drehte sich um die eigene Achse und streckte den kleinen Glasballon in den Ofen, um ihn wieder aufzuwärmen. Zum Publikum gerichtet, reckte er das Werkstück in die Höhe, blies mit Kraft in die Pfeife und drehte sie. Dabei tanzte seine Armmuskulatur.

Der sogenannte Glastropfen wurde immer größer, und Cat fürchtete schon, dass der Ballon gleich platzen würde. Rizzo wechselte erneut die Position, setzte sich, legte das Rohr quer über die Oberschenkel, griff nach einem Werkzeug und zupfte an seinem Werk herum. Vielleicht würde es eine Lampe werden?

Miss Piggy verlor das Interesse an der Darbietung, drehte sich einmal trippelnd im Kreis und rollte sich auf dem Sitz zusammen. Ihre feuchte Schnauze berührte Cats Jeans.

Auf einmal legte Rizzo die kleine Schere weg, mit der er bis eben gearbeitet hatte, und griff zu einem Gerät, das aussah wie eine überdimensionierte Grillzange. Mit der Spitze stach er in die Oberseite der Glaskugel hinein und schnitt und dehnte diese zu einer Art Kelch auf.

Anschließend hielt er sein Werk wieder in den Ofen, zog und zupfte daran herum, Ofen, bearbeiten, Ofen, ziehen, drehen, blasen, Ofen ... Das Publikum wurde unruhig. Aus dem Lautsprecher hallte die Stimme mit Hintergrundinformationen durch den Saal:

«... auf einem Bauernhof in der Nähe Trevisos aufgewachsen ... mittleres von drei Kindern, eine jüngere Schwester ... der Erstgeborene übernahm den Hof, führt ihn heute als Biobetrieb ... schon von klein auf begeistert von der Kunst der Glasmacherei ... verließ die Schule ein Jahr vor dem Abschluss und trat hier in Murano in die Lehre ein ... voller Begeisterung und Leidenschaft ... es heißt, er habe die Insel die nächsten zehn Jahre nicht verlassen ...»

Cat blendete die Geschichtsstunde aus, zumal sie auch noch mit scheppperndem Italo-Pop unterlegt war. Sie überlegte, was Rizzo und di Vitale wohl zueinander hingezogen haben mochte. Der urwüchsige Kunsthandwerker und die zartgliedrige Filmschauspielerin. Er *down to earth* und trotz seines Alters offenbar noch jeden Tag in der Schau-Werkstatt, sie in intellektuellen Höhen schwebend, zurückgezogen von der Öffentlichkeit. Waren es eher die Gegensätze, die sie anzogen, oder hatten sie Gemeinsamkeiten?

Was mochte die beiden verbunden haben? Was hatten sie in ihrer gemeinsam verbrachten Zeit unternommen? Und hatte man in dem Alter noch Sex?

Rizzo zog den Kelch aus dem Ofen, reckte die Stange wie eine Fahne in die Höhe, drehte sie schneller als zuvor, schwenkte sie von oben nach unten, von unten nach oben, bewegte sie ruckartig vor und zurück – und plötzlich öffnete sich der obere Teil des Kelchs wie eine Blüte zu einem sanft gewellten Rand. Das untere Ende wurde nun erkennbar zum Fuß der Schale. Rizzo ging in die Knie, hielt die Stange schräg vor den Tisch, sodass die Schale seitlich auflag, ergriff ein massives Metallinstrument, richtete sie an der Stange aus und schlug einmal kräftig gegen die Glasbläserpfeife, wobei es metallisch krachte.

Cat zuckte zusammen.

Das Glas löste sich von der Pfeife, die hauchzarte, elegant geformte Schale stand mitten auf dem Tisch, das Publikum johlte.

Cat war fasziniert. Rizzo verbeugte sich, schaute müde und ernst. Das Publikum klatschte begeistert.

Der Künstler zog einen gefalteten Zettel aus der Tasche und las einen Namen vor, eine Frau aus der zweiten Reihe kam zu ihm herunter. Er bedeutete ihr, neben ihm zu warten und zuzuschauen. Dann angelte er mit seiner Glasbläserpfeife einen weiteren Glasbatzen aus dem Ofen, nicht einmal halb so groß wie der erste. Er klopfte ihn ein wenig in Form, drehte ihn dabei flink im Kreis, erhitzte ihn erneut und trat zügig neben die Frau.

«Das ist seine Spezialität», flüsterte Cats Sitznachbarin ihr zu. «Das ist *wahnsinnig* romantisch. So was kann nur er.»

Rizzo hielt der Besucherin die Glaspfeife hin. Sie blies so kräftig hinein, wie sie konnte. Dabei drehte er das Rohr. Der Klumpen am vorderen Ende blähte sich auf zu einer Kugel.

Vorsichtig ließ Rizzo die Glaskugel auf der Werkplatte kreisen, bis sie glatt und rund war, dann löste er sie, wie schon die Schale zuvor, mit einem energischen Schlag von der Pfeife. Es war eine geschlossene Kugel, in der sich nun ein Atemzug der Zuschauerin befand. Mit Hilfe einer Zange rollte er sie in feinem Sand, um sie abzukühlen, legte sie in eine passende Pappschachtel und reichte sie der strahlenden Kundin.

Die Zuschauer johlten.

«So eine Lebenskugel kostet über dreihundert Euro», sagte die Frau von eben. «Oder mehr, je nach Farbe.»

«Pro Stück?»

«Ja, klar.»

«Ich hab den falschen Job!» Cat schüttelte den Kopf.

«Ich fände es toll, wenn mein Mann mir auch mal so was schenken würde», sagte die Frau und stieß den Mann, der neben ihr saß, in die Seite. Der schnaubte desinteressiert.

Noch bevor der Beifall endete, hatte sich Rizzo verbeugt und war abgegangen. Die Lautsprecherstimme verkündete vielsprachig:

«Wir möchten Sie darauf hinweisen, dass Sie Glaskunstwerke von Jacopo wie auch seiner Schüler in unserem Shop erwerben können. Bei jedem Stück ist der weltweite versicherte Versand im Preis enthalten, sodass Sie sorgenfrei einkaufen können. Wir hoffen, Ihnen hat der Besuch bei uns gefallen!»

Gemeinsam mit den übrigen Zuschauern verließen sie die Werkstatt und betraten den Verkaufsraum.

«Wow», entfuhr es Cat. Alles glitzerte und glänzte, es gab Vasen, Teller, Schalen, Gläser, Becher, Tassen, Aschenbecher, Windspiele, Leuchter und dazu alle möglichen Tiere in den verschiedensten Farben und Größen, schlicht oder gemustert. Vorsichtig nahm sie eine kleine Vase in die Hand und drehte sie um. Sie las den Preis und stellte sie wieder zurück.

«Seid bitte vorsichtig!», ermahnte sie Leo und Leonie. Wenn eines der Kinder ein halbes Dutzend Vasen vom Tisch fegte, wäre ihre Haftpflichtversicherung pleite. Es half nicht, dass Miss Piggy an ihrer kurzen Leine zerrte.

Zu Cats Erstaunen verdrehte Leonie nicht die Augen, sondern entgegnete nur leise: «War das nicht irre? Wie er diese Schale gemacht hat? Einfach so? Und die Kugel.» Sie breitete die Arme aus und stieß dabei gegen eine Glasmöwe, die an einem Faden von der Decke herunterhing. «Das ist echt irgendwie Wahnsinn!»

Cat nickte. Zwei muskulöse Wachmänner, wie man sie sonst nur von Konzerten oder politischen Veranstaltungen kannte, standen an den Ausgängen.

Am meisten faszinierten sie die unterschiedlichen Glasfarben, vor allem die Mischung von klarem und buntem Glas in Form von Tupfern, Einschlüssen, Schlieren, Aufsätzen oder Wirbeln. Sie konnte gut verstehen, dass jemand sein ganzes Leben dieser Kunst widmete, ohne sich jemals zu langweilen. Sie selbst hätte jedoch keine Lust, wie ein dressierter Seelöwe vor ignoranten Touristen Tag für Tag irgendwelche Schüsseln zu erzeugen.

Aufmerksam ging sie von Tisch zu Tisch und betrachtete die Produkte. Die waren museumsreif.

Erst nach einiger Zeit fiel ihr auf, was schon Ferdinand ihr gezeigt hatte – alle Stücke enthielten einen hauchzarten Rauchschleier. Selbst das klare Glas war nicht ganz durchscheinend, sondern wirkte wie von einem wundersamen Nebel durchzogen. Dadurch erhielten die Kunstwerke eine noch größere Präsenz, fast eine Art Eigenleben. Sie waren nicht nur schön, sie waren dramatisch.

Irgendetwas musste Rizzo der Glasschmelze zusetzen, um diesen faszinierenden Effekt zu erzielen. Cat nahm einen kleinen Teller und hielt ihn hoch. Sie meinte, ganz winzige schwarze Pünktchen im Glas ausmachen zu können, aber sicher war sie sich nicht.

Was konnte das sein? Feinste Aschereste? Aber die Schmelze wurde auf über zweitausend Grad erhitzt, der Sand schmolz, und alles, was man noch in den Ofen gäbe, würde doch einfach in Moleküle zerfallen. Oder?

Cat überlegte bereits, wie sie Rizzos Eigenart fotografisch nachahmen konnte. Wenn es sich wirklich um winzigste Einschlüsse handelte, die er der Ausgangsmasse hinzufügte, entsprachen sie der Körnung traditionellen Filmmaterials. Das konnte sie als Kameraeinstellung oder sonst als Filter in der Bearbeitung hinzufügen.

Sand. Mit einem Mal stutzte Cat. Die Tonbandstimme hatte ihnen verraten, dass für die Herstellung von Glas feiner Quarzsand verwendet wurde.

Quarzsand. Wüstensand. Der Sand am Schuh.

Hierher stammte womöglich der Sand? Aber vermutlich war es keine große Sache. Di Vitale und Rizzo waren schließlich ein Paar und hatten einander sicher regelmäßig besucht.

Und dennoch. Irgendetwas stimmte nicht an der Sache.

Rizzo hatte ausgesagt, dass er di Vitale seit einigen Tagen nicht gesehen hatte. Der Sand klebte aber sicher nicht wochenlang am Schuh. Er *musste* von dort stammen, wo sie an ihrem letzten Abend gewesen war.

Die Leute drängelten, und Cat stellte die Vase zurück. Das Stück war wirklich wunderschön. Bevor sie es für viel zu viel Geld mitnahm, musste sie hier raus, und zwar schnell.

Sie aktivierte den Panoramamodus ihres Handys und drehte sich einmal langsam um die eigene Achse. Solche Bilder wurden natürlich nie etwas, schon gar nicht, wenn alles voller Menschen war, aber so sah es nun einmal hier aus, und als Erinnerung reichte das allemal.

Clever, hinter dem Shop befand sich ein kleines Café, in dem es Espresso und Kuchen – clever – in Glastassen und auf Glastellern gab.

«Kommt, einen Kaffee kann ich jetzt vertragen», sagte Cat und steuerte bereits auf einen Tisch zu. Die Kinder setzten sich, und Cat stellte sich in die Schlange vorm Tresen, um wie alle anderen die Bestellung abzugeben. Ein junger Mann zauberte an einer Espressomaschine herum, deren Glanz Cat an eine Reportage über Auto-Tuning erinnerte, die sie mal für ein Stadtmagazin fotografiert hatte. Eine Frau nahm die Bestellungen der Gäste entgegen und kassierte, eine weitere Kellnerin servierte. Beide trugen Blusen, an denen Anstecknadeln mit Glasschmuck steckten.

Während die Vorderseite des Tresens aus Holz bestand, lag auf der Bar eine Platte aus handgefertigtem Manufakturglas, drei oder vier Zentimeter dick, nicht ganz eben, mit ein paar Luftblasen darin, die das Licht des Raumes einzufangen und wiederzugeben schien. Faszinierend.

Es gab Sandwiches, Käse, Schinken, alles aus der Region. Das «Slow Food»-Zeichen prangte an der Wand.

«Hallo!», grüßte Cat freundlich, als sie an der Reihe war. Die Kassiererin, eine junge Frau, dunkelhäutig, schwanger, sah Cat an, ohne sie wirklich wahrzunehmen, und wartete. In deren Leben war Cat einfach nur ein Gast mehr in der Stadt, ein belegtes Zimmer, eine Restaurantbesucherin. Eine von tausend, zehntausend, hunderttausend. Cat bestellte einen Latte Macchiato für sich, zwei Limonaden für die Zwillinge, dazu drei Stück Schokoladenkuchen – und einen Obstsalat für Miss Piggy.

Für den Preis, der von ihrer Kreditkarte abgebucht wurde,

wäre es eigentlich fair gewesen, auch noch das Geschirr mitzunehmen.

Cat trat zur Seite, um dem nächsten Gast Platz zu machen, einem beleibten Amerikaner, der laut schnaufte und sie bereits ungeduldig von hinten angerempelt hatte.

Auf dem Tisch lagen Flyer, die für Rizzos «Lebenskugeln» warben, angeberisch wurden sie als *«the gift of life»* bezeichnet.

SECHSUNDZWANZIG

Von Murano aus fuhren sie mit der Linie 3 direkt zum Stadtteil Cannaregio im Norden, wo Cat eine Walking Tour gebucht hatte. Das Viertel galt als Geheimtipp, hier fanden sich besonders fotogene Kanäle und schmale, malerische Gässchen, von denen manche nur gerade eben breit genug für eine Person waren. Cat fand das interessant, aber zu klaustrophobisch für ihren Geschmack.

Unterwegs stellte sie fest, dass sie eine Textnachricht ihres Vaters verpasst hatte. *Nur ein Anruf, 19:57. Dauer 4 Minuten. Nummer nicht ortbar.*

Interessant. Di Vitale hatte also wenige Stunden vor ihrem Tod einen Anruf von einem sogenannten Burner-Phone erhalten. Bar bezahlt, direkt entsorgt. Das stank nach Vorsatz. Hatte sich jemand mit ihr verabredet? Hatte das Opfer den oder die Mörder freiwillig in die Wohnung gelassen?

Der dreistündige Rundgang begann am jüdischen Ghetto, dem im 16. Jahrhundert begründeten ersten Ghetto Europas – bekannt aus Shakespeares «Der Kaufmann von Venedig». Jetzt wohnten hier Menschen aus aller Herren Länder, es gab immer noch zwei Synagogen sowie koschere Restaurants, Lebensmittelläden, Bäckereien und eine jüdische Bibliothek.

War Venedig ohnehin eine kleine, in sich abgeschlossene

Welt, bekamen sie hier eine noch kleinere Welt innerhalb der Inselstadt zu Gesicht. Wieder einmal wurde Cat deutlich, wie sehr Menschen an ihren Brauchtümern und Ritualen hingen, wie viel Mühe sie sich gaben, wenn sie schon in die Fremde ziehen mussten, dort ein Stück Heimat in den Alltag zu integrieren. Nur die wenigsten Menschen ließen ihr Zuhause, das Gefühl von Verwurzeltsein freiwillig zurück. Wer es tat, handelte meist wider Willen. Cat meinte, es hier geradezu spüren zu können. Cannaregio erschien ihr fast schmerzhaft melancholisch.

Der Guide wies sie auf einige historische Bauten hin, die für damalige Verhältnisse erstaunlich hoch waren. Er bezeichnete sie als «die Wolkenkratzer des Mittelalters». Weiter ging es zur Madonna dell'Orto am Fondamenta Contarini, einer gotischen Kirche mit einer beeindruckenden Fassade, es folgte der Palazzo Ca' d'Oro aus derselben Periode, direkt am Canal Grande gelegen. Hier residierte einst einer der vielen Adeligen, die Venedig beherbergte. Dass es sich um eines der meistfotografierten Gebäude am Kanal handelte, war auch daran abzulesen, dass sich auf allen Schiffen, die vorüberfuhren, die Passagiere mit gezückten Kameras auf der Nordseite ballten. Ca' d'Oro bedeutete «goldener Palast», und man vermutete, dass die Fassade einst mit echtem Gold beschlagen gewesen war.

Der Fremdenführer wies sie auf Geheimtipps wie den Old World Bookstore am Rande des jüdischen Ghettos hin, der auf seltene Bände über Venedig und Italien spezialisiert war, oder das Dodo Caffè, in dem Einheimische und Arbeiter ihre Caffè Corretto con Grappa tranken. Doch leider war er eine Schlaftablette, er erzählte all das furchtbar langsam und in undeutlichem Englisch. Cat spürte den Druck und die Nervosität, die sie den ganzen Tag schon begleiteten. Denn auch heute Abend würde sie keine Zeit für die Bilder von der Gedenkfeier haben, weil sie in die Oper gingen.

Sie brauchte eine Pause, Zeit für sich. Vor allem nach dem Streit mit Leonie und Leo. Und sie musste sich überlegen, ob sie Conti über den mysteriösen Anruf bei di Vitale informieren sollte.

Sie nahm Leo beiseite, er war hoffentlich zugänglicher als Leonie. «Ich muss noch ein paar Bilder durchsehen.»

«Mach du nur dein Ding. Wir kommen klar», brummte Leo vorwurfsvoll.

Cat hielt inne. Durfte sie die Kinder schon wieder allein lassen? Andererseits waren sie zu zweit, hatten Telefone mit Internetzugriff, und vom Endpunkt der Führung zum Hotel waren es keine fünfhundert Meter.

Doch. Das war okay. Die Alternative wäre nur der nächste Streit, und das wollte sie auf jeden Fall vermeiden. Sie steckte den beiden noch einen Zwanziger zu – «ihr könnt ja nachher noch ein Eis essen gehen» – und machte sich auf den Weg.

Cat bog rechts ab. Mit Hilfe ihres Handys hatte sie in unter zehn Minuten die Unterkunft erreicht. Venedig war durchaus kompakt, aber wie die Menschen hier früher ohne Navi die richtigen Brücken über die richtigen Kanäle gefunden hatten, war ihr ein Rätsel.

Aus dem Aufenthaltsraum holte sie sich einen doppelten Maschinenespresso und füllte im Zimmer einen Zahnputzbecher mit kaltem Wasser. Beide Getränke stellte sie auf das Schminktischchen, öffnete das Fenster, um für frische Luft zu sorgen, und schaltete den Laptop ein.

Sie klickte sich durch die Aufnahmen aus der Kirche. Besucher von hinten, von der Seite, von schräg vorne. Der Geistliche. Ein paar Fotos der Statuen und Wandgemälde. Sie löschte alle Motive, die sie nur zur Tarnung aufgenommen hatte. Einige der Bilder, die irrelevant waren für die Ermittlung, aber die sie mochte, wie das Bild von Donatello, verschob sie in einen neuen Ordner: Venedig. Die Fassade der Kirche. Tizians Grabmal. Dessen «Mariä Himmelfahrt» war zu dunkel geraten, und außerdem hatte sie das meterhohe Bild aus der Froschperspektive aufnehmen müssen. Sie hellte es ein wenig auf und spielte kurz mit dem Gedanken, auch gleich die Sturzlinien zu korrigieren, aber schließlich hinterließ sie lediglich eine entsprechende Notiz, um die Datei nach ihrer Rückkehr zu bearbeiten.

Der Espresso war kühl geworden. Sie vertrieb den bitteren Nachgeschmack mit einem Schluck Wasser.

Am Ende blieben sechsundvierzig Aufnahmen, die für Conti von Wert sein konnten. Davon drei, auf denen nur Hinterköpfe zu sehen waren. Aber vielleicht war einer davon stadtbekannt, und die Bilder konnte die Kollegin allemal auch selbst löschen.

Sie wechselte an das Ende der Liste und zoomte in ein Bild hinein. Jacopo Rizzo Hand in Hand mit Conti. Sie musterte ihn genauer, dann gab sie seinen Namen in das Suchfeld des Browsers ein. Er war fast fünfzehn Jahre jünger als di Vitale. Aus reiner Neugier gab sie beide Namen in die Suchmaschine ein, fand aber keine nützlichen Informationen. Die ersten zwei Seiten berichteten von gesellschaftlichen Veranstaltungen, auf denen die beiden zu Gast gewesen waren.

Sie aktivierte die automatische Übersetzungsfunktion, die der Webbrowser ihr anbot, und blieb an einem Beitrag hängen, in dem Jacopo Rizzo als «umstrittener Weltstar» bezeichnet wurde. Offenbar hatte er sich öffentlich zur Flüchtlingsfrage geäußert. Und, wenn sie es richtig verstand, hatte er gefordert, alle Grenzen abzuschaffen. Die seien sinnlos und moralisch nicht zu rechtfertigen. Grenzen würden nur dazu dienen, unrechtmäßig erworbenen Wohlstand zu sichern und nicht mit denen teilen zu müssen, die zufällig anderswo auf der Welt geboren wurden. Sie abzuweisen sei eine Verletzung des Menschenrechts auf die freie Wahl des Aufenthaltsortes.

In dem Artikel wurde er sogar als *anarchico* bezeichnet, als Anarchist, obwohl er angeblich aus «gutem Hause» stammte. Hatte es nicht vorhin in der Glasbläserei geheißen, dass seine Eltern Landwirte waren? Er war also auf einem Bauernhof aufgewachsen? Gab es den Bauernhof sogar noch? Wenn es ein Betrieb mit Tierhaltung war, konnte Rizzo also gut über die Möglichkeit verfügen, sich ein paar Liter Schweineblut zu besorgen.

Was Conti wohl zu dem Artikel sagen würde? Einen kurzen Moment gab sich Cat der Phantasie hin, die Polizistin besser kennenzulernen und mit ihr ein persönliches Gespräch zu führen ... dann riss sie sich zusammen und kehrte zur aktuellen Aufgabe zurück.

Außer Rizzo war ihr nur noch der italienische Cary Grant aus der ersten Reihe aufgefallen.

Sie fotografierte den Kopf vom Bildschirm ab und schickte eine Nachricht an Romano, den Journalisten aus dem Säulengang: *Wissen Sie, wer das ist?*

Die Antwort ließ keine dreißig Sekunden auf sich warten: *Di Vitales Ex. Andrea Peluso.*

Also doch, der ehemalige Bürgermeister. Eine weitere Nachricht folgte. *Er war auch längere Zeit ihr Manager. Ein richtiges Arschloch. Wollte, dass man für Interviews mit ihr bezahlt. Hat mehr geschadet als genützt. Alle waren froh über die Trennung.*

Grazie, schrieb sie zurück.

Soso. Ex-Mann und Ex-Manager in Personalunion. Das konnte Stoff genug bieten für Groll, Hass, große Emotionen. Dazu das reglose Gesicht bei der Trauerfeier. Ganz anders als Rizzo, der seine Gefühle offen zeigte.

Nach einer Pause folgte eine dritte Nachricht: *Brauchen Sie vielleicht ein Stück über di Vitales Beziehungen?*

Sie ließ sie unbeantwortet.

Cat ging davon aus, dass Contis Team den Mann längst auf dem Schirm hatte. Sie warf einen Blick auf die Uhr des Bildschirms. Noch eineinhalb Stunden inklusive umziehen und schminken, bis sich der Vorhang in der Oper hob.

Sie startete den Kopiervorgang der Bilder auf einen der USB-Sticks, die Contis Assistentin ihr mitgegeben hatte.

Im Browser öffnete sie ihre Mails und überflog die Betreffzeilen. Da! *Fotografia TV di Vitale.* Conti hatte einen ihrer Mitarbeiter die Fotos vom Fernsehgerät herunterziehen und für Cat auf einem Server bereitstellen lassen. Cat klickte auf den Link, und eine Minute später erschienen die ersten Miniaturanzeigen auf ihrem Monitor.

Es war eine eigenartige Mischung. Zwanzig Bilder zeigten generische Motive, die vermutlich als Standardausstattung zum Fernseher gehörten: Blätter, Kies, Strand, Tierkinder,

Natur. Alles natürlich 4K und von hoher Farbdynamik, wie sie den unter den Thumbnails angezeigten Dateiinformationen entnahm.

Cat lud eine der Dateien herunter und überprüfte die Metadaten. Der Hersteller des Fernsehgerätes wurde genannt, ebenso bei einer zweiten Datei. Zügig überprüfte sie die übrigen Dateien. Sie waren offenbar alle bereits im Werk auf das Gerät gespielt worden.

Es folgten vierzehn sehr unterschiedliche Bilder, die in der Auflösung und auch im Dateiformat stark variierten. Zwei waren im Hochformat aufgenommen und zeigten Gemälde, das eine Bild in HD-Auflösung, das andere hatte seltsamerweise nur 150 dpi. Sie lud beide Dateien auf den Laptop. Die HD-Datei enthielt keine Metadaten. Ihr Erstellungsdatum wurde mit 1. 1. 1901 angegeben. Die zweite Datei stammte von der Webseite eines Museums. Vielleicht hingen dort die Originale? Vermutlich konnte man Bilder per WLAN oder Bluetooth auf den Fernseher übertragen, und di Vitale hatte es mit diesen beiden ausprobiert.

Die übrigen zwölf Bilder waren im Querformat aufgenommen. Es handelte sich um sehr unterschiedliche Motive: drei Fotos des Hundes. Weitere drei Fotos der Stadt – der Anleger am Markusplatz, ein weiter Blick über die Lagune zum Lido, eine Detailaufnahme der Dogenpalast-Fassade im Abendlicht. Die restlichen sechs Aufnahmen hatten eher Reportagecharakter: Fotos von dunkelhäutigen Kindern in schlicht eingerichteten Räumen, möglicherweise Kinderheimen oder Flüchtlingsunterkünften, sowie das Schlauchboot mit Flüchtlingskindern.

Cat lud aus jeder Motivgruppe ein Bild herunter. Alle waren mit dem Smartphone aufgenommen worden, und alle mit demselben Modell. Möglicherweise wäre es über Besonderheiten der Linse möglich, eine Art digitalen Fingerabdruck zu ermitteln, wenn sie nachweisen mussten, dass alle Bilder von demselben Gerät stammten. Das Handy der Schauspielerin war zwar noch nicht gefunden, aber man hatte ihre Modelldaten recherchiert. Die Aufnahmen hatte di Vitale mit dem eigenen Handy selbst erstellt, so die Aussage von Contis Team.

Was hatte die krude Mischung der Bilder zu bedeuten? Cat lehnte sich zurück und holte tief Luft.

Vermutlich war es ganz einfach. Man konnte die Bilder an den Fernseher senden, aber es war schwierig, sie von dort wieder zu löschen. Es kam schließlich oft vor, dass solche Vorgänge bizarr kompliziert konstruiert waren, ein weiterer Grund, ihrer Df zumindest privat treu zu bleiben, die tat wenigstens, was Cat von ihr erwartete.

Sie wollte gerade ein neues Mailfenster öffnen, als ihr eine weitere Betreffzeile auffiel: *Fotografia luogo del fatto di Vitale Mattia* stand da. Gleicher Absender wie die TV-Bilder.

Sie klickte auf die Zeile, ein weiterer Link. Wieder dauerte es einen Moment, bis die Miniaturen geladen waren. Aber sie hatte offenbar recht gehabt mit ihrer Vermutung, dass die Kamera des italienischen Kollegen sich automatisch mit der Cloud verknüpfte. Ihr wurden nun die Bilder angezeigt, die sie selbst von der Karte hatte wiederherstellen können – und dazu noch etwa vierzig weitere! Manchmal war das Internet ein echter Segen.

Conti hatte recht. Mattia war kein sonderlich begabter Fotograf, ohne Empfindung für Komposition oder Motiv, er hielt einfach drauf. Stand meist einen halben Meter zu weit weg – oder einen zu nah dran.

Sie warf den USB-Stick aus, stand auf, trank ihr Wasser aus, ging ins Bad, schaute sich im Spiegel an, schüttelte entsetzt den Kopf und kehrte zurück ins Zimmer. Für die Oper hatte sie extra ein schlichtes schwarzes Kleid eingepackt, das nicht knitterte. Sie öffnete ihre Tasche und zog es heraus.

Hmm. Wäre klüger gewesen, wenn sie es gleich bei der Ankunft ausgepackt hätte. Sie seufzte, hängte das Kleid an einen Bügel, ging ins Bad und drehte die Dusche auf. Der Wasserdampf würde helfen, den Stoff zu glätten.

Ihre Klamotten warf sie auf den Haufen neben der Reisetasche, ging ins Bad und stieg unter die Dusche. Ah! Welch ein Genuss!

Im Geiste sah Cat die vorwurfsvolle Miene ihres Vaters vor sich. Einerseits war sie sauer, dass er sie für die Patentochter eines Freundes so unter Druck setzte. Andererseits hatte er für sie noch viel mehr Hebel in Bewegung gesetzt. So war er nun einmal.

Sollte sie sich die Haare waschen? Nein, dauerte zu lange.

Als sie aus dem Bad kam, hörte sie nebenan Stimmen: Leo und Leonie. Sie schlang ein Handtuch um ihren Körper, klopfte und öffnete die Tür zum Nachbarzimmer.

«Hier, guck mal», sagte Leonie und hielt eine weiße Bluse hoch.

«Und ich hab das hier», sagte Leo und zog ein weißes Hemd aus einer Tüte.

«Okay. Nett. Hübsch. Bisschen ... unspektakulär, findet ihr nicht?»

Offenbar redeten die beiden jetzt wieder mit ihr. Also Vorsicht, nicht gleich alles versauen.

«Warte mal ab», sagte Leonie.

«Können wir ins Bad?», fragte ihr Bruder.

Cat nickte. «Ich muss gleich noch meine Haare ...», sagte sie, aber die Zwillinge waren schon an ihr vorbeigestürmt. Sekunden später begann es nach Body- und Haarspray zu riechen.

Ein Blick auf die Uhr. «In zehn Minuten will ich ins Bad», kündigte sie an.

«Klar, kein Problem», rief Leo. Ob er damit auch für seine Schwester sprach, die gerade den Lockenstab ansetzte, blieb offen.

Cat beschloss, die Zeit zu nutzen. Sie öffnete den Ordner mit den Handyfotos der letzten Tage, schaute sie schnell durch und löschte die unbrauchbaren. Dann sah sie sich die Aufnahmen von heute genauer an. Die Fahrt zum Lido. Ein Shot den Strand entlang. Das kleine Mädchen auf dem Boot neben ihnen. Die Panoramaaufnahme von Rizzos Shop ... Bei der Aufnahme hatte sie zwischen Shop und Café gestanden, direkt vor dem Kassentresen. Und ohne dass sie es bemerkt hatte, war ihr der Künstler ins Bild gelaufen: Rizzo trat aus einer Tür hinter dem Verkaufsbereich heraus, die sie vor Ort nicht bemerkt hatte. Er ging zügig Richtung Werkstatt, daher war er unscharf gleich drei Mal auf dem Panorama zu sehen.

Durch die geöffnete Tür konnte man in den Raum dahinter schauen. Cat vergrößerte den Ausschnitt. Unordentlicher Schreibtisch, Computertastatur im Anschnitt, kleiner kabelloser Lautsprecher, ergonomischer Schreibtischstuhl. An der Wand ein Regalbrett, auf dem mehrere Ordner standen, daneben eine goldfarbene Gondel. Kitschig. Konnte man hier in jedem Andenkenladen kaufen. Warum er wohl eine davon hatte? Bei ihr zu Hause saß ja auch kein Berliner Bär auf dem Bett.

Sie ließ sich das Bild noch einmal im Ganzen anzeigen. Komplett missglückt. Das passierte, wenn man schnell-schnell eine Aufnahme machen wollte, ohne sich richtig zu konzentrieren.

Sie löschte das Bild.

«So, fertig, du bist dran», sagte Leo. Cat drehte sich um. Vor ihr standen ihre Zwillinge, fein herausgeputzt und unglaublich schick. Leo war ein junger Mann mit breiten Schultern, flachem Bauch und kräftiger Beinmuskulatur. Leonie eine schlanke, elegante Lady.

Nur die Gesichter sahen noch kindlich aus. Wenn man genau hinschaute, wirkte es, als hätten die beiden sich als Erwachsene verkleidet – als diejenigen, die sie einmal werden würden.

Cat stiegen Tränen in die Augen, die sie zu verbergen versuchte. Eigentlich wollte sie das gar nicht sehen. «Wow!»

Leonie kicherte, Leo blieb ungerührt.

Cat ging ins Bad und zog ihr Kleid über, das tatsächlich einigermaßen faltenfrei war. Allerdings war klar, dass sie mit ihren Kindern nicht würde mithalten können. Sie war zugleich riesig stolz, verunsichert und fühlte sich schrecklich alt.

Auf dem Weg lieferten sie noch schnell den USB-Stick mit den Fotos in der Polizeidirektion ab.

Cats Vater hatte ihr Karten für die längst ausverkaufte

Premiere von Vivaldis Oper «Griselda» besorgt. Hätte sie sich nicht ausgesucht, aber vielleicht wurde es ja großartig. Cat machte eine Großaufnahme der filigranen Balkonbrüstung neben ihnen, dann eine Totale des Parketts, bis zur Bühne. Über dem Vorhang entdeckte sie einen weiteren Markuslöwen.

Schließlich steckte sie die Kamera in die Tasche und stellte diese zwischen ihre Füße. Sie begann, in dem zweisprachigen Programmheft zu blättern, das sie am Eingang erhalten hatten.

Weil die alte Oper einem Brand zum Opfer gefallen war, hatten die Bauherren 1792 die neue Oper «Gran Teatro La Fenice di Venezia» genannt – «La Fenice» war der aus der Asche auferstehende Phoenix. Die Venezianer hatten offenbar durchaus Humor, denn Feuerkatastrophen waren in ihrer dicht bebauten Stadt recht häufig.

Schnell wurde das Haus zu einer der wichtigsten Bühnen Italiens. Und schon 1836, also nach nur gut vierzig Jahren, durch einen weiteren Brand schwer beschädigt. Aber, typisch Phoenix, nach einem Jahr war der Schaden behoben, und es folgten weitere wichtige Aufführungen, darunter die italienische Uraufführung von Wagners «Ring des Nibelungen». 1996 sollte das Gebäude renoviert werden, doch der Elektriker geriet in Verzug. Um einer Konventionalstrafe von wenigen tausend Euro zu entgehen, legte er ein Feuer, und die Oper brannte bis auf die Grundmauern ab. 2003 wurde der originalgetreue Nachbau eröffnet. Die Akustik des Innenraums war berühmt und wurde durch moderne Technik sogar noch verbessert.

Natürlich kannte Cat Antonio Vivaldis «Vier Jahreszeiten»,

aber dass er auch eine ganze Reihe Opern geschrieben hatte, hatte sie nicht gewusst. Er selbst hatte behauptet, dass es vierundneunzig Stück gewesen seien, und immerhin neunundvierzig hatte man ihm tatsächlich sicher zuordnen können.

«Griselda» war die einzige Oper, die der in Venedig geborene Vivaldi hier vor Ort vor beinahe dreihundert Jahren geschrieben hatte. Cat überflog die Handlungsangabe. «Keine besonders feministische Story», flüsterte sie Leonie zu.

Der Dirigent trat auf, auch er weltbekannt, eine «Griselda»-Premiere in Venedig war ein großes Ding. Alle klatschten, manche Zuschauer erhoben sich sogar. Über die Brüstung des Orchestergrabens hinweg schüttelte der Dirigent einigen Männern die Hand, vermutlich dem Bürgermeister, dem Intendanten und anderen Wichtigtuern.

«Kannst du eigentlich gut gucken?», flüsterte Cat über Leonie hinweg Leo zu, gerade als das Licht erlosch und sich der Vorhang hob.

Leo kniff das nicht verdeckte Auge zu und grinste. «Nee, aber schlafen.»

Cat schüttelte den Kopf, musste aber doch lachen.

König Gualtiero heiratete die arme Schäferin Griselda, doch sein Volk missbilligte deren niedere Herkunft. Er gab vor, ihre gemeinsame Tochter zu töten, doch in Wahrheit ließ er sie von einem alten Freund in Griechenland großziehen. König und Königin bekamen einen Sohn, woraufhin der König sich endlich bereit erklärte, seine Frau nun doch zu verstoßen, wie vom Volk gewünscht. Ein Mitarbeiter des Hofes war in sie verliebt, doch den wollte sie nicht, woraufhin er ihren Sohn entführte. Es begann ein unübersichtliches Hin und Her, in dem – logisch – Königin Griselda ihrer Tochter begegnete.

Immerhin waren die Kostüme toll. Cat streckte eine Hand unter den Sitz und ließ sich von Miss Piggy ein wenig die Handfläche lecken, um nicht einzuschlafen.

In der Pause bekamen sie an einer VIP-Bar jeder ein Glas Prosecco. Cat rückte die Gläser zurecht und machte einige Fotos, auf denen die herausgeputzten Zuschauer im Hintergrund noch unscharf erkennbar waren. Sie stießen miteinander an. Der Tag ging offenbar doch ganz versöhnlich zu Ende.

Cat war mit weitem Abstand die am einfachsten angezogene Frau an dem Abend. Die Kleider, die Schuhe, der Schmuck ... selbst die Anzüge der Männer konnten sich sehen lassen. Und viele Italiener achteten auf ihre Linie. Kein Vergleich mit den bierbäuchigen Scheidungsvätern, die auf den Theaterabenden der Zwillinge an Cat herumbaggerten.

Die Oper selbst langweilte sie, aber das Ambiente, die Zuschauer – das war schon toll.

«Kommt», sagte sie. «Ein Selfie wenigstens.» Sie legte den Arm um ihre Kinder. Alle strahlten. Es klingelte zum dritten Akt.

Aus dramaturgischen Gründen war der Handlungsort von «Griselda» aus Thessalien nach Venedig verlegt worden. Am Schluss, als das Volk die Versöhnung von König und Königin mit Gesang feierte, fuhren die beiden auf einer Gondel quer über die Bühne.

Und auf einmal wurde Cat klar, weshalb sie den ganzen Tag das Gefühl gehabt hatte, dass etwas fehlte. Es war nicht nur Conti gewesen, die ihr heute Morgen gefehlt hatte.

Es war ein Detail in di Vitales Wohnung gewesen.

Etwas am Tatort zu bemerken, was *fehlt*, ist so viel schwerer, als etwas zu finden, was da ist.

Ihr Handy vibrierte. Sie zog es aus der Handtasche. Aber es war nicht ihr Vater, sondern die Erinnerung, die sie im Flugzeug nach Venedig eingetragen hatte. Am nächsten Abend war der Einsendeschluss des HDR-Wettbewerbs.

SIEBENUNDZWANZIG

Kurz vor Mitternacht. Conti sah sich nervös um. Nur noch wenige Menschen waren in den Gassen unterwegs. Aber es reichte einer, der sie erkannte, um ihre Karriere zu beenden.

Sie schlich durch den Giardini Papadopoli, eine kleine historische Parkanlage mit verschlungenen Wegen, setzte sich auf eine Bank und wartete.

Niemand.

Sie erhob sich wieder, ging einmal im Kreis um eine Rasenfläche herum. Von der anderen Seite des Parks hallte leise Popmusik zu ihr herüber. Sicher Jugendliche, die sich lieber hier trafen als zu Hause unter Aufsicht der Eltern. Möglicherweise ging es einher mit verbotenem Alkoholkonsum Minderjähriger, aber sie würde den Teufel tun, dort jetzt aufzutauchen.

Conti schaltete ihr Handy aus.

Sie überquerte den Rio Novo auf der Ponte Papadopoli, dann die um diese Zeit nahezu menschenleere Piazzale Roma, den Busbahnhof. Sie hielt den Kopf gesenkt. Links vom Parkhaus den schmalen Fußweg Rio Terà Sant'Andrea entlang, über den tags vielbefahrenen Canale della Scomenzera hinweg zum Hafen.

Sie musste die Männer zum Bahnhof bringen, mehr nicht.

Und nur einmal. Das hatte er ihr versprochen. Nur dieses eine Mal.

Conti versuchte, ihre Schultern zu lockern, die Kiefermuskulatur. Schon wieder deuteten sich Kopfschmerzen an.

Die Wahrscheinlichkeit, erwischt zu werden, war äußerst gering. Das wusste sie. Eigentlich hätte sie das missbilligen müssen. Aber jetzt gerade war sie dankbar dafür.

ACHTUNDZWANZIG

Habt ihr noch Lust auf einen kleinen Spaziergang?», fragte Cat nach der Oper. «Ich muss versuchen, ein lichtarmes Foto zu machen. Morgen ist Einsendeschluss für den Wettbewerb. Wird knapp, aber ich will es versuchen.»

«Ich bin ganz schön müde», murmelte Leonie.

«War echt ein langer Tag», stimmte Leo ein.

Na ja, war Cat in dem Alter gern mit ihren Eltern spazieren gegangen? Nein! Aber sie konnte die Zwillinge unmöglich um diese Uhrzeit allein zurück in die Pension schicken.

«Morgen dürft ihr entscheiden, was wir machen.»

Leo verdrehte die Augen. «Klar», sagte er.

«Okay.» Leonie nickte ergeben. Es war schon nach Mitternacht, und sie waren alle müde.

«Es geht auch schnell», versprach Cat, als sie losmarschierten.

An den Hauswänden montierte Leuchten erzeugten Lichthalbkreise auf dem Pflaster der Gassen. Cat erkannte sofort das Potenzial dieser Beleuchtung für die HDR-Technik.

Sie gingen links die Calle de la Verona hinunter. Cat hatte ihr Handy herausgezogen, um sich und die Kinder durch die Gassen führen zu lassen. Als Ziel gab sie den Bahnhof ein, im Westen der Stadt. Industriebauten waren oft dankbare Motive. Die Navigations-App schickte sie nach links in einen noch schmaleren Stichweg, der nicht einmal mehr einen Namen trug.

Nach dreißig Metern erreichten sie einen kleinen Platz, an dem sich ein hübsches Hotel befand, vor dem zwei alte Männer standen und stumm rauchten. Von hier aus mussten sie nach rechts durch einen kurzen Tunnel, der zu einer Brücke führte.

Cat aktivierte die Taschenlampenfunktion ihres Handys. Die Zwillinge taten es ihr gleich. Also doch noch ein bisschen Abenteuer für sie. Cat lächelte. Die Wände des Tunnels waren mit Graffiti beschmiert. Es roch nicht so intensiv nach Urin, wie sie befürchtet hatte. Venedig von hinten. Miss Piggy trottete neben ihnen her, es schien sie nicht zu stören.

Sie erreichten den Canal Grande. Vor ihnen war jedoch keine Brücke zu sehen, sondern nur ein kleiner Fähranleger.

«Was soll das denn?», murmelte sie und starrte auf ihr Handy. Sie tippte auf den Bildschirm, vergrößerte die angezeigte Information. Leo schaute ihr über die Schulter.

«Na toll», knurrte er. Sie sollte hier mit *Linie eins* den Kanal überqueren. «Das verstehen Venezianer also unter ‹zu Fuß›. Sehr lustig.»

Cat wollte gerade die Taschenlampe wieder einschalten und nach dem Fahrplan suchen, da kam die Fähre auch schon. Drei weitere Mitfahrer, die sie bisher noch nicht bemerkt hatte, erhoben sich von einer Bank.

«Sie haben Glück, es ist die letzte für heute», sagte ein junger Mann auf Englisch.

An Bord packte Cat schnell ihre Kamera aus und stützte das Objektiv auf die Reling, aber die übertragene Schwingung des Motors war viel zu stark. Die Kinder hantierten mit ihren Handys und schenkten dem Ausblick keine Beachtung. Cat stellte sich breitbeinig hin und machte freihand ein Foto den Kanal hinauf.

Am gegenüberliegenden Ufer verließen sie die Fähre, auf geradem Weg ging es nun quer durch die Stadtteile San Polo und Santa Croce. Zwei Mal mussten sie auf Brücken kleinere Kanäle überqueren, bevor sie die Ponte degli Scalzi erreichten. Hier war sie gestern Vormittag mit Conti ausgestiegen, rechts lag das Parkhaus.

Der Bahnhof links davon war ein schlichter grauer Betonklotz, wie eine flachgedrückte Turnhalle. Am Himmel über dem Gebäude zeigten sich links die Sterne, rechts ballten sich einige Wolken. Vielleicht ließ sich das dramatisch inszenieren – Mensch, Technik, Natur. Cat richtete ihr Objektiv auf den Bahnhof und schoss verschiedene Bildschnitte: ein Drittel Gebäude, zwei Drittel Himmel. Vorplatz, Bahnhof in der Mitte, darüber der Himmel. Bahnhof und Himmel im Anschnitt links, eine Passantin ganz klein, erst auf den zweiten Blick auszumachen. Zoom auf die Passantin, die sich immer weiter von Cat entfernte. Und schließlich, als die Frau schon durch die schwarz schimmernde Türreihe verschwunden war, noch eine Aufnahme, bei der das flache Rechteck des Bahnhofs ganz unten im Bild zu sehen war, rechts und links exakt gleich viel Platz daneben, und darüber Sterne, Wolken, All. Das kantige Gebäude mit wenigen kleinen, schießschartenartigen Fenstern erinnerte sehr an die totalitäre nationalsozialistische Architektur, die auch in Berlin noch da und dort erkennbar war.

Die Wege und Gassen waren inzwischen zum Teil recht

verlassen. Für die Straßenbeleuchtung würde Venedig keinen Preis bekommen. Lust, noch weitere Fotos zu machen, verspürte Cat wenig, zumal die Zwillinge immer müder wurden und Miss Piggy sich inzwischen von den beiden abwechselnd tragen ließ. Sie war froh, als ihr kleiner Ausflugstrupp die Pension erreicht hatte.

Natürlich wurden sowohl Leo als auch Leonie wieder wach, als sie zurück in den Zimmern waren. Sie setzten sich auf ihr Bett, stellten auf einem kleinen Lautsprecher Musik ein und waren vor ihren Handys in Chats versunken. Cat überlegte kurz, ob sie ihnen eine Standpauke halten sollte, aber sie war zu müde und wollte probeweise unbedingt wenigstens noch ein Bild bearbeiten.

Und den Verdacht überprüfen, der ihr in der Oper gekommen war. Oder sich das wenigstens für morgen früh aufschreiben, um es nicht zu vergessen.

Cat schloss die Tür zum Kinderzimmer, anschließend überspielte sie ihre neuen Aufnahmen auf den Laptop. Das Bild vom Kanal, das sie von der Fähre aus geknipst hatte, war verwackelt. Sie löschte es. Von den Bahnhofsbildern kamen drei in Frage: das erste, das vierte und das letzte. Sie kopierte diese Bilder in einen eigenen, neu angelegten Ordner: *HDR Venedig*. Dann suchte sie nach den Katzenbildern, die sie vor zwei Tagen in der kleinen Pizzeria gemacht hatte. Das waren ebenfalls gute Kandidaten. Und tatsächlich erschienen einige der Aufnahmen zumindest in der Vorschauansicht brauchbar: guter Bildschnitt, überstarker Kontrast, und soweit sie es in der Miniaturansicht beurteilen konnte, ganz niedliche Motive. Sie kopierte auch diese Bilder in den neuen Ordner.

Die Bildbearbeitung begann sie mit einem der Katzenfotos, denn Katzenfotos gingen immer.

Zuerst testete sie die automatische Bearbeitung. Die Katze war sofort besser zu erkennen, aber der Rest des Bildes wurde stockfinster. Kraftvoller Kontrast, aber es sah nicht gut aus. So richtig beeindruckend fand sie das Ergebnis nicht, vor allem war zumindest bei diesem Bild für sie kein großer Unterschied zur manuellen oder halbautomatischen Bearbeitung einer Standarddatei zu erkennen. Schade, dass die Nikon die einzelnen HDR-Aufnahmen nicht als RAWs speicherte. Das verlustfreie Format belegte zwar mehr Speicherplatz, bot aber auch mehr Möglichkeiten.

Sie gähnte und überlegte, ob sie sich noch einen Espresso aus dem Speisesaal holen sollte. Aber dann würde sie nachher nicht schlafen können. Also: Einmal tief durchatmen und zusammenreißen, danach ins Bett.

Cat ließ sich die Originalversion des Bildes neben der aktuellen Fassung anzeigen. Doch, nicht schlecht. Aber da war noch Luft. Zuerst wählte sie die dunkelsten Bildbereiche und hellte diese deutlich auf. Anschließend markierte sie die hellen Bildbereiche und glich diese an.

Das Ergebnis sollte präsenter als die Wirklichkeit erscheinen. HDR Images waren Bilder, die nachkoloriert erschienen, im Druck fast dreidimensional. Sie wirkten trotz der Künstlichkeit beeindruckend. Das Auge blieb an ihnen hängen. Aber die niedliche Katze, die malerische Gasse mit den Blumenkästen und der weltbekannte Kanal dahinter wollten nicht recht zu einer Einheit verschmelzen.

Cat bemerkte kaum, wie die Tür zu ihrem Zimmer sich öffnete.

«Zähneputzen», verkündete Leo. Cat sah nicht einmal auf, als er hinter ihr über das Bett kroch. Auf einmal hielt er inne. «Warum ist das Wasser denn so grün?», fragte er.

Wie, grün? Cat starrte auf den Bildschirm. Sie hatte sich bemüht, das Wasser des Canal Grande blauer erscheinen zu lassen, leuchtender.

«Siehst du das nicht?», fragte er, nun offenbar seinerseits verblüfft.

«Ist es so besser?», fragte sie und schob Grün-Regler ein wenig nach links.

«Ja, schon, aber immer noch komisch.»

«Und jetzt?» Sie filterte das Grün ganz heraus.

«Jetzt ist es zu dunkel. Das sieht auch unecht aus.»

Für sie war die Veränderung eine der Farb*intensität*, für Leo und den Rest der Welt eine des Farb*tons*.

Blaublindheit, Tritanopie, bei der Arbeit. Frustriert zog sie den Regler wieder hoch, bis das Bild für sie gut aussah.

«Krass», sagte Leonie, die inzwischen neben sie getreten war. «Total schräg, aber irgendwie echt ungewöhnlich.»

So konnte man es natürlich auch sehen.

Leo verschwand im Bad. Leonie setzte sich auf die Bettkante. Cat dachte nach. Sie speicherte ihre Bearbeitung unter einem neuen Dateinamen, wählte einen Farbnegativ-Filter und legte ihn auf das Originalbild. Anschließend bearbeitete sie das Farbnegativ so, wie es ihr sinnvoll erschien, und wendete anschließend den Filter erneut an, sodass die Darstellung wieder positiv wurde. «Besser?»

«Hm», machte Leonie. «Die Farben sind jetzt richtig, aber es sieht viel langweiliger aus. Du hast doch noch den Bahnhof als Motiv.»

«Ja, hier, mit dramatischem Himmel darüber.» Sie zeigte ihrer Tochter die Miniaturansichten.

Leonie beugte sich vor. «Das da, das zweite», sagte sie und deutete auf das entsprechende Bild.

Cat lud die Datei in das Bildbearbeitungsprogramm. Auch diesmal ließ sie die Automatik einen ersten Vorschlag machen, den sie ziemlich düster und Leonie ziemlich gut fand.

«Hier musst du noch etwas aufhellen», sagte ihre Tochter und deutete auf einen Bereich rechts unten im Bild – die Ecke des Bahnhofsgebäudes. «Und hier auch.» Linke Seite. «Da oben muss der Kontrast noch angehoben werden, sonst suppt die Wolke einfach weg. Und hier» – sie deutete auf den wolkenlosen Teil des Himmels – «musst du mal versuchen, ob du das Weiß der Sterne noch etwas leuchtender hinkriegst. Auf keinen Fall darf das Blau hier ins Rote gehen, der Farbton ist gerade genau richtig, schön satt und beruhigend.»

Cat lehnte sich etwas zurück, um das gesamte Bild betrachten zu können.

«Ganz am Schluss könntest du versuchen, das Grau der Fassade zu betonen, indem du die Körnung erhöhst. Aber vielleicht sieht das auch schlimm aus. Keine Ahnung. Ich geh jetzt ins Bett.» Leonie putzte ihre Zähne, machte auf dem Rückweg in ihr Zimmer noch einmal halt und drückte Cat die Schultern, dann zog sie die Tür hinter sich zu.

Cat war erleichtert. Es schien, als wäre der Streit von heute Vormittag vergessen.

Es war bereits nach zwei. Kein Wunder, dass sie sich nicht mehr konzentrieren konnte. Vielleicht sollte sie das Bild für den Wettbewerb morgen fertigstellen. Die Einsendefrist endete um zwölf Uhr mittags.

Während sie halbherzig überlegte, ob sie nun schlafen gehen sollte, schob sie eine vergrößerte Ansicht des Bildes hin und her und markierte die nötigen Bereiche. Das ganze Bild zeigte eine schöne nächtliche Architekturstudie: ein kantiges Gebäude in einer ganz unkantigen Welt. Dazu diese einsame Figur, die in der nächsten Sekunde von dem riesigen Bau verschluckt werden würde ... wunderbar!

An der linken Ecke hielt sie inne.

Was war das?

Da, in der Ecke stand eine Menschengruppe. Die würde sie rausretuschieren müssen.

Sie vergrößerte den Ausschnitt. Die Leute waren einfach gekleidet, ihre Haut war dunkel, jeder von ihnen trug eine Plastiktüte oder eine einfache Tasche. Bei genauerem Hinschauen zählte Cat mehr als zehn Personen, vielleicht waren es zwölf, dreizehn. Sie standen eng aneinandergedrängt. Die meisten von ihnen waren Männer, nur eine, nein, zwei konnte sie eindeutig als Frauen identifizieren. Einer der Männer war wohl recht alt, jedenfalls waren sein Haar und sein Bart bereits ergraut. Die anderen schienen eher jünger, obwohl sie nicht sagen konnte, warum sie diesen Eindruck hatte. Vielleicht war es die Körperhaltung. Einer der Männer überragte die anderen um einen halben Kopf. Er stand etwas weiter hinten in der Gruppe, sodass sie ihn nicht deutlich erkennen konnte, aber es war möglich, dass es sich bei ihm um einen Teenager handelte.

Die Gruppe hatte sich offensichtlich an der Außenmauer des Bahnhofs versammelt. Ein hoher Lichtmast etwa acht, neun Meter vor dem Gebäude beleuchtete den Vorplatz, daher warf die Ecke des Gebäudes einen Schatten auf die kleine Gruppe. Das erklärte, warum Cat diese weder beim Fotografieren selbst noch beim ersten Betrachten des Bildes bemerkt hatte.

Natürlich waren es nur Vorurteile, die sie zu diesem Schluss kommen ließen, aber sie ging davon aus, dass es sich bei den Personen um Flüchtlinge handelte. Eine Zeitlang hatten viele Flüchtlinge aus Regionen südlich der Sahara versucht, Italien zu erreichen. In der letzten Zeit jedoch waren andere Routen genutzt worden. Vor allem Spanien hatte sich noch flüchtlingsfreundlich verhalten, während Griechenland die Menschen offenbar in Lagern verrotten ließ und Italien, soweit Cat wusste, vor allem darauf setzte, dass sie nach Mitteleuropa weiterzogen und dort Asyl beantragten.

Im Grunde fand Cat den Bahnhof ein gutes Symbol für den Transit in eine neue Existenz. Vielleicht musste sie die Gruppe gar nicht aus dem Bild herausretuschieren, sondern konnte sie sogar noch hervorheben. Zumal sie damit den Sinn von HDR sogar betonen könnte: Dinge sichtbar zu machen, die auf herkömmlichen Aufnahmen verborgen blieben.

Sie wechselte zum Original. Ja, in der unbearbeiteten Fassung herrschte dort links unordentliche Dunkelheit. Wer genau hinsah, konnte erkennen, dass da irgendetwas nicht stimmte. Mehr nicht. Nur ein heller Halbmond war zu sehen, ein winziges Gesicht, das halb verdeckt zu schweben schien.

Cat vergrößerte den Ausschnitt, bis sie einzelne Pixel

sah. Die Kamera zickte zwar bei der hohen Auflösung herum, aber jetzt, bei einer Auflösung von sechzehn Megapixel, füllte das Gesicht, wenn es denn überhaupt eines war, den ganzen Bildschirm.

Mit einem Tastenkürzel schaltete sie um – gleicher Ausschnitt in der aufgehellten Version.

Da war das Gesicht schon besser zu erkennen. Sie wollte nicht recht glauben, was sie sah. Sie wählte einen Filter, der die Konturen nachschärfte. Die Qualität des Gesamtbilds wurde dadurch nicht besser, aber einzelne Details waren deutlicher zu erkennen.

So wie das weißhäutige Gesicht inmitten der Flüchtlingsgruppe. Das Gesicht, das sich vor etwas über vierundzwanzig Stunden in etwa genauso weit von ihrem entfernt befunden hatte wie jetzt der Laptopbildschirm.

Das Gesicht der Ermittlerin Sofia Conti.

Konnte sie sicher sein, dass es sich um Conti handelte? Warum sollte die sich um Mitternacht mit einem Dutzend Männern am Bahnhof treffen? Ermittelte sie verdeckt? Andererseits, hätte man ihr dann die zwei Fälle übertragen?

Cat starrte die Lippen an, die sie gestern geküsst hatte. Fuhr den Umriss mit dem Lasso nach und färbte sie knallrot. Oder vielleicht war es auch blau. Oder grün.

Cat schloss die Augen. Sie war einfach zu müde. Sie musste das Bild morgen fertigstellen. Und möglicherweise würde sie dabei auch erkennen, dass es gar nicht Conti auf dem Foto war.

Sie erhob sich, klappte den Laptop zu und wollte gerade ins Bad gehen, als ihr wieder einfiel, worauf sie in der Schlussszene der Oper gekommen war. Sie zog ein Blatt

Papier heran und malte zwei senkrechte Striche rechts und links darauf und dazwischen eine Art liegenden Halbmond – eine Gondel. Das würde reichen, um sie morgen daran zu erinnern, was sie herausfinden wollte.

NEUNUNDZWANZIG

Cat erwachte von einem Kuss. Sie hatte von Conti geträumt, aber als sie die Augen aufschlug, ragte bloß Miss Piggys Schnauze über die Bettkante. Cat lag auf der Seite, und das Schweinchen schnüffelte und schnaufte dicht vor ihrer Nase.

«Na komm. Komm rauf!» Sie packte das Tier an der Hüfte und zog es zu sich aufs Bett.

Miss Piggy schnaubte fröhlich, drehte sich einmal, zweimal in Trippelschritten im Kreis und ließ sich gemütlich nieder.

Cat begann, dem Minischwein den Rücken zu kraulen. Eigentlich war es mehr eine Art Kratzen. Jedenfalls gefiel es Miss Piggy, und sie schloss genüsslich die Augen.

Auch Cat ließ den Kopf noch einmal aufs Kissen sinken, während sie weiterkraulte. «So hast du dir diesen Urlaub bestimmt nicht vorgestellt», flüsterte sie. «Oder etwa doch? Keiner hat Zeit für dich, keiner kümmert sich um dich. Alle sind ständig beschäftigt, und du musst ganz viel laufen. Das hast du die letzten Tage wirklich gut durchgehalten! Aber jetzt brauchen wir alle mal eine Pause, oder was meinst du?»

Sie kraulte weiter und schaute zum Fenster hinaus. Es war noch früh, aber das Wetter sah vielversprechend aus.

Cat nahm sich vor, diesen Tag ganz ihren Kindern zu widmen!

Miss Piggy brummelte zufrieden und schnuffelte mit ihrer Schnauze in den Laken.

«Ja, du kannst sie riechen! Und, findest du, sie riecht gut? Ich finde, sie riecht gut! Sie riecht ... oh, sie riecht nach ...» Cat dachte nach. «Sie duftet nach Eigenwilligkeit und Freiheit», sagte sie schließlich. «Und nach Gaultier 2.» Sie lächelte und schloss die Augen bei der Erinnerung.

Miss Piggy schien noch etwas tiefer in die Matratze einzusinken.

«Aber weißt du, was ich nicht verstehe? Was sie da gestern Abend womöglich mit einer Flüchtlingsgruppe am Bahnhof gemacht hat. Nach ehrenamtlichem Engagement sah das jedenfalls nicht aus. Und weißt du, was ich auch nicht verstehe?» Sie zögerte. Immerhin sprach sie mit einem Schwein. «Wie kann ich in zwei Tagen in zwei Fälle vor Ort verwickelt werden, die beide keine Lösung zu haben scheinen? Di Vitale war eine nette alte Dame. Ja, vielleicht hat sie sich vor Jahren oder Jahrzehnten mit irgendwem zerstritten. Aber dafür rächt man sich doch nicht eine Ewigkeit später auf diese Weise.»

Vielleicht waren di Vitale und ihr Ex-Mann und Ex-Manager gar nicht geschieden, sondern lebten nur getrennt. Vielleicht brauchte der Mann Geld, vielleicht hatte er riskante Investments vorgenommen, und sie waren schiefgegangen. «Aber das werden die Kollegen hier sicher überprüfen.»

Das brachte sie erneut auf Contis Beziehung zu Jacopo Rizzo. Sollte Cat ihn sich genauer vornehmen? Oder eben gerade nicht? Was war in Contis Interesse? Und in di Vitales?

Der Fall di Vitale ärgerte sie zwar, weil es so viele mögliche Spuren und keine brauchbaren Hinweise gab. «Aber weißt du, was mir viel mehr Sorgen macht?», fragte sie Miss Piggy, die gerade dabei war, wieder einzuschlafen. Halbherzig reckte das Schweinchen ein Ohr in die Höhe. «Der Mord an Niki Georgiou. Er kannte die beiden Ermordeten vom Hafen. Sie müssen ihm etwas erzählt haben, was allen dreien den Tod gebracht hat. Journalisten gehen vielen Leuten auf die Nerven, aber niemand bringt sie um wegen eines negativen Artikels. Für persönlichen Groll ist die Sache zu professionell. Georgiou muss etwas herausgefunden haben, was er nicht herausfinden sollte. Das ist sein Job, okay, klar. Aber diesmal kann es nichts so Belangloses gewesen sein wie seine üblichen Artikel.»

Sie ließ den Kopf aufs Kissen sinken und starrte an die Decke. Miss Piggy war eingeschlafen und schnorchelte leise. Sie erinnerte Cat an einen Kollegen, mit dem sie auf einem Lehrgang in Bergisch-Gladbach ein paar Nächte verbracht und der Geräusche gemacht hatte, als bliese er zum Vergnügen beim Ausatmen in ein randvolles Wasserglas.

Jemand nach einer erfolgreichen Veröffentlichung umzubringen, mochte emotional befriedigend sein, brachte aber sachlich nichts. Profis würden das nie riskieren. Der einzige unveröffentlichte Text Georgious, der Cat bekannt war, handelte vom Flüchtlingsschmuggel.

Moment mal.

Georgiou schrieb einen Artikel über Flüchtlinge, die illegal über Venedig nach Italien einreisten. Conti leitete die

Ermittlungen im Fall seiner Ermordung. Und stand Tage später um Mitternacht am Bahnhof inmitten einer Gruppe Geflüchteter?

Zufall?

Nicht unmöglich. Aber doch unwahrscheinlich.

Di Vitale engagierte sich über ihre Stiftung für Flüchtlingskinder. Und ihr Partner Rizzo sprach sich für die Abschaffung von Grenzen aus?

Cat spürte, wie ihr Herz schneller zu schlagen begann.

«Interessant», murmelte sie und begann, Miss Piggy wieder über den Rücken zu streicheln. «Interessant ...»

Cat hatte Leo und Leonie versprochen, gemeinsam mit ihnen zu frühstücken. Also in ungefähr drei Stunden. Aber das war okay, so blieb ihr Zeit für die HDR-Fotos. Das schlafende Schweinchen neben ihr pupste mit einem leisen Knattern.

«Ach, Missy, das muss doch jetzt nicht sein.» Cat fächelte die Luft weg, aber es half nichts. Sie rollte sich auf der gegenüberliegenden Seite aus dem Bett, öffnete weit das Fenster und setzte sich an den Schreibtisch.

Ihr Blick fiel auf die Skizze vom vorigen Abend. Doch zunächst wollte sie klären, ob das am Bahnhof nun wirklich Conti gewesen war oder nicht. Dafür rief sie das Foto auf, das sie von Conti in di Vitales Ankleidezimmer gemacht hatte. In einem zweiten Fenster öffnete sie das Bahnhofsbild vom Vorabend. Es war kompositorisch nicht schlecht – ein eindrucksvoller Kontrast zwischen kantigem Bau und wortwörtlich himmlischer Natur. Erneut vergrößerte sie die Darstellung, bis die Personen deutlich zu erkennen waren.

Dann wechselte sie zurück zu dem Foto aus dem Ankleidezimmer. Sie hatte sich richtig erinnert, Conti – bzw. die

Person, die sie für Conti hielt – hatte in beiden Fällen eine ähnliche Körperhaltung. Die Knie hart durchgedrückt, den Oberkörper ein wenig nach links gekrümmt, den Kopf fragend ins Halbprofil gedreht.

Die Mühe, Conti mit dem Lasso auszuschneiden, machte sie sich nicht. Stattdessen reduzierte sie die Deckkraft des Bildes aus di Vitales Wohnung und kopierte es in die Zwischenablage. Von dort aus fügte sie es in die Aufnahme vom Bahnhof ein. Sie musste erheblich skalieren, bis die beiden Personen etwa gleich groß waren. Die Motive lagen nun übereinander, das untere war durch das obere hindurch weiter zu erkennen, etwa so, als wäre das obere Bild auf Transparentpapier gedruckt.

Computer konnten Menschen mittlerweile nicht nur am Gesicht, sondern auch am Gang erkennen, jeder Mensch bewegte sich individuell. Ähnlich, fand Cat, war es auch mit der Körperhaltung. Oft hatte sie Bekannte aus der Ferne nur daran erkannt, wie sie standen.

Sie musste das eingefügte Motiv wieder etwas verkleinern, dann schob sie die Figur ganz dicht an die Frau auf dem untenliegenden Bild heran. Und tatsächlich, die Körperhaltung verriet es eindeutig: Da stand wirklich Conti am Bahnhof!

Einerseits war Cat sehr zufrieden mit sich. Andererseits nahm ihre Verunsicherung zu.

Sie schrieb eine Textnachricht an Conti: *Hast du gestern Abend noch den Stick bekommen? Habe ihn auf der Wache abgegeben.*

Sie kehrte zur gespeicherten Version der Datei zurück, um die zahlreichen Bearbeitungsschritte der letzten zehn Minuten nicht einzeln rückgängig machen zu müssen. Es handelte sich zwar ohnehin schon um eine Kopie, aber damit sie im Zweifel wieder Zugriff auf die aufgehellte Version der Personengruppe hatte, speicherte sie eine weitere Kopie zur Wettbewerbseinsendung. Sie retuschierte alle Personen außer der einsamen Passantin aus dem Bild heraus, indem sie mit Hilfe des Stempelwerkzeuges die jeweiligen Umgebungsfarben duplizierte. Anschließend bearbeitete sie die Einstellungen für Kontrast, Farbspektrum und Helligkeit, aber es waren nur noch kleine Verfeinerungen.

Sie ließ sich das Bild im Ganzen anzeigen. Nicht schlecht.

Sie zoomte hinein. Die linke Gebäudeecke wirkte, aus der Nähe betrachtet, irgendwie uneindeutig. Aber das musste so bleiben, sie war eben Fotografin und nicht Grafikerin in einer Werbeagentur.

Kurz entschlossen öffnete sie die Webseite der Fotofachzeitschrift, trug ihre Kontaktdaten ein, akzeptierte die Teilnahmebedingungen und startete den Upload.

Währenddessen blätterte sie durch die nachfolgenden Fotos. Vielleicht waren Conti und ihre Freunde auf den nächsten Bildern ebenfalls zu sehen. Doch bei den meisten hatte sie die Gebäudeseiten abgeschnitten, oder sie lagen direkt am Bildrand. Nur auf einer Aufnahme war die linke Seite noch zu erkennen, aber dort war niemand mehr zu sehen, die Menschen hatten den Zug genommen oder sich wieder in das Dunkel neben der langen Bahnhofshalle zurückgezogen.

Es war wirklich zu blöd.

Langsam bekam sie doch Hunger. Cat beschloss, noch schnell ihrer Notiz von gestern nachzugehen und dann die Kinder zu wecken oder sich zumindest einen Kaffee zu holen.

Ihr Handy vibrierte. *Ja, Fotos bekommen. Danke. War gestern viel zu lange im Büro*, schrieb Conti zurück.

Hm. Eine überflüssige Information, um die Wahrheit zu verschleiern?

Cat schloss alle geöffneten Dateien und suchte das Bild mit dem Filmpreisregal heraus. Der Abstand zwischen den einzelnen Preisen war ihr die ganze Zeit eigenartig vorgekommen. Sie war davon ausgegangen, dass sie nach dem Abstauben oder nach der Durchsuchung der Räume nicht korrekt positioniert worden waren. Vielleicht war auch ein Preis zur Reparatur, zur Aufarbeitung oder ins Fotostudio gegeben worden – die Möglichkeiten waren zahllos.

Aber manchmal sah man den Wald vor lauter Bäumen nicht. Und manchmal erkannte man den Wald nicht, weil ein Baum fehlte. Oder in diesem Fall: ein Boot.

Auf dem verunglückten Panorama von Rizzos Shop hatte sie in seinem Büro eine goldene Gondel stehen sehen. Welcher Venezianer stellte sich denn bitte eine goldene Gondel aufs Regal?

Cat öffnete den Internetbrowser, suchte – und richtig: Ehrenbürger der Stadt bekamen als Auszeichnung eine goldene Gondel überreicht.

Sie ließ sich die Presseinformationen über den Preis anzeigen und lud bei dieser Gelegenheit gleich das zugehörige HiRes-Bild herunter. Der Hintergrund war weiß, sodass sie die Gondel problemlos freistellen und in die Zwischenablage kopieren konnte.

Was für Preise standen noch in di Vitales Regal? Ein Golden Globe, ein Goldener Löwe, dazu weitere Pokale und Schalen.

Sie suchte nach den entsprechenden Infos und skalierte das Bild so, dass der Löwe in exakt halber Größe angezeigt wurde.

Anschließend fügte sie die Gondel ein und setzte deren Größe ebenfalls auf die Hälfte des Originalmaßes. Sie schob das Schiffchen neben die beiden anderen Preise. Und auf einmal sah das Regal nicht mehr ungleichgewichtig aus, sondern perfekt ausbalanciert, wenn man sich noch den am Boden liegenden Oscar hinzudachte. Den zweiten Oscar musste die Schauspielerin woanders aufbewahrt haben. So jedenfalls passte es. Ein eingeblendetes Gitterraster verriet, dass die Abstände zwischen den Preisen sowie zu den Seiten hin fast auf den Zentimeter gleich waren.

Cat gab in die Suchmaschine ein: «di Vitale Ehrenbürger Venedig». Das hätte sie vielleicht zuerst machen sollen. Doch sie hatte Glück, der Preis war di Vitale tatsächlich für ihr künstlerisches Lebenswerk verliehen worden.

Die Ehrenbürgerschaft war undotiert. Di Vitale hatte bei der Zeremonie der Stadt eine äußerst großzügige Spende für die Erhaltung der Baudenkmäler zukommen lassen. Auf dem Foto stand die goldene Gondel auf dem Rednerpult.

Cat ließ sich eine Liste ausgewählter Preisträger anzeigen. Die Namen sagten ihr nichts.

Ein Tastenkürzel brachte sie zurück zu den Preisen, die nun durch die Fotomontage auf di Vitales Regal standen. Mit dem Handy fertigte sie ein Foto ihres Bildschirms an und schrieb Conti dazu: «Ich glaube, neben dem zweiten Oscar fehlt auch di Vitales Ehrenbürger-Gondel. Viel Glück!» Mit einem Zischen ging die Nachricht auf ihren Weg.

Zufrieden klappte Cat ihren Laptop zu. Sie hatte getan, was sie konnte.

Noch immer war kein Laut aus dem Nebenzimmer zu vernehmen, aber das würde sie jetzt ändern.

DREISSIG

Leo hatte die Kellnerin überredet, ihm ein Eiweißomelette mit Spinat braten zu lassen. Alle anderen Gäste mussten mit gekochten Eiern aus einer Warmhaltewanne vorliebnehmen, aber er konnte wirklich sehr charmant lächeln, wenn es darauf ankam. Leonie hatte sich am Buffet einen Obstteller zusammengestellt, einen halben Apfel, eine halbe Banane, einen halben Pfirsich.

Die rassistischen Pamphlete lagen wieder auf dem Sideboard. Cat beschloss, dass das für heute nicht ihre Baustelle war.

Sie trank einen doppelten Espresso mit Milchhaube. Den Automaten fand sie nicht so schlecht wie Conti. Es war vermutlich eher eine Prinzipienfrage. Dazu aß sie ein Birchermüsli mit frischen Früchten, die sie mit dem stumpfen Frühstücksmesser klein geschnitten hatte.

Die Zwillinge hatten ihre Pläne für den Tag gemacht. Sie forderten eine Pause von der vielen Kultur: «Hier in Venedig ist einfach alles alt, und wenn man das zu lange anguckt, fühlt man sich auch schon ganz alt», erklärte Leonie. «Und wir sind noch nicht so alt. Nicht mal du!»

Mit diesem Schlusssatz hatte sie ihre Mutter natürlich schon überzeugt, egal was nun kam. Cat grinste.

«Wir haben gedacht, wir könnten ins Aqualandia fahren.

Das ist in Jesolo, zwanzig Minuten von hier. Das Wasser am Strand gestern fanden wir nämlich nicht so frisch», ergänzte Leo.

Manchmal hatten sie diese Geschwisterchoreo echt drauf.

Cats Laune hellte sich auf, der Frust der letzten Tage schien verflogen oder hatte zumindest mal Pause.

«Und baden wäre doch cool, wenn wir schon am Meer sind. Wozu hab ich sonst meine Bikinis eingepackt? Hier!», sagte Leonie und streckte ihrer Mutter das Handy hin. Allerdings viel zu nah, sodass Cat sich ein Stück zurücklehnen musste.

Auf dem kleinen Display lief bereits ein schnell geschnittener Werbeclip für einen Wasserpark. Wellen, Rutschen, junge Leute.

«Und was machen wir mit Miss Piggy?» Cat deutete auf den Boden. Das Schweinchen saß unter dem Tisch und fraß erfreulich leise schmatzend eine Schüssel Gemüseabfälle aus der Küche leer.

«Das ist das Beste!», verkündete Leonie. Sie war offenbar die Wasserparkbeauftragte. «Miss Piggy kann mitkommen. Wir haben gestern eine Nachricht hingeschickt. Sie darf mit. Sogar kostenlos! Sie zählt als eine Art Blindenhund. Ist das nicht super?»

Bisher gingen die Italiener wirklich sehr entspannt mit dem kleinen Hausschwein um. Cat zuckte mit den Schultern. «Klar, warum nicht? Wie soll das Wetter werden?»

«Gut», sagte Leo. «Haben wir schon geguckt.»

Erstaunlich, was Kinder alles hinbekamen, wenn sie etwas wirklich wollten.

Cat packte eine große Tasche mit Handtuch, Bikini, Buch und Wasserflasche. Auch die Kamera steckte sie ein. Zwei hoffentlich gutgelaunte Zwillinge wollte sie sich nicht entgehen lassen.

Auf der Fahrt mit dem Vaporetto war Leonie die ganze Zeit am Handy. Ab und zu kicherte sie leise oder runzelte die Stirn und tippte eilig einen Kommentar. Leo schaute zum Fenster hinaus und flexte seine Muskeln. Schultern, Arme, Brust, Rücken. Danach bearbeitete er sicher wieder Rumpf, Oberschenkel und Unterschenkel. Manchmal sorgte sich Cat, dass Leo zu viel trainierte und seinem Körper zu viel Aufmerksamkeit schenkte. Aber andererseits war Sport gesund, und sie würde darauf achten, dass es nicht überhandnahm.

Im Aqualandia kauften sie erst einmal Pommes und Eis für Leo und einen Chickenburger für Leonie. Cat staunte nicht schlecht über den Appetit ihrer Tochter. Es war bereits später Vormittag, und der Park war gut gefüllt.

«Wir könnten in Richtung Shark Bay gehen», schlug Leonie vor und deutete einen Gang entlang.

Es dauerte einige Zeit, doch dann fanden sie in der zweiten Reihe drei freie Liegen nebeneinander. Zwei davon sogar im Halbschatten einer großen Palme. Cat musterte den Baum irritiert, aber es schien sich um eine echte Pflanze zu handeln, kein Plastik.

«Ich geh ins Wasser!», rief Leonie. Sie stellte ihre Tasche auf eine der Liegen und lief davon. Die sogenannte Bay war einer großen, flachen Bucht nachempfunden und erzeugte eine entspannte, fast karibische Stimmung.

Leo setzte sich auf seine Liege und aß zuerst sein Eis, dann seine Pommes auf. «Jetzt habe ich Durst», stellte er fest.

Cat hatte inzwischen ihr Handtuch ausgebreitet und sich daraufgelegt. «Kein Wunder», sagte sie.

In ihrer Strandtasche steckte das Buch, aber es war viel zu schön, einfach dazuliegen und in den blauen Himmel zu schauen. Endlich hatte sie frei. Keine Conti, kein drängelnder Vater, keine Fotos, keine Ermittlungen, kein Wettbewerb. Nur sie und ...

«Hey, guck mal, wen ich zufällig getroffen habe!», hörte sie Leonie sagen. Cat schaute auf.

Neben ihrer Tochter stand der gutgebaute Gabriel. Speedos, Spiegelsonnenbrille, Sixpack, perfekter Haarschnitt und ein Lächeln wie ein weißer Hai.

Ein gottverdammter Playboy, der offenbar allen Ernstes hinter ihrer minderjährigen Tochter her war.

Cat schoss in die Höhe. Sie spürte ein Brennen im Magen. «Jetzt pass mal auf, meine Liebe», sagte sie im Sitzen. «Ich kann es gar nicht leiden, verarscht zu werden. Ich habe doch gestern ausdrücklich ...»

«Es war *wirklich* ein Zufall», versicherte Leonie. «Oder, Gabriel?» Sie stieß ihn mit dem Ellenbogen an.

«Ja, sicher, ein Zufall», versicherte der Kerl nickend.

«Ach so.» Nun erhob Cat sich doch. «Und wenn ich in deinen Chat gehe, werde ich keine Nachrichten von Gabriel finden, oder was?»

«Das kannst du ... das ... das ist meine Intimsphäre! Privatsphäre, meine ich! Das darfst du nicht!»

Cat biss die Zähne aufeinander. Dann nickte sie, ging zu Leonies Liege und öffnete deren Strandtasche.

«Fass mein Handy nicht an! Den Code habe ich sowieso geändert, damit du mir nicht hinterherschnüffeln kannst, du blöde Hexe!», rief Leonie.

Cat schob Leonies Top beiseite und zog das Handy aus der

Tasche. Einen Moment lang schaute sie es nachdenklich an, dann hob sie den Arm und warf es schwungvoll in Richtung Bay.

Mit weit aufgerissenem Mund, stumm vor Schreck, starrte Leonie dem Gerät hinterher. Erst kurz bevor es ins Wasser fiel, stieß sie einen Schrei aus und rannte los.

Cat trat einen Schritt auf Gabriel zu, dessen Lächeln inzwischen nicht mehr so selbstsicher wirkte. «Jetzt passen Sie mal auf», sagte Cat. «Meine Tochter ist noch minderjährig, und Sie sind im Polizeidienst. Ich glaube, das Beste ist, Ihnen fällt ganz schnell ein, dass Sie dringend losmüssen. Und es wäre nicht dumm, wenn Sie Leonies Nummer löschen. Okay?»

Inzwischen war Gabriel unter der Bräune erkennbar blass geworden. Sein Lächeln hatte zu zittern begonnen.

Leonie kam mit ihrem nassen Handy zurückgerannt, sie lief zu ihrer Liege und versuchte, das Gerät mit dem Handtuch trocken zu reiben. Dabei fluchte sie die ganze Zeit vor sich hin: «Das ist doch echt nicht wahr. Das darf man irgendwie gar nicht als Mutter. Du schuldest mir ein neues Handy. Ich hau ab, ich geh zu Tante Emmi, ich ruf Opa an. Das hättest du nicht tun sollen, du wirst schon sehen, was du davon hast.»

«Sie ist vierzehn», sagte Cat zu Gabriel. «Vierzehn. Haben wir uns verstanden?»

Er nickte, wandte sich ab und ging davon.

Leo, das konnte Cat spüren, hatte den Streit aufmerksam beobachtet.

Sie atmete ruckartig aus. Mit den Füßen, das bemerkte sie erst jetzt, stand sie im warmen Wasser. Ihre Schultern waren vollkommen verspannt, ihr Magen übersäuert. Sie sollte herausfinden, ob es hier auch ein richtiges Becken gab, in dem man Bahnen ziehen konnte. Das würde ihr guttun. Dort konnte sie das Adrenalin abbauen.

«Wo ist Gabriel?», fragte Leonie auf einmal und sah sich hektisch um.

«Weg», sagte Leo. «Er liebt dich wohl doch nicht genug, um sich dafür mit unserer verrückten Mutter anzulegen.»

Leonie sprang auf und begann kreischend, mit beiden Fäusten auf Cat einzuschlagen. Die ließ sich das ein paar Sekunden lang gefallen, dann packte sie die Handgelenke ihrer Tochter. «Schluss jetzt!», befahl sie.

Auf der Rückfahrt sagte keiner von ihnen ein Wort. Leonie hatte sich einen Platz gesucht, der so weit wie möglich von Cat entfernt war. Leo hatte einen Moment verunsichert dagestanden. Sein Blick wanderte von seiner Schwester zu seiner Mutter. Daraufhin setzte er sich zwei Reihen hinter Leonie. Näher zur Schwester als zu Cat. Aber das war schon okay, dafür hatte man Geschwister.

Cat starrte auf das Wasser. Die Woche lief nicht so, wie sie es sich erhofft hatte. Erst die Ermittlungen, und als sie endlich Zeit für die Kinder hatte, machte ihr dieser Gabriel einen Strich durch die Rechnung.

Sie zuckte zusammen, als sie bemerkte, dass jemand neben ihr stand. Leo. Er wirkte vorwurfsvoll.

«Sag mal, fandest du das echt okay, was du mit Gabriel gemacht hast?», fragte er.

«Wieso?»

«Er war doch nur verliebt. Und sie auch.»

Cat starrte ihren Sohn irritiert an. «Na und? Sie ist *vierzehn*! Genau wie du.»

«Eben. Ich meine, das war doch privat.»

Sie blies die Luft aus. «Verstehe. Das ‹meinst› du.» Sie schloss für einen Moment die Augen. Dann sagte sie: «Ja, na ja, aber ganz ehrlich, so ist die Welt nun mal. Er hat ein Boot und sieht unverschämt gut aus. Ich habe eine Tochter, die zu jung ist für ihre eigenen Wünsche. Schachmatt.»

Leo schüttelte den Kopf. «Ich finde das nicht okay von dir», sagte er und presste die Lippen aufeinander, dann ging er und setzte sich neben seine Schwester.

So ging das nicht weiter. Cat musste sich von den Fällen lösen oder sie einfach selbst schnell lösen, sonst hätten ihre Kinder gar nichts mehr von ihr.

Cat starrte eine Weile auf das Wasser. Niki Georgiou war ermordet worden, während er an einer großen Reportage über Geflüchtete arbeitete. Der Lieferschein. Die Leichen. Conti mit vermutlich Geflüchteten am Bahnhof. Flüchtlinge, Flüchtlinge, Flüchtlinge ... Was genau hatte Georgiou da recherchiert und was hatte es mit dem Artikel auf sich, an dem er saß und von dem sie Auszüge bei ihm gefunden hatten?

Sie überlegte, ob sie Conti nach einer vollständigen Übersetzung des Artikels fragen sollte, den sie in Georgious Wohnung überflogen hatte. Aber ihr traute Cat momentan nicht mehr ohne weiteres über den Weg. Daher öffnete sie stattdessen ein Übersetzungsprogramm auf ihrem Handy. Und tatsächlich gab es dort die erhoffte Option: Datei hochladen und übersetzen. Sie wählte ihre Manuskript-Fotos und startete den Upload. Per E-Mail würde sie informiert werden, sobald Texterkennung und Übersetzung erledigt waren.

Wie immer war der Markusplatz die letzte Haltestelle. «Und jetzt?», fragte Cat die Kinder, als sie ausgestiegen waren.

«Und jetzt kannst du mich echt mal am Arsch lecken!», sagte Leonie.

«So redest du nicht mit mir, mein liebes Fräulein!», entfuhr es Cat, bevor ihr klarwurde, wie oft sie diesen Satz von ihrem Vater gehört hatte.

«Will ich auch gar nicht. Ich hau jetzt nämlich ab!», schrie Leonie und rannte los. Leo sah kurz seine Mutter an, dann lief er seiner Schwester, Miss Piggy an der Leine, nach.

Cat starrte den dreien verblüfft hinterher. Sekunden später waren sie in der Menschenmenge verschwunden.

Was sollte sie jetzt tun? Die Zwillinge waren alt genug, sie würden weder verlorengehen noch ins Wasser fallen und ertrinken. Sie hatten ihre Handys ... also, jedenfalls Leos, und wussten, wie man zu der Pension kam. Ändern konnte sie in diesem Moment sowieso nichts. Vielleicht war es sogar ganz gut, wenn alle Beteiligten ein wenig Abstand voneinander hatten, um sich zu beruhigen.

—

Die alte Dame an der Rezeption begrüßte Cat aufgesetzt freundlich. Sie fragte, wie es ihr in Venedig gefalle, ob mit dem Zimmer alles in Ordnung sei, wie es den Kindern gehe.

«So mittel heute», grummelte sie. Hoffentlich textete die alte Schachtel sie nicht erneut damit zu, wie besorgniserregend sie die Flüchtlinge fand.

«Wussten Sie, dass die Regierung ein Gesetz plant? Städtische Arbeitsplätze sollen danach bevorzugt an Ausländer vergeben werden. Stellen Sie sich das mal vor!»

«Mh-hm.» Cat nahm ihren Schlüssel entgegen, holte sich ein Glas Wasser aus dem Spender im Speisesaal und ging auf ihr Zimmer.

Was sollte sie jetzt tun? Sie checkte Ferdinands Aufenthaltsort. Er war im Sabzi in der Luisenstraße. Ferdi neigte zu späten Mittagspausen. Sie wählte seine Nummer.

«Hi, Kittycat, wie ist der Wasserpark?», meldete er sich gutgelaunt. Auch er schaute offenbar ab und zu nach, wo sie sich herumtrieb. Im Hintergrund waren Kneipengeräusche zu hören.

«Ach, da sind wir schon nicht mehr. Und ich wär gerade lieber zu Hause», maulte sie.

«Warum das denn?»

«Weil mich hier alle blöd finden.»

«Kann ich mir nicht vorstellen.»

«Ist aber so.» Auf einmal stürzte alles aus Cat heraus, der ganze missratene Urlaub, der Streit mit Leonie. «Na ja», schloss sie nach einer ganzen Weile endlich ihren Bericht. «Und am Ende lag ihr Handy im Wasser, und Leo und sie sind abgehauen.»

«Du Arme», sagte Ferdi mitfühlend. «Aber mal ganz ehrlich, bist du nie von zu Hause weggelaufen?»

Cat musste lachen, natürlich kannte Ferdinand die Antwort auf seine Frage.

«Doch, klar. Ich bin heulend ins nächste Dorf marschiert, weil meine Eltern mir keine Designerjeans kaufen wollten!»

«Und?»

«Und dann bin ich mit dem Bus wieder zurückgefahren, und es gab Kassler zum Abendbrot.»

«Siehst du. Ich glaube nicht, dass du dir ernsthaft Sorgen machen musst. Zumal die Kinder heutzutage viel selbständiger sind als wir damals.»

«Du hast recht, ich mache mir trotzdem Sorgen.»

«Wie lange sind sie denn schon weg?»

«Eine halbe Stunde.»

«Handy?»

«Leos.»

«Gib ihnen noch eine Stunde, und wenn sie dann noch nicht zurück sind, rufst du ihn an.» Vom Hörer abgewandt, sagte er: «Stimmt so.» Die Geräuschkulisse in Berlin veränderte sich. Eine Tür klappte, dann waren auf einmal Vögel zu hören. Ferdinand ging zu Fuß zurück in die Klinik.

«Okay.» Sie zögerte.

«Ja?», fragte Ferdi. Er kannte sie zu gut.

«Du hast recht. Sie werden schon nicht verlorengehen. Aber was mich darüber hinaus stresst, ist dieser Fall hier. Vittoria di Vitale, der Filmstar. Mein Vater hat mich angepriesen wie den Papst. Aber meine Bilder haben nichts gebracht. Gar nichts. Je mehr und je länger ich über die ganze Sache nachdenke, desto weniger Durchblick habe ich.»

«Herzlich willkommen in der Wirklichkeit», urteilte Ferdinand. «Ihr werdet es schon noch rauskriegen. Eins kann ich dir aber sagen, jedenfalls ist das bei uns so: Am Ende ist alles immer komplizierter, als man vorher denkt. Irgendwie hängt immer alles mit allem zusammen. Und andererseits: Wenn man zurückschaut, schlägt man sich vor die Stirn und fragt sich, warum man nicht gleich draufgekommen ist.»

«Ich hoffe es.» Sie verabschiedete sich, legte auf, zögerte und wählte Leos Nummer.

Es klingelte vier Mal, bis sich die Mailbox einschaltete. «Das ist jetzt nicht mehr lustig, ich mache mir echt Sorgen! Kommt ins Hotel oder ruf mich wenigstens an. Hier ist deine Mutter!»

EINUNDDREISSIG

Conti las das Protokoll der Vernehmung von Andrea Peluso, di Vitales Ex-Mann und -Manager. Er lebte auf der direkt südlich von Venedig liegenden sechsteiligen Inselgruppe Giudecca, die zum Stadtteil Dorsoduro zählte.

Wir wurden vor acht Jahren geschieden, oder vielleicht sind es auch schon zehn. Doch schon lange zuvor war es aus zwischen uns. Venedig ist keine große Stadt, natürlich sind wir einander dann und wann mal über den Weg gelaufen, und sicher habe ich ihr nichts Schlechtes gewünscht. Die Trennung war ... nun ja, Sie kennen die Geschichte bestimmt. Andererseits wundert es mich auch nicht, dass es nun so gekommen ist.»

«Wieso sind Sie dieser Ansicht?»

«Wir waren ja nicht nur verheiratet, ich war auch ihr Manager. Und wissen Sie, Vittoria war sehr gut darin, den schönen Schein zu wahren. Damals schon. Viel stimmte ja auch, ihr Einsatz für den Tierschutz, für die Künste, für Kinder. Andererseits hört man so einiges. Die kulturelle Szene Norditaliens ist übersichtlich. Und wenn sie zum Beispiel von einer heimlichen Affäre erfuhr, dann hat sie demjenigen bei der nächsten Begegnung schon mal zuckersüß vorgeschlagen, doch einen größeren Betrag an ihre Stiftung zu spenden. Das wäre doch viel schöner, als wenn sich die Sache herumspräche. Es traf keine Armen, und sie hat – jedenfalls in meiner Zeit – nie auch nur einen Euro Steuern hinterzogen. Aber das war so eine Art, die mir nicht gefiel. Im Grunde war es ja Erpressung. Sie mochte ... doch, das kann man sagen, das würden Ihnen auch die Regisseure bestätigen. Sie mochte es, Macht auszuüben.»

«Sie denken also, es könnte Rache hinter der Tat stecken?»

«Es scheint mir jedenfalls nicht unmöglich. Ein Leopard ändert seine Flecken nicht. Vielleicht hat sie einfach die falsche Person unter Druck gesetzt.»

«Ihr aktueller Manager Pietro Moretti berichtet von einem Fehlbetrag von 500 000 Euro auf den Konten?»

«Das ist ... meiner Ansicht nach ist das ohnehin verjährt. Es war meine Schuld. Ich hatte auch nach der Scheidung noch Zugriff auf einige Konten. Wir haben einfach vergessen, das sauber zu regeln. Ich benötigte eine größere Summe für eine Spekulation, die bombensicher schien. Aber das denkt man vorher immer. Nach sechs Monaten sollte das Geld zurück auf dem Konto sein, niemand hätte etwas gemerkt, und ich hätte eine schöne Rendite eingestrichen. Hat aber nicht geklappt. Sie war sehr enttäuscht von mir. Warf mir Vertrauensbruch vor. Nicht zu Unrecht. Sie wollte aber keinen neuen Skandal, deshalb hat sie sich bereit erklärt, den Verlust zu übernehmen. Sie hat dafür damals einen ihrer Oscars versteigern lassen. Den zweiten. Den fand sie sowieso ungerechtfertigt.

Sehen Sie, so war sie. Deswegen weiß ich auch nicht ... Ich verstehe nicht, warum sie sich mit diesem Rizzo eingelassen hat.»

«Wieso?»

«Er ... ach, das tut wahrscheinlich nichts zur Sache.»

«Bitte. Wenn er unschuldig ist, hat er nichts zu befürchten.»

«Nicht, dass Sie mich missverstehen. Ich habe nie davon gehört, dass er sie schlecht behandelt hätte. Andererseits wäre ich vermutlich auch der Letzte gewesen, dem sie das erzählt. Aber ... ich fand es einfach merkwürdig, die beiden. Rizzo gilt zwar auch als Vorzeigebürger. Aber im Gegensatz zu Vittoria ist er keiner. Das kann man wohl schon so sagen.»

«Meinen Sie, er hat Verbindungen zur ... Mafia?»

«Dazu möchte ich mich nicht äußern.»

«Ihre Aussage wird streng vertraulich behandelt.»

«Dennoch möchte ich mich dazu nicht äußern, weil meine Informationen nur auf Hörensagen beruhen. Es wäre also auch gut möglich, dass der Mann sich nie etwas hat zuschulden kommen lassen.»

Es folgten Angaben zu seinem Aufenthaltsort innerhalb der vierundzwanzig Stunden vor dem mutmaßlichen Tatzeitpunkt, einschließlich einer Liste von Personen, die dies bestätigen könnten, sowie zu seiner finanziellen Situation. Die Fragen wurden fortgesetzt:

«Wann haben Sie Signora di Vitale das letzte Mal persönlich getroffen?»

«Das muss ... letztes Jahr. Auf der Eröffnung des Filmfestivals. Dort sind wir uns jedes Jahr über den Weg gelaufen. Ansonsten war da auch nichts mehr zwischen uns. Ab und zu sehe ich abends im Fernsehen einen alten Film von ihr, dann denke ich zurück an unsere Zeit. Was hätte sein können. Aber wissen Sie – vielleicht war es auch gut so. Vielleicht war ich ihr nicht abenteuerlich genug. Trotz meiner finanziellen Eskapaden. Ich bin ein Schreibtischhengst. Und Rizzo ... sehen Sie ihn sich an. Er ist ein, ach, sagen wir mal: ein Mann der Tat. Vielleicht war es das, was sie an ihm angezogen hat, und vielleicht war sie glücklich mit ihm. Das wäre doch schön.»

Jacopo, immer wieder Jacopo. Wie sollte sie damit umgehen, dass ihr Vater im Lauf der Ermittlungen immer wieder auftauchte?

Sie wollte ihn schützen, aber wenn sie anfing, Aussagen zu unterschlagen, machte sie am Ende alles nur noch schlimmer. Conti war sicher, dass er mit dem Mord nichts zu tun hatte. Ein eifersüchtiger Ex konnte daran nichts ändern.

Nach kurzem Zögern leitete sie das Dokument an die deutsche Kollegin weiter.

ZWEIUNDDREISSIG

Was sollte sie tun? Cat konnte ihre Kinder nicht herzaubern. Und sie würden auch nicht schneller kommen, wenn sie wütend auf dem Bett saß.

Vielleicht war es so wie mit dem Telefon, das immer nur klingelte, wenn man in der Badewanne saß. Cat lächelte unwillkürlich. Schon für ihre Kinder hatte dieser Vergleich keine Bedeutung mehr. Die texteten nur noch, niemand rief sie an, außer ihrer Mutter.

Cat zog ihre Schuhe an und verließ die Pension. Auf dem Weg hielt sie Ausschau nach Leo und Leonie. Schließlich erreichte sie mal wieder den Markusplatz. Sie war einfach mit den Massen mitgeschwommen. Egal, inzwischen hatte sie Hunger.

Sie wartete auf einen Platz an der Bar des Caffè Florian und bestellte sich einen *Insalata Florian*: Salat, Shrimps, Gurke, Bresaola, Kirschtomaten und Mozzarella. In der Karte stand, das 1720 im Arkadengang unter den neuen Prokuratien eröffnete Florian sei Italiens ältestes Kaffeehaus, ein gewisser Floriano Francesconi habe damals eine einfache Ausschankstätte mit zwei Öllampen betrieben. Doch da zahlreiche Ratsgremien im nahen Dogenpalast tagten, gehörten bald schon Adelige, die das neue Trendgetränk «Kaffee» zu sich nehmen wollten, zu seinen Stammgästen.

Im Gegensatz zu den Londoner Cafés dieser Zeit waren in Venedig – wie auch in Paris – Frauen als Gäste willkommen. Eine Tradition, die Cat ausdrücklich begrüßte. Trotz Verkäufen, Renovierungen, Erweiterungen und Umbauten ließen Schnörkel, Marmor und viele goldene Flächen und Verzierungen das Café, obwohl neben jedem Gast ein Handy auf dem Tisch lag, scheinen, als sei die Zeit stehengeblieben.

Während sie auf ihr Essen wartete, zog auch Cat ihr Telefon hervor und überprüfte ihre Mails. Die Übersetzung des Artikels von Georgiou war eingetroffen, außerdem hatte Conti ihr das Protokoll der Vernehmung von di Vitales Ex-Mann geschickt.

Ein etwas zu affektiert auftretender Kellner servierte den überteuerten Salat, als erwiese er ihr eine Gnade. Immerhin war alles frisch.

Cat las beim Essen. Die Übersetzung war über weite Strecken völlig unbrauchbar. Vor allem, weil Georgiou zahlreiche handschriftliche Korrekturen vorgenommen hatte, mit denen die Texterkennung nicht zurechtkam. Immer wieder musste Cat die Gabel weglegen und sich die Originalfotos anschauen.

An einer Stelle hatte der Journalist einen ganzen Absatz gestrichen und neu formuliert. *Ein glänzender Stern dieser City*, schwurbelte das Übersetzungsprogramm, und dann: *ein Mann, dessen Narben arm sind, der nur mit halbem Ohr zuhört.*

So kam sie nicht weiter. Cat legte das Handy beiseite, starrte in den Spiegel an einer der Säulen und aß weiter.

Wo waren Leo und Leonie bloß hin? Das Handy der Tochter ins Wasser werfen! Warum war sie eine so schlechte Mutter?

Sie seufzte und öffnete das nächste Dokument, das Protokoll der Vernehmung von Andrea Peluso, di Vitales Ex-Mann und Ex-Manager. Er redete und redete, ohne viel zu sagen. Am Ende war ihm eigentlich nur wichtig: Ich war's nicht! Aber der neue Freund von di Vitale, der ist doch wirklich nicht ganz koscher!

Sie musste mit Conti reden. Die durfte ihren Vater nicht mehr länger decken. Nur: Wie sollte das gehen, ohne dass die sich selbst belastete?

Als Cat das Café verließ, sah sie zu ihrer Überraschung die Ermittlerin. Conti stand einige Meter von Cat entfernt auf dem Markusplatz und rauchte. Ihre Körperhaltung wirkte angespannt, als wäre sie bereit, jederzeit loszurennen. Während sie den Rauch ausstieß, schaute sie mit halb geschlossenen Augen über die Dächer hinweg zum Himmel.

Cat überlegte, ob sie Conti ansprechen sollte. Die Italienerin würde die Zwillinge nicht zur Fahndung ausschreiben können, und Cat war nicht sicher, ob sie das überhaupt wollte. Außerdem fühlte sie sich gegenüber ihrer Kollegin nicht wohl. Erst die gemeinsame Nacht, dann kein Wort mehr, und schließlich tauchte Conti inmitten einer Männergruppe am Bahnhof auf, während sie eigentlich ermitteln oder schlafen sollte.

Doch bevor Cat abtauchen konnte, hatte Conti sie entdeckt, trat ihre Kippe aus und kam auf sie zu.

Einen Moment lang standen sie einander gegenüber. Contis Lächeln wärmte Cat das Herz.

«Was ist passiert?», fragte Conti.

«Sieht man das?»

Conti nickte nur.

Cat erzählte von dem Streit mit Leonie. Wobei sie vorläufig verschwieg, wer der junge Mann gewesen war, der ihrer Tochter den Hof machte. Sie kam sich immer dümmer vor. Welche Mutter warf denn das Handy ihrer Tochter ins Wasser?

«Hast du Leo schon angerufen?»

Cat nickte. «Aber er geht nicht ran.»

Conti zuckte mit den Achseln. «Jugendliche.»

«Sie werden schon wiederkommen», stimmte Cat zu. «Ich mache mir nur trotzdem Sorgen. Und vor allem Vorwürfe.»

Conti nahm ihre Hand. «Wir machen alle Fehler», sagte sie mitfühlend. Eine ganz andere, bislang unbekannte Seite der sonst so direkten Ermittlerin tat sich auf.

«Ja. Das stimmt», sagte Cat. «Aber ich darf das nicht.»

«Wieso?» Conti drückte ihre Hand noch einmal, dann ließ sie los. Cat atmete durch. Ein bisschen erleichtert, ein bisschen traurig, vor allem aufgeregt. Ihr fiel auf, dass Conti keinen Lippenstift trug.

«Weil ich sonst alle enttäusche. Dich. Meinen Vater. Meine Kinder. Mich.»

Conti schüttelte den Kopf. «Wie schrecklich. Wie anstrengend. Fehler gehören zum Leben dazu.» Was war auf einmal in die sonst so toughe Ermittlerin gefahren?

«Es fällt mir schwer, das auszuhalten.» Tränen schossen Cat in die Augen. Auch das noch. Sie wischte sich mit der freien Hand über das Gesicht. «Ich will die beste Mutter sein, die beste Freundin, die beste Fotografin, die beste Tochter. Und ich schaffe es nicht. Ich schaffe es einfach nicht.» Wie gern hätte sie sich jetzt einfach in Contis Arme geworfen. Aber das war hier natürlich völlig undenkbar. Trotzdem ging es ihr besser, nachdem sie sich der Kollegin anvertraut hatte. «Was mache ich denn jetzt?», fragte sie leise.

«Du wartest, bis deine Kinder wieder da sind», entgegnete Conti. «Ihr werdet ein ernsthaftes Gespräch über Grenzen und gutes Benehmen führen, und mit etwas Pech liegt danach das nächste Handy im Wasser.» Conti lächelte, während ihr Blick Richtung Lagune ging.

«Ja, okay, gut», erwiderte Cat, «aber ich meinte eigentlich, so überhaupt. Im Fall di Vitale kommen wir nicht weiter. Und mit Georgiou auch nicht. Haben die Fälle etwas miteinander zu tun? Das Thema Flüchtlinge vielleicht?» Sie rieb ihre Handflächen aneinander, dann gab sie sich einen Ruck: «Sag mal, ich habe dich gestern Abend am Bahnhof gesehen. Mitten in einer Gruppe ... ich vermute mal, es waren Flüchtlinge. Engagierst du dich ehrenamtlich?»

Conti versteifte sich für einen Moment. Dann schüttelte sie energisch den Kopf und sagte geschmeidig: «Du musst dich irren. Ich war die ganze Nacht im Büro. Wahrscheinlich eine Verwechslung.» Das Lachen, das sie diesem Satz hinterherschickte, klang beinahe echt, nur die Obertöne klirrten etwas.

«Ich dachte nur», sagte Cat. Sie mochte Conti, aber warum log sie?

Die zog ihre Zigaretten aus der Tasche, wobei sie sich zugleich einen halben Schritt von Cat entfernte. «An Georgious Laptop hat sich die IT die Zähne ausgebissen. Die Festplatte wurde mehrfach überschrieben, da ist nichts mehr drauf. Für seine Cloudspeicher und E-Mails benötigen wir einen richterlichen Beschluss. In der Annahme, dass sich ein Teil der Server außerhalb Italiens befinden wird, haben wir gleich einen internationalen Beschluss beantragt, das dauert immer ein paar Tage. Und die übrigen Handydaten haben uns auch nicht weitergebracht. Weder bei ihm noch bei di Vitale.»

Cat nickte. Manchmal liefen Ermittlungen so. Man tat, was zu tun war, hatte viel Arbeit und kam nicht voran.

Sie wusste nicht, was sie noch sagen sollte. Vorgestern waren sie einander so nah gewesen. Jetzt schien eine unüberbrückbare Distanz zwischen ihnen zu liegen. Lag es daran, dass Cat am Ende doch kein Verständnis aufbringen konnte für den Ehrgeiz der Kollegin, der so groß war, dass sie einen Fall behielt, in dem ihr eigener Vater nach wie vor der Hauptverdächtige war? Zudem wurde Cat das Gefühl nicht los, dass die Nacht nicht so magisch gewesen war, wie sie gedacht hatte. Sondern dass die Italienerin versucht hatte, sie auf ihre Seite zu ziehen.

«Ach, übrigens hat di Vitales Ex erklärt: Sie hat einen ihrer Oscars versteigern lassen, sie wollte wohl damit das Konto der Stiftung ausgleichen.» Conti warf die nächste Kippe zwischen die Tauben. «Ich muss los», sagte sie. Und weg war sie.

Nachdenklich ging Cat in die entgegengesetzte Richtung. Eine eigenartige Begegnung. Warum stritt Conti ab, am Bahnhof gewesen zu sein? Cat zog ihr Handy heraus, versuchte es erneut bei Leo. Mailbox.

In dem Säulengang um den Markusplatz herum reihte sich ein Andenkenladen an den nächsten, und alle verkauften das gleiche Zeug. Postkarten, Gondeln, Taschenmesser, Kühlschrankmagnete, T-Shirts, Briefbeschwerer. Dazwischen ab und zu ein Café, dann eine Eistheke. Der zehnte oder zwölfte Laden hob sich ab. Das Schaufenster war minimalistisch dekoriert, es zeigte nur einige sehr edel und teuer aussehende Stücke aus Glas: zwei hohe Vasen, eine übergroße Schale, einige mehrfarbige Deko-Elemente. Cat erkannte den Stil sofort. Diese Stücke stammten aus Rizzos Werkstatt. Sie fragte sich, ob er die Teile alle persönlich fertigte oder hinter den Kulissen eine ganze Armee an Glasbläsern beschäftigte.

Auf einem Flachbildschirm an der Rückwand des ganz in Weiß eingerichteten Shops lief ein Video, das den Künstler bei der Arbeit zeigte. Obwohl Cat ihn bereits live gesehen hatte, schaute sie gebannt zu.

Rizzo trug auf dem linken Unterarm zwei große Verbandspflaster. Vermutlich war er versehentlich gegen den Ofen oder das heiße Glas gekommen und hatte sich eine Brandverletzung zugezogen. Er holte die Schmelze aus dem Ofen, blies in die lange Glasbläserpfeife, drehte sie dabei, bearbeitete das Ergebnis auf der Glasmacherplatte. In den Ofen, blasen, ziehen, drücken, formen. Diesmal wurde auch gezeigt, wie er Glas einer zweiten Farbe in das erste Werkstück einarbeitete.

Cat hatte keine Ahnung, wie er aus diesem formlosen Klumpen solche Wunderwerke fabrizierte. Rizzo musste von Anfang an das Endprodukt vor Augen haben. Die schnellen Schnitte taten ein Übriges, ihn entschlossen und zielstrebig wirken zu lassen.

Auf einmal griff er nach einem Gerät, das bislang außerhalb des Bildfeldes gelegen hatte. Es sah aus wie der Brenner für Crème brulée, den Ferdinand benutzte.

Rizzo setzte es auf das zweifarbige Glas und drückte ab. Der Film war ohne Ton, aber Cat vermutete, dass das Gerät ein Knallen von sich gab. Ein tiefer, kreisrunder Abdruck erschien im Glas. Der Glaskünstler versetzte das Gerät und erzeugte zwei weitere kreisförmige Mulden. Dann zog und zupfte er mit einer Strukturzange noch ein wenig an seinem Werkstück, schließlich wurde das Ergebnis seiner intensiven Arbeit eingeblendet. Eine Glasplatte, etwas dicker als eine flache Hand, zweifarbig marmoriert, mit drei tiefen, kreisförmigen Löchern.

Dasselbe künstlerische Motiv fand sich bei den anderen im Film präsentierten Produkten: einer Schale, deren Glasfuß dieselben charakteristischen Einschusskrater aufwies, ein Mobile, dessen hauchdünne Elemente auf diese Weise tatsächlich ganz durchbrochen worden waren, sowie eine Vase, die wohl ebenfalls auf diese Weise ringsum verziert worden war.

Fuck, dachte Cat auf einmal. *Das ist ein Bolzenschussgerät!*

Quarzsand. Bolzenschussgerät. Sie musste sofort Conti anrufen.

Beinahe wäre ihr vor lauter Aufregung das Telefon heruntergefallen. Sie hatte keine Ahnung, ob es wirklich ein Bolzenschussgerät war, dafür stand sie zu weit vom Fernseher entfernt. Aber es musste zumindest etwas Ähnliches sein. Irgendetwas – ein Bolzen? – kam vorne aus dem Ding herausgeschossen und fabrizierte eine tiefe Mulde oder, je nach Dicke des Materials, ein Loch.

Sie wählte eine Nummer und starrte die Stücke im Schaufenster an, während sie es klingeln ließ. Eine der Vasen verfügte ebenfalls über die kreisförmigen Mulden. Sie hatten einen Durchmesser von etwa einem Zentimeter und eine Tiefe von vielleicht zwei Zentimetern. Mehr nicht.

Quarzsand unter dem Schuh und ein Bolzenschussgerät in der Werkstatt. Das konnte kein Zufall sein. Aber bei zwei Zentimetern Tiefe, da kratzte man bei einem Schwein oder einem Rind doch erst an der Hirnrinde. Damit ließ sich kein Tier lähmen. Und vermutlich auch kein Mensch.

Irgendetwas passte noch nicht.

«*Pronto?*», meldete sich Conti.

«Wie tief war di Vitales Stirnwunde?», fragte Cat.

Durch den Hörer waren Tastenanschläge zu hören. Cat wandte sich um und schaute zur Polizeistation auf der gegenüberliegenden Seite des Platzes. Sie stellte sich Conti an ihrem Schreibtisch konzentriert bei der Arbeit vor. Vielleicht strich sie selbstvergessen ihr Haar zurück. Und wenn sie sich zurücklehnte, um nachzudenken, straffte sich die Bluse über ihren Brüsten.

«Acht Zentimeter ab Außenseite der Knochenplatte.»

Cat musterte die Vase im Schaufenster. Unmöglich. «Hm. Ja. Okay, danke», sagte sie und legte auf.

Sie musste nachdenken, bevor sie Conti in Schwierigkeiten brachte und Rizzo die Polizei auf den Hals hetzte .... Quarzsand, der konnte von sonst woher kommen. Bolzenschussgerät, auch okay. Aber beides zusammen? Das schienen ihr zu viele Zufälle. Möglich, dass Rizzo in dem Video gar kein Bolzenschussgerät benutzte, sondern irgendein Spezialwerkzeug.

Sie sah auf die Uhr. Zwei Stunden waren vergangen, seit Leo und Leonie abgehauen waren.

IL GHETTO

Während der Arbeit träumte Dayo meist vor sich hin. Vielleicht war er auch deshalb langsamer als die anderen Männer. Aber es half ihm, die Trostlosigkeit seiner Situation zu ertragen.

Während er Tomatenpflanzen packte und aus dem Boden riss, sie auf den Acker warf und die prallen roten Früchte einsammelte, endlose Reihe für endlose Reihe, dachte er an morgen.

Das Geschenk, das er sich selbst machen würde.

Den anderen gegenüber hatte er behauptet, bereits Sex gehabt zu haben. Klar. Sonst hätten sie über ihn gelacht. Sie sprachen abschätzig über die Frauen im Camp, über Frauen sowieso. Dayo fand das nicht richtig, aber er traute sich nicht, etwas zu sagen. Manchmal kam ihm der Gedanke, dass vielleicht fremde Männer ebenso über seine Mutter gesprochen hatten, dann ballte er die Fäuste und schlug sich, so fest er konnte, auf die Oberschenkel, damit der Schmerz die Trauer vertrieb.

Vielleicht war es gut, dass Larama es nicht bis hierher in dieses Höllenloch geschafft hatte. Sie wäre zu schwach für die Arbeit auf dem Feld gewesen. Aber, so fürchtete Dayo, nicht zu jung für die Arbeit am Rande des Camps.

Für seinen Wunsch schämte er sich, und zugleich freute

er sich darauf. Endlich zu wissen, wie es war. Endlich zu erleben, was den anderen Männern so wichtig zu sein schien. Wichtiger, als zu essen oder zu trinken. Wichtiger, als das Geld zu sparen und nach Hause zu schicken.

Dayo konnte sich in seinen Träumen nichts ausmalen, was schöner wäre als Sex.

Wenn er daran dachte, an die Frauen, die vor dem Container saßen und warteten, an morgen, an seinen Geburtstag, dann wurde sein Penis steif, und er konnte sich nicht mehr gut bücken, um die Tomaten aufzusammeln. Also verdrängte er die Phantasie. Ersetzte sie durch eine, von der er wusste, dass sie niemals Wirklichkeit werden würde. Seine Geschwister und er in einem Haus, in Sicherheit. Die Eltern noch am Leben. Larama lachte und spielte im Garten.

DREIUNDDREISSIG

Als Cat zurück in die Pension kam, lagen Leonie und Leo auf ihren Betten. Leo surfte auf dem Handy, Leonie starrte an die Decke. Keiner der beiden sagte etwas zu ihr oder schaute sie auch nur an.

Cat musterte die Kinder. Durch deren Trotz kehrte auch ihre Wut zurück. Sie schloss die Zwischentür.

Es war später Nachmittag, der Tag war gelaufen.

Sie setzte sich an das Schminktischchen, klappte den Laptop auf. Sie würde ihre privaten Fotos sichten, das würde sie jetzt beruhigen.

Sie löschte misslungene Aufnahmen, die übrigen sortierte sie in Ordner. In den ersten kamen fotografisch interessante Bilder, beispielsweise Muster oder Formen, die sich wiederholten; anspruchsvolle Motive, die sie vielleicht irgendwann abziehen lassen würde. Der zweite war für Freunde und Familie: Fotos von den Kindern, Miss Piggy, Selfies. Hier speicherte sie zudem auch die ganz normalen Urlaubs- und Alltagsbilder: vom Strand, dem Hotelzimmer, dem Mittagessen, dem Himmel über der Lagune. In einen dritten Ordner kamen die Katzenfotos. Mittlerweile fast ein Dutzend in diesen wenigen Tagen, wenn man die Löwenbilder mitzählte, die Leonie ihr geschickt hatte.

Cat beschloss, eine Venedig-Bildgalerie auf *Cat's Cats*

hochzuladen: neun Markuslöwen, die als Vorschau in einem Raster von drei mal drei Bildern angezeigt würden. Sie wählte die besten Bilder aus, beschnitt eines davon, hellte zwei auf, erhöhte bei einem den Kontrast, konterte das letzte, damit der Löwe unten rechts nach links innen schaute. Sie überprüfte, dass alle Dateien mit den korrekten GPS- und Metadaten versehen waren, sodass interessierte User nachvollziehen konnten, wo und mit welcher Ausrüstung die Bilder entstanden waren.

Das Foto von der Pensionskatze, die am Objektiv leckte, war süß. Aber sie wollte nicht, dass eine Veröffentlichung andere Bilder übertrumpfte. Die Katze musste also warten.

Schließlich startete sie den Upload, der allerdings aufgrund der zahlreichen großen Dateien auf dem ohnehin schon nicht besonders flotten WLAN der Pension in Schneckengeschwindigkeit vor sich ging. *Noch 30 Stunden ... noch 3 Tage ... noch 99 Minuten ... noch 67 Minuten und 45 Sekunden ...*

Sie wechselte zu ihren E-Mails. Eine von Conti: Di Vitales Hausratversicherung hatte sich zurückgemeldet, tatsächlich war die Versicherungssumme für den Schmuck vor fünf Jahren erheblich verringert worden. Die Versicherungsnehmerin hatte eine Liste der versicherten Schmuckstücke eingereicht, und Conti hatte einen Mitarbeiter abhaken lassen, was noch vorhanden war. Bis auf eine Halskette mit Muscheln und einen Silberring war alles da.

Conti hatte dazu geschrieben: *Das war kurz vor ihrem siebzigsten Geburtstag. Vielleicht wollte sie einfach klar Schiff machen, solange sie dazu noch selbstbestimmt in der Lage war.*

Möglich, passte zu der Aussage Pelusos, und spartanisch hatte di Vitale ja trotzdem nicht gelebt.

Cat wechselte zurück in das Uploadfenster. Sie starrte auf den Balken, ohne ihn wirklich wahrzunehmen.

Sah im Geiste die Unterschrift auf dem Lieferschein vor sich. Warum war sie nicht gleich darauf gekommen? Das Gekrakel hieß: *Rizzo*.

Sie rief das Bild auf. Möglich war es jedenfalls.

Irgendwie steckte er in der Sache drin. Sie wusste noch nicht genau, wie, aber er tauchte einfach zu oft auf.

Langjährige Beziehung zu di Vitale.

Er arbeitete mit einem Bolzenschussgerät.

Jetzt erinnerte sie sich an ein weiteres Detail. Der Bauernhof, auf dem Rizzo aufgewachsen war und den heute sein älterer Bruder führte, war nicht in Padua, wohin Conti die Kollegen geschickt hatte, sondern in Treviso.

Schön, wenn die eigene Tochter die Ermittlungen leitete und aus Eigennutz lieber nicht zu genau hinschaute.

Cat wurde klar, warum die Ermittlungen in dieser Richtung nicht vorankamen. Sosehr Conti behauptete, dass Rizzo mit der Sache nichts zu tun haben konnte, sosehr fürchtete sie doch, dass es anders war. Besser also, diese Fährte nicht zu intensiv zu verfolgen.

Sie setzte sich auf, um die auf sie einstürmenden Gedanken zu sortieren.

Der Lieferschein ... Der Lieferschein. Warum hatte Georgiou einen von Rizzo unterschriebenen Lieferschein ausgedruckt?

Moment. In dem Container war «Schüttgut» gewesen. Sand! Quarzsand für die Glasbläserei?

Möglich. Aber dann fragte sie sich erst recht: Was interessierte es Georgiou?

Was hatte das alles mit einem Container aus Marokko zu tun? Und ... oh.

Ein glänzender Stern dieser City ... ein Mann, dessen Narben arm sind, der nur mit halbem Ohr zuhört ...

So hatte das Übersetzungsprogramm Georgious Korrekturen auf Deutsch angezeigt. War vielleicht Rizzo der «glänzende Stern dieser City» – ein stadtbekannter Star mit Narben an den Armen, dessen eines Ohr nur noch zur Hälfte vorhanden war?

Star stimmte, Ohr stimmte. Und was war mit den Narben?

Auf dem Foto aus der Kirche trug Rizzo ein weißes Hemd und einen schwarzen Anzug, seine Arme waren nicht zu sehen. Aber in dem Video im Schaufenster hatte er einen Verband getragen, und als sie gestern in seiner Werkstatt gewesen waren ... Sie meinte, sich an dunkle Streifen auf seinen Unterarmen zu erinnern. Sie hatte nicht weiter darauf geachtet. Möglich, dass es sich um Narben handelte.

Sie wechselte den Ordner, aber sie hatte keine Aufnahmen von der Vorführung gemacht.

Cat sprang auf, lief hinüber zu Leonie und Leo. «Ich brauche eure Hilfe. Ihr habt doch gestern in der Glasbläserei gefilmt. Kann es sein, dass der Glasbläser – Rizzo – Narben an den Unterarmen hat?»

Keine Regung.

«Hallo?!», rief sie etwas lauter. Sie konnte erkennen, dass es Leo schwerfiel, sich weiter auf den Bildschirm zu konzentrieren. Leonie schloss die Augen.

Cat stöhnte. Sie kehrte in ihr Zimmer zurück und knallte die Tür hinter sich zu. Das nächste Mal würde sie allein verreisen und die Kinder bei Emmea in Berlin lassen.

Wie hieß das Sprichwort noch? Wo Rauch ist, ist auch Feuer! Wenn ihre Folgerung stimmte, dann wurde Rizzo zumindest im Entwurf des Textes für Venezianer erkennbar als derjenige beschrieben, der die Illegalen in Empfang nahm – und ein zweites Mal abkassierte.

Und dann hatte Georgiou die Passage sicherheitshalber gestrichen. Weil er sie nicht beweisen konnte. Oder weil ihm sein Leben lieb war.

Hatte Rizzo also wirklich etwas mit Flüchtlingen zu tun? Vielleicht steckte auch di Vitale in der Sache drin, das passte zu ihrem Engagement. Wer Kindern ein besseres Leben ermöglichen wollte, würde vielleicht auch dafür sorgen wollen, dass sie nach Italien kamen, statt in Nordafrika zu verhungern. Und was hatte es mit diesem verdammten Bolzenschussgerät auf sich? Rizzo benutzte für seine Vasen etwas in dieser Art. Di Vitale war mit einem Bolzenschussgerät niedergestreckt worden. Allerdings stimmte die Penetrationstiefe nicht. Die Löcher, die sein Gerät hinterließ, waren nur wenige Zentimeter tief.

In der Wunde hatte man ein körniges Substrat gefunden. Mittlerweile musste dessen Analyse eigentlich vorliegen – es konnte nur Quarzsand sein.

Cats Handy vibrierte. Eine Nachricht von Leo. Kommentarlos hatte er ihr einen Screenshot aus seiner Videoaufnahme von Rizzos Performance geschickt. Eindeutig waren darauf dunkle, narbige Streifen auf dessen Unterarmen zu erkennen.

Cat schwirrte der Kopf.

Wie würde Conti bei einer Konfrontation reagieren?

—

Conti war Rizzos Tochter. Das machte sie befangen. Aber sie war doch in erster Linie Polizistin. Deswegen hatte Cat sich entschlossen, Conti ihre Theorie vorzutragen, die zwar noch einige Löcher aufwies, aber zu vieles schien in eine Richtung zu deuten. Vielleicht konnte Conti ein paar der Löcher mit ihrem Insiderwissen stopfen. Dann wären sie hinterher weiter, so oder so.

Conti hatte ruhig zugehört, nun schwieg sie und starrte an Cat vorbei. Sie wirkte konzentriert und zugleich vollkommen verloren. Cat war nicht sicher, was sie tun sollte. Stillhalten und abwarten oder nachfragen?

Conti holte tief Luft, als wollte sie etwas sagen, was ihr auszusprechen schwerfiel. Doch dann ließ sie den Atem nur langsam ausströmen. Ihr Kinn sank ein wenig nach unten. Sie nickte mehrfach und setzte erneut an.

«Ich hätte es wissen müssen», sagte sie schließlich. «Als mein Vater die Kosten für das Heim meiner Mutter übernahm. Nach kurzer Zeit hatte er mich in der Hand. Ich hätte ihre Unterbringung von meinem Gehalt niemals ermöglichen können. Ich hätte ablehnen müssen, denn das allein könnte mir sicher schon als Vorteilsnahme ausgelegt werden. Sie werden mich entweder rauswerfen, oder ich kann Parktickets in Mestre ausstellen.» Sie schüttelte den Kopf. «Dafür habe ich zu hart gearbeitet.»

Sie klopfte sich mit der Hand einige Male auf den Oberschenkel. «Er hat sich drei Jahre lang anständig verhalten. Er behauptete, er würde mich gern besser kennenlernen. Aber warum, nach all den Jahren? Vatersein kann man nicht nachholen.»

Wieder seufzte Conti und richtete ihren Blick in die Ferne. Sie wirkte erschöpft, aber noch war ihre Geschichte nicht erzählt. Sanft legte Cat ihre Hand auf Contis. Und tatsächlich nahm die Ermittlerin die Geste an und ließ sich ein wenig in Cats Richtung sinken. Ihre Schultern berührten einander. So saßen sie einen Moment da.

Bis Conti schließlich fortfuhr: «Aber es ist anders, als du denkst. Er kann nicht derjenige sein, der sie getötet hat. Das glaube ich einfach nicht. Und alles andere ... Vorgestern hat er sich mit einem Problem bei mir gemeldet. Und jetzt halt dich fest. Mein Vater hat nämlich jahrzehntelang von den korrupten Strukturen in der Stadt profitiert. Traditionell war die Müllentsorgung ein Geschäft der Mafia. Vor etwa dreißig Jahren wurde die Müllentsorgung privatisiert. Außerdem mussten die Recycling-Richtlinien der EU eingehalten werden. Und was machen unsere cleveren Freunde, die italienischen Mafiosi? Geben ein super Gebot ab, kriegen den Job – und schütten den ganzen Krempel bei meinem Vater in den Glasofen!

Nicht den ganzen Recyclingmüll der Stadt natürlich, das wäre viel zu viel. Nur einen Teil. Es stecken noch mehr Leute drin. Reeder. Bestatter. Fabrikbesitzer. Erstaunlich, wie viele Brennöfen es gibt, wenn man danach sucht. Über die Jahre macht jeder von ihnen auf diese Weise ein paar Millionen. Unglaublich.» Sie sah Cat mit einem schiefen Lächeln an. «Es kommt noch schlimmer.»

Contis Vater hatte sich auf die italienische Mafia eingelassen! Cat hatte es bereits geahnt. Deshalb also hatte Conti, nachdem sie Georgious Artikel gelesen hatte, auf der Rückfahrt so bedrückt gewirkt. Sie hatte die Beschreibung ihres Vaters sofort erkannt.

«Die Geschichte ist schnell erzählt. Die Flüchtlingszahlen steigen. Schlepper verdienen an der Balkanroute, aber für viele Geflüchtete ist dieser Weg zu weit. Sie müssen über das Mittelmeer zu uns. Dann wird die Balkanroute dichtgemacht, und noch mehr Menschen reisen nach Tunesien, Libyen, Algerien. Sie alle wollen in die EU, egal wie und um jeden Preis. Alles ist besser als der Tod. Die Schlepper könnten sich dumm und dämlich verdienen. Aber sie brauchen Kontaktpersonen in der EU. Und wer bietet sich dafür an? Genau, die Mafia, die ihr Geld mit illegaler Müllverbrennung und Mehrwertsteuerbetrug macht. Diese Schweine sind Brüder im Geiste! Und nun kamen sie auf eine ganz besonders clevere Idee.»

Cat lief es kalt den Rücken herunter.

«Jacopo also berichtete mir, dass seine Geschäftspartner auf die Idee kamen, bestehende Strukturen zu nutzen, um das Risiko gering zu halten. Die Flüchtlinge sollten im Schutz der Nacht von Booten auf hoher See in Holzcontainer umsteigen, in denen sie an Land geschmuggelt werden sollten. Und diese Holzcontainer wiederum ...»

Cat wurde übel.

«... sollte Jacopo einfach verfeuern.»

Sie sah die Grauschleier in den Vasen vor sich, in ihrem Schlüsselanhänger. War das etwa ... menschliche Asche?

Conti legte nun ihrerseits die Hand auf Cats Oberschenkel. «Ganz ruhig. Er hat es nicht getan. Mein Vater hat sich am Missmanagement der Stadt schamlos bereichert. Aber er ist kein Mörder. Allerdings sind solche Geschäftsangebote auch nicht optional. Er hatte keine Möglichkeit, den Deal abzulehnen. Dafür wusste er zu viel. Also spielte er mit, aber er ließ die Leute frei.»

Cat atmete tief durch. Dann war der einzigartige Look von Rizzos Werken durch hauchfeine Überreste des Recyclingmaterials zu erklären?

«Die Ersten von ihnen», fuhr Conti fort, «waren ihm dankbar und konnten ihr Glück kaum fassen. Sie umarmten ihn, drückten ihn an sich. Das brachte ihn auf die Idee, von diesen armen Leuten eine weitere Zahlung zu verlangen. Er war der Meinung, sie höchstpersönlich vor dem Tod gerettet zu haben, weil er die Befehle seiner Auftraggeber missachtete. Jedenfalls drohte er ihnen damit, sie in den Ofen zu werfen, und sie gaben ihm, was sie noch hatten, ihr letztes Geld, ihr Smartphone, ihre Ersatzklamotten, ihre Pässe. Das ging eine ganze Weile gut. Bis seine Bosse Wind von der Sache bekamen.»

Cat war sofort klar, wie: durch Niki Georgious Recherchen!

Conti fuhr fort: «Für die war das doppelt problematisch. Erstens, wenn jemand Vereinbarungen nicht einhält, ist das in dieser Welt ein Todesurteil. Andererseits wird die Route von Monat zu Monat lukrativer. Immer mehr Menschen wollen über das Meer, zugleich macht die EU die Außengrenzen dicht, Seenotrettungsschiffe werden abgewiesen ... deshalb wäre es dumm von ihnen gewesen, Jacopo zu liquidieren. Wie also macht man jemandem deutlich, dass man es ernst meint, ohne ihn selbst über die Klinge springen zu lassen? Genau! Man hält sich an die Geliebte.

Deswegen wurde di Vitale ein Bolzenschussgerät an die Stirn gesetzt. So wie Jacopo eines nutzt. Er sollte sofort die gegen ihn gerichtete Drohung erkennen. Und deswegen auch das viele Blut. Ein Symbol, dass die Täter auch vor weiterem Blutvergießen nicht zurückschrecken. Eine eindeutige Botschaft!»

Sie schüttelte resigniert den Kopf. «Was sollte er nun tun? Der nächste Container war schon für die Nacht darauf angekündigt worden, aber er trug noch die elektronische Fußfessel. Zudem musste er fürchten, von seinen Auftraggebern beobachtet zu werden. Die würden sich keinesfalls noch einmal von ihm auf der Nase herumtanzen lassen. Deshalb bat er mich, die Menschen in die Freiheit zu entlassen. Er nannte mir alle nötigen Infos. Der Container sollte zu einer bestimmten Zeit von einem Frachter auf einen Lastkahn verladen werden. Vor dieser Umladung musste ich die Insassen heimlich befreien. Er würde den leeren Container selbst wie vereinbart in Empfang nehmen und dann verfeuern.

Er hat gesagt, ich muss ihm nur ein Mal helfen. Wegen der Fußfessel.»

Jetzt erst sah sie Cat wieder an.

«Er ist mein Vater. Was hätte ich denn sonst tun sollen?»

Cat hatte die Nase voll. Jacopo Rizzo war ein Schwein. Und zusammen mit di Vitales fehlender Ehrenbürger-Gondel konnte das alles nur eines bedeuten.

«Das Locard'sche Prinzip», sagte sie. «Jeder Täter bringt etwas zum Tatort und nimmt etwas von dort mit.»

«Nein. Ja. Okay.» Cat spürte, wie Conti unsicher wurde.

«Du meinst die Gondel. Ja. Dass er die Gondel hat, mag plausibel sein. Vielleicht sogar wahrscheinlich. Aber sicher ist es nicht.»

Cat verdrehte die Augen. «Du hörst dich an wie mein Vater. Nichts ist sicher.»

«Ich höre mich an wie eine gute Polizistin.»

Cat stöhnte. «Nehmen wir mal an, es stimmt.»

Conti nickte.

«Was folgt daraus?»

«Dass mein Vater Ehrenbürger Venedigs ist.»

«Ist er nicht. Jedenfalls steht er nicht auf der Liste.»

«Vielleicht ist die Liste nicht aktuell.»

«Dazu würde es wohl eine Pressemitteilung geben.»

«Vielleicht ist es so lange her, dass man im Internet nichts darüber finden kann. Oder ... Also, es kann wirklich viele gute Gründe dafür geben.»

Cat nickte. «Das scheint mir unwahrscheinlich. Im Gegensatz zu –»

Conti unterbrach sie: «Du willst die ganze Zeit darauf hinaus, dass *mein Vater* den Mord an Vittoria di Vitale begangen hat!» Auf einmal klang Contis Stimme scharf. «An seiner eigenen Geliebten.»

«Ja. Ich weiß ... Ja, wahrscheinlich schon.»

«Hat er aber nicht. Sein Verhalten ist nicht akzeptabel. Aber er hat nichts mit di Vitales Tod zu tun. Nichts!»

«Es sei denn ...» Cat zögerte. Sie versuchte, ihr Gefühl, ihren recht unklaren Gedanken, so präzise und unemotional wie möglich zu formulieren. «Du sagst, sie wurde von seinen Bossen umgelegt, um ihn zum Gehorsam zu zwingen. Aber warum sollte ihn das unter Druck setzen? Sie ist tot. Er ist noch am Leben. Unter Druck setzen würde es ihn, wenn sie damit *drohen* würden, sie umzubringen. Nur ein *möglicher* Verlust macht erpressbar.»

«Er fühlt sich bedroht, weil er der Nächste sein wird!», widersprach Conti heftig. «Sie haben gezeigt, wozu sie fähig sind!»

«Als wüsste er das nicht!»

Conti schüttelte energisch den Kopf und stand auf. «Hier in Venedig gibt es ein Sprichwort. Wir sagen: ‹Gedenke des armen Bäckers›. Vor langer Zeit fand ein junger Bäcker auf der Straße eine Leiche in einer Blutlache. Daneben lag ein Messer. Das hob er auf, warum auch immer. In dem Moment schaute eine Frau aus dem Fenster und sah ihn. Wenig später kam die Polizei, die Frau sagte aus, und der Bäcker wurde festgenommen. Man folterte ihn, bis er die Tat zugab, dann wurde er hingerichtet. Doch wenig später stellte sich heraus, dass jemand anders der wahre Mörder war. *Recordeve del povero fornareto* – denke an den armen Bäcker! Das sagt man hier, wenn jemand ein vorschnelles und ungerechtes Urteil fällt. Was hast du denn gegen Jacopo? Du kennst ihn doch gar nicht.»

Cat versuchte, Conti zu beruhigen, indem sie ihr die Hand auf den Arm legte. Doch die zog ihren Arm weg. «Du hast recht. Ich kenne ihn nicht. Und ich hatte bislang auch nichts gegen ihn. Außer ... nenn es professionelles Misstrauen. Er hat sich nicht um dich und deine Mutter gekümmert, bevor es ihm von Nutzen war. Fühlst du dich gar nicht im Stich gelassen von ihm? Kein bisschen?»

Conti wandte sich ab. «Du verstehst nichts ... Meine Mutter hat alles für mich getan, und jetzt kümmert er sich auf eine Weise um sie, die ich mir nicht leisten kann. Das hat sie verdient! Das hat sie, verdammt noch mal, verdient!»

Cat schwieg. Wie konnte sie Conti davon überzeugen, dass ihr Verdacht es zumindest wert war, überprüft zu werden? «Deine Mutter hat die beste Pflege und Betreuung verdient, die man mit Geld kaufen kann. So wie alle alten Menschen. Und es ist schlimm, dass das nicht für alle gilt», sagte sie schließlich. «Aber was wäre, wenn» – sie hob den Zeigefinger – «was wäre, wenn Jacopo doch etwas mit di Vitales Tod zu tun hat? Und wenn er dir nur *erzählt* hat, dass er unter Druck gesetzt wurde. Was wäre, wenn er sie selbst umgebracht hat, weil ... weil ...»

Conti nickte. «Eben. Er hat kein Motiv. Das sage ich doch.»

Cat blies den Atem aus. «Das wissen wir nicht. Wir wissen nur, dass sein Alibi für den Zeitpunkt des Mordes mehr als schwach ist. Wir wissen, dass er einen Schlüssel zu di Vitales Wohnung hatte. Wir wissen, dass bei ihm eine goldene Ehrenbürger-Gondel im Büro steht. Wir wissen, dass er kein Ehrenmann ist. Wir wissen, dass er ein Motiv haben *könnte*. Sie hat sich für Flüchtlingskinder eingesetzt, er hat die Migration kriminell ausgeschlachtet! Ich finde, das reicht, um ...»

«Um was?», fuhr Conti sie an.

«Um wenigstens herausfinden zu wollen, ob an meiner Vermutung etwas dran ist. Ganz unbürokratisch und unbemerkt. Wenn wir dabei feststellen, dass nichts dran ist, lasse ich dich in Ruhe.»

Conti lächelte, wenn auch noch etwas bemüht. «Was stellst du dir vor?»

«Wir gucken uns die Gondel an, danach wissen wir mehr. Entweder ist sein Name eingraviert – oder ...»

«... oder di Vitales», vollendete Conti den Satz. «Okay. Aber nur, weil ich dann endlich meine Ruhe habe.»

Cat ließ es dabei bewenden. Es war nicht nötig, dass Conti eingestand, wie berechtigt ihr Misstrauen gegen Rizzo war. Wichtig war nur, dass sie mitmachte.

VIERUNDDREISSIG

Cat schrieb Leo eine Nachricht: *Ihr habt für heute Abend Hausarrest!*

Da Conti kein Polizeiboot anfordern wollte, mussten sie fünf Minuten auf ein Wassertaxi warten, dass sie zügig nach Murano brachte. Es war schon wieder kurz vor Mitternacht, auf diesem Teil der Lagune waren nur noch wenige andere Boote unterwegs. Der Himmel war wolkenverhangen. Am Anleger war kein Mensch zu sehen. Conti kam auf ihren hohen Absätzen beim Aussteigen für einen Moment ins Straucheln. Cat hielt ihr die Hand hin, doch Conti fing sich ohne Hilfe.

«Gehen wir», sagte sie, ohne Cat anzusehen.

Das Klicken ihrer Schuhe hallte durch die schmalen Gassen. Cat hatte ein Sweatshirt übergezogen und fröstelte trotzdem. Murano wirkte bei Nacht noch unübersichtlicher als Venedig, es schien weniger Leuchten und Straßenschilder zu geben. Dennoch erreichten sie nach wenigen Minuten die Werkhalle.

«Hast du einen Schlüssel?», fragte Cat.

Conti schüttelte den Kopf.

Das Gebäude grenzte an einen kleinen Kanal, über den Lieferungen erfolgen konnten. An der Seite befand sich ein breites Rolltor und daneben eine Stahltür. Der Haupteingang, durch den Cat und die Kinder, wie alle Besucher, gekommen waren, befand sich vorn.

Das Erdgeschoss war dunkel. Im ersten Stock flackerte ein bläuliches Licht, vermutlich ein Fernseher. Über dem Seiteneingang befand sich eine Überwachungskamera, an der eine rote LED blinkte. Neben der Tür war ein Ziffernfeld montiert.

«Er hat meinen Geburtstag als Zugangscode gewählt», sagte Conti.

Sie tippte einige Zahlen ein. Ein rotes Lämpchen flackerte einige Male. Ansonsten passierte nichts.

Conti versuchte es erneut. Wieder eine Fehlermeldung.

«Vielleicht ...», begann Cat vorsichtig.

«Ich werde doch wohl wissen, wann ich Geburtstag habe!»

«Ja, ich dachte nur, es wären vielleicht Nullen nötig?»

Conti zögerte. Dann tippte sie wortlos erneut auf dem Ziffernblock herum.

Versuchte es einmal. Zweimal. Dreimal. Viermal.

Schließlich hob sie die Faust, als wollte sie auf die Tastatur schlagen, unterließ es aber doch.

«Er ...», setzte sie an, «er ... hat mich angelogen.»

Sie tat Cat leid. «Vielleicht hat er den Code erst vor kurzem geändert.»

«Klar.» Die Bitterkeit war unüberhörbar. «Sicher.»

«Und jetzt?»

Conti zog ihr Handy aus der Tasche. Sie hatte bereits gewählt, bevor Cat Einspruch erheben konnte. *«Sì. Sono io. Sì. D'accordo. No. Sono qui. Di fronte all'ingresso laterale. Sì. Va bene. Sì. Prego.»*

Sie legte auf. «Er kommt.»

Sie warteten. Hinter einem Fenster im ersten Stock ging Licht an, das den schmalen Stichweg zum Kanal hin erhellte. Cat konnte die Anspannung in Contis Gesicht deutlich erkennen. Scharfe Falten zwischen den Augenbrauen.

Nichts geschah, kein Laut war zu hören. Sie warteten.

Auf einmal Schritte, zwei, drei, sie kamen näher. Ein sirrendes Geräusch, die Tür öffnete sich. Rizzo trug eine Jeans, ein weißes Hemd, darüber eine Strickjacke. Seine nackten Füße steckten in Crocs. Sein Haar, tagsüber sorgfältig gekämmt und gestylt, war zerzaust und wirkte dünn. Das Gesicht zeigte keine markanten Züge mehr, sondern erschien schlaff und müde. Vor ihnen stand ein Mann, dem sein Alter deutlich anzusehen war.

«Ich wollte gerade ins ...», sagte Rizzo, als ihm auffiel, dass nicht nur Conti vor ihm stand. Er starrte Cat an. «Wer sind ... was will ... ?», begann er.

Conti trat einen Schritt auf ihn zu, damit er Platz machte und sie hereinließ. «Wir möchten nur kurz etwas fragen», sagte sie. «Dauert keine fünf Minuten.»

Cat hatte im ersten Moment Schwierigkeiten, sich zu orientieren. Sie befanden sich in einem langen, dunklen Flur. An der Decke hing eine dämmrige Glühbirne. Am Ende des Flurs stand eine Tür halb offen.

Sie versuchte, sich den Grundriss des Gebäudes vorzustellen. Rechts vorne der Eingang. Ein Info-Bereich und der Ticketschalter befanden sich an der rechten Seite des Hauses. Die Werkstatt samt Glasöfen war im hinteren Teil untergebracht, zum Kanal hin. So ließen sich Waren leichter entgegennehmen und versenden. Insbesondere konnten auf diese Weise die kleinen Container mit Sand – und anderen

Inhalten – auf einem der flachen Lieferboote herangeschafft werden. Durch die großen Tore an der Seite, neben denen sie eben gestanden hatten, konnten ebenfalls Lieferungen erfolgen, außerdem erleichterten sie den Zugang zur Werkstatt und zu den Glasöfen. Vermutlich stellten sie zugleich den vorgeschriebenen Notausgang dar. Aus der Werkstatt wiederum gelangte man erneut in den vorderen Gebäudeteil, zuerst in den Shop, dann in das vorgelagerte Café. Der Flur, in dem sie standen, führte also in den Übergang von der Werkstatt zum Shop.

Cat ging voran, Conti ihr nach.

«Was willst du? Und wer ist ...?», fragte Rizzo erneut.

Sie hatten die Tür zu dem öffentlichen Durchgang erreicht. Cat drückte sie auf und ging ohne zu zögern weiter. Links befand sich hinter einer geschlossenen Doppeltür aus Stahl die Werkstatt, rechts der Shop. Er lag im Dunkel. Die zahllosen Glasobjekte im Shop reflektierten das Licht aus dem Durchgang wie Hunderte winzige Augen.

Im Gehen schalteten sich auch in diesem Bereich die Deckenleuchten ein. Cat durchquerte den Raum, trat hinter den Kassentresen und wollte die Tür zu dem Büro öffnen, aus dem Rizzo gestern gekommen war, während sie das Panorama aufgenommen hatte.

Abgeschlossen.

Sie drehte sich zu Conti um.

Rizzo kam ihnen nach. «Was soll das?»

«Wir möchten nur kurz etwas nachsehen», sagte Conti. «Kannst du uns bitte ins Büro lassen?» Sie mochte seine Tochter sein, aber ihr Ton duldete keinen Widerspruch.

«Warum?»

Conti starrte ihn nur an.

Rizzo trat einen Schritt vor, reckte sich, nahm einen Schlüssel von der Oberkante des Türrahmens und schloss auf. «Bitte sehr», sagte er mit einer Mischung aus Hohn und Ergebenheit.

Conti ging vor. «Das ist meine Kollegin Kaitlyn Picard aus Berlin», sagte sie zu ihm und nickte in Cats Richtung.

Im Büro musste das Licht von Hand eingeschaltet werden. Die Gondel stand noch immer auf dem Bord. Cat war erleichtert. Gleich würde Conti sehen, dass sie recht hatte.

Conti ging direkt auf das Bord zu und griff nach der Gondel.

«Warte!», rief Cat. «Handschuhe!»

«Du hast recht. Danke», sagte Conti. Wobei sie keineswegs dankbar klang.

Sie zog ein Paar Latexhandschuhe aus der Tasche ihrer Uniformjacke, streifte sie über und hob die Gondel vom Regal. Betrachtete sie, drehte sie um und untersuchte die Rückseite.

Cats Handy vibrierte, aber dafür hatte sie jetzt keine Zeit.

Conti schüttelte langsam den Kopf und streckte Cat die Gondel hin. Auf der Plakette stand: *Ehrenbürger der Stadt Venedig: Jacopo Rizzo*, gefolgt von einer Jahreszahl.

Rizzo schaute von Conti zu Cat und wieder zurück.

Cat wäre vor Scham am liebsten im Boden versunken.

«Kann mir jetzt bitte mal jemand erklären, was los ist?», fragte Rizzo. Leider zu Recht.

Oder, aus Contis Perspektive, glücklicherweise.

«Wir haben ... ich habe ...», begann Cat. Sie schaute zu Boden. Wie absurd! Rückblickend machte die Sache wenig

Sinn. Wer brachte schon seine Geliebte um und stellte sich ein Andenken daran ins Regal? Conti hatte recht gehabt, die ganze Idee war absolut idiotisch gewesen. «Ich dachte ...» Sie riss sich zusammen. Was geschehen war, war geschehen. Seine Tochter war Polizistin. Er würde verstehen, dass sie Theorien durchspielen und überprüfen musste.

Und er musste ein Interesse daran haben, dass di Vitales wahrer Mörder gefasst wurde! Er hatte sie schließlich geliebt.

«Ich habe neulich ... Wir waren hier und haben Ihnen bei der Arbeit zugesehen.» Sie deutete in Richtung der Werkstatt. «Ich habe zufällig ein Foto gemacht, auf dem man durch die Bürotür diese Gondel sehen konnte. Und genau eine dieser Art ist bei Vittoria di Vitale verschwunden! Der Spur mussten wir nachgehen.»

Rizzo schüttelte den Kopf und schaute erst sie, dann Conti verächtlich an. «Ihr dachtet, *ich* hätte Vittoria ermordet?» Er hob ergeben die Hände. «Und warum, bitte? Warum sollte ich das tun?»

Conti warf Cat einen vorwurfsvollen Blick zu.

Der alte Mann hatte sich erschöpft in seinen Schreibtischstuhl sinken lassen. Auf dem Tisch lag eine etwa tennisballgroße, durchsichtige Kugel auf einem kleinen Kissen. «Ich ...», sagte er.

Er nahm die Glaskugel von ihrer Unterlage und hielt sie ganz sanft mit beiden Händen. Dann ließ er den Kopf sinken, stützte die Ellenbogen auf die Oberschenkel. Stumm hielt er die Kugel mit den Händen umschlossen.

Es war klar, was sich darin befand. Der letzte auf dieser Welt vorhandene Atemhauch von di Vitale.

Lange Zeit sagte niemand etwas.

Dann hob Rizzo den Kopf.

«Jeder ist seines Glückes Schmied», sagte eine tiefe Frauenstimme von der Tür aus auf Englisch.

Cat und Conti wirbelten herum.

In der Bürotür stand die schwangere Frau, die Cat gestern Kaffee und Kuchen verkauft hatte. Sie trug Schwarz. Ein eng anliegendes T-Shirt, das sich über ihrem Bauch spannte, eine Stretchhose, Turnschuhe. Es war, als verschluckte sie alles Licht, das auf sie fiel. Ihr schwarzes Haar war zu einem Pferdeschwanz zusammengefasst. Ihr Gesichtsausdruck war verbissen. Sie hielt eine Pistole in der Hand und zielte direkt auf Conti.

Cat versuchte, so ruhig zu atmen, wie sie nur konnte.

«Sofia, das ist Ubekwenisha. Ubi.» Eine leichte Drehung. «Ubi, das ist Sofia. Meine Tochter.»

«*Hier* ist deine Tochter», sagte Ubekwenisha und legte die freie Hand auf ihren Bauch.

Eine Geliebte? Dann wäre alles so einfach. So schrecklich einfach.

«Ich habe es befürchtet», sagte Rizzo leise.

«Und deshalb hast du mich benutzt?», fragte Conti.

«Es tut mir leid.»

«Du hast mich deine Dreckarbeit machen lassen. Weil du sagtest, du stehst unter Druck. Du wärst in Gefahr! Der Mord an di Vitale sei eine Warnung gewesen.»

«Jemand hat Vittoria erzählt, was ich ... wie es läuft», sagte er. Seine Stimme klang rauer als zuvor. «Sie kam hierher. Aufgebracht, wütend. Und Ubi ... sie ist ... sie weiß, wie es ist. Sie war in einem der Container, die ich entgegengenommen habe. Sie war krank. Sie brauchte Hilfe. Ich habe sie ... Wir haben uns ...» Hilflos deutete er in Richtung der Schwangeren.

Er hatte sie bei sich aufgenommen. Sie hatten sich ineinander verliebt. Ubi war schwanger geworden. Rizzo witterte die Möglichkeit wiedergutzumachen, was er bei Conti versäumt hatte. Er konnte für ein Kind da sein, für dessen Mutter.

Da war di Vitale einerseits im Weg gewesen – andererseits hatte er sie gebraucht, als Fassade des Anstands. Hatte Georgiou sie gegen Rizzo aufgebracht? War sie dem alten Mann gefährlich geworden? Der Anruf bei di Vitale kurz vor ihrem Tod – war das der ehrgeizige Journalist gewesen?

«Er wollte es ihr nicht sagen», sagte Ubi. Die Bitterkeit in ihrer Stimme zu hören. «Ich habe keine Aufenthaltsberechtigung. Ich könnte niemals die Frau an seiner Seite werden. Deshalb dachte er, ich kann mich nicht wehren. Er wollte beides haben, eine tolle Geliebte und eine kleine Bumsmaus zu Hause.» Trotz ihres Akzents sprach sie das Wort «Bumsmaus» superkorrekt und voller Verachtung aus. «Dafür bin ich nicht hergekommen», sagte sie.

Cat schoss ein Gedanke durch den Kopf. Hatte etwa diese Ubi selbst den Journalisten auf die Geschichte aufmerksam gemacht? Um di Vitale und Rizzo gegeneinander aufzubringen? War sie seine Informantin?

«Aber ich habe doch ...», setzte Rizzo erneut an. «Als Vittoria kam und die Wahrheit wissen wollte, habe ich ... haben wir ...» Er zögerte, warf Ubi einen unsicheren Blick zu. «Ich habe mich für dich entschieden.»

Sie nickte. «Ja. Du hast ihr, wie sagt ihr? Die Pistole an den

Kopf gesetzt. Ich habe ja gleich gesagt, wir hätten die Leiche einfach in den Kanal werfen sollen. Aber der Herr Künstler musste ja eine kreative Lösung finden. In ihrer eigenen Wohnung, mit viel Unordnung und Blut. Vorhang auf!», rief sie höhnisch. «Was für ein Theater.»

Die Worte schienen in der folgenden Stille nachzuhallen.

«Und jetzt?», fragte Conti nach einer Weile. «Wie soll es nun weitergehen?»

Cat lief es kalt über den Rücken. Warum provozierte Conti Ubi?

«Los. Bewegung!», rief Ubi und fuchtelte mit der Pistole. «In die Werkstatt!»

Conti schaute ihren Vater traurig an. «Du bist ihr Sündenbock.»

Er hob den Kopf.

«Du hast Menschen betrogen, die aus Not nach Europa wollten», sagte Conti. «Sie hatten schon bezahlt. Aber du warst gierig und wolltest mehr.»

Rizzo schaute nur resigniert zu Boden.

«Du hast Ubi bei dir aufgenommen, weil sie krank war und Hilfe brauchte. Ja, ja. Du hast dich in sie verliebt, und alles wurde noch viel komplizierter.»

Rizzos Blick huschte hinüber zu Ubis Bauch. Davon abgesehen, zeigte er keine Regung.

«Aber sie wollte mehr, als du ihr geboten hast. Sie wollte dich ganz für sich allein. Aus Liebe. Aus Gier. Keine Ahnung.»

«Schluss jetzt! Schluss damit!», rief Rizzo plötzlich heftig.

Conti ließ nicht nach: «Die Mordwaffe war nicht dein

kleines Bolzenschussgerät, sondern ein richtig großes. Hast du dich nicht gewundert, warum das plötzlich herumlag?»

Cat konnte förmlich sehen, wie Rizzo den Gedankengang seiner Tochter nachvollzog. Ubi war diejenige gewesen, die die Dinge ins Rollen gebracht hatte, die dafür gesorgt hatte, dass di Vitale von Rizzos Machenschaften erfuhr. Sie hatte damit gerechnet, dass die ihn konfrontieren würde, dass er sich in Panik zur Wehr setzen würde. Sie hatte ihm sogar eine mögliche Tatwaffe in Reichweite drapiert.

Conti schüttelte ergeben den Kopf. Sie wandte sich Ubi zu. «Und nun? Ohne Jacopo? Wie soll es weitergehen?»

Ubis Gesicht erstarrte zu einer Maske. Conti hatte sich verkalkuliert. «Du weißt nicht, wo ich herkomme. Das hier» – sie beschrieb einen kleinen Kreis mit dem Pistolenlauf – «zu verlieren, bedeutet mir nichts. Los jetzt!» Sie fuchtelte mit der Pistole. «Aufstehen!», schnauzte sie.

Rizzo erhob sich langsam und ungelenk, als würde er von Marionettenfäden gezogen. Er brummte missbilligend, zeigte aber davon abgesehen kein Anzeichen der Unruhe. Die Glaskugel hielt er vorsichtig in der gewölbten rechten Hand.

Ubi trat einen Schritt zur Seite, damit sie an ihr vorbei in den Verkaufsraum treten konnten. Erst Rizzo, dann Cat, danach ...

Ubi machte einen Schritt nach vorn, schlang Cat den linken Arm um den Hals und drückte ihr den Lauf der Pistole gegen die Schläfe. Eine Sig Sauer, die ehemalige Dienstwaffe der Berliner Polizei. Ihr Babybauch drückte an Cats Taille. Aus dem Augenwinkel sah Cat, wie Conti ihren rechten Arm, den sie bereits halb hinter den Rücken geschoben hatte, wieder sinken ließ.

«Mit zwei Fingern. Waffe auf den Boden und in die Ecke kicken.»

Conti überlegte. Dann hob sie die rechte Hand, drehte sich langsam, streckte die Hand auf den Rücken, den sie nun Cat und Ubi zuwandte und zog eine Beretta aus dem Hosenbund. Mit Daumen und Zeigefinger hielt sie die Waffe, ging in die Knie und legte sie vor sich auf den Boden. Als sie sich wieder aufgerichtet hatte, stupste sie die Waffe mit dem Fuß außer Reichweite.

«Abmarsch», knurrte Ubi.

Conti schob sich an ihnen vorbei und ging mit ihrem Vater zusammen voran. Cat und Ubi schlurften Schritt für Schritt hinterher, dabei spürte Cat den Atem ihrer Geiselnehmerin. Und auf einmal fiel ihr etwas auf, das ihr große Angst machte: Die Frau, die ihr eine Pistole an den Kopf hielt, roch kein bisschen nach Schweiß. Sie war weder nervös noch ängstlich. Sie war entschlossen, das nächste Verbrechen eiskalt durchzuziehen.

Sie durchquerten den Verkaufsraum. Cat blieb mit dem Ellenbogen an etwas hängen, traute sich aber nicht, langsamer zu gehen oder gar stehen zu bleiben. Eine Vase oder Schale fiel von einem Tisch. Scherben schossen in alle Richtungen. Alle erstarrten für einen Augenblick.

Contis Blick flitzte durch den Raum, sie versuchte offenbar, eine Möglichkeit zu finden, Ubi auszuschalten. Rizzo stand mit gesenktem Kopf und hängenden Armen da. Er schien akzeptiert zu haben, dass er nun die Konsequenzen für sein Handeln tragen und den Preis bezahlen musste.

«Weiter.» Ubi drängte sich von hinten gegen Cat. Unter ihren Schuhen knirschte das Glas.

Sie erreichten den Flur. Das Licht im Durchgang, das sich automatisch abgeschaltet hatte, flammte wieder auf. Cat kniff gegen die Helligkeit die Augen zusammen.

Zehn Meter im Synchronschritt, dann hatten sie die Doppeltür zur Werkstatt erreicht. Rizzo blieb davor stehen.

«Weiter!»

Er regte sich nicht. Conti drückte die Klinke herunter und schob die Tür auf. Sie trat einen Schritt vor. Es blieb dunkel in der Werkstatt. Abrupt ließ sie sich nach links fallen, hinter den noch geschlossenen Türflügel. Ubi reagierte sofort. Sie drängte Cat voran, trat ihr in die Hacken. Sie erreichten die Tür noch, bevor sie wieder zufiel. Ubi schubste Cat hindurch, in den dunklen Saal, in dem sie erst gestern gesessen hatten.

Die Hitze der Glasöfen, die aus Kostengründen Tag und Nacht in Betrieb blieben, wallte ihnen entgegen. Für den Bruchteil einer Sekunde löste sich der Pistolenlauf von Cats Schläfe, Ubi streckte den Arm nach hinten und schlug mit der Waffe auf den Lichtschalter. Neonröhren flackerten auf. Mit Schwung landete der Lauf wieder an Cats Kopf.

«Au, verdammt!», fluchte Cat und hob unwillkürlich die Hände. Doch Ubi erhöhte den Druck des linken Arms, presste ihn gegen Cats Hals, bis ihr halb schwindelig wurde.

«Reinkommen!», schnauzte Ubi in Rizzos Richtung. Es wäre die ideale Gelegenheit für ihn gewesen abzuhauen. Aber es schien, als hätte er bereits mit allem abgeschlossen.

Widerspruchslos schlurfte Rizzo zur Tür herein.

Vielleicht beruhigte es ihn, dass er wenigstens an einem

Ort sterben würde, der ihm so viel bedeutete, so viel, dass er überhaupt all die kriminellen Geschäfte eingegangen war, um ihn sich weiter leisten zu können.

Conti hatte sich hinter den Bankreihen verkrochen. Einen Moment lang schien der Druck, mit dem die Waffe gegen Cats Schläfe gepresst wurde, abzunehmen.

«Rauskommen!», schrie Ubi wütend in den Raum.

Conti rührte sich nicht.

Cat konnte ihren eigenen Atem hören und das Rauschen in ihren Ohren. Die anhaltende Atemnot störte ihre Wahrnehmung zusätzlich.

Ubi riss die Waffe zur Seite, drückte sofort ab, und noch bevor Cat richtig begriff, was geschehen war, knallte ihr die Mündung auch schon ein weiteres Mal gegen die bereits geschwollene Schläfe – brandheiß von dem eben abgegebenen Schuss.

Rizzo stieß einen Schrei aus, einem Jaulen ähnlich, kippte zur Seite und krallte sich an Ubis Schulter, um nicht zu stürzen. Sie schubste ihn weg.

Hatte Cat zwischendurch ein leises Klirren gehört?

Rizzo taumelte, stöhnte und klammerte sich mit beiden Händen an eine Bank. Dann ging er auf die Knie. Das linke Bein zog er nach. Blut breitete sich um seinen Schuh herum aus. Ubi hatte ihm in den Fuß geschossen.

Auf dem Boden zwischen ihnen lagen Glassplitter. Rizzo hatte di Vitales Atemkugel fallen gelassen.

«Rauskommen!», kreischte Ubi wieder. Ihre Stimme hatte einen panischen Unterton angenommen. Darauf hatte Conti es vermutlich angelegt. Angst führte zu Unsicherheit, Unsicherheit führte zu Fehlern. Wie nur sollte Cat die Situation nutzen, wie konnte sie Conti unterstützen, mit dem heißen Pistolenlauf am Hirn? Während Rizzo neben ihr dumpfe Schmerzgeräusche von sich gab, versuchte Cat, schneller zu denken.

Doch da hatte sich Conti schon erhoben, langsam, und genauso langsam kam sie mit erhobenen Händen hinter einer Bankreihe hervor.

«Da rauf!», befahl Ubi und wies mit dem Kopf in den hintersten Bereich der Werkhalle, wo eine Leiter stand. Wieder setzten sie ihren schlurfenden Trott fort. Conti sah sich noch einmal um, zögerte, dann schien auch sie sich in das Unvermeidliche zu fügen. Sie schlich, Rizzo hinkte, Cat und Ubi waren wie in einem perversen Tanz miteinander verbunden.

Man konnte immerhin davon ausgehen, dass der Tod bei einer Temperatur der Glasmasse von bis zu 2000 Grad schnell eintrat.

Cat versuchte, Bilder von Leo und Leonie heraufzubeschwören, um noch ein letztes bisschen Gegenwehr zu mobilisieren. Aber sie hatte keine Möglichkeit, sich aus dem eisernen Griff zu befreien.

Conti kletterte die Leiter hoch und blieb drei Meter über ihnen stehen. Sie starrte in den großen Behälter vor sich, in dem der Sand zu Glas geschmolzen wurde.

Jetzt!, dachte Cat. *Spring! Nach hinten!*

Ubi war gerade dabei, Rizzo die Leiter hochzutreiben. Würde Conti sich von oben auf sie stürzen, hätten sie eine Chance.

Der Glasbläser gehorchte ohne ein Wort. Wenn er den verletzten Fuß auf eine Sprosse setzte, war ein leises, blubberndes Schmatzen zu hören, als zöge man eine Hand aus dem

Sumpf. Es folgte ein unterdrücktes Stöhnen. Seine kräftigen Finger umschlossen die Leiter, Stück für Stück zog er sich an ihr hoch.

Schließlich hatte er ebenfalls die kleine Plattform erreicht, die mit dem Glasofen verbunden war.

Und nun? Ubi konnte nicht vor Cat hinaufklettern, ohne zu riskieren, dass die ihre Chance nutzen und davonrennen würde. Das wusste Ubi. Sie würde Cat nicht nachkommen können und wäre von oben angreifbar.

Ubi musste also ...

Cat war nicht sicher, ob die Afrikanerin den Plan durchdacht hatte. Aber falls nicht, würde das Unvermeidliche in den nächsten Sekunden eintreten.

Ubi würde Cat töten müssen. Vielleicht würde sie ihre Leiche einfach aus der Werkstatt in den Kanal werfen. Hatte die verrückte deutsche Tatortfotografin wohl ihre Nase zu tief in eine Sache reingesteckt, die sie nichts anging. Konnte jedem passieren, in Italien. Das Einzige, was Ubi vermeiden musste, war, dass Conti oder Rizzo im Kanal endeten. Cat konnte ihr egal sein.

Ubi schien in diesem Moment zum selben Schluss gekommen zu sein. Der Druck des Laufs gegen Cats Kopf erhöhte sich. Aus Angst vor dem, was sie sehen würde, wenn die Kugel ihr Gehirn zerfetzte, schloss Cat unwillkürlich die Augen. Sie konnte spüren, wie sich Ubis Körper versteifte, sie spannte den rechten Arm an, krümmte den Zeigefinger um den Abzug, bog gleichzeitig den Kopf ein wenig zurück, um nicht versehentlich –

Da kippte auf einmal die Welt zur Seite und Cat schlug auf dem Boden auf. Sie hustete und würgte, rollte sich auf alle viere. Ihr Kopf pulsierte, ihre rechte Seite schmerzte. Sie hatte Angst, die Augen zu öffnen, weil sie fürchtete, dass es ihr nicht gelingen würde. Sie hörte Stimmen. Laute Stimmen. Gabriels Stimme, Noemis. Sie schlug die Augen auf.

Gabriel hielt Ubi in einer Art Schwitzkasten. Noemi hob gerade die Sig Sauer auf, die Ubi bei dem Sturz aus der Hand geflogen war.

Ubi kreischte und schlug und trat.

Hinter sich hörte Cat Geklapper. Conti schlidderte die Leiter herunter. Sie umrundete Cat, die immer noch benommen auf dem Boden lag, und zog Handschellen aus der hinteren Hosentasche. Zügig zog sie sie um Ubis Handgelenke zu, mit einem weiteren Paar fesselte sie die Fußgelenke. Die wütende Frau hörte auf zu fluchen und bot stattdessen hohe Summen für ihre Freilassung. Zwanzigtausend, dreißigtausend, hunderttausend, oder Gold, viel Gold, sie könnten alles haben, solange sie sie nur laufen ließen!

Rizzo stand immer noch oben auf der Plattform. Traurig schaute er zu ihnen herunter.

Dann setzte er sich langsam in Bewegung.

Conti sah hoch und schrie.

FÜNFUNDDREISSIG

Ubi saß auf der untersten Zuschauerbank und starrte wortlos auf den Boden. Conti, ihr gegenüber, ebenfalls.

Gabriel und Noemi hatten Verstärkung angefordert, immer mehr Polizisten strömten in die Glasbläserei. Und mit ihnen auf einmal auch Leo und Leonie. Sie strahlten stolz.

Cat hatte bis eben nur dagestanden und gar nichts begriffen. Jetzt fiel der Groschen. Sie eilte zu ihren Kindern, drückte sie fest an sich. IRL, wie die beiden sagen würden, *in real life*.

«Ihr habt ...?», fragte Cat und schaute in die Richtung von Gabriel und Noemi, die wortlos neben Conti standen. Was hätte es auch zu sagen gegeben?

Leonie nickte grinsend.

«Und woher wusstet ihr, wo wir sind?»

«Ferdinand», sagte ihre Tochter.

«Du warst weg ... mitten in der Nacht und bist nicht ans Handy gegangen», ergänzte Leo. «Da haben wir ihn angerufen.»

Ruhm sei der Standortfreigabe! Cat sandte ein Dankesseufzer nach Berlin. Ferdi hatte einen bei ihr gut.

«Mitten in der Nacht in der Werkstatt des Ex-Geliebten – also des Hauptverdächtigen – eines Mordopfers», sagte Leonie. «Kein gutes Zeichen. Dachten wir uns.»

Die Kinder bekamen offenbar doch mehr mit, als Cat dachte.

Nach einer Pause setzte Leonie mit einem gewitzten Grinsen hinzu: «Weißt du, Mütter dürfen nämlich auch nicht alles. Deshalb haben wir dann Gabriel und Noemi angerufen, damit die mal checken, was los ist.»

«Danke», sagte Cat nur und umarmte die Zwillinge noch einmal. «Danke.»

«Kommen Sie, *Maggiore* Conti!», rief ein Kollege von oben aus dem Wohnbereich des Hauses. «Das müssen Sie sehen.»

Langsam drehte Conti sich um und ging die Treppe hinauf. Sie schien völlig neben sich zu stehen. Vor nicht einmal einer halben Stunde hatte sich ihr Vater vor ihren Augen in die Glasschmelze gestürzt. Ihr Schrei schien immer noch zwischen den Wänden nachzuhallen.

Cat folgte Conti unaufgefordert in den ersten Stock. Zum Kanal hin öffnete sich eine Tür zu einem opulent eingerichteten Schlafzimmer.

«Hier, kommen Sie», sagte ein junger Polizist und deutete auf eine weitere offen stehende Tür, die in ein kleines Zimmer führte. Es hatte nur ein kleines Sprossenfenster, durch das man über eine schmale Gasse gegen eine Gebäudewand blickte. Eine Abstellkammer, die notdürftig zu einem Wohnraum umfunktioniert worden war.

Auf dem Boden lag eine Matratze. An der Wand gegenüber stand ein billiger Schrank aus Plastikstäben mit einem weißen Plastiküberzug. Neben dem Schrank ein halbhohes Regal aus Pressspan. In etwa der Hälfte der Fächer lagen Kleidungsstücke, in der anderen Hälfte Papiere, Magazine, Ordner mit Schriftstücken.

Eine Polizistin mit Latexhandschuhen stand vor dem Regal. Als Conti hereinkam, nahm sie Haltung an. Vorsichtig schob sie einen Kleiderstapel zur Seite. «Hier, sehen Sie», sagte sie. Conti trat vor, Cat reckte den Hals. Hinter den T-Shirts und Hosen stand eine etwa dreißig Zentimeter breite goldene Gondel. Der Sockel war nicht vollständig zu sehen, aber das Ende der Gravur konnte sie lesen, das reichte schon: «...itale» stand da.

Der Schrei, den Ubi ausstieß, als Conti mit der Gondel in der Hand in die Werkstatt zurückkam, fuhr Cat in die Knochen. Es war ein animalischer Laut, ein nahezu tierisches Kreischen.

«Nein, das ist meine, das ist ... das dürft ihr nicht, das ist meine ... ihr dürft nicht in mein Zimmer, es ist meine, ich habe nichts getan ...», brabbelte Ubi. Und dann, auf einmal, riss sie sich zusammen, sah Conti in die Augen und sagte: «Er hat gesagt, sie sei aus echtem Gold. Ich habe sie bei ... ihr» – sie sprach di Vitales Namen nicht aus – «gesehen und mitgenommen. Ich muss für mich selbst sorgen. Ich muss ...» Ihre Stimme wurde leiser, und Cat musste sich anstrengen, um Ubi zu verstehen. «Er hat gesagt, auf dich wäre Verlass.»

Sie ließ den Kopf sinken und schwieg.

SECHSUNDDREISSIG

Cat schlief, bis sie Hunger bekam. Um nach einem kurzen Essen weiter zu schlafen. Als sie das nächste Mal die Augen öffnete, war der Tag fast vorüber.

Leonie und Leo saßen bei ihr im Zimmer. Leonie las. In einem Buch. Wo auch immer sie das herhatte. Leo machte Liegestütze. Abends, als Cat wieder zu sich gekommen war, spazierten sie einfach nur draußen herum. Genossen das Licht, das Wasser, die Bauten der Stadt. Die Menschen, Touristen wie Einheimische. Wenn man Zeit hatte, störten sie nicht mehr, sondern gehörten dazu.

Vor einem Handyshop, der noch geöffnet hatte, blieben sie stehen. Leonie warf ihrer Mutter einen Blick zu. Irgendwo zwischen auffordernd und vorwurfsvoll. Und sie hatte ja recht. Außerdem, hatten nicht letztlich sogar die Handykenntnisse der Zwillinge Cat gerettet?

Sie lächelte. Trotz der absurden Touristenpreisschilder im Schaufenster. «Ja, machen wir», sagte sie.

Zehn Minuten später kamen sie aus dem Laden wieder heraus. Leonie drückte glücklich ihr neues Telefon an sich. Die SIM-Karte aus der Wasserleiche des alten hatte der Verkäufer gleich eingesetzt, und nun luden bereits die Einstellungen und Apps herunter. Leo machte ein Foto von Mutter und Tochter, Arm in Arm, versöhnt.

Conti holte sie mit dem Polizeiboot ab und brachte sie zum Flughafen. Sie war bis auf weiteres von allen Ermittlungen entbunden, durch ihre Kollegen aber gut informiert.

Ubi stritt mittlerweile alle Vorwürfe ab. Sie wüsste von nichts, sei unschuldig in diese Lage geraten, Rizzo habe sie ausgenutzt und ausgebeutet.

«Sie hat weder einen Pass noch eine Aufenthaltsgenehmigung, ist jedoch schwanger, kann also nicht in ihr Herkunftsland abgeschoben werden.» Conti klang gereizt.

«Und was ist mit Georgiou? Hatte er etwas mit der Sache zu tun?»

«Ja und nein. Er hat für seine Recherche die Hintermänner der Schlepper kontaktiert. Ein Fehler. Sie sagten dem Schreiber ein Interview zu, spätabends an einer Autobahnraststätte. Sein letztes.»

Jetzt erst wurde Cat ihr Denkfehler bewusst. Georgiou war bereits tot gewesen, als di Vitale ermordet wurde. Er konnte sie kurz vor ihrem Tod nicht angerufen haben.

Ubi ... *Sie* hatte di Vitale angerufen, ihr von Rizzos Machenschaften erzählt, in gebrochenem Englisch war sie als Opfer glaubwürdig. Sie hatte gewusst, dass di Vitale empört anrauschen würde, und hatte Rizzo sein altes Bolzenschussgerät schon schön bereitgelegt.

«Übrigens», sagte Conti. «Die Tatwaffe haben unsere Taucher im Kanal hinter dem Atelier gefunden. Am Bolzen waren noch Spuren von di Vitales Blut und Hirnmasse.» Sie stockte und atmete tief durch. «Ein altes Ding, mit dem Jacopo vor Jahren erste Experimente in der Glasbearbeitung vorgenommen hat. Er hat mir mal erzählt, wie er die Technik erfunden hat. Die Schussstärke der ersten Geräte, mit denen er es versuchte, war zu groß.» Sie schüttelte den Kopf. «Dass ich das vergessen habe! Auf dem Abzug sind Rizzos Fingerabdrücke, darüber Ubis. Allerdings ihr rechter Zeigefinger, und sie ist Linkshänderin.»

Es stimmte also. Rizzo hatte seine langjährige Partnerin ermordet, um sich und sein kriminelles Geschäft zu schützen. Und dann die Waffe Ubi in die Hand gedrückt, um ihr die Schuld in die Schuhe schieben zu können. Nicht wissend, nicht einmal ahnend, dass sie das Verbrechen selbst in die Wege geleitet hatte, um ihre Rivalin auszuschalten. Und vielleicht auch ihn.

Cat verspürte eine große Hilflosigkeit angesichts des Unglücks und Leids, mit dem Conti jetzt umgehen musste, und wusste nicht, was sie ihr mitgeben konnte.

«Immerhin, du hast deine Mutter. Passt gut aufeinander auf.»

Auch wenn sie sich längst nicht mehr zu der Italienerin hingezogen fühlte, mochte sie sie und wünschte ihr von Herzen alles Gute.

Conti lächelte und nickte. «Ja, das ist ein großes Glück.»

Zum Abschied umarmte Conti erst Leo und Leonie, dann Cat. Vielleicht hielten sie einander ein wenig länger fest, als nötig wäre. Aber wer konnte das schon genau sagen.

Cat presste ihren Kopf an das Fenster des Flugzeugs, um besser hinausschauen zu können. Die Beule an ihrer Schläfe hatte sich bereits fast vollständig zurückgebildet, nur die Haut war noch etwas berührungsempfindlich. Der Blick über die Lagune und die dicht bebaute Stadt war den verbleibenden Schmerz wert.

Miss Piggy hatte es sich in ihrem Körbchen unter dem Sitz gemütlich gemacht und schnuffelte zufrieden.

Leonie versuchte, über ihre Mutter hinweg ein letztes Foto der Stadt zu schießen.

Langsam zogen sie eine Ehrenrunde über der Serenissima, dann richtete der Pilot das Flugzeug gen Norden aus. Durch die Fenster auf der gegenüberliegenden Seite strahlte noch eine Weile das Meerblau der Adria herein. Oder jedenfalls das, was Cat dafür hielt.

Sie schloss die Augen.

SIEBENUNDDREISSIG

Das hast du gut gemacht, Kaitlyn», sagte Cats Vater. «Ich wusste, warum ich dich empfehle.»

Kein Wort dazu, dass sie fast ums Leben gekommen wäre. Dieses Risiko gehörte für ihn zum Job. Darüber sprach man nicht. Vielleicht, hatte die Polizeipsychologin gesagt, weil die Angst sonst real würde.

«Warum hast du mich eigentlich so angepfiffen wegen der Hafen-Ermittlung?», fragte Cat dann aber doch. «V-Männer hin oder her, das war unsere Ermittlung.»

Sie rechnete damit, dass er wieder zu mauern anfing. Stattdessen sagte er: «Leo hat mir geschrieben. Er wirkte so geknickt, dass du keine Zeit für Leonie und ihn hattest. Deshalb wollte ich nicht, dass du noch mehr Polizeiarbeit übernimmst.»

Cat stutzte. «Hast du gerade gesagt, du wolltest, dass ich mehr Zeit für die Kinder habe?»

«Ja. Die brauchen doch ihre Mutter.»

Das waren ja ganz neue Töne von ihrem Vater, dem Arbeitstier. Aber okay, warum nicht. Vielleicht lernten ja auch alte Pferde noch neue Tricks. Und sie musste ja nicht jeden netten Satz, den er sagte, hinterfragen, sondern konnte ihm auch einfach mal glauben. Das jedenfalls, vermutete sie, würde die Polizeipsychologin ihr raten.

«Alles klar. Na dann. Am Ende hatten wir ja auch noch ein paar Tage richtig Urlaub», sagte Cat.

Den Berlin-Marathon würde sie noch nicht schaffen. Daher lief Cat eine Woche nach dem Urlaub den Halbmarathon. Ihr erster Wettbewerb seit dem Unfall. Bei km 12 bemerkte sie eine kleine Ausweichbewegung. Bei km 14 war der Schmerz im Knöchel bereits deutlich wahrzunehmen, sie hinkte spürbar. Kurz nach km 15 musste sie aufgeben.

Sie fuhr mit der S-Bahn zum Ziel, wo Leo, Leonie, Emmea und Ferdinand auf sie warteten.

Es ärgerte sie, dass der Lauf missglückt war. Gleichzeitig wurde ihr dadurch die Spannung deutlich, unter der sie noch immer stand.

Als Cat zu Hause aus der Dusche stieg, klingelte ihr Telefon. Conti.

«Die Kollegen haben die Werkstatt und den Wohnbereich auf den Kopf gestellt», sagte sie, und Cat konnte bereits die Freude in ihrer Stimme hören. «Und siehe da ... am Ende haben sie hinter einer Kommode doch noch einen Pass von Ubi ‹gefunden›.» Ihr Tonfall machte die Anführungszeichen überdeutlich. Cat konnte das leise Knistern hören, als die Kollegin einen Zug von ihrer Zigarette nahm. Sie sah sie direkt vor sich, wie sie am Fenster stand und die Luft hinausblies. «Aus der Mongolei», fügte Conti zufrieden hinzu. «Einem sicheren Herkunftsland, ganz ohne Zweifel. Dorthin kann man auch Schwangere zurückschicken. Sie behauptet natürlich, noch nie in der Mongolei gewesen zu sein.»

Cat zögerte, aber dann fragte sie doch: «Wo hast du *den* Ausweis her?»

Conti lachte nur leise und legte auf.

Cat schüttelte den Kopf. Sie wusste, sie würde Conti nie wiedersehen, aber auch nie vergessen.

Sie zog ihren Bademantel an, wickelte ihr Haar in einen Turban und ging in die Küche. Leonie hatte vorhin die Post der letzten Tage aus dem Kasten geholt. Cat setzte sich und blätterte die Umschläge durch.

Ein Brief von dem Fotomagazin war dabei, an dessen Wettbewerb sie teilgenommen hatte. Die würden ja wohl kaum Absagen per Post verschicken! Und eine Niederlage am Tag sollte reichen. Voller Vorfreude riss sie den Umschlag auf und überflog den Text. Ihr Blick blieb an den Worten *außer Konkurrenz* hängen. Und an einer Miniatur des Fotos, das sie offenbar eingereicht hatte: das knallbunte Farbnegativ der Kanalkatze vor dem Restaurant mit den Rosen.

Sie hatte die falsche Datei hochgeladen. Und dafür ... sie las: *... Sonderpreis der Jury, der in der Aufnahme von ‹Zero Bleu› in die exklusive HDR-Wanderausstellung besteht.*

Wer hatte sich denn diesen blöden Titel ausgedacht? Und: Und wenn da kein Blau war, was sah sie dann?

Cat goss sich ein Glas Wasser ein. Keine neue Kamera. Keine neue Freundin. Ihr Knöchel tat noch immer weh.

Aber immerhin würde ihr Bild in einer Ausstellung hängen. Sie war selbst überrascht, wie stolz sie das machte. Sie würde ihren Vater einladen, auch wenn der bestimmt nicht kommen würde. Es war schließlich Kunst und keine Polizeiarbeit. Sein Pech. Manche Grenzen ließ man wie von alleine hinter sich, andere konnte man mit aller Macht nicht überwinden.

Obwohl, wenn Leo freundlich fragte, würde er vielleicht doch anreisen.

IL GHETTO

Zwei Tage später

Dayo trat hinaus in eine feuchtwarme Dunkelheit, die ihn umschlang wie ein hungriges Rankengewächs. Er hatte erwartet, sich erwachsen zu fühlen, groß und stark und endlich angekommen. Er hatte erwartet, dass es länger dauerte und ein ganz besonderes Erlebnis würde.

Die letzten Monate hatte er jedes Mal, wenn er sich in die Büsche duckte, darüber nachgedacht, welche der Frauen er aus dem Container gegenüber wählen sollte. Jede von ihnen hatte Vor- und Nachteile.

Heute, drei Tage nach seinem achtzehnten Geburtstag, hatte er all seinen Mut zusammengenommen. Er hatte sich flach auf den Boden gelegt und erst die Hand, dann den halben Unterarm tief in das Loch in seiner Matratze geschoben. Sein Herz raste, weil er fürchtete, jemand hätte sein Geld gestohlen. Doch dann ertasteten seine Finger den Zehn-Euro-Schein, den er für diesen ganz besonderen Tag aufgehoben hatte.

Es war ein guter Tag gewesen. Der *Caporal* hatte nicht ihn geschlagen, sondern die Männer weiter unten auf dem Feld. Dayo hatte ungestört arbeiten können und eine halbe

Kiste mehr geschafft als sonst. Die Bedingungen waren gerade günstig. Es war nicht mehr so heiß und trocken. Er fühlte sich stark. Auf der Rückfahrt ließ einer der anderen Männer ihn einen Rest tagwarmes Wasser aus seiner Flasche trinken.

Nun war er ein Mann. Sein Glied pochte noch und klebte an der Unterhose. Er schaute zum Himmel. Nicht einmal die Sterne funkelten hier so hell wie in seiner Heimat.

Ihn fröstelte, und er zog das Sweatshirt enger um seinen mageren Oberkörper. Langsam ging er den Feldweg entlang, zurück zu seinem Schlafplatz.

Im Inneren des Containers hatte es noch schlimmer gestunken als draußen an den heißesten Tagen. Doch das war ihm in dem Moment egal gewesen. Er schämte sich, dass er Geld bezahlt hatte für Sex. Aber er war auch stolz auf sich.

Aus einiger Entfernung hörte er einen Lastwagen näher kommen. Dayo blieb stehen und spähte zwischen zwei Hütten hindurch. Der Wagen hielt etwa hundert Meter vom Camp entfernt. Es war so dunkel, dass Dayo nicht sehen konnte, was geschah, aber er wusste es. Menschen mit gesenktem Blick stiegen von der Ladefläche und schienen sich schon nach wenigen Schritten zwischen den unzähligen Plastikfolien des Lagers aufgelöst zu haben.

Sie hatten eine lange Reise hinter sich, und eine noch viel längere und schlimmere vor sich. Hätte er damals geahnt, was er heute wusste, hätte er sich in der Wüste in den Sand gesetzt und wäre nicht mehr aufgestanden.

Doch nun war er ein Mann und musste durchhalten, arbeiten, Geld nach Hause schicken. Dayo wandte sich ab und hinkte davon. Die Dunkelheit verschlang auch ihn.

NACHWORT

Die Idee zur Tatortfotografin Kaitlyn «Cat» Picard kam mir in Laurence Seidlers Hotel «Juan Valiente» in der Nähe von Granada, Spanien. *Check it out*, dort wird der Kopf offenbar frei für neue Ideen.

Über die Situation der *Irregolari* wusste ich beschämend wenig, bevor ich zu recherchieren begann. Dabei wurde in seriösen Medien ausgiebig über sie berichtet, u. a. von Ulrich Ladurner in der ZEIT, Thomas Steinfeld in der SZ, Franziska Tschinderle im Freitag, David Klaubert in der FAZ, Vanessa Lünenschloß und Jan Zimmermann in der ARD, Janika Müller in der ARD, Jan-Christoph Kitzler im Deutschlandfunk, Milo Rau in der taz, Philipp Eins in der taz.

Das Lager *Il Ghetto* in diesem Roman ist fiktiv.

Das Thema offener Grenzen wird in diesem Roman nur gestreift. Sehr kluge Überlegungen dazu finden sich in Andreas Cassees Buch «Globale Bewegungsfreiheit – Ein philosophisches Plädoyer für offene Grenzen». Es hat meine Ansichten ebenso wie die Äußerungen mancher Romanfiguren maßgeblich beeinflusst.

Die Polizeidirektion Venedigs befindet sich nicht in den Prokuratien. Es gibt dort auch kein Polizei-Gym, obwohl das sicher ein echter Hit wäre. Bei der Einrichtung einer Glasbläserei habe ich mir ebenfalls aus dramaturgischen Gründen einige Freiheiten genommen. Das Gleiche gilt für die dortigen Abläufe, ebenso für die Anfahrt zum Wasserpark in Jesolo sowie einige Dienstränge und Abzeichen der italienischen Polizei. Eine Gondel als Auszeichnung erhalten Ehrenbürger der Stadt meines Wissens nach nicht. Kurz gesagt also: Die meisten Darstellungen in diesem Buch sind korrekt, aber es ist ein fiktiver Roman und kein Reiseführer.

Thomas Montasser, mein langjähriger Literaturagent, fand eine Krimiserie, die an touristischen Hotspots spielt und Fotografie in den Mittelpunkt rückt, von Anfang an vielversprechend.

Und Iris Homann vom Rowohlt Verlag hat sofort gewusst, wie ich mir das alles vorstelle. Außerdem hat sie ausdauernd in den richtigen Momenten auf die richtige Art die richtigen Anregungen gegeben (Autoren sind da sehr empfindlich). Sie hatte viel, aber nicht zu viel Geduld mit mir. Danke!

Mindestens ebenso großer Dank gebührt für ihre liebevolle Arbeit auf allen Ebenen, vom einzelnen Satz bis zum großen Spannungsbogen, der Außenlektorin Nadia Al Kureischi! Ich hoffe, beim nächsten Band sind Sie wieder mit dabei.

Von einer Lesung mit Else Laudan, Doris Gercke, Monika Geier und Simone Buchholz habe ich entscheidende Impulse mitgenommen.

Felix hat geholfen, die Geschichte rund und schlüssig zu erzählen. Danke!

Last, but not least: Dieses Buch hat mich länger beschäftigt als je eines zuvor, weil ich es so gut wie möglich hinkriegen und auf eine für mich ganz neue Art etwas erzählen wollte. Das hat meine Frau Carolin geduldig ertragen. *Ti amo!*